SARAH JIO | An einem Tag mit dir

SARAH JIO

An einem Tag mit dir

Roman

Aus dem Amerikanischen von
Charlotte Breuer und Norbert Möllemann

Diana Verlag

Die Originalausgabe erschien 2011
unter dem Titel *The Bungalow*
bei Plume, Penguin Group (USA) Inc., New York

MIX
Papier aus verantwortungsvollen Quellen
FSC® C014889

Verlagsgruppe Random House FSC-DEU-0100
Das für dieses Buch verwendete
FSC®-zertifizierte Papier *EOS*
liefert Salzer Papier, St. Pölten, Austria.

Redaktion | Heiko Arntz
Umschlaggestaltung | t. mutzenbach design, München
unter Verwendung von Abbildungen von © mauritius images/
Trigger Image; shutterstock
Satz | Leingärtner, Nabburg
Druck und Bindung | Pustet, Regensburg

Printed in Germany

978-3-453-29133-1
www.diana-verlag.de

Für Jason, in Erinnerung an unsere Inselhütte.
Ich liebe dich.

Ein Blatt Papier in einen Umschlag gesteckt, die Lasche zugeklebt, den Brief auf den Weg geschickt. Er geht durch die Hände Dutzender Menschen und legt eine weite Reise zurück, bis er den richtigen Briefkasten erreicht, wo er zwischen den Seiten neunundzwanzig und dreißig eines Werbeprospekts landet und darauf wartet, von der ahnungslosen Empfängerin entdeckt zu werden, die den Werbeprospekt mitsamt dem darin verborgenen Schatz achtlos in den Mülleimer wirft. Dort, zwischen klebrigen Milchkartons, einer leeren Weinflasche und der Zeitung von gestern, bleibt der Brief, der Leben verändern wird, still liegen und harrt der Dinge.

Dieser Brief war für mich bestimmt.

Prolog

»Hallo?«

Verdutzt schlug ich die Augen auf, als ich die vertraute Stimme hörte – sie klang angenehm, aber so vollkommen fehl am Platz. Jennifer, meine Enkelin. Dann dachte ich: *Wo bin ich?* Oder besser: *Was macht sie hier?* Verwirrt blinzelte ich. Ich hatte von Sandstränden und Kokospalmen geträumt – von dem Ort, den mein Unterbewusstsein schon so oft gesucht hatte, und diesmal hatte ich sogar das Glück gehabt, ihn in den Archiven meiner Erinnerung zu finden.

Er war natürlich dort gewesen – in Uniform. Und er hatte mich schüchtern angelächelt, während die Wellen an die Küste schlugen. Ich konnte ihr lautes Krachen hören, gefolgt vom Zischen von Millionen Bläschen, die den Sand liebkosten. Als ich die Augen fest zudrückte, sah ich ihn wieder, nur noch undeutlich erkennbar im Nebel des Schlafs, der sich viel zu schnell lichtete. *Geh nicht fort*, flehte mein Herz. *Bleib. Bitte, bleib.* Ergeben schenkte er mir sein verlockendes Lächeln und streckte mir die Arme entgegen. Ich spürte das vertraute Herzflattern, die Sehnsucht.

Dann war er verschwunden.

Ich schalt mich selbst und warf seufzend einen Blick auf meine Armbanduhr. Halb vier. Ich war wohl beim Lesen eingeschlafen. Wieder einmal. Spontanschlaf ist der Fluch des Alters. Ein wenig verlegen richtete ich mich in meinem Liegestuhl auf und bückte mich nach dem Buch, das ich gelesen hatte, bis die Erschöpfung mich übermannt hatte. Es war mir aus den Händen gerutscht und lag aufgeschlagen, mit dem Rücken nach oben, auf dem Boden.

Jennifer trat auf die Terrasse. Ein Lastwagen donnerte vorbei, sodass es endgültig aus war mit dem Frieden. »Ach, hier bist du«, sagte sie und lächelte mich an mit ihren nussbraunen Augen, die sie von ihrem Großvater geerbt hatte. Sie trug Jeans und einen schwarzen Pullover und einen hellgrünen Gürtel um ihre schlanke Taille. Ihr blondes, kinnlanges Haar glänzte in der Sonne. Jennifer ahnte gar nicht, wie schön sie war.

»Hallo, Liebes«, sagte ich und streckte ihr eine Hand entgegen. Ich betrachtete die hübschen hellblauen Stiefmütterchen in den Terrakottatöpfen auf der Terrasse. Sie lugten aus der Erde hervor wie schüchterne, reumütige Kinder, die beim Spielen im Dreck erwischt wurden. Der Lake Washington und die Skyline von Seattle, die sich in der Ferne gegen den Horizont abhob, waren schön anzusehen, aber kühl und steif, wie ein Gemälde im Wartezimmer eines Zahnarztes. Ich runzelte die Stirn. Wie kam es, dass ich hier wohnte, in dieser winzigen Wohnung mit den weißen Wänden und einem Telefon im Bad neben der Toilette, das eine rote Notruftaste hatte?

»Schau mal, ich habe etwas gefunden«, sagte Jennifer. Ihre Stimme riss mich aus meinen Gedanken. »Und zwar im Mülleimer.«

Ich glättete mein dünnes, weißes Haar. »Was denn, Liebes?«

»Einen Brief«, antwortete sie. »Er muss zwischen die Wurfsendungen geraten sein.«

Ich versuchte, ein Gähnen zu unterdrücken, doch es gelang mir nicht. »Leg ihn einfach auf den Tisch. Ich sehe ihn mir später an.« Ich ging hinein, setzte mich aufs Sofa und betrachtete mein Spiegelbild im Fenster. *Eine alte Frau.* Ich sah diese Frau jeden Tag, und doch wunderte ich mich immer wieder über das Bild im Spiegel. Wann war ich eine alte Frau geworden? Mit den Fingerspitzen berührte ich die Runzeln in meinem Gesicht.

Jennifer setzte sich neben mich. »Hattest du einen besseren Tag als ich?« In ihrem letzten Studienjahr an der University of Washington hatte sie ein ungewöhnliches Thema für eine Seminararbeit gewählt. Es ging um eine Bronzeplastik, die auf dem Campus stand. Die Skulptur stellte ein junges Paar dar und war der Universität 1964 von einem anonymen Künstler geschenkt worden. Auf der Plakette stand lediglich: *Stolz und Gelöbnisse.* Jennifer war von der Skulptur fasziniert und hoffte, den Künstler ausfindig machen und die Geschichte hinter der Skulptur herausfinden zu können. Aber drei Monate Recherchen hatten bisher kaum etwas zutage gefördert.

»Irgendwas Neues herausgefunden?«

»Nada«, sagte sie stirnrunzelnd. »Es ist frustrierend. Dabei gehe ich wirklich gründlich vor.« Sie schüttelte den Kopf und zuckte mit den Schultern. »Es fällt mir schwer, es zu akzeptieren, aber ich fürchte, die Spur ist kalt.«

Ich hatte am eigenen Leib erfahren, wie es war, in den Bann eines Kunstwerks zu geraten. Jennifer wusste nichts davon, aber ich hatte fast mein ganzes Leben lang vergeblich nach einem Gemälde gesucht, das ich einmal in den Händen gehalten hatte. Ich sehnte mich danach, es noch einmal zu sehen, aber obwohl ich jahrzehntelang mit Galeristen und Sammlern zusammengearbeitet hatte, war das Bild nie wieder aufgetaucht.

»Ich weiß, dass es schwerfällt loszulassen, Liebes«, sagte ich vorsichtig, denn mir war klar, wie wichtig das Projekt für sie war. Ich schob meine Hand in ihre. »Manche Geschichten sind einfach nicht dazu bestimmt, erzählt zu werden.«

Jennifer nickte. »Vielleicht hast du recht, Grandma«, sagte sie seufzend. »Aber ich kann nicht einfach aufgeben. Noch nicht. Die Worte auf der Plakette – die müssen doch eine Bedeutung haben. Und diese Kassette, die der Mann in der Hand hält, ist ein echtes Behältnis, allerdings verschlossen, und die Leute im Archiv wissen nichts von einem Schlüssel, was bedeutet« – sie lächelte hoffnungsvoll – »dass sich vielleicht etwas darin befindet.«

»Tja, ich bewundere dein Durchhaltevermögen, mein Schatz«, sagte ich und griff nach dem Medaillon, das ich seit so vielen Jahren an einer goldenen Kette um den Hals trug. Nur ein einziger Mensch außer mir wusste, was darin verborgen war.

Jennifer ging zum Tisch. »Vergiss den Brief nicht«, ermahnte sie mich und hielt ihn hoch. »Sieh dir bloß mal diese schöne Briefmarke an. Die ist aus …« Sie kniff die Augen zusammen, um die winzige Schrift lesen zu können. »*Tahiti.*«

Mit klopfendem Herzen stand ich auf.

»Wen kennst du denn in Tahiti, Grandma?«

»Lass mal sehen«, sagte ich.

Ich betrachtete den schlichten weißen Umschlag, der ein bisschen feucht war, weil er neben einem Milchkarton gelegen hatte, er hatte auch ein paar Rotweinflecken abbekommen. Nein, weder die Handschrift noch der Absender kamen mir bekannt vor. *Wer sollte mir aus Tahiti schreiben? Und warum?*

»Willst du ihn denn nicht öffnen?«

Meine Hände zitterten ein bisschen, als ich den Brief umdrehte und mit den Fingerspitzen über die exotische Briefmarke fuhr, auf der eine tahitianische Frau in einem gelben Kleid dargestellt war. Ich schluckte und versuchte, die Erinnerungen zu unterdrücken, die wie ein steigendes Hochwasser in meinen Kopf drangen, aber es hatte keinen Zweck, die Dämme brachen.

Schließlich konnte ich nicht länger widerstehen und riss den Umschlag auf.

Sehr geehrte Mrs. Godfrey,
verzeihen Sie mir, dass ich mich in Ihr Leben einmische. Ich habe viele Jahre gebraucht, um Sie zu finden. Soweit ich weiß, waren Sie während des Kriegs als Lazarettschwester auf Bora-Bora stationiert. Wenn Sie die Frau sind, die ich suche, muss ich unbedingt mit Ihnen sprechen. Ich bin auf Tahiti aufgewachsen und jetzt wieder dorthin zurückgekehrt, um ein Rätsel zu lösen, das mich seit meiner Kindheit belastet. An einem Abend des Jahres 1943 wurde am Strand von Bora-Bora ein schrecklicher Mord verübt. Dieses Ereignis verfolgt mich schon ein Leben lang, und zurzeit schreibe ich ein Buch über die Ereignisse, die zu diesem Mord geführt und die Insel für immer verändert haben.

Es ist mir gelungen, die Dienstpläne der Armee aus jener Zeit zu finden, und mir ist aufgefallen, dass Sie, als die Tragödie sich ereignete, keinen Dienst hatten. Können Sie sich zufällig an irgendetwas erinnern, das an jenem Abend am Strand passiert ist? Oder haben Sie dort vielleicht jemanden gesehen? Ich weiß, es ist alles sehr lange her, aber womöglich ist Ihnen ja etwas im Gedächtnis haften geblieben. Selbst ein noch so winziges Detail könnte mir bei meiner Suche nach Gerechtigkeit helfen. Bitte melden Sie sich bei mir, falls Ihnen etwas einfällt. Und sollten Sie noch einmal zu Besuch auf die Insel kommen, würde ich Ihnen gern etwas geben, das Ihnen gehört und das Sie vielleicht nach all den Jahren wiederhaben möchten. Es wäre mir eine große Freude, es Ihnen zurückzugeben.
Mit freundlichen Grüßen
Genevieve Thorpe

Ich betrachtete den Brief in meinen Händen. Genevieve Thorpe. Nein, die Frau kannte ich nicht. *Eine Fremde.* Erschien plötzlich aus dem Nichts und wühlte Dinge auf. Ich schüttelte den Kopf. *Einfach ignorieren.* Es lag alles so viele Jahre zurück. Wie sollte ich in diese längst vergangene Zeit zurückkehren? Wie sollte ich all das noch einmal durchleben? Ich presste die Augen ganz fest zu, um die Erinnerungen zu verscheuchen. *Ich konnte den Brief einfach ignorieren.* Schließlich handelte es sich nicht um eine amtliche Nachfrage oder um eine Vorladung. Dieser Frau, dieser *Fremden*, schuldete ich gar nichts. Ich konnte den Brief in den Müll werfen und mich nicht weiter darum kümmern. Doch dann musste ich daran denken, was die Frau zum Schluss geschrieben hatte: »Sollten Sie noch einmal zu Besuch auf die Insel kommen, würde ich Ihnen gern etwas geben, das Ihnen gehört und das Sie vielleicht nach all den Jahren wiederhaben möchten.« Bei dem Gedanken schlug mein armes Herz schneller. *Noch einmal auf die Insel fahren? Ich? In meinem Alter?*

»Grandma, alles in Ordnung?« Jennifer legte mir einen Arm um die Schultern.

»Ja, sicher, es geht mir gut«, sagte ich und fasste mich wieder.

»Möchtest du darüber reden?«

Ich schüttelte den Kopf und schob den Brief in das Kreuzworträtselheft, das auf dem Tisch lag.

Jennifer nahm ihre Handtasche und zog einen großen, braunen Umschlag daraus hervor, der ziemlich zerknittert und abgegriffen war. »Ich möchte dir etwas zeigen«, sagte sie. »Eigentlich wollte ich damit noch warten, aber …« Sie holte tief Luft. »Aber ich glaube, es ist der richtige Moment.«

Sie gab mir den Umschlag.

»Was ist das?«

»Sieh nach«, sagte sie.

Ich hob die Lasche an und nahm einen Stapel Schwarz-Weiß-Fotos heraus. Das oberste erkannte ich sofort. »Das bin ja ich!«, rief ich aus und zeigte auf die junge Frau in Schwesterntracht. Im Hintergrund war eine Kokospalme zu sehen. Ach, wie hatte ich die Palmen bestaunt, als ich vor fast siebzig Jahren zum ersten Mal die Insel betreten hatte. Ich schaute Jennifer an. »Wo hast du die denn gefunden?«

»Dad hat sie gefunden«, antwortete sie, während sie mich vorsichtig musterte. »Er hat ein paar alte Sachen aufgeräumt und sie in einem Karton entdeckt. Er hat mich gebeten, sie dir zu geben.«

Voller freudiger Erregung betrachtete ich das nächste Foto. Es zeigte Kitty, meine Freundin aus Jugendzeiten, die am Strand auf einem umgedrehten Kanu saß, die Beine ausgestreckt wie ein Filmstar. Kitty hätte das Zeug gehabt, ein Filmstar zu werden. Ich spürte den vertrauten Schmerz bei dem Gedanken an meine alte Freundin, den Schmerz, den die Zeit nicht geheilt hatte.

Es folgten viele weitere Fotos vom Strand, von den Bergen mit üppiger Vegetation. Als ich das letzte Foto in die Hand nahm, erstarrte ich. *Westry. Mein Westry.* Da stand er, den obersten Knopf an seiner Uniformjacke geöffnet, den Kopf leicht geneigt, die mit Palmwedeln gedeckte Hütte im Hintergrund. *Unsere Hütte.* Ich hatte im Lauf meines Lebens Tausende Fotos gemacht und die meisten längst vergessen. Aber nicht dieses. Ich erinnerte mich an alles – selbst an den Duft, der an jenem Abend in der Luft gelegen hatte, den Duft nach Meerwasser und Fresien, die im Mondlicht blühten. Ich erinnerte mich daran, wie ich mich gefühlt hatte, als mein Blick dem seinen durch den Sucher begegnet war, und an das, was danach passiert war.

»Du hast ihn geliebt, nicht wahr, Grandma?«, fragte Jennifer so liebevoll, so entwaffnend, dass ich spürte, wie ich schwach wurde.

»Ja«, sagte ich.

»Denkst du immer noch an ihn?«

Ich nickte. »Ja. Ich habe nie aufgehört, an ihn zu denken.«

Jennifers Augen weiteten sich. »Was ist in Tahiti passiert, Grandma? Was ist mit diesem Mann passiert? Und der Brief – warum hat er dich so berührt?« Sie nahm meine Hand. »Erzähl's mir. Bitte.«

Ich nickte. *Was konnte es schaden, wenn ich es ihr erzählte?* Ich war eine alte Frau. Es würde keinerlei Konsequenzen haben, und wenn doch, würde ich schon damit zurechtkommen. Ich sehnte mich so sehr danach, diese alten Geheimnisse mit jemandem zu teilen, sie aufzuscheuchen wie Fledermäuse in einem verstaubten Dachboden. Ich fuhr mit einem Finger über meine goldene Halskette und nickte noch einmal. »Also gut, Liebes«, sagte ich. »Aber ich warne dich. Es ist kein Märchen.«

Jennifer setzte sich in den Sessel neben mir. »Umso besser«, antwortete sie. »Märchen konnte ich noch nie leiden.«

»Und die Geschichte ist teilweise ziemlich düster«, fügte ich hinzu, denn ich begann bereits, meine Entscheidung zu bereuen.

Sie nickte. »Geht sie denn gut aus?«

»Ich bin mir nicht sicher.«

Jennifer sah mich verwirrt an.

Ich hielt das Foto von Westry hoch. »Die Geschichte ist noch nicht zu Ende.«

1

August 1942

»Kitty Morgan, das hast du jetzt nicht gesagt!« Ich knallte mein Glas mit eiskaltem Pfefferminztee so heftig auf den Tisch, dass es einen Sprung bekam. Meine Mutter würde sich freuen, dass ich keins von ihren Kristallgläsern benutzt hatte.

»O doch, das habe ich gesagt«, erwiderte sie mit einem triumphierenden Grinsen. Kitty hatte ein herzförmiges Gesicht und blonde Locken, die sich auch mit noch so vielen Haarspangen nicht bändigen ließen, und eigentlich konnte man sich mit ihr nicht streiten. Aber mit diesem Thema brachte sie mich auf die Palme.

»Mr. Gelfman ist verheiratet«, sagte ich empört.

»James«, sagte sie betont gedehnt, »ist kreuzunglücklich. Wusstest du, dass seine Frau immer wieder wochenlang verschwindet? Und sie erzählt ihm noch nicht mal, wohin. Die interessiert sich mehr für ihre Katzen als für ihn.«

Ich seufzte und setzte mich auf die Schaukel, die an dem gewaltigen Walnussbaum im Garten meiner Eltern hing. Kitty setzte sich neben mich, so wie früher, als wir noch Schulkinder waren. Ich schaute hoch in die Baumkrone, deren Laub schon leicht gelb verfärbt war, ein Vorbote des Herbstes. *Warum musste sich alles ändern?* Es kam mir vor, als wäre es erst gestern gewesen, dass Kitty und ich Schulfreundinnen waren, Arm in Arm nach dem Unterricht nach Hause gingen, unsere Schulbücher auf dem Küchentisch ablegten und uns auf die Schaukel im Garten setzten, um bis zum Abendessen zu reden und zu kichern und einander unsere geheimsten Gedanken anzuvertrauen. Jetzt, mit einundzwanzig, waren wir erwachsen. Wir waren junge Frauen im Aufbruch – wohin, wussten wir damals natürlich beide noch nicht.

»Kitty«, sagte ich und schaute sie an. »Kapierst du das nicht?«

»Was soll ich kapieren?« Sie sah aus wie eine zarte Rose in ihrem Kleid mit all den rosafarbenen Rüschen und den blonden Locken, die in der feuchten Nachmittagsluft ihr Eigenleben zu führen schienen. Ich wollte sie vor Mr. Gelfman schützen, besser gesagt, vor jedem Mann, in den sie sich verlieben würde, denn keiner schien mir gut genug für meine beste Freundin – vor allem keiner, der verheiratet war.

Ich räusperte mich. *Wusste sie denn nicht, welchen Ruf Mr. Gelfman hatte?* Sie musste sich doch an die Scharen von jungen Mädchen erinnern, die ihn auf der Highschool offen angehimmelt hatten, schließlich war er der attaktivste Lehrer der Schule gewesen. Im Englischunterricht hatten alle Mädchen an seinen Lippen gehangen, wenn er ein Gedicht von Elizabeth Barrett Browning vorlas. Okay, damals war es Spiel gewesen. Aber hatte Kitty vergessen, was vor fünf Jahren mit Kathleen Mansfield passiert war? Wie war das möglich? Kathleen – schüchtern, vollbusig, sträflich naiv – war in Mr. Gelfmans Bann geraten. In der Mittagszeit drückte sie sich vor dem Lehrerzimmer herum, und nach dem Unterricht wartete sie auf ihn vor der Schule. Alle tuschelten über die beiden, vor allem, nachdem eine unserer Freundinnen Kathleen und Mr. Gelfman eines Abends zusammen im Park gesehen hatte. Dann kam Kathleen plötzlich nicht mehr zur Schule. Ihr älterer Bruder erzählte, sie sei zu ihrer Großmutter nach Iowa gezogen. Wir alle kannten den Grund.

Ich verschränkte die Arme vor der Brust. »Kitty, Männer wie Mr. Gelfman haben nur ein Ziel, und ich glaube, wir wissen beide, welches.«

Kitty lief puterrot an. »Anne Calloway! Wie kannst du nur unterstellen, dass James und ich ...«

»Ich unterstelle überhaupt nichts«, sagte ich. »Aber du bist meine beste Freundin, und ich möchte nun einmal nicht, dass du dich ins Unglück stürzt.«

Kitty schlenkerte niedergeschlagen mit den Beinen, während wir eine Weile wortlos schaukelten. Heimlich berührte ich den Brief, der sich in der Tasche meines Kleids befand. Ich hatte ihn am Morgen bei der Post abgeholt und konnte es kaum erwarten, mich auf mein Zimmer zu verziehen, um ihn zu lesen. Er war von Norah, einer Freundin von der Schwesternschule, die mir wöchentlich aus dem Südpazifik berichtete, wo sie als Lazarettschwester stationiert war. Norah und Kitty, beide hitzköpfig, hatten sich im letzten Halbjahr unserer Ausbildung zerstritten, und deswegen erzählte ich Kitty lieber nichts von den Briefen. Außerdem scheute ich mich zuzugeben, wie sehr mich alles faszinierte, was Norah mir über den Krieg und die Tropen erzählte. Ihre Briefe lasen sich wie die Kapitel eines Romans, und sie zogen mich so sehr in ihren Bann, dass ich davon träumte, mich als Lazarettschwester im Südpazifik zu bewerben, um dem Leben in Seattle zu entfliehen und die anstehenden Entscheidungen noch ein bisschen aufzuschieben. Natürlich war es nur ein Tagtraum. Schließlich konnte ich auch zu Hause in Washington meinen Beitrag zu den Kriegsanstrengungen leisten, indem ich ehrenamtlich im Bürgerzentrum arbeitete oder Konservendosen sammelte oder mich als freiwillige Helferin in einem unserer Nationalparks meldete. Kopfschüttelnd verscheuchte ich den Gedanken, mich wenige Wochen vor meiner Hochzeit in ein Kriegsgebiet zu begeben. Ich seufzte, froh, dass ich Kitty nichts von meinen Flausen erzählt hatte.

»Du bist ja bloß neidisch«, bemerkte Kitty schließlich.

»Quatsch«, entgegnete ich und schob Norahs Brief noch tiefer in meine Tasche. Die Sonne, die hoch am Spätsommerhimmel stand, ließ den kleinen Brillanten an dem Ring an meiner linken Hand aufblitzen und erinnerte mich daran, dass ich verlobt war. Gekauft und bezahlt. »Gerard und ich heiraten in drei Wochen«, sagte ich. »Ich bin glücklich und zufrieden.«

Kitty legte die Stirn in Falten. »Möchtest du nicht etwas mehr von der Welt sehen, ehe du« – sie zögerte, als würde es ihr schwerfallen, die folgenden Worte auszusprechen – »ehe du Mrs. Gerard Godfrey wirst?«

Ich schüttelte den Kopf. »Zu heiraten bedeutet doch nicht, Selbstmord zu begehen.«

Kitty wandte sich ab und betrachtete einen Rosenstrauch. »Aber so gut wie«, murmelte sie.

Ich seufzte und ließ mich auf der Schaukel zurücksinken.

»Verzeih mir«, flüsterte sie. »Ich möchte nur, dass du glücklich bist.«

Ich nahm ihre Hand. »Ich werde glücklich sein, Kitty. Ich wünschte, du würdest das einsehen.«

Ich hörte Schritte, und als ich aufblickte, sah ich unser Hausmädchen Maxine mit einem Tablett auf uns zukommen. Trotz ihrer hohen Absätze überquerte sie den Rasen mit sicheren Schritten und brauchte nur eine Hand, um ein vollbeladenes silbernes Tablett zu tragen. Mein Vater hatte einmal bemerkt, sie bewege sich graziös, und er hatte recht. Es war beinahe, als würde sie schweben.

»Möchtet ihr noch etwas trinken?«, fragte sie. Sie hatte eine wunderschöne Stimme und sprach mit einem starken Akzent. Ihr Erscheinungsbild hatte sich kaum verändert seit meiner Kindheit. Sie war zierlich gebaut, hatte weiche Züge, große, grüne Augen und Wangen, die nach Vanille dufteten. Ihr allmählich ergrauendes Haar trug sie zu einem strengen Nackenknoten zusammengefasst, aus dem keine einzige Strähne hervorlugte. Um ihre schmale Taille hatte sie eine blütenweiße, frisch gestärkte Schürze gebunden. Viele Familien in unserem Viertel hatten damals Dienstboten, aber wir waren die einzigen mit einem *französischen* Hausmädchen, eine Tatsache, die meine Mutter gern bei Bridge-Abenden hervorhob.

»Nein, danke, Maxine, wir brauchen nichts«, sagte ich.

»Aber für mich könnten Sie etwas tun«, sagte Kitty in verschwörerischem Ton. »Sie können Anne überreden, Gerard nicht zu heiraten. Sie liebt ihn nämlich gar nicht.«

»Stimmt das, Antoinette?«, fragte Maxine. Ich war fünf Jahre alt, als sie zu uns kam, und nachdem sie mich einmal gründlich gemustert hatte, hatte sie verkündet: »Du siehst nicht aus wie eine Anne, ich werde dich Antoinette nennen!« Ich fühlte mich damals sehr geschmeichelt.

»Nein, natürlich stimmt das nicht«, sagte ich hastig. »Kitty hat mal wieder ihre Anwandlungen.« Ich warf ihr einen tadelnden Blick zu. »Ich habe das große Los gezogen, denn ich heirate Gerard Godfrey.«

Und ich konnte mich wirklich glücklich schätzen. Gerard war hochgewachsen und sah unglaublich gut aus mit seinem markanten Kinn, dem dunklen Haar und den braunen Augen. Außerdem war er ziemlich wohlhabend – nicht dass mir das etwas bedeutet hätte. Aber meine Mutter erinnerte mich immer wieder daran, dass er mit siebenundzwanzig der jüngste Vizepräsident war, den die First Marine Bank je gehabt hatte, was bedeutete, dass er ein Vermögen verdienen würde, sobald er den Posten seines Vaters übernahm. Keine Frau, die ihre fünf Sinne beisammenhatte, würde einen Heiratsantrag von Gerard Godfrey ablehnen, und als er unter ebendiesem Walnussbaum um meine Hand angehalten hatte, hatte ich, ohne zu zögern, genickt.

Meine Mutter war außer sich vor Glück gewesen, als ich ihr die Neuigkeit berichtet hatte. Natürlich hatten sie und Mrs. Godfrey die Ehe schon geplant, als ich noch in den Windeln lag. Die Calloways vermählten sich mit den Godfreys. Es war wie ein Naturgesetz.

Maxine füllte unsere Gläser mit frischem Eistee.

»Antoinette«, sagte sie langsam, »habe ich dir jemals die Geschichte von meiner Schwester Jeannette erzählt?«

»Nein«, antwortete ich. »Ich wusste nicht mal, dass du eine Schwester hast, Maxine.« Mir wurde bewusst, dass ich überhaupt nicht viel über sie wusste.

»Ja«, sagte sie nachdenklich. »Sie hat einen jungen Mann geliebt, einen jungen Bauern aus Lyon. Die beiden waren ganz vernarrt ineinander. Aber unsere Eltern haben darauf gedrungen, dass sie sich einem anderen zuwandte, einem, der in der Fabrik ordentlich verdiente. Also hat sie den Bauern verlassen und den Fabrikarbeiter geheiratet.«

»Gott, wie traurig«, sagte ich. »Hat sie den Bauern jemals wiedergesehen?«

»Nein«, erwiderte Maxine. »Und sie ist schrecklich unglücklich geworden.«

Ich stand auf und glättete mein Kleid aus blauem Crêpe de Chine, zu dem ich einen Gürtel trug, der ein bisschen zu eng saß. Meine Mutter hatte mir das Kleid aus Europa mitgebracht. Sie hatte ein Händchen dafür, mir Sachen zu kaufen, die mir zu klein waren. »Das ist wirklich traurig. Deine arme Schwester. Aber das hat nichts mit meinem Leben zu tun. Ich *liebe* Gerard. Für mich gibt es keinen anderen.«

»Natürlich liebst du Gerard«, sagte Maxine und bückte sich, um eine Serviette aufzuheben, die ins Gras gefallen war. »Ihr seid zusammen aufgewachsen. Er ist wie ein Bruder für dich.«

Bruder. Das Wort klang irgendwie unheimlich, vor allem, wenn es sich auf den Mann bezog, den ich heiraten wollte. Mich schauderte.

»Liebes«, fuhr Maxine fort und lächelte mich an. »Es ist dein Leben und dein Herz. Und wenn du sagst, es gibt keinen anderen für dich, dann mag das stimmen. Ich sage nur, dass du dir vielleicht nicht genug Zeit gelassen hast, um ihn zu finden.«

»Ihn?«

»Den Richtigen«, erwiderte sie. »Deine große Liebe.« Sie sagte das so leichthin, als wartete die große Liebe auf jeden, der sich auf die Suche nach ihr machte.

Mich fröstelte, was ich auf die Brise zurückführte, die eben aufgekommen war. Ich schüttelte den Kopf. »Ich glaube nicht an Märchen oder an Märchenprinzen. Ich glaube, dass Liebe etwas mit Entscheidung zu tun hat. Man lernt jemanden kennen, er gefällt einem, man entscheidet sich, ihn zu lieben. So einfach ist das.«

Kitty verdrehte die Augen. »Gott, wie *unromantisch*«, sagte sie.

»Und du, Maxine«, sagte ich. »Was ist mit dir? Hast du dich nie verliebt?«

Sie wischte das Tablett mit einem Küchentuch ab. »Doch«, antwortete sie, ohne aufzublicken.

Vor lauter Neugier kam ich gar nicht auf die Idee, dass die Erinnerung an den Mann für sie schmerzhaft sein könnte. »War er Amerikaner oder Franzose? Warum hast du ihn nicht geheiratet?«

Maxine antwortete nicht gleich, und ich bereute meine Frage bereits. Doch dann sagte sie: »Ich habe ihn nicht geheiratet, weil er bereits verheiratet war.«

Auf der Terrasse ertönten die Schritte meines Vaters. Eine Zigarre paffend, überquerte er den Rasen und kam auf uns zu. »Hallo, Kleine«, sagte er und lächelte mich an. »Ich hatte dich erst am Dienstag erwartet.«

Ich erwiderte sein Lächeln. »Kitty hat mich überredet, früher zu kommen.«

Ich hatte meine Kurse an der Portland State University im Frühjahr abgeschlossen, aber Kitty und ich waren noch zwei Monate länger geblieben, um eine Schwesternausbildung zu absolvieren, was unsere Eltern mit großer Sorge erfüllte, denn sie befürchteten, wir könnten unsere Ausbildung tatsächlich dazu benutzen, uns einen entsprechenden Job zu suchen.

Gerard dagegen fand es amüsant, mit einer ausgebildeten Krankenschwester verlobt zu sein. Weder unsere Mütter noch andere Frauen, die wir kannten, arbeiteten. Er zog mich immer damit auf, dass der Chauffeur, der mich zur Schicht im Krankenhaus fahren müsste, mehr kosten würde, als ich je verdienen könnte, aber wenn es mein Herzenswunsch sei, eine weiße Haube zu tragen und Kranke zu pflegen, würde er mich unterstützen.

In Wirklichkeit hätte ich überhaupt nicht sagen können, was mein Herzenswunsch war. Ich hatte die Schwesternausbildung gemacht, weil sie ein willkommenes Kontrastprogramm bildete zu allem, was ich an den Frauen in meiner Umgebung so verachtete – an meiner Mutter etwa, die sich für nichts als Dinnerpartys und die neueste Mode interessierte, und an meinen Schulfreundinnen, die nach dem Abschluss der Highschool monatelang in Paris oder Venedig im Luxus geschwelgt und sich einzig darum gesorgt hatten, ob sie einen reichen Ehemann finden würden, der ihnen den Lebensstil bot, den sie von klein auf gewohnt waren.

Nein, in diese Schublade passte ich nicht. Sie raubte mir die Luft zum Atmen. Mich faszinierte der Beruf der Krankenschwester mit all seinen unappetitlichen Begleiterscheinungen. Er sprach eine Seite in mir an, die ich bis dahin nie hatte ausleben können, das Bedürfnis, anderen Menschen auf eine Weise zu helfen und beizustehen, die nichts mit Geld zu tun hatte.

Maxine räusperte sich. »Ich wollte gerade gehen«, sagte sie zu meinem Vater und hob das Tablett auf. »Kann ich Ihnen irgendetwas bringen, Mr. Calloway?«

»Nein, danke, Maxine«, sagte er, »im Moment nicht.« Es gefiel mir, wie höflich er immer mit ihr umging, nicht so forsch und ungeduldig wie meine Mutter.

Maxine nickte und ging zurück ins Haus.

Kitty schaute meinen Vater besorgt an. »Mr. Calloway?«

»Ja, Kitty?«

»Ich habe gehört, dass wieder Männer zum Kriegsdienst eingezogen werden«, sagte sie und schluckte. »Ich habe es im Zug in der Zeitung gelesen. Wissen Sie vielleicht, ob auch Männer aus Seattle betroffen sind?«

»Tja, es ist noch ein bisschen früh, um das zu sagen, Kitty Cat«, antwortete mein Vater. Den Spitznamen hatte er ihr gegeben, als wir in die Grundschule gingen. »Aber so wie die Dinge sich derzeit in Europa entwickeln, schätze ich, dass wir noch einige Männer in den Krieg schicken werden. Eben habe ich zufällig Stephen Radcliffe in der Stadt getroffen und von ihm erfahren, dass die Larson-Zwillinge am Donnerstag aufbrechen.«

Ich spürte, wie es mir die Brust zuschnürte. »Terry und Larry?«

Mein Vater nickte ernst.

Die Zwillinge, ein Jahr jünger als Kitty und ich, zogen in den Krieg. *Krieg*. Unvorstellbar. Hatten sie mich nicht erst gestern in der Grundschule an den Zöpfen gezogen? Terry war schüchtern und hatte ein sommersprossiges Gesicht. Larry war ein bisschen größer, hatte weniger Sommersprossen und war der geborene Clown. Sie waren beide rothaarig und beinahe unzertrennlich. Ich fragte mich, ob man ihnen erlauben würde, nebeneinander auf dem Schlachtfeld zu stehen. Ich schloss die Augen und versuchte, den Gedanken zu verscheuchen, aber es gelang mir nicht. *Schlachtfeld.*

Mein Vater las meine Gedanken. »Falls du befürchtest, dass Gerard eingezogen wird, kann ich dich beruhigen«, sagte er.

Ich konnte mir Gerard, obwohl er groß und kräftig war, beim besten Willen nicht anders vorstellen als in einem eleganten Anzug in der Bank. Aber sosehr ich ihm auch wünschte, dass ihm der Kriegsdienst erspart blieb, so sehnte ich mich andererseits danach, ihn in Uniform zu sehen und zu erleben, dass er für etwas anderes als Geld kämpfte.

»Seine Familie spielt eine zu wichtige Rolle in der Gemeinde«, fuhr mein Vater fort. »George Godfrey wird dafür sorgen, dass sein Sohn nicht eingezogen wird.«

Ich geriet in einen inneren Konflikt, der mir unangenehm war – einerseits erleichterte es mich zu wissen, dass Gerard durch den Einfluss seines Vaters geschützt war, andererseits empörte es mich. Es war nicht recht, dass die Männer aus den armen Familien für die Nation in den Krieg ziehen mussten, während die wenigen privilegierten aus nichtigen Gründen vom Kriegsdienst verschont blieben. Sicher, George Godfrey war, wenn er auch inzwischen alt und krank war, ein mächtiger Bankier und ehemaliger Senator, und Gerard würde bald seinen Posten in der Bank übernehmen. Trotzdem war es ein quälender Gedanke, dass die Larson-Zwillinge mitten im Winter irgendwo in Europa in einem Bunker hockten, während Gerard in einem geheizten Büro in einem bequemen Ledersessel saß.

Mein Vater sah mir meine Gefühle an. »Bitte, mach dir keine Sorgen«, sagte er.

Kitty betrachtete ihre Hände, die sie auf dem Schoß verschränkt hatte. Ich fragte mich, ob sie gerade an Mr. Gelfman dachte. *Würde er auch eingezogen werden?* Er war höchstens achtunddreißig, sicherlich jung genug, um als Soldat zu kämpfen. Ich seufzte und wünschte, ich könnte den Krieg mit reiner Willenskraft beenden. Die beunruhigenden Nachrichten aus Europa überschatteten alles, selbst den schönsten Sommernachmittag.

»Deine Mutter geht heute Abend aus, Anne«, sagte mein Vater und schaute zum Haus hinüber. In seinen Augen lag ein Anflug von Besorgnis, der aber wieder verschwunden war, als unsere Blicke sich begegneten. »Würdet ihr beiden jungen Damen mir beim Dinner Gesellschaft leisten?«

Kitty schüttelte den Kopf. »Ich habe schon etwas vor«, sagte sie vage.

»Tut mir leid, Papa«, sagte ich. »Ich bin mit Gerard zum Abendessen verabredet.«

Er nickte und wirkte plötzlich wehmütig. »Aber natürlich, schließlich seid ihr erwachsen und selbstständig. Dabei kommt es mir so vor, als hättet ihr noch vor ein paar Wochen hier draußen mit euren Puppen gespielt.«

Wenn ich ehrlich war, vermisste ich die sorglosen Zeiten, die wir mit Puppenspielen und Verkleiden im Garten verbracht hatten. Ich knöpfte mir gegen den kühler gewordenen Wind die Strickjacke zu – den Wind der Veränderung.

»Komm, lass uns ins Haus gehen«, sagte ich und nahm Kittys Hand.

»Okay«, erwiderte sie. Und plötzlich waren wir wieder kleine Mädchen.

Mir brannten die Augen von dem Zigarettenqualm, der wie eine düstere Wolke über unserem Tisch hing. Die Beleuchtung war schummrig im Cabaña Club, wo die Jugend von Seattle samstags zum Tanzen hinging. Ich kniff die Augen zusammen.

Kitty schob eine in blaues Papier gewickelte Schachtel zu mir herüber. Sie war mit goldenem Geschenkband verschnürt.

»Was ist das?«, fragte ich.

»Für dich«, sagte sie grinsend.

Ich schaute sie fragend an, dann löste ich das goldene Band und wickelte das blaue Papier ab. Ich hob den Deckel von der weißen Schmuckschachtel und nahm die Watte heraus, unter der etwas Glitzerndes zum Vorschein kam.

»Kitty!«

»Es ist eine Brosche«, sagte sie, »eine Freundschaftsbrosche. Erinnerst du dich noch an die Freundschaftsringe, die wir als Kinder hatten?«

Ich nickte. Ich wusste nicht, ob das Brennen in meinen Augen vom Rauch herrührte oder von den Erinnerungen an glückliche Tage.

»Ich finde, wir brauchen etwas, das besser zu Erwachsenen passt«, sagte sie und schob sich eine Haarsträhne von der Schulter, sodass ich die Brosche an ihrem Kleid sehen konnte. »Siehst du? Ich hab auch eine.«

Ich betrachtete die silberne Scheibe mit einer Rose aus winzigen blauen Steinen, die im gedämpften Licht des Clubs glitzerten. Auf der Rückseite befand sich eine Gravur: *Für Anne, in Liebe, Kitty.*

»Sie ist wunderschön«, sagte ich und steckte sie mir ans Kleid.

Kitty lächelte. »Sie soll ein Symbol unserer Freundschaft sein und uns daran erinnern, dass wir nie Geheimnisse voreinander haben und nicht zulassen werden, dass die Zeit oder die Umstände etwas zwischen uns ändern.«

Ich nickte. »Ich werde sie immer tragen.«

Sie lächelte. »Ich auch.«

Wir nippten an unserem Sodawasser und ließen den Blick durch den vollen Club wandern, wo unsere Freunde, Schulkameraden und Bekannten ausgelassen einen Samstagabend begingen, der womöglich ihr letzter war, ehe das Schicksal sie in alle Winde zerstreute, in den Krieg führte, in die Ehe, ins Unbekannte. Ich schluckte schwer.

»Sieh dir Ethel und David Barton an«, flüsterte Kitty mir ins Ohr und zeigte unauffällig auf die beiden, die eng umschlungen am Tresen saßen. »Er kann seine Finger gar nicht bei sich behalten«, sagte sie und schaute ein bisschen länger als nötig hin.

»Sie sollte sich was schämen«, sagte ich kopfschüttelnd. »Wo sie doch mit Henry verlobt ist. Er studiert irgendwo, oder?«

Kitty nickte. Aber anstatt wie ich den Kopf zu schütteln, konnte sie sich gar nicht vom Anblick des Pärchens losreißen. »Wünschst du dir nicht, jemand würde dich so sehr lieben?«, fragte sie sehnsüchtig.

Ich zog die Nase kraus. »Das ist doch keine Liebe.«

»Klar ist das Liebe«, widersprach Kitty und stützte das Kinn in die Hand. Die beiden standen von ihren Barhockern auf und gingen Hand in Hand auf die Tanzfläche. »David ist ganz vernarrt in sie.«

»Vernarrt vielleicht«, sagte ich. »Aber lieben tut er sie nicht.«

Kitty zuckte die Schultern. »Auf jeden Fall ist es Leidenschaft.«

Ich nahm meinen Gesichtspuder aus der Handtasche und puderte mir die Nase. Gerard würde bald da sein. »Leidenschaft ist was für Narren«, sagte ich und klappte das Döschen zu.

»Kann sein«, erwiderte Kitty. »Aber davon werde ich mich nicht abschrecken lassen.«

»Kitty!«

»Ja?«

»So darfst du nicht reden!«

»Wie darf ich nicht reden?«

»Wie ein Flittchen.«

Kitty kicherte. In dem Augenblick kam Gerard an unseren Tisch, zusammen mit Max, einem Kollegen aus der Bank – ziemlich klein, mit lockigem Haar, einem unscheinbaren Gesicht und Augen nur für Kitty.

»Lass uns mitlachen, Kitty«, sagte Gerard grinsend. Ich mochte sein charmantes, selbstbewusstes Lächeln. Er stand in seinem grauen Anzug an unserem Tisch und rückte sich eine Manschette zurecht. Max stand neben ihm und machte Stielaugen.

»Sag du's ihm, Anne.« Kitty knuffte mich in die Rippen.

Ich räusperte mich verlegen. »Na ja, also, Kitty meinte eben, sie und Max würden ein besseres Tanzpaar abgeben als wir beide.« Ich warf Kitty einen triumphierenden Blick zu. »Unglaublich, oder?«

Gerard grinste, und Max' Augen leuchteten auf. »Also, die Herausforderung nehmen wir doch gerne an, oder?« Er warf einen Blick in Richtung Tanzfläche und streckte seine Hand aus. »Wollen wir?«

Die Band begann zu spielen, und Max strahlte übers ganze Gesicht. Kitty warf mir einen vernichtenden Blick zu und stand auf, um Max' Hand zu nehmen.

Gerard legte mir sanft und elegant einen Arm um die Taille. Ich liebte seinen festen Griff, sein selbstbewusstes Auftreten.

»Gerard?«, flüsterte ich ihm ins Ohr.

»Ja, Liebes?« Er war ein hervorragender Tänzer – in seinen Bewegungen ebenso präzise wie in seinem Beruf als Bankier.

»Empfindest du …« Ich überlegte, wie ich es formulieren sollte. »Empfindest du *Leidenschaft* für mich?«

»Leidenschaft?«, wiederholte er und unterdrückte ein Lachen. »Du Dummerchen. Natürlich empfinde ich Leidenschaft für dich.« Er zog mich ein bisschen fester an sich.

»Echte Leidenschaft?«, insistierte ich, enttäuscht von der Antwort.

Er blieb stehen und drückte liebevoll meine Hände an sein Kinn. »Du zweifelst doch nicht an meiner Liebe, oder? Du musst doch inzwischen wissen, dass ich dich über alles liebe, mehr als alles auf der Welt.«

Ich nickte und schloss die Augen. Kurz darauf war das Stück zu Ende, und die Band spielte eine langsamere Nummer. Ich schmiegte mich enger an Gerard, so eng, dass ich seinen Herzschlag spürte und er meinen. Wir wiegten uns zu der verführerischen Melodie der Klarinette, und mit jedem Schritt redete ich mir ein, dass wir Leidenschaft füreinander empfanden. Natürlich taten wir das. Gerard liebte mich heiß und innig und ich ihn auch. Warum war ich plötzlich so verunsichert? Das war Kittys Schuld. *Kitty*. Ich sah sie lustlos mit Max tanzen. In dem

Augenblick erschien wie aus heiterem Himmel Mr. Gelfman auf der Tanzfläche. Er ging auf Kitty zu, sagte etwas zu Max und nahm sie in die Arme, woraufhin Max sich enttäuscht verzog.

»Was macht Kitty denn mit Mr. Gelfman?«, fragte Gerard stirnrunzelnd.

»Das gefällt mir nicht«, sagte ich, während ich zusah, wie Mr. Gelfman Kitty wie eine Puppe umherwirbelte. Seine Hände lagen zu tief auf ihren Hüften, seine Arme umschlangen sie zu fest. Ich dachte an die arme Kathleen und bekam ein mulmiges Gefühl.

»Lass uns gehen«, sagte ich zu Gerard.

»Jetzt schon?«, fragte er. »Wir haben doch noch gar nicht gegessen.«

»Maxine hat uns ein paar Sandwiches in den Kühlschrank gestellt«, erwiderte ich. »Ich hab keine Lust mehr zu tanzen.«

»Ist es wegen Kitty?«, wollte er wissen.

Ich nickte. Ich wusste, dass Kitty nicht mehr zu bremsen war, sie hatte sich klar genug ausgedrückt. Aber ich wollte verdammt sein, wenn ich zusah, wie meine beste Freundin ihr Herz und ihre Würde an einen Mann – einen *verheirateten* Mann – verschenkte, der sie nicht verdient hatte. Aber da war noch etwas anderes, etwas, das mein Kopf noch nicht wahrhaben wollte, obwohl mein Herz es wusste: Ich beneidete Kitty. Ich wollte spüren, was sie spürte. Und ich fürchtete, dass mir das nie vergönnt sein würde.

Der Portier reichte mir meinen blauen Samtmantel, und ich hakte mich bei Gerard unter. Bei ihm fühlte ich mich sicher und beschützt. Ich redete mir ein, dass ich ein Glückspilz war.

Auf dem Heimweg fragte mich Gerard, ob wir lieber eine Wohnung in der Stadt kaufen sollten oder ein Haus in Windermere, dem vornehmen Viertel, wo unsere Eltern wohnten und wo wir aufgewachsen waren. Eine Wohnung in der Stadt würde näher an der Bank liegen, sagte er. Und es wäre bestimmt aufregend, auf der Fifth Avenue zu wohnen. Andererseits würden die Buskirks im Herbst ihre große Villa verkaufen, die könnten wir erwerben und renovieren, einen Flügel für das Dienstpersonal anbauen und ein Kinderzimmer einrichten. *Kinderzimmer.*

Gerard redete immer weiter, und die Luft im Auto wurde warm. Zu warm. Die Straße verschwamm vor meinen Augen, und ich sah die Straßenlaternen doppelt. Was war bloß los mit mir? Warum bekam ich plötzlich keine Luft mehr? Mir wurde schwindlig, und ich hielt mich am Türgriff fest.

»Alles in Ordnung, Liebling?«

»Ich glaube, ich muss ein bisschen frische Luft schnappen«, sagte ich und kurbelte das Fenster herunter.

Er tätschelte mir den Arm. »Tut mir leid, Schatz, das ist wohl alles zu viel auf einmal.«

»Ein bisschen«, sagte ich. »Es müssen so viele Entscheidungen getroffen werden. Können wir sie uns eine nach der anderen vornehmen?«

»Selbstverständlich«, antwortete er. »Für heute haben wir genug über Wohnungen und Häuser geredet.«

Er bog ab, und wir fuhren zwischen den mächtigen, von Scheinwerfern angestrahlten Säulen hindurch, die die Einfahrt nach Windermere flankierten, ein exklusives, vornehmes Viertel, wo Gärtner täglich Stunden damit zubrachten, riesige Rasenflächen und Blumenbeete in Schuss zu halten und wo adrett gekleidete Kinder von Gouvernanten betreut wurden. Wir fuhren an Gerards Elternhaus vorbei, der grauen Villa mit den vielen Giebeln in der Gilmore Avenue, dann am Haus der Larsons, einem weißen Herrenhaus im Kolonialstil mit sauber geschnittenen Buchsbaumhecken und aus Italien importierten Amphoren aus Marmor. *Was war los mit mir?* Dieser Mann liebte mich und war bereit, mir ein schönes, bequemes Leben zu bieten, ein Leben, wie ich es gewohnt war.

Gerard hielt vor unserem Haus, wir stiegen aus und gingen direkt in die Küche. »Maxine hat sich wahrscheinlich schon schlafen gelegt«, sagte ich mit einem Blick auf die Uhr. Halb zehn. Maxine ging immer um neun in ihr Zimmer im Souterrain.

»Möchtest du ein Sandwich?«, fragte ich Gerard.

»Nein danke«, erwiderte er und schaute auf seine Armbanduhr, eine Rolex, die ich ihm zum fünfundzwanzigsten Geburtstag geschenkt hatte.

Hinter uns erklangen Schritte.

»Papa?«, sagte ich und schaute in die Eingangshalle. Eine weibliche Gestalt kam im Dunkeln die Treppe herunter.

»Mama?« Ich schaltete das Licht ein und sah, dass ich mich geirrt hatte.

»Deine Mutter ist noch nicht zurück«, sagte Maxine. »Ich habe dir ein paar frische Handtücher ins Bad gelegt. Francesca war heute nicht hier.«

»Ach, Maxine«, rief ich aus. »Dass du dir so spät am Abend noch Gedanken über meine frischen Handtücher machst. Was für ein Unsinn! Geh schlafen. Du arbeitest zu viel.«

Als sie sich umdrehte, um nach der Uhrzeit zu sehen, hatte ich den Eindruck, dass ihre Augen feucht waren. *Hatte sie geweint, oder war es die Erschöpfung?*

»Ja, ich glaube, ich sage für heute Gute Nacht«, sagte sie und nickte. »Wenn es recht ist.«

»Selbstverständlich«, erwiderte ich. »Wir brauchen dich nicht mehr. Gute Nacht, Maxine.« Ich umarmte sie, wie ich es als Kind getan hatte, und roch den Vanilleduft an ihren Wangen.

Nachdem sie gegangen war, gab Gerard mir einen flüchtigen Kuss. *Warum küsste er mich nicht länger?* »Es ist schon spät«, sagte er. »Ich mache mich besser auf den Weg.«

»Musst du schon gehen?«, fragte ich, zog ihn an mich und schaute vielsagend zum Sofa im Wohnzimmer hinüber. *Warum musste Gerard immer so praktisch denken?*

»Wir brauchen unseren Schlaf«, sagte er kopfschüttelnd. »Morgen ist ein großer Tag.«

»Ein großer Tag?«

»Die Party«, sagte er und sah mich argwöhnisch an. »Hast du das etwa vergessen?«

Das hatte ich tatsächlich. Gerards Eltern richteten für uns einen Verlobungsempfang aus, auf dem weitläufigen Rasen hinter ihrem Haus, der so makellos geschnitten war, dass er mich immer an den Golfplatz des Country-Clubs meines Vaters erinnerte. Eine Band würde aufspielen, es würde ein Croquet-Turnier geben, Eisskulpturen würden aufgestellt, und livrierte Diener würden Platten mit winzigen Kanapees herumtragen.

»Zieh dir einfach ein hübsches Kleid an und sei pünktlich um zwei Uhr da«, sagte er lächelnd.

»Mach ich«, antwortete ich und lehnte mich an den Türrahmen.

»Gute Nacht, mein Schatz«, sagte er und ging.

Ich schaute seinem Auto nach und blieb in der Tür stehen, bis das Motorengeräusch von der dunklen Nacht verschluckt wurde.

2

»Maxine!«

Ich öffnete die Augen, blinzelte mehrmals und versuchte, in meinem schlaftrunkenen Zustand die Stimme zuzuordnen – laut, schrill, ein bisschen ungeduldig, aber vor allem gereizt und frustriert.

Meine Mutter. Sie war nach Hause gekommen.

»Ich habe Ihnen gesagt, dass Anne heute das blaue Kleid braucht. Warum ist es nicht gebügelt?« Die Stimme war näher gekommen.

Ich schlug meine Decke zurück, setzte mich auf und griff nach meinem Morgenmantel. *Die arme Maxine.* Sie hatte es nicht verdient, so angefahren zu werden. Meine Mutter hörte gar nicht mehr auf.

Ich öffnete die Tür. »Mama«, sagte ich vorsichtig. Ich wusste, dass es keinen Zweck hatte, ihr in Modefragen zu widersprechen. »Ich habe mir überlegt, dass ich heute das rote anziehe, das du mir aus Paris mitgebracht hast.«

Sie lächelte mich an, wenige Schritte von mir entfernt auf dem Treppenabsatz, dann warf sie Maxine einen ärgerlichen Blick zu und riss die Vorhänge auf. »Guten Morgen, Liebes«, sagte sie und kam auf mich zu. »Ich wusste nicht, dass du schon auf bist.« Sie nahm mein

Gesicht in beide Hände. »Du siehst müde aus, meine Kleine. Bist du gestern lange aus gewesen? Mit Gerard?« Sie sprach seinen Namen immer voller Aufregung aus, wie ein Kind, das von Weihnachten spricht. Es war nicht das erste Mal, dass sich mir der Eindruck aufdrängte, meine Mutter würde Gerard Godfrey am liebsten selbst heiraten.

Ich schüttelte den Kopf. »Nein, wir waren schon früh zurück.«

»Und wieso hast du dann so dunkle Ränder unter den Augen?«

»Ich konnte nicht schlafen«, sagte ich.

Maxine kam schüchtern näher, in der Hand ein Kleid auf einem Bügel. »Antoinette«, fragte sie, »meinst du dieses Kleid?«

Ich nickte.

»Nennen Sie sie nicht so, Maxine«, fauchte meine Mutter sie an. »Sie ist kein Kind mehr. Sie ist eine erwachsene Frau, die bald heiraten wird. Bitte nennen Sie sie bei ihrem richtigen Namen.«

Maxine nickte.

»Mama«, krächzte ich. »Es gefällt mir, wenn sie mich Antoinette nennt.«

Meine Mutter zuckte die Schultern. Ein Paar neue Diamantohrringe schaukelte an ihren Ohren. »Na ja, es spielt auch keine Rolle mehr. In einem Monat wirst du Mrs. Gerard Godfrey sein, nur das zählt.«

Ein Schauer lief mir über den Rücken. Maxine und ich tauschten einen kurzen Blick aus.

»Musst du unbedingt das rote Kleid anziehen, Liebes?« Meine Mutter legte den Kopf schief. Sie war eine schöne

Frau, viel schöner, als ich es je sein würde, das wusste ich schon seit meiner Teenagerzeit. »Ich weiß nicht, ob dir die Farbe steht.«

Maxine schaute meiner Mutter direkt in die Augen, was sie selten tat. »Ich finde, die Farbe ist perfekt für sie, Mrs. Calloway«, sagte sie bestimmt.

Meine Mutter hob die Schultern. »Meinetwegen, zieh an, was du willst, aber wir müssen in zwei Stunden los. Am besten, du fängst schon mal an, dich fertig zu machen«, sagte sie und ging. Nach ein paar Schritten blieb sie stehen und fügte hinzu: »Und steck dir die Haare hoch, dann kommt dein Profil besser zur Geltung.«

Ich nickte ergeben. Meine Mutter bezog alle einschlägigen Modezeitschriften und fuhr jedes Jahr zu den Modenschauen nach New York und Paris. Weit mehr als die Mütter meiner Freundinnen legte sie großen Wert auf ihre äußere Erscheinung – nur Designerkleider, perfekte Frisuren, die neuesten Accessoires. Und wozu das alles? Mein Vater nahm kaum Notiz davon. Außerdem wirkte sie umso unglücklicher, je mehr Kleider sie anhäufte.

Als meine Mutter außer Hörweite war, verdrehte ich die Augen. »Gott, hat die wieder eine Laune!«

Maxine reichte mir das Kleid. Ich sah ihr an, dass der Ton meiner Mutter sie getroffen hatte. Wir gingen in mein Zimmer, und ich schloss die Tür.

Ich hielt mir das Kleid an. »Glaubst du wirklich, dass es mir steht?«

»Was ist los mit dir, Antoinette?«, fragte sie. Ihr Blick durchbohrte mich, verlangte Antworten, die zu geben ich noch nicht bereit war.

Ich betrachtete meine nackten Füße auf dem Parkettboden. »Ich weiß nicht«, sagte ich zögernd. »Mir geht das alles viel zu schnell.«

Maxine nickte. »Du meinst, das mit der Verlobung?«

»Ja«, sagte ich. »Ich liebe ihn. Wirklich. Er ist so ein anständiger Mann.«

»Ja, er ist ein anständiger Mann«, bestätigte sie und wartete darauf, dass ich fortfuhr.

Ich setzte mich aufs Bett und lehnte mich ans Kopfteil. »Ich weiß, dass niemand perfekt sein kann«, sagte ich, »aber manchmal frage ich mich, ob ich ihn mehr lieben würde, ob ich tiefere Gefühle für ihn empfinden würde, wenn er das Richtige täte.«

Maxine hängte das Kleid an die Tür. »Wenn er sich zum Kriegsdienst melden würde?«

Ich nickte. »Ich wünschte mir einfach einiges an ihm anders. An uns.«

»Was denn zum Beispiel?«

»Ich würde so gern stolz auf ihn sein, so wie die anderen Frauen, deren Männer in den Krieg ziehen«, sagte ich und dachte an verschiedene Paare, die ich kannte. »Und ich möchte Leidenschaft für ihn empfinden«, fügte ich verlegen kichernd hinzu. »Kitty meint, zwischen uns gäbe es nicht genug Leidenschaft.«

»Und was meinst du?«, fragte Maxine.

»Ich weiß es nicht«, antwortete ich. Dann verscheuchte ich den Gedanken. »Was rede ich bloß für einen Unsinn. Was bin ich für eine Verlobte!« Ich schüttelte den Kopf. »Gerard ist ein Traummann. Ich sollte mich glücklich schätzen, ihn zu heiraten. Es wird wirklich Zeit, dass ich meine Rolle akzeptiere.«

Maxine schaute mich mit funkelnden Augen an. »So

darfst du nicht reden, Antoinette, niemals«, sagte sie mit Nachdruck. »Das Leben ist keine Rolle, die man spielt, vor allem nicht, wenn es um die Liebe geht.«

Sie legte mir einen Arm um die Schultern, so wie sie es früher getan hatte, als ich noch klein war, und schmiegte ihre Wange an meine. »Sei du selbst«, sagte sie, »und hör immer auf dein Herz, auch wenn es wehtut, auch wenn es dir schwierig oder unziemlich erscheint.«

Ich seufzte und vergrub mein Gesicht an ihrer Schulter. »Maxine, warum sagst du mir das? Und warum ausgerechnet jetzt?«

Sie rang sich ein Lächeln ab, aber ihre Augen wirkten traurig. »Weil ich nicht auf mein Herz gehört habe. Und ich wünschte, ich hätte es getan.«

Gerards Mutter, Grace Godfrey, war eine eindrucksvolle Erscheinung. Die dunklen Augen und die scharfgeschnittenen Züge, die bei Gerard so attraktiv wirkten, ließen sie hart erscheinen. Aber wenn sie lächelte, wurden ihre Züge weich. Als Kind hatte ich mir oft gewünscht, meine Mutter wäre so wie Mrs. Godfrey – praktisch veranlagt, bodenständig, trotz ihres Reichtums und ihrer Position. In Zeiten, als Frauen wie sie die Kindererziehung Gouvernanten überließen, nahm Mrs. Godfrey dies selbst in die Hand. Wenn einer der Godfrey-Jungen sich das Knie aufschlug, kümmerte sie sich persönlich darum, es mit einem Pflaster zu verarzten und ihren Sohn zu trösten.

»Ich weiß gar nicht, warum Grace Godfrey ihren Bediensteten dauernd die Arbeit abnimmt«, hatte meine Mutter oft zu meinem Vater gesagt, als ich in die Grundschule ging.

Und tatsächlich, als wir an jenem Nachmittag bei den Godfreys eintrafen, half Grace gerade einem Kellner dabei, eine Eisskulptur – eine riesige Ente mit drei Küken im Schlepptau – von der Terrasse auf einen Tisch auf dem Rasen zu tragen.

»Lassen Sie mich das machen«, sagte mein Vater.

»Grace, seien Sie vorsichtig«, rief meine Mutter. »Am Ende verheben Sie sich noch!«

Mrs. Godfrey stellte den Tisch ab und ließ meinen Vater machen, nachdem die Ente fast umgekippt wäre.

»Danke«, sagte sie. Dann wandte sie sich an uns. »Hallo, Luellen, hallo, Anne. Ist das nicht ein herrlicher Tag für eine Party?«

»Ja«, sagte ich und schaute in den blauen Himmel, über den nur eine einzige weiße Wolke segelte. Auf dem Rasen waren zahllose Tische mit fliederfarbenen Decken aufgereiht, und auf jedem Tisch stand eine Vase mit fünf violetten Hortensien. »Das ist …« Mir versagte die Stimme vor Ergriffenheit über die Liebe, die mir und Gerard entgegengebracht wurde, über die Anteilnahme an unserer bevorstehenden Hochzeit. »Das ist unglaublich schön.«

»Freut mich, dass es dir gefällt«, sagte Mrs. Godfrey und hakte sich bei mir unter. »Gerard erwartet dich schon auf der Terrasse, meine Liebe.«

Ich sah ihn neben seinem Vater in einem Liegestuhl sitzen und eine Zigarre rauchen. Intelligent, gut aussehend, athletisch gebaut – er hätte einer von den Männern aus den Zeitschriften meiner Mutter sein können. Kaum hatte er mich erblickt, sprang er auf und drückte die Feiertagszigarre aus. »Anne«, rief er und winkte mir zu. »Ich bin gleich da!«

Als ich die Schärpe an meinem Kleid zurechtrückte, musste ich an Maxines Worte denken: »Das Leben ist keine Rolle, die man spielt, erst recht nicht, wenn es um die Liebe geht.« *Aber alle spielten doch diese Rolle. Meine Mutter, mein Vater. Kitty in gewisser Weise. Selbst Maxine. Warum sollte ich mich anders verhalten?*

Wenige Augenblicke später legte Gerard mir einen Arm um die Taille. »Du bist die schönste Frau«, flüsterte er mir ins Ohr, »die ich je gesehen habe.«

Ich errötete. »Glaubst du das wirklich?«

»Ich weiß es«, sagte er. »Wo hast du das Kleid her? Du siehst umwerfend aus.«

»Ich habe es für dich angezogen«, erwiderte ich. »Ich wollte, dass du …«

»Moment – ist das Ethan Waggoner?« Mit zusammengekniffenen Augen schaute er zum Gartentor hinüber, wo gerade ein Mann und eine hochschwangere Frau angekommen waren. »Verzeih mir, dass ich dich unterbreche, Schatz, aber das ist ein alter Freund aus dem College. Komm, ich stelle dich ihm vor.«

Den ganzen Nachmittag über waren wir so beschäftigt mit dem Begrüßen von Gästen, dass wir kaum dazu kamen, ein Wort miteinander zu wechseln. Verlobungspartys sind nicht zum Vergnügen der Verlobten vorgesehen.

Als zum Abendessen geläutet wurde, schaute ich mich nach Kitty um. Da erst fiel mir auf, dass ich sie den ganzen Nachmittag nicht gesehen hatte. *Seltsam, sie hatte seit einer Woche von der Party gewusst.* Während des Abendessens blieb ihr Platz am Tisch neben mir leer. Und als die Band »You Go to My Head«, das erste Stück des Abends, spielte, begann ich mir Sorgen zu machen.

»Gerard«, flüsterte ich ihm ins Ohr, als wir in der lauen Abendluft den Tanz eröffneten. Ich hatte das Gefühl, als wären tausend Augenpaare auf uns gerichtet, und es fiel mir schwer, sie zu ignorieren. »Kitty ist gar nicht gekommen. Ich mache mir Sorgen.«

»Bestimmt hat sie sich mal wieder verspätet«, sagte er leichthin. »Du kennst sie doch.«

Es stimmte, Kitty kam oft zu spät zu Verabredungen. Aber *fünf Stunden* zu spät? Noch dazu zur Verlobungsparty ihrer besten Freundin? Nein, irgendetwas stimmte nicht. Ich spürte es einfach.

Ich lehnte den Kopf an Gerards Schulter, während er mich formvollendet über die Tanzfläche führte. Ich schloss die Augen, ließ mich führen und lauschte auf den Text des Stücks.

You go to my head and linger like a haunting refrain ... Du gehst mir nicht mehr aus dem Kopf, verfolgst mich wie ein betörender Refrain. Ging Gerard mir nicht mehr aus dem Kopf?

»Gerard«, flüsterte ich, »hast du schon mal über den Krieg nachgedacht? Darüber, dich freiwillig zum Kriegsdienst zu melden?«

Er neigte den Kopf zurück, um mich zu betrachten. »Falls du dir Sorgen machst, dass ich eingezogen werden könnte, kann ich dich beruhigen, Liebling. Mein Vater hat dafür gesorgt, dass das nicht passiert.«

Ich runzelte die Stirn. »Ach so«, sagte ich und überlegte, wie ich ausdrücken sollte, was ich ihm sagen wollte. »Fürchtest du denn nicht ...«

»Was soll ich fürchten?«

Meine Gedanken wurden unterbrochen von einer Bewegung am Gartentor, die ich aus dem Augenwinkel wahrnahm. Jemand dort winkte und versuchte, meine Aufmerksamkeit zu erregen. Aufgrund der Beleuchtung der Tanzfläche war schwer zu erkennen, was sich da hinten abspielte, und ich kniff die Augen zusammen, um besser sehen zu können. *Kitty*. Sie stand am Gartentor. *War es abgeschlossen? Warum kam sie nicht herein?* Sie wischte sich die Augen mit einem Taschentuch. *Etwas stimmte nicht.*

Das Stück endete, und mehrere Paare kamen auf die Tanzfläche. »Würde es dir etwas ausmachen, wenn wir den nächsten Tanz auslassen?«, fragte ich Gerard.

Er lächelte verwirrt, doch dann nickte er, und ich rannte zum Gartentor. Kitty hockte in sich zusammengesunken auf dem Gehweg, den Kopf auf den Knien.

»Kitty, was ist passiert?« Die Wimperntusche war auf ihren Wangen verlaufen, und ihre Augen waren vom Weinen gerötet.

»Du hältst mich bestimmt für eine ganz schlechte Freundin«, schluchzte sie und begrub ihr Gesicht wieder in den Händen.

Ich strich ihr übers Haar und versuchte, ihre Frisur mithilfe ihrer Haarnadeln wieder zu richten, aber es war zwecklos. Ihre Locken waren so zerzaust wie noch nie. »Was für ein Unsinn«, widersprach ich ihr. »Was ist passiert? Erzähl's mir!«

»Es tut mir so leid, dass ich dich versetzt habe, Anne«, schniefte sie. »Du musst mich für eine treulose Freundin halten. Und du hast recht, denn das bin ich auch. Ich bin eine erbärmliche, treulose Freundin.« Wieder begann sie zu schluchzen, und ich zog ein Taschentuch unter meiner Schärpe hervor und reichte es ihr.

»Du bist keine treulose Freundin«, sagte ich. »Du bist meine allerbeste Freundin.«

Kitty schneuzte sich, dann schaute sie mich mit tieftraurigen Augen an. Aber in ihrem Blick lag auch eine Spur Verzweiflung. Plötzlich wurde mir klar, dass sie kurz davor stand, einen drastischen Schritt zu tun. Ich wandte mich ab.

»Ich bin schon vor Stunden gekommen«, sagte sie. »Aber ich habe es einfach nicht fertiggebracht reinzugehen.«

»Warum denn nicht?«

Sie putzte sich noch einmal die Nase. »Weil ich es nicht ertragen kann, mich von dir zu verabschieden«, sagte sie.

»Aber ich gehe doch nicht fort, Kitty.«

»Doch«, sagte sie. »Das ist es ja gerade. Du heiratest. Dein Leben wird sich ändern. Ich weiß, ich sollte mich für dich freuen, aber ich kann an nichts anderes denken, als dass ich dich verliere.«

»Ach Kitty«, sagte ich. »Du wirst mich nie, niemals verlieren!«

Sie nickte. »Doch. Und so muss es sein. Ich hab mich nur noch nicht daran gewöhnt.« Sie wies auf die Festgesellschaft hinter der Hecke. »Deswegen konnte ich nicht mitfeiern. Tut mir leid, Anne.«

Ich nahm ihre Hand. »Nein«, sagte ich bestimmt, »entschuldige dich nicht.« Mit dem Saum meines Kleides wischte ich eine Träne von ihrer Wange.

»Anne«, sagte sie dann mit veränderter Stimme. »Ich muss dir etwas sagen.«

Ich ließ ihre Hand los. »Was denn?«

»Es wird dir nicht gefallen.«

»Sag's mir trotzdem«, beharrte ich und wappnete mich innerlich.

»Ich habe eine schwerwiegende Entscheidung getroffen – in Bezug auf meine Zukunft«, sagte sie. Sie räusperte sich. »Du beginnst ein neues Leben, und deswegen muss ich das auch tun.«

»Kitty, wovon redest du?«

Sie holte tief Luft, um sich zu beruhigen. »Erinnerst du dich an den Pakt, den wir geschlossen haben, als wir uns für die Krankenschwesternausbildung angemeldet haben?«

Ich nickte. »Ja. Wir haben einander geschworen, dass wir nicht so werden würden wie unsere Mütter.«

»Genau«, sagte sie, ohne mich anzusehen. »Und dass wir ein anderes Leben führen wollen, ein sinnvolleres Leben.«

Ich runzelte die Stirn. »Kitty, wenn du damit andeuten willst, dass ich, indem ich Gerard heirate …«

»Nein«, unterbrach sie mich hastig. »Das meine ich überhaupt nicht. Aber ich habe mir gesagt, dass *ich* etwas aus meinem Leben machen kann – dass ich mit der Ausbildung, die ich habe, etwas Sinnvolles tun kann. Ich denke schon eine ganze Weile darüber nach, seit wir die ersten Gerüchte vom Krieg gehört haben, aber heute Abend, Anne, heute Abend ist mir klar geworden, was ich tun will.«

Ich ballte die Hände.

»Ich gehe weg«, sagte sie. »Weit weg – in den Südpazifik. Ich melde mich als Lazarettschwester zum Army Nurse Corps. Ich war heute in der Stadt bei der Registrierungsstelle für Freiwillige. Die brauchen ausgebildete Krankenschwestern. Die suchen verzweifelt Krankenschwestern, Anne! Das könnte endlich eine Chance für mich sein, etwas Sinnvolles zu tun.«

Mir ging das Herz über vor Rührung. Ich dachte an all das, was Norah in ihren Briefen erzählte – von den feuchtwarmen Nächten, in denen die Sterne am Himmel zum Greifen nahe schienen, von den Inseln, die so schön und zugleich so geheimnisvoll waren, von der Angst vor Tod und Zerstörung, die überall lauerte. Von den Männern. Ich hatte heimlich davon geträumt, mir vorgestellt, wie es sein könnte, aber ich hatte nicht geahnt, dass Kitty in aller Stille bereits Pläne gemacht hatte.

Ich trat so heftig nach einem Kieselstein, dass er quer über die Straße flog. »Bist du fest entschlossen?«

»Ja«, sagte Kitty leise.

Ich seufzte.

»Hör zu«, fuhr Kitty fort. »Du heiratest. Alle heiraten oder gehen fort, um zu studieren. Ich habe keine Lust, hier rumzusitzen und tatenlos zuzusehen, wie sich alles verändert. Ich möchte an der Veränderung mitwirken.«

Ja, für uns beide würde sich vieles ändern, ob wir daran mitwirkten oder nicht. Und je näher der Zeitpunkt rückte, umso schmerzlicher kam es mir zu Bewusstsein.

»Meine Mutter ist natürlich entsetzt«, fuhr Kitty fort, »dass ich auf eine unzivilisierte Insel will, wo *Wilde* leben, dass ich mich unter Soldaten mischen will – aber das ist mir egal. Es interessiert mich nicht, was irgendwer denkt, außer« – sie zögerte – »was du denkst.«

Ich konnte mir Kitty auch nicht auf einer Insel im Südpazifik vorstellen, aber nicht wegen der »Wilden« oder der Soldaten. Nein, ich konnte die Vorstellung nicht ertragen, dass Kitty ans andere Ende der Welt aufbrach – ohne mich.

»Ich stehe übrigens in Briefkontakt mit Norah«, gestand ich ihr.

Kitty wirkte gekränkt, doch dann leuchteten ihre Augen auf. »Ist sie nicht im Südpazifik?«

»Ja«, sagte ich. »Sie drängt die ganze Zeit, dass ich mich ebenfalls zum Dienst melden soll.«

Kitty grinste. »Tja, da hat sie ihre Energie an die Falsche vergeudet.«

»Vielleicht auch nicht«, erwiderte ich leise.

Ich dachte an die Hochzeit, die in wenigen Wochen stattfinden sollte. Ich sah alle Einzelheiten vor meinem geistigen Auge wie die Bilder einer Dia-Schau. Mein Kleid aus französischer Seide. Das blaue Strumpfband. Die fünfstöckige Hochzeitstorte. Spitzendeckchen. Sträuße für die Brautjungfern. Weiße Pfingstrosen und lavendelfarbene Rosen. Ich schüttelte mich. *Wie sollte ich heiraten, wenn Kitty nicht dabei war?*

Ich richtete mich auf. »Ich komme mit«, sagte ich zu Kitty.

Kitty strahlte. »Anne! Nein, das meinst du nicht ernst. Was ist mit deiner Hochzeit? Wir müssten schon in ein paar Tagen abreisen, und man muss sich für mindestens neun Monate verpflichten.«

Ich zuckte die Schultern. »Die brauchen doch Krankenschwestern, oder?« Mir schlug das Herz bis zum Hals – vor Aufregung, vor Vorfreude und auch vor Angst.

Kitty nickte und begann wieder zu schniefen. »Ja, das

stimmt«, sagte sie. »Bei der Registrierungsstelle heißt es, im Pazifik ist die Hölle los, und es werden dringend Krankenschwestern gebraucht.«

Ich lächelte verschmitzt. »Was wäre ich für eine Freundin, wenn ich dich allein das Abenteuer deines Lebens antreten ließe?«

Kitty sprang auf und fiel mir um den Hals, und wir blieben eng umschlungen auf dem Gehweg stehen, bis das Stück zu Ende war, und dann noch eine ganze Weile. Die Musik von der Party klang, als käme sie aus einer anderen Welt, und in gewisser Weise tat sie das auch. Die säuberlich geschnittene Hecke bildete die Grenze zwischen der Gewissheit und der Ungewissheit.

»Das wird Gerard mir niemals verzeihen«, sagte Kitty, »dass ich ihm so kurz vor seiner Hochzeit die Verlobte entführe.«

Ich schüttelte den Kopf. »Unsinn. Du entführst mich nicht. Ich gehe mit, weil ich das möchte.«

Ich schaute in den Garten hinüber. Meine Entscheidung würde Konsequenzen nach sich ziehen, das war mir klar. Meine Mutter würde außer sich geraten. Mein Vater würde versuchen, mir die Sache auszureden. Und Gerard … *Gerard*. Ich seufzte. Es würde ihm schwerfallen zu akzeptieren, dass seine Verlobte in den Krieg zog, während er es sich zu Hause gut gehen ließ. Außerdem würde meine Entscheidung ihn verletzen, und das machte mir am meisten zu schaffen. Aber darüber wollte ich jetzt nicht nachdenken. Wenn er mich liebte, wenn er mich wirklich liebte, dann würde er auf mich warten – und wenn nicht, dann würde ich mich damit auseinandersetzen, wenn es so weit war.

Mein Entschluss stand fest. Ich musste mit Kitty in den Südpazifik gehen. Warum eigentlich? Die Antwort war mir noch nicht ganz klar. Aber eins wusste ich mit Sicherheit: Dieses Abenteuer wäre nicht einfach eine Rolle, die jemand mir vorschrieb.

3

Kitty stieß mir in die Rippen, und ich öffnete stöhnend die Augen. »Kuck mal aus dem Fenster!«, rief sie aufgeregt. »Wir sind fast da!«

Wir befanden uns auf einem fünfundvierzigminütigen Flug von einer weiter nördlich gelegenen Insel, wo wir per Schiff eingetroffen waren. Ich war vier Tage lang seekrank gewesen und sehnte mich danach, wieder festen Boden unter den Füßen zu haben. Ich sah mich in dem kleinen Flugzeug um. Alles war grau und funktional. Ein Ort für Männer. Aber abgesehen von den Piloten im Cockpit und einem Soldaten, einem großen, schlaksigen Kerl mit flachsblondem Haar und frisch gebügelter Uniform, der von einem Genesungsurlaub zurückkehrte, befanden sich nur Krankenschwestern an Bord.

»Schau dir das an!«, rief Kitty aus und schlug sich mit der Hand auf die Brust. »Hast du schon mal so was Schönes gesehen?«

Ich beugte mich über Kittys Schoß, um besser aus dem winzigen Fenster sehen zu können. Mir stockte der Atem, als ich die Landschaft unter uns erblickte – blaues Wasser, weiße Strände und smaragdgrüne Hügel. Mit so einem atemberaubenden Anblick hatte ich nicht gerechnet. Das heißt, eigentlich wusste ich gar nicht, womit ich gerechnet hatte. Sicher, Norah, die inzwischen mit einem Schiff in Richtung Heimat unterwegs war, hatte mir immer wieder vom Reiz der Insel erzählt, aber die Zeitungsartikel, die ich gelesen hatte, berichteten von gnadenloser tropischer Hitze, von Dreck und Unrat, von Männern, die in mückenverseuchten Sümpfen kämpften, die sie als »Hölle auf Erden« bezeichneten. Aber was ich durch das Fenster sah, passte überhaupt nicht zu dieser Beschreibung. Nein, diese Insel war etwas ganz anderes.

Ich musste an Gerard denken und daran, wie er mir nachgeschaut hatte, als ich ins Flugzeug gestiegen war – traurig, verunsichert, ein bisschen ängstlich. Er hatte bewundernswert reagiert, als ich ihm am Tag nach der Verlobungsparty eröffnete, dass ich mich entschlossen hatte, in den Südpazifik zu gehen. Aber er hatte auch besorgt gewirkt.

Natürlich hatte er versucht, mir meinen Entschluss auszureden, aber schließlich hatte er mir die Hand gedrückt und sich ein Lächeln abgerungen. »Ich werde für dich da sein, wenn du zurückkommst. Daran wird sich nichts ändern«, sagte er.

Nach einem langen Gespräch hatten wir uns darauf geeinigt, unsere Hochzeit um ein Jahr zu verschieben. Meine Mutter war am Boden zerstört, als sie davon erfuhr, und hatte sich schluchzend in ihrem Zimmer eingeschlossen. Was mein Vater von der Sache hielt, war nicht so leicht zu durchschauen. Ich wartete bis zum Abend nach der Party bei den Godfreys, dann, kurz vor dem Abendessen, ging ich zu ihm ins Arbeitszimmer, wo er sich gerade einen Whisky genehmigte. Winzige Schweißperlen standen ihm auf der Stirn. »Bist du dir ganz sicher, dass du das tun willst, Liebes?«

»Ja, ich bin mir ganz sicher«, erwiderte ich. »Es fühlt sich einfach richtig an. Anders kann ich es dir nicht erklären.«

Er nickte, zündete sich eine Zigarre an und blies den Rauch zum offenen Fenster hin. Seine Augen glänzten. »Ich wünschte, ich hätte deinen Mut.«

»Papa …«

»Tja, dann ist das wohl so«, sagte er abrupt, drückte seine Zigarre wieder aus und erstickte damit jedes weitere Gespräch. »Wir wollen nicht zu spät zum Abendessen kommen. Maxine macht heute Croque Monsieur.« An dem Abend hatte mein Vater kaum einen Bissen herunterbekommen.

Ich strich mein Kleid glatt. Wieso war meins so zerknittert, während Kittys aussah wie frisch gebügelt? Ich runzelte die Stirn. *War es ein Fehler gewesen herzukommen?* Ich verschränkte die Hände auf meinem Schoß und betrachtete die Landschaft unter uns – meine neue Heimat, zumindest für den Großteil des kommenden Jahres.

Constance Hildebrand, die Oberschwester, die auf der Insel unsere Vorgesetzte sein würde, ging nach vorn ins Flugzeug und schaute uns junge Schwestern mit strenger Miene an. Sie war eine stämmige Frau mit grauem Haar, das sie unter ihrer Schwesternhaube mit Klammern derart fest zusammengesteckt hatte, dass es aussah, als müsste es wehtun. Falls sie auch eine weiche Seite hatte, hielt sie sie gut unter Verschluss. »Wir werden bald auf der Insel sein«, sagte sie. Es war furchtbar laut im Flugzeug, und obwohl sie beinahe schrie, verstand ich ihre Worte nur, wenn ich zusätzlich von ihren Lippen las. »Lassen Sie sich nicht von der Schönheit der Natur täuschen, diese Insel ist kein Ort des Luxus«, fuhr sie fort. »Sie werden härter arbeiten und mehr schwitzen, als Sie es sich vorstellen können. Die Hitze ist extrem. Die Feuchtigkeit ist erdrückend. Und wenn die Moskitos sich nicht über Sie hermachen, dann werden es die Eingeborenen tun. Diejenigen, die an der Küste leben, sind friedlich, aber begeben Sie sich nie ins Landesinnere. In der Nähe der Basis leben immer noch Kannibalen.«

Ich warf einen Blick auf die Frauen in meiner Nähe, die Schwester Hildebrand mit ängstlich geweiteten Augen zuhörten. »Ich weiß, dass Sie alle erschöpft sind, aber es wartet bereits Arbeit auf sie.« Schwester Hildebrand räusperte sich. »Sie werden sich Ihre Zimmer zeigen lassen, sich frisch machen und sich um vierzehn Uhr bei mir im Lazarett einfinden. Und noch etwas: Eine Menge Männer werden Sie bei Ihrer Ankunft beobachten, Männer, die seit langer Zeit keine Frau mehr zu Gesicht bekommen haben, außer den dortigen *wahine*.« Sie schenkte uns einen bedeutungsvollen Blick. »Lassen Sie sich auf keinen Blickkontakt mit den Männern ein. Wir müssen ihnen zeigen, dass wir von ihnen erwarten, sich wie Gentlemen zu benehmen.«

Eine Frau in der Reihe vor uns kramte ihr Schminktäschchen heraus, puderte sich die Nase und zog ihre Lippen nach.

Kitty beugte sich grinsend zu mir herüber. »Auf der Insel sind zweitausend Männer«, flüsterte sie. »Und wir sind fünfundvierzig.«

Ich sah sie stirnrunzelnd an. Während ich versuchte,

Schwester Hildebrands warnende Worte zu verdauen, dachte Kitty an Männer? »Glaubst du, es gibt wirklich Kannibalen auf der Insel?«

»Ach was«, sagte Kitty. »Die will uns nur Angst einjagen.«

Ich versuchte, mich zu beruhigen. »Außerdem«, fügte ich hinzu, »hat Norah in ihren Briefen nichts von Moskitos erwähnt.«

Kitty nickte. »Meredith Lewis – die Schwester von Jillian, erinnerst du dich? – war auf einer anderen Insel hier in der Nähe stationiert. Sie kam mit den ersten Soldaten hier an, und sie sagt, das mit den Kannibalen ist ein Märchen.«

Aber anstatt mich zu beschwichtigen, trafen Kittys Worte mich wie Granatsplitter. Meredith Lewis war auf der Highschool im selben Jahrgang wie Gerard gewesen. Ihr Foto befand sich neben seinem im Jahrbuch, und bei der Erinnerung daran sehnte ich mich nach zu Hause. Plötzlich fühlte ich mich zutiefst verunsichert. Aber die Gedanken verflüchtigten sich, als das Flugzeug zu ruckeln und rumpeln begann.

Kitty und ich hielten uns an der Hand, als die Maschine unsanft aufsetzte und über eine Landebahn raste, die gefährlich dicht am Meer zu liegen schien. Einen Moment lang sah es so aus, als würden wir wie ein Torpedo ins Wasser schießen. Ich bekreuzigte mich und sprach ein Stoßgebet.

»Da wären wir also«, flüsterte ich, als wir uns kurz darauf zusammen mit den anderen Krankenschwestern zum Aussteigen bereit machten.

Kitty legte mir von hinten eine Hand auf die Schulter.

»Danke, dass du mitgekommen bist«, flüsterte sie. »Du wirst es bestimmt nicht bereuen!«

Eine nach der anderen stiegen wir die Stufen hinunter und betraten schließlich die Landebahn. Ein heißer, feuchter Wind wehte uns entgegen, und als ich tief einatmete, fühlte es sich an, als würde meine Lunge sich mit Dampf füllen. Das Gesicht der jungen Frau, die sich kurz vor der Landung die Nase gepudert und die Lippen nachgeschminkt hatte, wirkte jetzt teigig, und ich sah, wie ihr ein Schweißtropfen über die Wange lief. Ich widerstand dem Impuls, meine Puderdose aus meiner Handtasche zu nehmen, indem ich mich daran erinnerte, dass es keine Rolle spielte, wie ich aussah. Schließlich war ich verlobt.

Ich ließ meinen Blick schweifen und stellte fest, dass Schwester Hildebrand recht gehabt hatte – zumindest in Bezug auf die Männer. Es wimmelte nur so von Soldaten in dunkelgrünen Uniformen. Ein paar Draufgänger pfiffen hinter uns her, andere standen an Armeelaster gelehnt, rauchten und glotzten.

»Man sollte meinen, die hätten noch nie eine Frau gesehen«, bemerkte Kitty und zwinkerte einem Soldaten in der ersten Reihe zu, der selbstbewusst lächelte. »Netter Typ«, sagte sie ein bisschen zu laut.

Schwester Hildebrand drehte sich zu uns um. »Meine Damen, ich möchte Ihnen Colonel Donahue vorstellen«, sagte sie und wandte sich dann an einen Mann in Uniform, an dessen Brust mindestens ein Dutzend Orden und Medaillen prangten. Als er das Rollfeld überquerte, nahmen seine Männer Haltung an. Alle verstummten, und wir Schwestern sahen ihm fasziniert entgegen. Der

Colonel war um die vierzig, braun gebrannt, mit dunklem, leicht grau meliertem Haar und eindrucksvollen Augen. Er wirkte gebieterisch in seiner Uniform, ja sogar ein bisschen Furcht einflößend, dachte ich.

»Schwester Hildebrand, meine Damen«, sagte er und salutierte kurz. »Ich möchte Sie offiziell auf Bora-Bora willkommen heißen. Wir sind Ihnen dankbar für den Dienst, den Sie fürs Vaterland leisten, und ich kann Ihnen versichern, dass die Männer, die hier auf der Insel stationiert sind, mich eingeschlossen, Ihre Arbeit sehr zu schätzen wissen.« Dann drehte er sich zu den Soldaten um und brüllte: »Rührt euch!« Die Männer applaudierten.

»Was für ein Gentleman«, hauchte Kitty, die ihre Augen gar nicht mehr von dem Colonel abwenden konnte.

Ich zuckte die Schultern. Es schien noch heißer geworden zu sein. Die Hitze strahlte auch vom Asphalt ab, sodass sie uns umwaberte wie in einem Backofen. Kitty wankte leicht neben mir. Zuerst dachte ich, sie bewegte sich zu dem Song von Ella Fitzgerald, der in einem in der Nähe geparkten Jeep im Radio lief, aber als ich sie anschaute, sah ich, dass sie kreidebleich war und ihre Arme schlaff herunterhingen.

»Kitty«, sagte ich, »alles in Ordnung?«

Ihre Lider flatterten, und im nächsten Augenblick gaben die Beine unter ihr nach. Ich konnte sie gerade noch auffangen, aber eigentlich sorgte ihre mit viel zu eleganten Kleidern vollgestopfte Reisetasche dafür, dass sie nicht härter aufschlug. Reglos blieb sie auf dem Asphalt liegen, den Kopf in meinem Schoß.

»Kitty!«, rief ich, während ich instinktiv an ihrem Kleid zupfte, um ihre Beine zu bedecken.

»Riechsalz!«, befahl Schwester Hildebrand und bahnte sich ihren Weg zwischen den Schwestern hindurch, die sich um uns herumdrängten. Sie hielt Kitty ein grünes Glasfläschchen unter die Nase. »Das ist die Sonne«, kommentierte sie trocken. »Sie wird sich dran gewöhnen.«

Colonel Donahue war herbeigeeilt. »Eine Trage!«, bellte er. »Schnell!«

»Colonel Donahue«, sagte Schwester Hildebrand, »das ist nichts weiter als eine vorübergehende Kreislaufschwäche. Die Frau wird sich gleich wieder erholen.«

Er betrachtete Kitty mit einem besitzergreifenden Blick. »Trotzdem. Ich möchte sichergehen, dass sie gut versorgt ist.«

»Wie Sie wünschen«, erwiderte Schwester Hildebrand.

Kurz darauf kamen zwei Männer mit einer Trage und hoben Kitty, die wieder zu sich gekommen war, darauf.

»Anne«, sagte Kitty und sah mich benommen an, »was ist passiert?«

Ehe ich antworten konnte, war Colonel Donahue zur Stelle. »Es sind immer die Hübschesten, die in den Tropen in Ohnmacht fallen«, sagte er grinsend.

Mir gefiel sein Ton nicht, aber Kitty strahlte. »Gott, wie peinlich. War ich lange weg?«

Der Colonel erwiderte ihr Lächeln. »Nur lange genug, um nicht mitzubekommen, dass wir heute einen Tanzabend veranstalten, um Ihre Ankunft gebührend zu feiern.« So wie der Colonel das sagte, hörte es sich an, als wäre der Tanzabend allein Kitty zu Ehren geplant.

Kitty lächelte etwas zu kokett, wie ich fand. »Ein Tanzabend?«, murmelte sie matt.

»Ja«, sagte er, »ein Tanzabend.« Er wandte sich an die

Soldaten. »Ihr habt richtig gehört, Männer. Heute Abend um zwanzig Uhr.«

»Danke«, gurrte Kitty immer noch lächelnd.

»War mir ein Vergnügen«, erwiderte der Colonel galant. »Ich möchte Sie nur um einen Gefallen bitten.«

»Alles, was Sie wollen«, sagte Kitty strahlend.

»Dass Sie mir einen Tanz gewähren.«

»Mit dem größten Vergnügen«, antwortete Kitty verträumt, als die Männer die Trage wegrollten.

Kitty hatte schon immer gewusst, wie man einen Auftritt inszenierte.

Die Menge begann sich aufzulösen. Ich warf einen Blick auf meinen Koffer und Kittys riesige Reisetasche und stöhnte. Die Männer hatten sich verzogen, und jetzt stand ich mit dem Gepäck allein da.

»Nicht zu fassen«, sagte jemand hinter mir. Als ich mich umdrehte, stand eine der Schwestern vor mir. Ihr braunes Haar, das ihr in weichen Locken auf die Schultern fiel, erinnerte an das von Rita Hayworth auf den Fotos im *Life*-Magazin, aber das war auch schon die einzige Ähnlichkeit.

»Wie bitte?«, sagte ich, denn ich wusste nicht, was sie meinte.

»Die Schau, die Ihre Freundin da eben abgezogen hat, war wirklich bühnenreif«, antwortete sie grinsend. Ein Stückchen Spitze ragte am Ausschnitt ihres Kleids heraus. Ich fragte mich, ob das Absicht war.

Eine Schwester mit glänzendem, schwarzem Haar und einem schüchternen Lächeln, anscheinend eine Freundin der anderen, gesellte sich zu uns und nickte zustimmend.

»Nein, nein, nein«, sagte ich. »Sie glauben doch nicht im Ernst, dass Kitty absichtlich ohnmächtig geworden ist?«

»Genau das glaube ich«, erwiderte die Schwester mit den Locken. »So heiß ist es nun auch nicht. Das war volle Absicht.«

»Was für ein Unsinn!«, widersprach ich. »Sie sind doch nur eifersüchtig.«

Die Dunkelhaarige schaute mich entgeistert an, aber die andere zuckte nur selbstbewusst mit den Schultern. »Eines Tages werden Sie uns noch mal dankbar sein«, bemerkte sie schnippisch.

»Wofür?«, fragte ich.

»Dafür, dass wir Ihnen die Augen geöffnet haben in Bezug auf Ihre Freundin. Ich würde sie nicht in die Nähe meines Freundes lassen.«

Ich schüttelte den Kopf, schnappte mir den Koffer und die Reisetasche und ging so schnell los, wie ich es mit dem schweren Gepäck schaffte.

»Wie unhöflich von uns«, sagte die Schwester mit den Locken. Aber anstatt sich zu entschuldigen, wie ich es erwartet hatte, fuhr sie fort: »Fast hätte ich vergessen, uns vorzustellen. Ich bin Stella, und meine Freundin heißt Liz.«

Ich ging wortlos weiter.

»Und Sie sind?«

»Anne«, fauchte ich, ohne mich umzudrehen.

Unsere Zimmer im Schwesterntrakt waren einfach, um nicht zu sagen dürftig eingerichtet: zwei grob gezimmerte Betten, eine Kommode und ein Wandschrank, an der Wand ein ovaler Spiegel. Die dünnen, blassgelben, von der Sonne ausgebleichten Baumwollvorhänge schienen weder ausreichenden Schutz gegen das Sonnenlicht noch gegen die Blicke der Männer zu bieten. Als ich ankam, stand Kitty gerade auf einem der Betten und schlug einen Nagel in die Wand. »Findest du, dass das eine gute Stelle für ein Bild ist?«, fragte sie. »Ich wollte ein Foto von meinen Eltern aufhängen.«

Ich ließ ihre Reisetasche fallen und wischte mir den Schweiß von der Stirn. »Meinetwegen«, sagte ich tonlos. »Wie ich sehe, geht's dir schon wieder besser.«

»Ja«, erwiderte sie. »Tut mir leid, dass du das Gepäck allein herschleppen musstest. Aber Colonel Donahue hat sich einfach nicht abwimmeln lassen.«

Es ging mir schon auf die Nerven, auch nur den Namen des Colonels aus ihrem Mund zu hören, doch ich ließ mir nichts anmerken. »Ich bin nur froh, dass es dir wieder gut geht«, sagte ich.

Kitty hüpfte aufgeregt in unserem kleinen Zimmer herum und redete davon, wie wir es uns gemütlich einrichten könnten. Aus einem Extra-Betttuch könnten wir uns eine hübsche Tagesdecke machen, meinte sie, und bestimmt könnten wir irgendwo einen kleinen Tisch auftreiben. Und die Wände hätten so eine beruhigende Farbe, meinte sie. *Ja*, dachte ich, *Krankenhausbeige – sehr beruhigend.*

Ich fand das Zimmer feucht und wenig einladend. Die beiden blau-weiß gestreiften Matratzen waren von Flecken übersät. Am Fußende jedes Betts lag ein Stapel fadenscheiniger Laken. Ich sehnte mich nach Maxine, auch wenn ich mir dabei kindisch vorkam. Sie hätte sofort die Betten bezogen und uns eine Tasse Tee aufgebrüht.

Aber jetzt war ich auf mich selbst gestellt.

»Anne, kannst du es glauben, dass heute ein Tanzabend stattfindet? Und Colonel Donahue hat gesagt, er will mit mir tanzen!«

Schon wieder dieser Name. *Warum machte mir das so viel aus? Zweifelte ich an seinen guten Absichten? Waren meine Gefühle unangebracht?* Ich musste daran denken, was Stella und Liz gesagt hatten. Sie waren neidisch auf Kitty, redete ich mir ein. Es widerstrebte mir anzunehmen, dass ich es ebenfalls war.

Kitty hatte eine Art, Männer um den kleinen Finger zu wickeln, wie ich es nie können würde. Ich dachte an Gerard und spielte an meinem Verlobungsring. Meine Finger waren von der Hitze ganz geschwollen.

»Ja, schön, dass es einen Tanzabend gibt«, sagte ich, bemüht, begeistert zu klingen.

»Ich ziehe mein gelbes Kleid an«, verkündete Kitty und öffnete ihre Reisetasche. Gelb stand ihr gut, und in dem Kleid, das sie jetzt hochhielt, würde sie umwerfend aussehen. Ich hatte sie schon mehrmals darin gesehen – zuletzt in den Armen von Mr. Gelfman. Komisch, es hatte ihr das Herz gebrochen, sich von ihm zu trennen, als wir von Seattle aufgebrochen waren, aber die Insel schien ihre Erinnerung ausgelöscht zu haben. Ich schwor mir, dass mir das nicht passieren würde.

Kitty trat vor den Spiegel und hielt sich das Kleid an. Sie versuchte, die Knitterfalten zu glätten, die die feuchte Luft hier sowieso bald verschwinden lassen würde. »Ich weiß nicht«, sagte sie. »Vielleicht sollte ich doch lieber das blaue anziehen, das wir letztes Frühjahr bei Frederick & Nelson gekauft haben. Das ist ein bisschen zurückhaltender.«

Ich schüttelte den Kopf. »Nein«, sagte ich und dachte

an Stella und Liz. Ich war entschlossen zu beweisen – zumindest mir selbst –, dass ich nicht neidisch war, dass ich Kitty eine gute Freundin war. Deswegen war ich schließlich mit ihr hierhergekommen. »Zieh das gelbe an. Darin siehst du fantastisch aus.«

Kitty würde die Schönste des Abends sein. Sie würde sich königlich amüsieren. Und ich würde mich für sie freuen.

Im Lazarett, einem weißen Bau mit einem aufgemalten roten Kreuz über dem Eingang, roch es nach Seife und Desinfektionsmitteln. Kitty und ich trafen am Nachmittag als Letzte ein und schoben uns zwischen die anderen Frauen, denen Schwester Hildebrand gerade am Arm einer Schwester vorführte, wie man in den Tropen eine Wunde verband. Ein Verband, erklärte sie, müsse gegen den Uhrzeigersinn gewickelt werden, nicht zu fest, aber fest genug, um die Blutung zu stoppen. »Die Wunde muss atmen«, sagte sie. »Zu viel oder zu wenig Luft, und sie infiziert sich.« Sie warf einen Blick aus dem Fenster, durch das man die Hügel in der Ferne sehen konnte. »Vor allem hier an diesem gottverlassenen Ort.«

Den ganzen Nachmittag über wickelten wir schmale Streifen Leinen zu kleinen, festen Rollen auf und verstauten sie in den Kisten, die das Flugzeug mitgebracht hatte. Ich legte die riesigen Bahnen aus grauem Leinen auf den Tisch und bemühte mich, nicht an die Wunden zu denken, die wir damit einmal verbinden würden. Kitty fasste am einen Ende an, ich am anderen, und gemeinsam breiteten wir den Stoff aus. Nach einer Stunde taten mir die Finger weh.

Wir arbeiteten schweigend, hauptsächlich aus Angst vor Schwester Hildebrand, denn uns allen brannte eine Menge auf den Nägeln. Als sie in die Offiziersmesse ging, um etwas zu erledigen, fanden wir unsere Sprache wieder.

»Schwester Hildebrand ist furchtbar streng«, bemerkte eine Frau zu unserer Linken. Sie war ein paar Jahre älter als Kitty und ich, hatte strohblondes Haar, viele Sommersprossen und freundliche Augen. Wenn sie lächelte, kamen ihre schiefen Zähne zum Vorschein, die sie vergeblich hinter ihren Lippen zu verbergen suchte.

»Allerdings«, stimmte ich ihr zu. »Ich verstehe gar nicht – wenn sie diesen Ort hier dermaßen verabscheut, warum hat sie sich dann freiwillig zum Dienst gemeldet?«

»Es hat irgendetwas mit ihrer Vergangenheit zu tun«, sagte die Frau.

»Was meinen Sie damit?«

»Ich weiß nur, was eine andere Schwester mir auf dem Festland erzählt hat«, sagte sie und senkte die Stimme. »Sie war schon mal hier, vor langer Zeit. Und da ist irgendwas Schlimmes vorgefallen.«

»Was denn?«

»Das weiß ich nicht genau. Irgendein Skandal.«

»Das heißt doch nicht etwa, dass sie eine Kriminelle ist?«, rief Kitty aus.

Die Frau zuckte die Schultern. »Wer weiß? Ich würde mich jedenfalls besser nicht mit ihr anlegen«, erwiderte sie. »Ich heiße übrigens Mary«, fügte sie mit einem Nicken hinzu.

»Ich bin Anne.«

»Und ich bin Kitty.«

Mary legte einen aufgerollten Verband in die Kiste auf dem Tisch. »Was hat Sie hierhergeführt?«

Kitty öffnete den Mund, aber ich kam ihr zuvor. »Dienst am Vaterland«, sagte ich.

Mary grinste. »Sagen wir das nicht alle? Nein, warum sind Sie wirklich hier? Wir sind doch alle entweder auf der Flucht vor oder auf der Suche nach irgendetwas. Was ist es bei Ihnen?« Sie betrachtete meinen Verlobungsring, vielleicht, weil ich daran herumspielte.

Aber diesmal war Kitty schneller. »Anne war verlobt«, setzte sie an, aber ich fiel ihr ins Wort.

»Ich *bin* verlobt«, stellte ich richtig.

»Ja, Anne ist verlobt, aber sie hat ihre Hochzeit verschoben, um mich zu begleiten.« Kitty rieb ihre Schulter an meiner, wie um sich zu bedanken. »Ich hatte eine unglückliche Beziehung hinter mir, und ich wollte nur noch weg.«

»Ich auch«, sagte Mary und hielt ihre linke Hand hoch. »Mein Verlobter hat die Verlobung gelöst. Er ist eines Tages vorbeigekommen und hat mir erklärt, dass er mich nicht liebt. Wie hat er sich noch ausgedrückt?« Sie schaute zur Decke und überlegte. »Ah ja«, fuhr sie fort. »Er hat gesagt: ›Hallo, Schatz, ich mag dich, aber ich liebe dich nicht.‹ Und als hätte das noch nicht gereicht, hat er auch noch verkündet, dass er meine beste Freundin heiraten würde. Anscheinend waren sie schon seit Monaten zusammen. Ehrlich gesagt, das war so furchtbar, dass ich fast durchgedreht bin. Als ich wieder halbwegs vernünftig denken konnte, war mir klar, dass ich wegmusste. Ich wollte in den hintersten Winkel der Welt, um den Schmerz zu lindern. Unsere Hochzeit war für den Herbst geplant, im Hotel Cartwright in San Francisco.« Sie betrachtete ihre Hände und seufzte. »Es sollte ein rauschendes Fest werden.«

»Das tut mir leid«, sagte ich.

»Danke«, erwiderte sie. »Inzwischen macht es mir nichts mehr aus, darüber zu reden.« Sie nahm sich den nächsten Verband vor. »Wir wollten nach Paris ziehen«, fuhr sie fort. »Er wollte – na ja, er will – in den diplomatischen Dienst eintreten.« Sie schüttelte wehmütig den Kopf. »Ich hätte mich nie in Edward verlieben dürfen. Meine Mutter hatte von Anfang an recht. Er sah viel zu gut aus für mich.« Sie zuckte die Schultern und überspielte ihren Kummer, indem sie sich praktischen Dingen zuwandte. »Tja, und jetzt bin ich also hier. Und Sie?« Sie schaute mich an. »Lieben Sie den Mann, den Sie heiraten werden?«

»Natürlich«, antwortete ich ein bisschen empörter als gewollt.

»Und warum sind Sie dann hier und nicht zu Hause bei ihm?«

Warum war ich dort und nicht bei ihm? War die Antwort wirklich so einfach? Ich dachte eine Weile über die Frage nach. *Suchte ich das Abenteuer, so wie Kitty? Oder hatte ich mir Maxines Worte zu Herzen genommen und wollte die Chance nutzen, noch etwas – oder jemand – Neues kennenzulernen, ehe ich mich für mein Leben band?* Ich schüttelte den Kopf, um den Gedanken zu verscheuchen. *Nein, ich war wegen Kitty hier. So einfach war das.*

»Weil meine Freundin mich braucht«, sagte ich.

»Das ist aber lieb«, sagte Mary. »Sie beide haben Glück, dass Sie einander haben, wissen Sie das? So eine Freundin habe ich nicht.«

Kitty, großzügig wie immer, lächelte Mary an. »Wie wär's mit uns?«

Mary entblößte ihre schiefen Zähne. »Keine schlechte Idee«, sagte sie und legte die nächste Verbandrolle in die Kiste. Wir hatten inzwischen mindestens hundert Rollen gewickelt. Es war keine große Sache, und dennoch war ich stolz auf unsere Leistung. Ein Berg Verbände an unserem ersten Tag auf Bora-Bora. Wir *taten* etwas. Das war das wirkliche Leben.

Die Kantine war in einem schlichten Flachbau untergebracht, und von den vielen langen Tischen, die dort aufgereiht standen, waren zwei für uns Schwestern reserviert. Wir würden nicht mit den Männern zusammen essen, erklärte Schwester Hildebrand. Trotzdem beobachteten wir sie ebenso wie sie uns. Ihre Blicke verfolgten jede unserer Bewegungen, während wir aßen – Dosenfleisch mit Bohnen.

»Das Zeug ist ungenießbar«, sagte Mary, spießte eine grüne Bohne mit der Gabel auf und hielt sie ins Licht. »Seht euch das an, die ist ja schon versteinert!«

»Wir werden rank und schlank nach Hause zurückkehren«, bemerkte Kitty, optimistisch wie immer.

Stella und Liz saßen uns gegenüber, aber nach allem, was sie am Vormittag über Kitty vom Stapel gelassen hatten, ignorierte ich sie. »Seht mal da drüben«, sagte Stella mit theatralischer Miene und zeigte auf einen Ecktisch, an dem drei Männer saßen. »Nicht übel.«

Mary und Kitty, die nichts von meinem Groll ahnten, drehten sich um. »Der sieht ja aus wie Clark Gable«, sagte Kitty. »Kennt ihr ihn?«

»Er heißt Elliot«, sagte Stella. »Der Corporal, der mir meinen Koffer abgenommen hat, hat uns einander vorgestellt. Ist er nicht süß?«

Mary nickte. »Sehr«, sagte sie und schob sich ein Stück Dosenfleisch in den Mund.

»Nur leider heißt es, dass er eine Frau in der Heimat liebt«, fügte Stella hinzu. »Eine verheiratete Frau.«

Wir machten große Augen.

»Hier könnte er sich eine aussuchen«, fuhr Stella kopfschüttelnd fort. »Aber stattdessen erzählt man sich, dass er seine freien Tage damit verbringt, Tagebuch zu schreiben und an seine Braut zu denken.«

»Wie romantisch«, murmelte Kitty.

Ich nickte. »Ein Mann, der eine Frau so sehr liebt, ist eine Seltenheit.«

»Oder ein Trottel«, bemerkte Stella. Während sie sich darüber ausließ, wie sie Elliots Aufmerksamkeit zu erregen gedachte, stocherte ich in meinem Essen herum.

Ich schaute noch einmal zu dem Tisch hinüber, an dem dieser Elliot saß. Er sah Clark Gable tatsächlich ähnlich. Er hatte dunkle Augen und dichtes, schwarzes Haar, eine Stirnlocke. Aber mein Blick wurde von einem anderen Mann angezogen, der links neben Elliot saß. Groß, weniger kräftig gebaut, helleres, feineres Haar, sonnengebräunte Haut, Sommersprossen. Mit der linken Hand schob er sich sein Essen in den Mund, während er mit der rechten ein Buch hielt, in dem er konzentriert las. Er blätterte eine Seite um und blickte auf. Unsere Blicke begegneten sich, und er lächelte mich an. Hastig wandte ich mich ab. *Was war bloß in mich gefahren?* Ich bereute meinen Verstoß gegen die Schicklichkeit auf der Stelle.

Mit glühenden Wangen würgte ich ein Stück Dosenfleisch hinunter. Stella hatte den Blickwechsel mitbekommen und grinste spöttisch, aber ich wandte mich ab, entschlossen, meine Fassung wiederzugewinnen.

Die Nächte in den Tropen waren erträglicher als die Tage, trotz der Moskitos. Es war einfach angenehm, von der Sonne verschnaufen zu können. Die Luft war lau, vom Meer her wehte kühler Nebel herauf, und die Sterne wirkten so nah, als könnte man nach ihnen greifen.

Kitty und ich gingen Arm in Arm über den Schotterweg zu dem Platz in der Mitte des Camps, wo der Tanzabend stattfinden sollte, sie in ihrem gelben Kleid, ich in meinem roten. Kitty hatte mich gedrängt, etwas Gewagteres anzuziehen, und zum Schluss hatte ich nachgegeben.

Es war nicht weit, vielleicht fünfhundert Meter, aber in Stöckelschuhen wollte der Weg gar kein Ende nehmen. Als wir am Lazarett vorbeigingen, sahen wir, dass drinnen Licht brannte. *War Schwester Hildebrand noch bei der Arbeit?* Wir gingen ein bisschen schneller. Als wir an den Unterkünften der Soldaten vorbeikamen, taten wir so, als würden wir die Pfiffe der Männer nicht hören, die draußen standen und rauchten.

In sicherer Entfernung zupfte Kitty an meinem Arm. »Sieh mal«, sagte sie und zeigte auf einen großen Strauch, der übersät war von herrlichen Blüten.

»Wie schön!«, rief ich aus. »Was ist das für ein Strauch?«

Sie pflückte eine der roten Blüten. »Ein Hibiskus«, sagte sie, steckte sich die Blüte hinter das rechte Ohr und pflückte noch eine für mich. »In Französisch-Polynesien trägt eine Frau, deren Herz schon vergeben ist, eine Hibiskusblüte hinter dem linken Ohr«, erklärte sie mir, »und eine Frau, deren Herz noch frei ist, trägt sie hinterm rechten Ohr.«

»Woher weißt du das?«

Sie grinste. »Ich weiß es einfach.«

Ich betrachtete die riesige Blüte in meiner Hand, die zarten, tiefroten Blütenblätter. »Dann muss ich meine hinters linke Ohr stecken«, sagte ich.

»Schau mal, wie romantisch«, rief sie aus und zeigte auf den Tanzboden, den die Männer aus Brettern zusammengezimmert hatten. »Sie haben sogar Lichterketten!«

Kleine weiße Lampen baumelten unter einem Dach aus Palmwedeln. Am Rand der Tanzfläche standen Männer in Gruppen und unterhielten sich leise. Einige schauten zu einer Gruppe Schwestern hinüber, die näher kamen. Auf der Bühne waren fünf Männer dabei, ihre Instrumente zu stimmen, während ein sechster ans Mikrofon trat.

»Wir möchten das Schwesternkorps auf unserer kleinen Insel herzlich willkommen heißen«, verkündete der Mann. »Sorgen wir dafür, dass sie sich amüsieren, Jungs!«

Alle jubelten und klatschten Beifall, dann begann die Band zu spielen, aber niemand rührte sich. »Was machen wir jetzt?«, flüsterte Kitty so dicht an meinem Ohr, dass ihr Atem mich kitzelte.

»Nichts«, erwiderte ich und wünschte, ich wäre mit einem Buch in unserem Zimmer geblieben.

Stella und Liz traten ein paar Schritte vor, woraufhin zwei Männer sofort auf sie zugeschossen kamen. »Darf ich um diesen Tanz bitten«, sagte der eine zu Stella, ein junger Mann mit Südstaatenakzent und wichtigtuerischer

Miene, während der andere Liz seinen Arm anbot. Dann gingen die Paare auf die Tanzfläche.

»Sieh sie dir an«, sagte ich zu Kitty. »Die können's wohl nicht abwarten.«

Kitty war viel zu abgelenkt, um mir zuzuhören. Ich wusste genau, nach wem sie Ausschau hielt. Dann kam plötzlich ein Mann auf uns zu – das heißt, er kam auf Kitty zu. Ich erkannte ihn vom Vormittag wieder, als wir aus dem Flugzeug gestiegen waren. »Ich habe Ihre Blüte gesehen«, sagte er und verbeugte sich übertrieben galant. Kitty gegenüber ließen sich die Männer zu den merkwürdigsten Dingen hinreißen. »Ich bin Lance«, sagte er und streckte ihr die Hand entgegen. Sie reichte ihm die ihre, und er tat so, als würde er ihr einen Handkuss geben.

Ich verdrehte die Augen. Der Soldat war groß und kräftig, hatte braunes Haar, kantige Züge und ein anzügliches Lächeln, das ihn mir sofort unsympathisch machte.

»Ich bin Kitty«, sagte Kitty, die sich offensichtlich geschmeichelt fühlte.

Lance grinste. »Möchten Sie tanzen?«

Kitty nickte. Im nächsten Augenblick waren sie auf der Tanzfläche, und ich blieb allein am Rand stehen. Ich wippte mit dem Fuß im Takt zur Musik. Es war eine gute Band – die mitten in der Wildnis spielte. Ich bekam eine Gänsehaut, als eine Klarinette die ersten Takte von »A String of Pearls« spielte. Dieses Stück von Glenn Miller hatte ich zuletzt auf dem Rasen der Godfreys gehört. Auf meiner Verlobungsparty. Ich seufzte, denn plötzlich fühlte ich mich sehr allein. Einsam und verlassen. Ich zupfte an meinem Kleid. Ich zog eine verrutschte Spange aus meinem Haar und befestigte sie neu. *Wo war Mary?* Ich schaute mich um, sah jedoch nur fremde Männer, die mich musterten. *Gott sei Dank hatte ich mir die Blüte hinters linke Ohr gesteckt.*

Ungeachtet des Rings an meinem Finger und der Blütenbotschaft kam ein Mann auf mich zu. Sein Hemd war zerknittert, und ich roch seine Alkoholfahne, noch ehe er den Mund aufmachte. »Wollen Sie tanzen?«, fragte er.

»Nein danke«, antwortete ich höflich. »Im Moment nicht.«

»Sie sind viel zu hübsch, um das Mauerblümchen zu spielen«, insistierte er. »Außerdem hab ich keine Lust mehr auf die *wahine* hier. Ich will mit einer richtigen Amerikanerin tanzen.« Er packte meine Hand und zog mich auf die Tanzfläche.

»Hören Sie«, sagte ich entgeistert, »ich möchte wirklich nicht.«

»Unsinn«, entgegnete er grinsend und zog mich an sich. Er stank nach Bier.

Er presste mir sein stoppeliges Kinn an die Wange. »Sie sind bezaubernd«, sagte er, als die Band zu spielen begann. *Bitte kein langsames Stück*, flehte ich innerlich. Seine Hände lagen feucht und warm auf meinem Kleid, und ich hatte das Gefühl, als würde er mich erdrücken, aber ich machte gute Miene zum bösen Spiel. Schließlich konnte ich hier keine Szene machen. Bis zum Ende des Stücks musste ich durchhalten.

Aber als das Stück zu Ende war, kam zu meinem Entsetzen ein zweiter Mann dazu, wahrscheinlich ein Freund meines Tanzpartners, und als die Musik schneller wurde, wirbelten sie mich abwechselnd herum, sodass ich mich mal in den Armen des einen, mal in den Armen des anderen wiederfand. Ich kam mir vor wie ein Pingpongball. Verzweifelt hielt ich nach Kitty Ausschau, bis ich sie in Lance' Armen entdeckte. Sie schien sich großartig zu amüsieren. *Jetzt bloß keine Szene machen.* Ich spürte, wie eine Hand meine Brust streifte. *Wer war das?* Ich erstarrte, auch wenn meine Beine sich weiterbewegten. Während ich mich panisch umschaute, kniff mich eine Hand in die Taille. Alles um mich herum schien sich zu drehen. Überall waren Männer. Lüstern, verschwitzt. Die Luft war heiß und feucht. Ich wollte schreien, aber meine Kehle war wie zugeschnürt. Plötzlich entstand ein Gedränge, und dann hörte ich ein lautes Geräusch. Jemand war zu Boden gefallen. Die Musik brach ab, und alle drängten sich um den Mann, der mich auf die Tanzfläche gezerrt hatte. Er lag bewusstlos am Boden. Blut lief ihm aus der Nase.

Ich schob mich durch die Menge und flüchtete mit gesenktem Kopf von der Tanzfläche. Ich fühlte mich schuldig, obwohl ich nichts getan hatte. Ich wollte nicht, dass mir jemand folgte. Eilig ging ich in Richtung unserer Unterkunft und fiel in einen Laufschritt, als ich an der Baracke der Männer vorbeikam. Meine Augen füllten sich mit Tränen, während der Wind durch die Palmen über mir heulte. Es klang so fremd, so seltsam. Ich sehnte mich nach dem Walnussbaum in unserem Garten in Seattle. Ich sehnte mich nach zu Hause.

Ein Geräusch im Gebüsch erschreckte mich, und instinktiv bog ich ab in Richtung Lazarett. Ohne Kitty an meiner Seite kamen mir der kaum erleuchtete Weg und die tropische Nacht auf der Insel schrecklich gefährlich vor. *Kitty.* Plötzlich machte ich mir Sorgen, weil ich sie allein dort zurückgelassen hatte. Aber nein, ihr würde schon nichts passieren, redete ich mir ein. Dieser Lance schien ein anständiger Kerl zu sein.

Im Lazarett brannte Licht, und ich rechnete damit, Schwester Hildebrand an ihrem Schreibtisch anzutreffen. Stattdessen saß dort ein Mann, und zwar derselbe, der mir beim Mittagessen in der Kantine aufgefallen war.

Schüchtern erwiderte ich sein Lächeln.

»Hallo«, sagte er. »Erschrecken Sie nicht. Ich suche nur nach einem Verband. Ich dachte, ich könnte hier einen finden, aber Sie scheinen sie gut versteckt zu haben.«

Ich kniff die Augen zusammen und sah, dass seine Hand blutete. Ich ging zu der Kiste mit den Verbänden, die wir am Nachmittag aufgerollt hatten. »Hier«, sagte ich und nahm einen heraus. »Ich helfe Ihnen.«

Ich unterdrückte meine Verlegenheit. Schließlich war ich Krankenschwester, und er war ein Patient. Es gab überhaupt keinen Grund, die Situation peinlich zu finden, es unschicklich zu finden, dass ich nach Einbruch der Dunkelheit mit diesem Mann allein in dem Raum war.

»Wie ist das passiert?«, fragte ich, während ich die Wunde mit Alkohol desinfizierte.

Er zuckte zusammen, aber das Lächeln blieb. »Haben Sie das nicht gesehen?«

»Was denn?«

»Ich konnte es nicht mit ansehen, wie Randy Connors Sie auf der Tanzfläche begrapscht hat«, sagte er.

»Mich begrapscht? Also wirklich …«

»Na ja, er konnte seine Hände jedenfalls kaum von Ihnen lassen.«

Er hatte nur gesagt, was für alle sichtbar gewesen war, aber ich senkte peinlich berührt den Kopf.

Der Soldat hob mein Kinn an. »Deswegen habe ich ihn niedergeschlagen.«

Ich lächelte. »Ich verstehe«, sagte ich, um Fassung bemüht. Ich hoffte inständig, dass er die Tränen in meinen Augen nicht sah. »Sie waren das also. Dann bin ich Ihnen wohl Dank schuldig.«

»Sie dürfen das den Männern nicht übel nehmen«, sagte er. »Die haben seit Monaten, manche noch länger, keine Frau wie Sie mehr gesehen. Wir sind schon viel zu lange auf dieser Insel hier.«

Mir fiel das Wort wieder ein, das der Soldat benutzt hatte, *wahine*. Es hatte ziemlich ordinär geklungen.

»Wissen Sie zufällig, was *wahine* bedeutet?«, fragte ich.

Seine Augen funkelten. »Natürlich«, sagte er. »Das ist das tahitianische Wort für *Frau*.«

Ich nickte. »Tja, meinetwegen können diese Kerle seit hundert Jahren keine Frau mehr gesehen haben. Das ist kein Grund, so grob zu werden.«

»Natürlich nicht«, sagte er. »Deswegen halte ich mich nach Möglichkeit von den meisten fern. Aber es gibt hier auch ein paar anständige Männer. Sie müssen lernen, den Soldaten gegenüber ganz direkt zu sein. Zu Hause können Sie sich schüchtern geben, da können Sie mit Anstand und guten Manieren rechnen. Aber hier ist das anders. In den Tropen werden wir alle zu Wilden. Die Insel nimmt einem die Hemmungen. Sie verändert einen. Warten Sie's nur ab.«

»Na ja«, murmelte ich, während ich den Verband so anlegte, wie ich es gelernt hatte. »Ich glaube, dass man nur verändert werden kann, wenn man das auch will. Vielleicht haben Sie schon mal etwas vom freien Willen gehört.«

»Sicher«, erwiderte er amüsiert. »Ich sage nur, dass dieser Ort die Wahrheit über die Menschen zum Vorschein bringt und dazu führt, dass wir uns zeigen, wie wir wirklich sind.«

Ich befestigte den Verband mit einer Aluminiumklammer und atmete tief aus. »Tja, da bin ich mir nicht so sicher«, sagte ich. »So, der Verband ist fertig.«

»Ich bin Westry«, sagte er und streckte mir seine verbundene Hand entgegen. »Westry Green.«

»Anne Galloway«, erwiderte ich und schüttelte ihm vorsichtig die Hand.

»Wir sehen uns.« Er ging zur Tür.

»Wir sehen uns«, sagte ich und sah etwas Rotes in seiner Hand aufscheinen. Als die Tür sich hinter ihm schloss, fasste ich mir ins Haar. Die Hibiskusblüte war weg.

4

»Wie spät bist du denn heute Nacht ins Bett gekommen?«, fragte ich Kitty am nächsten Morgen, als sie sich endlich rührte. Ich lag lesend im Bett und war schon seit mindestens zwei Stunden wach.

Sie warf einen Blick auf die Uhr, dann ließ sie den Kopf wieder auf ihr Kissen sinken. »Spät«, murmelte sie in das Kissen hinein.

»Es ist schon fast neun«, sagte ich, froh darüber, dass wir an einem Freitag auf der Insel eingetroffen waren. »Und ich werde nicht zulassen, dass du unseren einzigen freien Tag verschläfst! Hopp, hopp, aufstehen!«

Sie setzte sich gähnend auf. »Ist es wirklich schon neun?«

»Ja, du Schlafmütze.« Ich stand auf und trat an den Schrank. Ich hatte vor, den Strand zu erkunden, und wollte etwas Leichtes anziehen.

Kitty sprang auf. »Ich muss mich beeilen«, sagte sie. »Lance nimmt mich heute mit in die Stadt.«

Kitty merkte mir meine Enttäuschung an.

»Willst du nicht mitkommen?«, sagte sie. »Die Einladung gilt auch für dich.«

»Und das fünfte Rad am Wagen spielen?« Ich schüttelte den Kopf. »Nein danke. Fahrt ihr lieber allein.«

Kitty knöpfte sich das Nachthemd auf, ließ es zu Boden fallen und entblößte ihre perfekten Brüste. »Du kommst schön mit«, sagte sie. »Lance nimmt einen Jeep. Stella und Elliot sind auch dabei.«

»Was?«, sagte ich. »Wie hat sie das denn geschafft?«

»Stella musste nicht viel tun«, antwortete Kitty. »Lance hat ihn eingeladen.«

Ich zog die Vorhänge zu, um Kittys nackten Körper vor neugierigen Männerblicken zu schützen. »Kommt sonst noch jemand mit?«, fragte ich. Ich dachte an Westry.

»Nein, ich glaube nicht«, sagte Kitty, während sie den Kleiderschrank inspizierte. »Oder würdest du gern jemand Bestimmtes mitnehmen?«, fragte sie mit einem neckischen Unterton.

Ich schüttelte den Kopf. »Ich hatte bloß an Mary gedacht.«

Kitty reagierte nicht.

»Hast du sie gestern Abend gesehen?«

»Nein«, sagte sie und zog ein taubenblaues Kleid mit kurzen Ärmeln aus dem Schrank. »Was hältst du von dem?«

»Genau das Richtige«, antwortete ich, machte mir jedoch weniger Gedanken über Kittys Garderobe als über die Sicherheit unserer neuen Freundin. »Meinst du nicht, wir sollten mal bei Schwester Hildebrand nachfragen und uns vergewissern, dass Mary nichts zugestoßen ist?«

Kitty zuckte die Schultern und hielt ein Paar braune Pumps hoch. »Ja oder nein?«

»Nein«, sagte ich. »Zieh die blauen an. Deine Füße werden es mir danken.«

Sie hakte ihren Büstenhalter ein, schlüpfte in einen weißseidenen Unterrock und zog ihr Kleid an.

»Erzähl mir von Lance«, sagte ich vorsichtig, während ich ihren Reißverschluss hochzog. »Magst du ihn?«

»Ja«, antwortete Kitty, wenn auch erst, wie mir schien, nach kurzem Zögern. »Er ist sehr nett.«

»Hast du gestern Abend eigentlich mit dem Colonel getanzt?«, fragte ich und nahm ein schlichtes braunes Kleid aus dem Schrank.

Kitty nickte. »Ja«, sagte sie lächelnd. »Und es war großartig. Lance war nicht gerade begeistert, aber er konnte ja schlecht seinen Vorgesetzten zurechtweisen.«

Ich betrachtete mich in dem ovalen Wandspiegel. Meine Wangen waren von der Morgenhitze bereits gerötet, und meine Haare sahen furchtbar aus. Bei der Feuchtigkeit waren sie einfach nicht zu bändigen, und ich befestigte sie seufzend mit einer Spange im Nacken. Ich würde sowieso einen Sonnenhut aufsetzen.

»Fertig?«, fragte Kitty und schnappte sich ihre Handtasche.

Ich sah sie an. Ihre Wangen waren leicht rosig, glühten nicht wie meine. Ihr Haar, lockiger und wilder denn je, hatte sie verführerisch an der Seite hochgesteckt.

Die Tropen bekamen ihr gut.

»Fertig«, sagte ich und folgte ihr nach draußen.

Lance fuhr viel zu schnell. Aber Kitty, die neben ihm saß, schien das nichts auszumachen, im Gegenteil, sie schaute begeistert in die Landschaft, während Stella, Elliot und ich uns auf der Rückbank drängten. Meine Beine schwitzten auf dem heißen, mit Segeltuch bespannten Sitz, und ich musste meinen Hut festhalten, damit er mir nicht wegflog. Die von Schlaglöchern übersäte Straße war nichts für ängstliche Fahrer. Wir wirbelten so viel Staub auf, dass ich wünschte, ich hätte mir ein Halstuch mitgenommen.

»Zuerst ins Stadtzentrum«, rief Lance wie ein eifriger Fremdenführer, »und dann an den Strand.«

Kitty stieß einen Jubelruf aus, und Stella schaute Elliot an, der die Straße vor uns im Blick behielt. »Fahren Sie oft in die Stadt?«, fragte sie ihn kokett.

Er antwortete nicht.

»Fahren Sie oft in die Stadt?«, wiederholte Stella lauter, um das Motorengeräusch zu übertönen.

Elliot sah uns beide an, erst verblüfft, dann verwirrt, als wüsste er nicht, wer von uns die Frage gestellt hatte.

»Nein, nicht oft«, sagte er knapp und richtete seinen Blick wieder auf die Straße.

Stella schnaubte und verschränkte die Arme vor der Brust. In der Luft lagen der Geruch nach regenfeuchter Erde und ein süßlicher Blumenduft, der mir fremd war.

»Sehen Sie mal da!«, rief Lance und zeigte auf ein eingezäuntes Grundstück zu unserer Linken. Er verlangsamte das Tempo, und ich war froh, meinen Hut einen Moment lang nicht festhalten zu müssen, denn mir wurde allmählich der Arm lahm. »Das ist eine Vanilleplantage. Fast die gesamte Vanille auf der Welt kommt von dieser Insel hier.«

Ich war mir nicht sicher, ob das stimmte oder ob Lance es nur gesagt hatte, um Kitty zu beeindrucken, aber eine echte Vanilleplantage zu sehen war unglaublich aufregend. Ich musste an Maxine denken. War sie glücklich in Windermere, war sie es zufrieden, meine Eltern Tag für Tag zu bedienen und selten mehr zu hören als »Danke, Maxine« oder »Das wäre dann alles, Maxine«?

»Die Plantage gehört einem Amerikaner«, sagte Lance. »Er hat eine Frau von der Insel geheiratet.«

Stellas Augen weiteten sich. »Ich dachte, hier lebten nur Kannibalen!«

Elliot warf mir einen vielsagenden Blick zu, dann versank er wieder in seinen Gedanken.

Wir fuhren weiter. Unter den Palmen rechts und links der Straße duckten sich aus groben Brettern zusammengezimmerte Hütten. Hier und da sahen wir vor den Hütten ein Huhn im Sand picken oder ein nacktes Kind herumlaufen, aber keinen einzigen Erwachsenen. Ich war neugierig auf die Eingeborenen, von denen Schwester Hildebrand uns erzählt hatte.

Wir folgten der Küstenstraße im Norden der Insel und kamen an einer kleinen Bucht vorbei. Etwas weiter draußen in dem türkisfarbenen Wasser lag ein Boot vor Anker. Es war ein Anblick wie eine Illustration aus *Robinson Crusoe*. Kurz darauf hielt Lance am Straßenrand. »Da wären wir«, verkündete er.

Ich sprang auf die staubige Straße und betrachtete das bunte Treiben vor mir. Nie hätte man gedacht, dass nur wenige Meilen weit entfernt ein blutiger Krieg tobte. Dort standen Reihen um Reihen von Tischen, beladen mit exotischen Früchten, mit Gemüse, handgearbeiteten Halsketten, Zigaretten und Cola-Flaschen. Die spärlich bekleideten Verkäufer mit dunkler Haut und geheimnisvollen Augen saßen schläfrig oder gelangweilt hinter den Ständen, während Soldaten zwischen den Tischen umherliefen und ihren schwer verdienten Sold für allen möglichen Tand ausgaben.

»Seht mal da!«, rief Stella und zeigte auf eine junge

Einheimische, die auf uns zukam, als würde sie uns kennen. Sie war barbusig und hatte das Haar zu einem dicken Zopf geflochten, der zwischen ihren Brüsten ruhte. Um die Hüften hatte sie lose ein grünes Tuch gebunden, in der Hand hielt sie eine Tasche. Mir fiel die Blüte hinter ihrem linken Ohr auf. Ich versuchte, nicht hinzusehen, aber ihre Brüste mit den dunklen Brustwarzen zogen meinen Blick magisch an. Auf Stella, Kitty, Elliot und vor allem auf Lance übte die Frau dieselbe Faszination aus.

»Mr. Lance«, sagte die Frau mit einem starken Akzent und stellte ihre Tasche ab. Ihre Stimme klang weich und warm. Sie war vielleicht achtzehn, oder auch jünger. Ihre Brüste schaukelten, als sie sich bückte, um eine Schachtel Lucky Strike aus ihrer Tasche zu nehmen. »Ihre Zigaretten«, sagte sie und reichte sie Lance.

Woher kannte Lance diese Frau? Oder besser: dieses Mädchen?

»Danke«, sagte Lance. Kitty sah zu, wie er die Zigaretten in seine Brusttasche steckte. »*Atea* ist die einzige Verkäuferin, die es fertigbringt, Lucky Strikes für mich aufzutreiben. Sie hebt mir jeden Donnerstag eine Schachtel auf.«

Atea wirkte stolz, wie sie da stand, barbusig und kein bisschen verlegen. Ihre Augen funkelten. Sie schaute nur Lance an.

»Kommen Sie heute?«, fragte sie, ohne die Spannung wahrzunehmen, die in der Luft lag.

»Heute nicht, Atea«, antwortete Lance und schüttelte den Kopf. Ich hatte das Gefühl, dass ihm die Situation unangenehm war. »Sei ein liebes Mädchen und besorg mir noch eine Schachtel. In ein paar Tagen komme ich wieder.« Er drückte ihr eine Münze in die Hand und nahm Kittys Arm. »So, jetzt sehen wir uns den Markt an.«

»Das war aber komisch«, flüsterte Stella mir kurz darauf zu.

Das fand ich allerdings auch, aber ich hatte nicht vor, mit ihr darüber zu reden, jedenfalls nicht, solange Kitty in Hörweite war. »Was ist denn komisch daran, dass Lance bei einer Einheimischen Zigaretten kauft?«, fragte ich stattdessen.

Stella grinste und blieb an einem Tisch stehen, auf dem bunte Perlen zum Verkauf angeboten wurden.

»Alles in Ordnung?«, fragte ich Kitty, als Lance gerade anderweitig beschäftigt war.

»Natürlich«, erwiderte sie. »Warum fragst du?«

Gut. Der Vorfall schien sie nicht weiter gestört zu haben, das beruhigte mich. »Ach, nur so«, sagte ich. »Ich wollte mich nur vergewissern, dass die Hitze dir nicht zusetzt.«

Genüsslich atmete sie die feuchte Inselluft tief ein und lächelte. »Es geht mir absolut fantastisch«, sagte sie vergnügt.

Am Strand breitete Stella eine Decke aus und sicherte sich einen Platz neben Elliot. »Ich sterbe vor Hunger, Sie auch?«, sagte sie, um seine Aufmerksamkeit bemüht, aber er zuckte nur die Schultern und sagte: »Ich habe ausgiebig gefrühstückt.« Dann lehnte er sich gegen ein Stück Treibholz und schob sich seine Mütze über die Augen, womit das Gespräch beendet war.

Wir waren um die Insel herumgefahren und befanden uns wieder in der Nähe der Militärbasis. Zwar hatten wir uns für unser Picknick ein schattiges Plätzchen unter einer Palme ausgesucht, aber der weiße Sand war von der Sonne aufgeheizt. Ich versuchte, eine bequeme Sitzposition zu finden, während Kitty einen Brotlaib, ein Bündel winzige Bananen, vier Flaschen Coca-Cola und ein Stück Käse auf der Decke ausbreitete – unser improvisiertes Mittagessen, das wir uns auf dem Markt zusammengekauft hatten.

Anfangs aßen wir schweigend und schauten den Wellen zu, die sich am Ufer brachen. Irgendwann zeigte Kitty aufs Meer und sprach aus, was wir alle empfanden: »Kaum zu glauben, dass da draußen Krieg herrscht. Dieses Fleckchen Erde hier ist viel zu schön, um verwüstet zu werden.«

Ich nickte und nahm mir noch eine Banane. Sie schmeckten anders als die Bananen, die ich von zu Hause kannte, ein bisschen herb und leicht zitronig. »Aber es ist Krieg«, sagte ich trocken.

»Und der ist brutal«, sagte Lance. »Erst gestern haben die Japsen drei von unseren Flugzeugen abgeschossen.«

Stella wirkte besorgt. »Glauben Sie, es wird hier auf der Insel Kampfhandlungen geben?«

»Kann gut sein«, antwortete Lance ernst. »Colonel Donahue sieht das zwar anders, aber er ist ein Narr. Ich sage Ihnen, die Japsen werden uns irgendwann bombardieren, wenn wir alle in unseren Betten liegen und schlafen.«

Kitty blickte erschrocken auf, dann schüttelte sie den Kopf. »Colonel Donahue wird die Insel beschützen.«

Lance zuckte die Schultern. »Wenn Sie das sagen«, knurrte er grinsend. Dann fügte er an: »Ich könnte diese Operation hier selbst mit verbundenen Augen besser führen.«

Eine ziemlich großspurige Bemerkung für einen Fünfundzwanzigjährigen, aber Kitty war seine Arroganz offenbar entgangen, denn sie legte ihren Kopf in seinen Schoß. Sein Lächeln sagte mir, dass ihm das gefiel.

Elliot begann zu schnarchen. Stella schmollte.

»Ich glaube, ich gehe ein bisschen spazieren«, sagte ich und stand auf. Kitty tat so, als schliefe sie. Ich rückte meinen Hut zurecht und schüttelte meine Schuhe ab. »Bis gleich«, sagte ich, aber niemand beachtete mich.

Ich ging den Strand hinunter und blieb hin und wieder stehen, um einen Stein oder eine Muschel zu betrachten oder eine der vielen Palmen zu bewundern, deren Stämme teilweise so gekrümmt waren, dass es den Anschein hatte, als müssten sie jeden Moment ins Wasser stürzen. Wind und tropische Stürme hatten die Stämme über die Jahre hinweg auf diese Weise geformt, aber ich stellte mir vor, dass sie so wuchsen, weil das Meer sie rief. Es erinnerte mich an das, was Westry über die Insel gesagt hatte, dass sie die Menschen veränderte. *Würde ich dem Einfluss der Insel widerstehen können?*

Ich stemmte die Füße in den Sand und ging weiter. Nach dem Vormittag auf dem Markt tat es gut, mit meinen Gedanken und dem Rauschen der Wellen allein zu sein. Der menschenleere Strand schien sich endlos hinzuziehen. Ich ging näher ans Wasser, genoss das Gefühl des kühlen, nassen Sands unter meinen Füßen. Bei jedem Schritt hinterließ ich einen zentimetertiefen Abdruck.

Ich hörte ein Krächzen und schaute mich um. Ein Vogel hockte auf einem Felsbrocken in der Nähe. Im Sand davor entdeckte ich Fußspuren, nicht ganz so tief wie meine, aber ziemlich frisch. Wem mochten sie gehören?

Es wäre albern, ihnen zu folgen, sagte ich mir. Womöglich stammten sie von einem Eingeborenen. Einem Kannibalen. Ich schüttelte den Kopf. Ich war allein und sollte mich am besten schleunigst auf den Rückweg machen. Aber die Spur lockte mich weiter, ich konnte einfach nicht widerstehen. Nur ein paar Schritte …

Die Spur führte zu einer zerknitterten beigefarbenen Decke, die nur von einem Buch auf dem Boden gehalten wurde. Es war dieselbe Art Decke, wie sie auf meinem Bett in unserem Zimmer lag. Wer hatte sie hier ausgebreitet?

Ich fuhr herum, als ich ein Rascheln im Gebüsch unter den Palmen hörte.

»Hallo«, sagte ein Mann, der wie aus dem Nichts aufgetaucht war. Er trug einen großen Palmwedel, der sein Gesicht verdeckte, aber als er ihn ablegte, erkannte ich Westry.

»Hallo«, sagte ich überrascht und zugleich erleichtert darüber, dass mir eine Begegnung der unangenehmeren Art erspart geblieben war.

»Verfolgen Sie mich etwa?«, fragte er augenzwinkernd.

Zuerst kam ich mir albern vor, aber dann ärgerte mich seine Frage. »Natürlich nicht!«, entgegnete ich empört. Ich durfte nicht zulassen, dass er so etwas von mir dachte. »Ich habe nur einen Spaziergang gemacht – und jetzt muss ich zurück. Meine Freunde warten auf mich.«

Westry lächelte. »Bleiben Sie doch noch ein bisschen«, sagte er, steckte den Palmwedel in den Sand und setzte sich auf die Decke. »Sehen Sie? Ein perfekter Sonnenschirm. Wollen Sie sich nicht ein bisschen zu mir setzen?«

Sein Lächeln war unwiderstehlich. Ich spürte, wie meine Mundwinkel sich unwillkürlich nach oben bewegten.

»Also gut«, sagte ich und musste lächeln. »Aber nur ein paar Minuten.«

»Schöner Tag«, bemerkte er und stützte sich auf die Ellbogen.

»Ja«, sagte ich, ließ mich nieder und zog den Rocksaum über meine Fußknöchel.

»Was führt Sie an meinen Strand?«

»An *Ihren* Strand?«

»Ja«, erwiderte er trocken. »Ich habe ihn entdeckt.«

Ich musste lachen.

»Die ganze Küste ist unberührt«, fuhr er fort. »Natürlich sind die Eingeborenen schon immer hier gewesen, und die Insel wird ihnen immer gehören. Aber der Rest der Welt ahnt nichts von diesem Strand, das heißt vorerst gehört dieses kleine Stück Paradies mir.« Er schaute mich an. »Oder uns. Ich gebe Ihnen die Hälfte ab.«

»Das ist aber sehr großzügig von Ihnen«, sagte ich.

»Wissen Sie, was ich mache, wenn der Krieg vorbei ist?«

»Nein, was denn?«

»Ich werde diesen Strand hier kaufen«, sagte er ernst. »So viel davon, wie ich mir leisten kann. Ich werde ein Haus bauen und eine Familie gründen, und zwar genau hier. Meine Frau und ich werden jeden Morgen von unserer Veranda aus den Sonnenaufgang betrachten und jeden Abend auf das Rauschen der Wellen lauschen.«

»Das klingt sehr romantisch«, sagte ich. »Aber ich glaube Ihnen kein Wort. Würden Sie wirklich hier leben wollen« – ich zeigte auf das Meer, wo vielleicht gerade ein paar japanische Kriegsschiffe in Position gingen – »nach all dem? Nach dem Krieg?«

Westry nickte. »Na klar«, sagte er. »Das ist das Paradies.«

Da hatte er recht, das musste ich zugeben. »Wartet denn zu Hause niemand auf Sie?«

»Nein«, antwortete er, ohne zu zögern. »Aber auf Sie schon.«

Es war keine Frage, sondern eine Feststellung. Er hatte den Ring an meinem Finger gesehen.

»Ja«, sagte ich ehrlich.

»Lieben Sie ihn?«

»Was ist das denn für eine Frage?«

»Eine ganz einfache«, erwiderte er lächelnd. »Also, wie lautet die Antwort?«

»Natürlich liebe ich ihn«, sagte ich und wandte mich ab. Wieso schaute er mich so an?

»Ist er ein anständiger Kerl?«

Ich nickte. »Würde ich ihn sonst heiraten?«

Die Wellen krochen immer näher an die Decke heran, und Westry stand auf. Ich tat es ihm nach. »Am besten, wir verrücken unser Lager ein bisschen, wenn wir nicht vom Meer verschlungen werden wollen.«

Ich lächelte. »Ich muss jetzt wirklich gehen. Meine Freunde warten.«

Westry nickte. »Ich begleite Sie.«

Auf dem Rückweg wirkte die Küste ganz anders, vielleicht, weil ich sie jetzt mit Westrys Augen sah. Ich stellte mir vor, wie er hier auf der Insel lebte, in einem selbst gebauten Haus mit einer Frau und zwei, drei barfüßigen Kindern. Ich musste schmunzeln.

»Wie geht es Ihrer Hand?«, fragte ich.

Er hielt sie hoch, und ich nahm sie, um sie zu begutachten. Ich spürte ein Kribbeln im Bauch, das ich zu ignorieren versuchte.

»Ich schätze, ich werde es überleben«, scherzte er.

»Der Verband ist ja ganz schmutzig«, schalt ich ihn. »Den werden wir wechseln, sobald wir zurück sind. Am Ende entzündet sich die Wunde noch.«

»Jawohl, Schwester«, sagte er grinsend.

Kurz darauf zeigte Westry auf etwas, das im Gestrüpp zwischen den Palmen verborgen war. Wir gingen ein bisschen näher. Vögel kreischten, und Tiere heulten unter dem Dach aus gigantischen Blättern. Genauso hatte ich mir immer einen Dschungel vorgestellt.

»Sehen Sie das?«

Ich schüttelte den Kopf. »Was denn?«

»Sehen Sie genauer hin«, sagte er.

»Nein«, flüsterte ich. »Ich sehe nichts.«

Westry nahm meine Hand, und ich ließ es geschehen, aber nur, weil ich mich fürchtete. Er führte mich in das Dickicht hinein, und nach wenigen Schritten sah ich, was er gemeint hatte: eine mit Palmwedeln gedeckte Hütte. Obwohl sie ebenso behelfsmäßig wirkte wie die Hütten am Straßenrand, besaß sie einen ganz eigenen Charme. Die Wände bestanden aus Bambusstangen, in die jemand sorgfältig zwei Fensteröffnungen hineingesägt hatte, die aufs Meer hinausgingen. Eine kleine Tür hing schief an einem einzigen Scharnier und quietschte in der leichten Brise.

»Vielleicht sollten wir lieber wieder gehen«, flüsterte ich.

»Warum denn?«, entgegnete er mit einem spitzbübischen Lächeln. »Jetzt, wo wir die Hütte entdeckt haben, sehen wir auch nach, was drin ist.«

Ehe ich protestieren konnte, trat Westry auf die kleine Stufe vor der Tür. Sein Stiefel machte ein so lautes Geräusch auf dem Holz, dass ich vor Schreck zurückwich.

Er hob die Tür aus dem Scharnier, stellte sie ab und schaute hinein. Dann drehte er sich zu mir um und zwinkerte mir zu: »Die Luft ist rein.«

Er half mir über die Schwelle, und wir sahen uns schweigend um. Die Innenwände aus miteinander verwobenen Palmwedeln, die von der Sonne ausgebleicht waren, hatte jemand in einem hübschen Fischgrätmuster gestaltet. Davor standen ein Stuhl aus dunklem Mahagoniholz und ein kleiner Schreibtisch mit einer Schublade. Westry zog die Schublade auf und entnahm ihr ein Buch, ein paar französische Münzen und Geldscheine und ein vergilbtes, von der Feuchtigkeit gewelltes Blatt Papier, das er mir hinhielt, damit ich es betrachten konnte. »Können Sie Französisch?«, fragte er.

Ich schüttelte den Kopf. »Leider habe ich in der Schule nicht genug aufgepasst.«

»Ich auch nicht«, sagte er und legte den Zettel zurück in die Schublade.

Das Bett, gerade groß genug für einen, war gemacht, wenn auch von einer dicken Staubschicht überzogen. Es war, als wäre jemand eines Morgens aufgestanden, hätte das Bett ordentlich gemacht in der Erwartung, sich am Abend wieder darin schlafen zu legen, und war nie wieder nach Hause zurückgekehrt.

Ich schaute mich in der Hütte um, krampfhaft bemüht, Westry nicht anzusehen. Hier stand ich, eine verlobte Frau, allein in einem Schlafzimmer mit einem Soldaten, den ich überhaupt nicht kannte.

Ich wurde aus meinen Gedanken gerissen, als eine Spinne von der Größe meiner Handfläche unter dem Bett hervorgekrochen kam und nach draußen flitzte. Ich stieß einen Schrei aus und sprang entsetzt auf das Bett. »Haben Sie die gesehen?«, schrie ich, überzeugt, dass gleich die nächste Spinne aus einer Ritze kommen würde.

»Die sind harmlos«, sagte Westry grinsend. »Außerdem fressen sie Moskitos, wir sollten ihnen also dankbar sein.«

Vorsichtig stieg ich vom Bett. »Wer mag wohl hier wohnen?«

Westry schaute aufs Meer hinaus. »Tja, wenn ich raten soll«, sagte er und schaute sich noch einmal in der Hütte um, »dann würde ich sagen, ein gestrandeter Matrose.«

Ich nickte. Das klang plausibel. »Aber was ist mit seinem Schiff passiert?«

»Vielleicht gesunken.«

»Und wie hat er dann das Blatt Papier« – ich öffnete die Schublade und nahm das in dunkles Leder gebundene Buch heraus – »und das Buch hierher gerettet?«

Westry legte den Zeigefinger ans Kinn, als dächte er über das Schicksal des gestrandeten Matrosen nach. »Vielleicht hatte er für alle Fälle einen Rucksack mit dem Nötigsten gepackt.« Er zeigte auf die Laterne auf dem Schreibtisch. »Eine Laterne, ein Buch, eine Büchse mit Keksen. Als das Schiff gesunken ist, hat er sich vielleicht an eine Holzplanke geklammert und sich treiben lassen, bis er auf dieser Insel gelandet ist.«

»Dabei wäre das Buch aber nass geworden«, wandte ich ein.

»Kann sein«, sagte Westry. »Er hat es eben in der Sonne trocknen lassen.« Wir blätterten in dem Buch und stellten fest, dass die Seiten tatsächlich voller Wasserflecken waren. »Sehen Sie?«

Ich nickte. »Aber wo wollte er hin? Offenbar war er ja Franzose.«

»Und arm«, fügte Westry hinzu und zeigte auf die wenigen Münzen in der Schublade.

»Er könnte ja auch ein Pirat gewesen sein, oder?«

Westry schüttelte den Kopf. »Ein Pirat hätte sicherlich keine Verwendung für ein Buch gehabt.«

Ich betrachtete die Vorhänge an den Fenstern, die von Wind und Wetter ziemlich zerschlissen, aber immer noch dunkelrot waren, als hätte jemand den Stoff in Rotwein getränkt.

»Also gut, dann haben wir es also mit einem armen, gestrandeten französischen Matrosen zu tun, der gern liest«, sagte ich.

»Der gern liest und gern Rotwein trinkt«, fügte Westry hinzu und hielt eine verstaubte grüne Flasche hoch, die mit einem Korken verschlossen war.

»Und der ein Kunstfreund ist«, sagte ich und schob ein Stück Sackleinen beiseite, das ein kleines Gemälde über dem Bett verdeckte. Auf der Leinwand war eine atemberaubende Szene abgebildet: eine Hütte wie die, in der wir uns gerade aufhielten, an einem Strand mit leuchtend blauem Wasser, daneben ein Hibiskusstrauch mit knallgelben Blüten. Im Hintergrund standen zwei Personen.

»Mein Gott, wie schön«, murmelte Westry.

Ich nickte. »Verstehen Sie was von Kunst?«

»Ein bisschen«, sagte er. »Lassen Sie mal sehen.« Er beugte sich vor, um das Bild näher zu betrachten. Dann kratzte er sich am Kopf. »Es kommt mir irgendwie bekannt vor«, sagte er.

Meine Mutter hatte sich immer bemüht, mir die französischen Impressionisten nahezubringen, aber leider war nicht allzu viel hängen geblieben. Trotzdem bekam ich Herzklopfen bei dem Gedanken, was wir da entdeckt haben könnten.

»Glauben Sie, der Künstler hat hier gewohnt?«

»Vielleicht«, sagte Westry, den Blick immer noch auf das Bild geheftet. »Aus welchem Jahr stammt das Buch da in der Schublade?«

Ich schlug das Buch auf und suchte nach dem Erscheinungsdatum. »Hier steht es. Erstausgabe 1877.«

»Es könnte einer der großen Impressionisten gewesen sein«, sagte Westry.

»Das ist nicht Ihr Ernst«, erwiderte ich entgeistert.

»Es ist genauso gut möglich wie alles andere«, sagte er. »Ich bin mir fast sicher, dass ich dieses Bild schon mal in einem Buch gesehen habe, oder zumindest ein sehr ähnliches. Und diese Inseln hier im Pazifik waren unter den französischen Malern sehr beliebt. Gut möglich, dass es einer von den Großen war.« Seine Augen funkelten. »Sie wissen doch, was das bedeutet, oder?«

»Was denn?«

»Dass wir diesen Ort hier schützen müssen.«

Ich nickte. »Aber wie?«

»Wir machen es zu unserem Projekt, solange wir hier sind«, schlug er vor. »Wir werden die Hütte restaurieren.«

»Sie könnte auf jeden Fall einen gründlichen Hausputz gebrauchen.«

»Und eine neue Tür«, sagte Westry.

»Und neue Vorhänge«, sagte ich. »Ich werde welche nähen.«

»Sie sind also dabei?« Er sah mich verschmitzt an.

Warum nicht, dachte ich. So konnte ich mir die Zeit vertreiben, die Kitty mit Lance verbrachte. »Abgemacht«, sagte ich. »Aber wie werden wir die nötige Zeit finden, und wie werden wir hierherkommen?«

»Hierher kommen wir zu Fuß«, sagte er. »Bis zur Basis ist es von hier aus keinen Kilometer. Sie können sich davonstehlen und wieder zurückgehen, ohne dass jemand merkt, dass Sie fort waren. Es gibt einen Weg, der zur Straße führt. Das Werkzeug und das Holz schaffe ich natürlich in einem Jeep hierher. Wir müssen das alles ein bisschen planen, aber das kriegen wir schon hin.«

Als Westry sich zur Tür umdrehte, quietschte eine Diele unter seinen Füßen und schob sich an einem Ende hoch. Er bückte sich und hob sie an. Unter dem Fußboden kam ein kleiner Verschlag zum Vorschein. »Sehr gut«, sagte er. »Das ist unser Briefkasten. Ich werde Ihnen Nachrichten hinterlassen, wenn ich allein herkomme, und Sie können es genauso halten.«

Ich bekam Herzklopfen – das alles war so aufregend: die Hütte, der Künstler, Nachrichten unter dem Fußboden und dieser Mann …

Westry wickelte das Gemälde in das Stück Sackleinen und schob es zur Sicherheit unters Bett.

»Nur noch eins«, sagte er.

»Ja?«

»Wir dürfen niemandem von diesem Ort erzählen. Absolut niemandem.«

Es würde mir schwerfallen, etwas so Aufregendes vor Kitty geheim zu halten, aber gleichzeitig konnte ich mir nicht vorstellen, sie mit hierher zu nehmen, an einen Ort, der mir jetzt schon am Herzen lag, der mir jetzt schon beinahe heilig erschien. Ich berührte die Brosche, die Kitty mir geschenkt hatte, und sofort meldete sich mein schlechtes Gewissen. *War es unrecht, diese kleine Hütte für mich allein haben zu wollen, nachdem wir uns geschworen hatten, keine Geheimnisse voreinander zu haben?*

»Nun?«, fragte Westry.

Ich ließ meine Hand sinken und nickte. »Versprochen«, sagte ich und redete mir ein, dass Kitty nichts zu erfahren brauchte – jedenfalls vorerst nicht. »Ich werde keiner Menschenseele davon erzählen.«

»Schön. Soll ich Sie zu Ihren Freunden begleiten?«

»Ja, bitte«, sagte ich. »Die denken bestimmt, ich sei ertrunken.«

»Oder von einem Hai verspeist worden«, sagte Westry grinsend.

Die Schönheit der Insel bestand nicht nur aus dem türkisfarbenen Wasser und den leuchtend grünen Hügeln. Das waren nur die Äußerlichkeiten. Die wahre Schönheit der Insel lag in ihren Geschichten. Jede Bucht schien ihre eigene zu haben.

5

Westry scheint sehr nett zu sein«, sagte Kitty am selben Abend, kaum dass wir in unserem Zimmer waren.

»Er ist in Ordnung«, erwiderte ich ausweichend, während ich meinen Hut abnahm und auf das oberste Regal im Wandschrank legte.

»Wo ist er her?«

Ich zuckte die Schultern. »Weiß nicht. Wir haben uns nur kurz unterhalten. Er war so freundlich, mich zurückzubegleiten.«

Ich spürte Kittys Grinsen in meinem Rücken. »Mit Lance verstehst du dich ja anscheinend richtig gut«, sagte ich, um das Thema zu wechseln.

»Ja«, antwortete Kitty und lehnte sich ans Kopfteil ihres Betts. »Ich mag ihn. Sehr sogar. Aber« – sie dachte einen Moment nach und schüttelte den Kopf – »irgendwie gefällt es mir nicht, wie er von Colonel Donahue redet. Findest du nicht auch, dass er ihm mehr Respekt entgegenbringen müsste?«

Ich hob die Schultern. Ich war noch zu keinem Schluss gekommen, was mir das kleinere Übel für Kitty erschien: der anmaßende Soldat oder sein überheblicher Vorgesetzter.

»Na ja«, fuhr Kitty fort. »Ist auch nicht so wichtig. Lance hat dafür andere wunderbare Qualitäten.«

Zum Beispiel seine Angeberei. Oder seine Flirterei mit einheimischen Frauen. Oder seine selbstgefällige Art. »Ja«, erwiderte ich, »eine ganze Menge.«

»Anne«, setzte Kitty ein wenig verlegen an. »Ich bin noch gar nicht dazu gekommen, es dir zu erzählen, aber an dem Tanzabend hat Colonel Donahue …«

In diesem Moment wurde laut an die Tür geklopft. Verdutzt hielt Kitty inne.

Ich machte auf. »Ja?«

Liz stand vor der Tür. »Mary liegt auf der Krankenstation. Kommt schnell«, sagte sie atemlos.

Wir folgten Liz die Treppe hinunter nach draußen und liefen den Fußweg entlang. Die Krankenstation war nicht weit entfernt, aber als wir ankamen, waren wir außer Atem.

Schwester Hildebrand beugte sich gerade über Marys Bett, gemeinsam mit Dr. Livingston, einem Arzt in mittleren Jahren mit schütterem Haar und Brille. Mary war unnatürlich blass. Sie hatte die Augen geschlossen, schien bewusstlos.

»O Gott«, flüsterte ich. »Was ist passiert?«

Der Doktor verabreichte Mary eine Spritze in den Arm. Sie zuckte nicht einmal, als die Nadel in die Haut stach.

»Eine der Frauen hat sie in ihrem Zimmer ohnmächtig neben dem Bett gefunden«, sagte Schwester Hildebrand. »Sie muss schon ziemlich lange dort gelegen haben. Malaria. Hat sie sich wahrscheinlich gleich am ersten Tag auf der Insel eingefangen.«

»Malaria«, wiederholte ich leise. Das Wort klang so fremd, wie aus einer anderen Welt, und doch drohte diese Krankheit eine junge Frau dahinzuraffen, die wir noch nicht einmal richtig kennengelernt hatten, die noch ihre ganze Zukunft vor sich hatte, die in den Südpazifik gekommen war, um ein neues Leben zu beginnen, und nicht, um zu sterben.

»Das Fieber ist zurückgegangen«, sagte Dr. Livingston, »aber ich fürchte, dass ihr Herz angegriffen ist. Wir können jetzt nur abwarten.«

Meine Hände zitterten. »Aber sie wird es schaffen«, sagte ich. »Sie wird es überstehen. Sie muss.«

Dr. Livingston schaute weg.

Die arme Mary. Sie war groß, vielleicht ein bisschen zu groß. Sie hatte schiefe Zähne und ein gebrochenes Herz. Ihr Verlobter hatte sie sitzen lassen, und sie hatte sich einsam gefühlt, wie sie uns erzählt hatte. Nein, ich würde sie hier nicht allein sterben lassen, dachte ich.

»Kitty«, sagte ich, »würdest du mir meine Brille holen und irgendwas zum Lesen? Bring mir meinetwegen den verdammten *War Digest*, wenn es sonst nichts gibt.«

Kitty nickte.

»Wir werden hier Wache halten«, sagte ich. »Kann ich noch ein Bett aufbauen und die Nacht hier verbringen?«, fragte ich Schwester Hildebrand.

Sie war einverstanden.

Kitty brachte mir zwei Zeitschriften und drei Bücher – zwei von Liz, das dritte von Stella –, außerdem ein Exemplar des *War Digest* und für alle Fälle ein Lehrbuch für Krankenschwestern.

»Danke«, sagte ich, während ich ein Buch mit einem zerfransten Rücken betrachtete. »Wir beide werden ihr abwechselnd vorlesen. Bis sie wieder zu sich kommt oder …«

Kitty nahm meine Hand. »Anne, du kannst sie nicht retten, wenn sie …«

»Ich werde sie nicht allein sterben lassen«, erwiderte ich und wischte mir eine Träne ab. »Das hat niemand verdient.«

Kitty nickte.

Ich legte das Buch weg und nahm eine *Vogue* mit Rita Hayworth auf dem Titelblatt zur Hand. Ich schlug das Heft auf und begann, aus einer Anzeige vorzulesen: »Mit einer schönen Figur in den Frühling! Wenn Sie nicht viel Geld für Kleidung ausgeben und die neue Mode mit Eleganz und Stil tragen wollen, sollten Sie sich jetzt Ihres Winterspecks entledigen. Mit Bile Beans werden Sie ›schlank im Schlaf‹! Nur zwei Pillen pro Abend, schnelle Resultate, keine Nebenwirkungen …«

Ich las vier Stunden lang, Seite für Seite, Wort für Wort, bis mir die Buchstaben vor den Augen verschwammen. Dann löste Kitty mich ab. Nach Sonnenuntergang schaltete sie eine kleine Lampe auf dem Tisch neben dem Krankenbett ein, und vier Stunden später, als sie schon fast heiser war, übergab sie wieder an mich.

Als am nächsten Morgen, nachdem wir drei Zeitschriften und drei Viertel eines Romans vorgelesen hatten, die ersten Sonnenstrahlen durch die Fenster des Lazaretts fielen, flatterten Marys Lider.

Langsam öffnete sie die Augen, schloss sie wieder, und während die Minuten vergingen, sahen wir mit angehaltenem Atem zu, wie sie zuerst die Arme, dann die Beine bewegte und schließlich die Augen öffnete und mich direkt ansah.

»Wo bin ich?«, fragte sie schwach.

»Im Lazarett«, erwiderte ich und schob ihr eine blonde, strohige Strähne hinters Ohr. »Du hast Malaria, Liebes«, sagte ich, während ich mit den Tränen kämpfte. »Aber jetzt wird's dir bald wieder gut gehen.«

Mary sah sich im Zimmer um, dann schaute sie erst Kitty und dann mich an. »Ich hatte einen ganz merkwürdigen Traum«, sagte sie. »Ich wollte die ganze Zeit auf ein helles Licht zugehen, aber da war eine Stimme, die mich zurückgerufen hat.«

»Und bist du zurückgegangen?«

»Ich wollte es nicht«, antwortete Mary. »Ich wollte weitergehen, aber die Stimme hat mich bei jedem Schritt gelockt.«

»Es wird alles gut«, sagte ich, hielt ihr ein Glas Wasser an die Lippen und schob ihre kalten Arme unter die Decke zurück. »Wir haben alle Zeit der Welt, um darüber zu reden, aber jetzt brauchst du erst einmal Ruhe.«

Dass wir uns um Mary gekümmert hatten, führte zwar nicht dazu, dass Schwester Hildebrand uns zu unseren pflegerischen Fähigkeiten beglückwünschte, aber sie stellte uns an diesem Tag immerhin vom Dienst frei, und Kitty und ich waren froh, dass wir ausschlafen konnten.

Ich wurde erst von der Mittagssirene geweckt. Mir knurrte der Magen, aber ich war immer noch so erschöpft, dass ich am liebsten im Bett geblieben wäre.

»Kitty?«, sagte ich, ohne den Kopf zu heben. »Bist du wach?«

Schlaftrunken drehte ich mich um in der Annahme, dass Kitty tief und fest schlief. Aber die Decke auf ihrem Bett war glatt gezogen, und die beiden Kissen lagen ordentlich am Kopfende.

Wo mochte sie sein? Ich setzte mich auf und streckte mich. Dann entdeckte ich den Zettel auf der Kommode.

Anne,
ich wollte Dich nicht wecken. Ich bin schon um 10 Uhr los, Lance hat mich zu einer Kanufahrt eingeladen. Am Nachmittag bin ich wieder zurück.
Alles Liebe
Kitty

Eine Kanufahrt mit Lance. Es war das Normalste auf der Welt, dennoch war mir nicht wohl bei dem Gedanken. Der freie Tag war uns erst vor ein paar Stunden genehmigt worden, wie konnte sie da etwas mit Lance geplant haben? Ich dachte an die Hütte, und plötzlich wurde mir bewusst, dass unser gemeinsames Schlafzimmer schon jetzt eine Menge Geheimnisse barg.

Die Sirene für das Mittagessen ertönte zum zweiten Mal – der letzte Aufruf. Wenn ich mich beeilte, konnte ich es noch rechtzeitig schaffen. Doch dann brachte mich der glänzende rote Apfel auf meinem Nachttisch auf eine viel bessere Idee.

Ich verstaute den Apfel mitsamt einem Stück Brot, das Kitty aus der Kantine mitgebracht hatte, und einer Feldflasche mit Wasser in meinem Rucksack und schulterte ihn. Als ich mich am Eingang zur Krankenstation vorbeischlich und einen verstohlenen Blick durch das offene Fenster warf, sah ich Stella und Liz und ein paar andere Krankenschwestern bei der Arbeit. Sie wirkten gelangweilt. Einige waren mit einer Glühbirne beschäftigt, die ausgewechselt werden musste, während die anderen sich über den einzigen Patienten beugten, der offenbar nur eine Schürfwunde am Knie hatte und, nach seinem Grinsen zu urteilen, die viele Aufmerksamkeit genoss.

So hatte ich mir das Leben im Krieg nicht vorgestellt. Aber es lag Veränderung in der Luft. Es ging das Gerücht, dass Colonel Donahue einen Einsatz plante, irgendeine größere Sache. Ich fragte mich, welchen Einfluss das auf unsere Arbeit und unser Leben haben würde.

Ich ging den Pfad entlang, der zum Strand führte. Westry hatte behauptet, die Hütte läge nur ein paar hundert Meter nördlich der Militärbasis. Ich konnte nur hoffen, dass er sich nicht irrte.

Ich ging schnell und sah mich häufig um. Was die anderen wohl denken würden, wenn sie mich von der Militärbasis wegschleichen sahen, dazu allein? Es war nicht gerade das, was man von Anne Calloway erwartet hätte.

Schon hinter der nächsten Biegung konnte ich im Dickicht das mit Palmwedeln gedeckte Dach der Hütte ausmachen. Beim Näherkommen hörte ich das Geräusch einer Säge.

Mein Herz schlug schneller. Westry war offenbar dort.

»Hallo?«, rief ich und tat, als klopfte ich an die Tür, die vorher wacklig an einem Scharnier gehangen hatte. »Jemand zu Hause?«

Westry blickte auf, wischte sich den Schweiß von der Stirn und den Staub von den Händen. »Oh, hallo«, sagte er. »Sind Sie's wirklich, oder bilde ich mir das nur ein? Ich bin schon den ganzen Vormittag hier ohne Wasser, und ich weiß nicht, ob ich schon fantasiere oder ob da tatsächlich eine wunderschöne Frau in der Tür steht. Sagen Sie mir bitte, dass meine Augen mich nicht trügen.«

Ich musste lächeln. »Sie fantasieren nicht«, erwiderte ich und holte die Feldflasche aus dem Rucksack. »Hier, trinken Sie.«

Westry trank einen großen Schluck, atmete tief aus und gab mir die Feldflasche zurück. »Die Tür ist schon fast wieder in Ordnung«, sagte er. »Sie passte nicht richtig in den Rahmen, weil sie von der Feuchtigkeit total verzogen war. Ich musste an der Seite ein paar Zentimeter wegnehmen. Hier, sehen Sie? Und in unserem Magazin habe ich ein paar alte Scharniere aufgetrieben.« Er hielt sie hoch wie Trophäen. »Unsere Hütte braucht schließlich eine funktionierende Tür.«

Ich musste lächeln. *Unsere Hütte*. Was für ein schöner Gedanke.

Ich nahm eine Dose Borax und ein paar alte Putzlumpen aus meinem Rucksack. »Ich dachte mir, ein bisschen Glanz kann der Hütte nicht schaden«, sagte ich.

»Schön, dass Sie Zeit gefunden haben mitzumachen«, sagte Westry und nahm wieder seine Säge.

Um drei Uhr war der Fußboden so blitzsauber, dass man davon hätte essen können, und die Tür saß auch wieder im Rahmen.

»Ach, beinahe hätte ich's vergessen«, sagte Westry und nahm einen abgegriffenen Messingknauf aus seinem Seesack. »Das dauert nicht lange.«

Ich sah zu, wie er den Knauf sorgfältig anschraubte.

»Unser Schlüssel«, sagte er und hielt ein glänzendes Stückchen Metall hoch. »Jetzt müssen wir nur noch ein geeignetes Versteck dafür finden.«

Ich zeigte auf die unverglasten Fensteröffnungen. »Aber wer hier reinwill, braucht doch nur einzusteigen.«

Westry nickte. »Natürlich, die Fenster werden wir als Nächstes einbauen. Außerdem braucht jedes Haus ein passendes, funktionierendes Schloss. Die Frage ist nur, wo verstecken wir den Schlüssel?«

Ich folgte ihm nach draußen, wo wir die Umgebung vor der Tür begutachteten. »Vielleicht hier?«, sagte ich und zeigte auf eine Stelle neben der einzelnen Treppenstufe im Sand. »Da könnten wir ihn vergraben.«

Westry schüttelte den Kopf. »Da würde jeder als Erstes nachsehen. Das wäre ja wie unter der Fußmatte – da kuckt jeder Einbrecher zuerst nach.« Plötzlich kam ihm eine Idee. »Warten Sie«, sagte er, ging in die Hütte und kam wieder heraus mit einem Buch in der Hand, das er aus seinem Seesack genommen hatte. »Wie wär's denn damit?«

»Ein Buch?«

»Ja«, erwiderte er und zog das Bändchen heraus, das am Buchrücken befestigt war. Normalerweise diente es als Lesezeichen, aber Westry hatte etwas anderes damit vor. Er knotete den Schlüssel an dem Bändchen fest und verstaute ihn zwischen den Buchseiten. »So«, sagte er und schob das Buch unter die Stufe. »Unser Versteck.«

Vom Strand her waren die Wellen jetzt deutlich zu hören. »Die Flut setzt ein«, sagte er. »Wollen wir uns das Schauspiel ansehen?«

Ich zögerte. »Vielleicht sollte ich lieber wieder zurückgehen.« Ich hatte Kitty keine Nachricht hinterlassen und befürchtete, sie würde sich Sorgen machen.

»Ach, kommen Sie«, sagte Westry. »Ein bisschen können Sie bestimmt noch bleiben.«

»Also gut«, erwiderte ich. »Ein bisschen.«

»Sehen Sie mal«, sagte er und zeigte auf ein Stück Treibholz, das nicht weit entfernt am Strand lag. »Da können wir es uns gemütlich machen.«

Er nahm die Weinflasche, die er am Tag zuvor in der Hütte gefunden hatte, und eine Blechtasse aus seinem Seesack und setzte sich neben mich in den Sand. Wir lehnten uns gegen das Treibholz, das von der Brandung glatt geschmirgelt war. »Ein Prosit«, sagte er und goss den uralten Wein in den Becher, »auf die Dame des Hauses … nun gut, der Hütte.«

Er reichte mir den Becher. Vorsichtig nahm ich einen winzigen Schluck. Mir zog sich alles zusammen. »Hundert Jahre alter Essig.«

Ein Vogel sang irgendwo in der Ferne, während wir dasaßen und fasziniert die Wellen betrachteten.

»Übrigens«, sagte ich ein bisschen abrupt. »Ich weiß überhaupt nichts über Sie.«

»Und ich weiß nichts über Sie«, gab er zurück.

»Sie zuerst.«

Westry nickte und setzte sich aufrecht hin. »Ich bin in Ohio geboren«, sagte er. »Aber dort war ich nicht lange. Meine Mutter ist an Scharlach gestorben, und dann bin ich mit meinem Vater Richtung Westen gezogen. Nach San Francisco. Er war Ingenieur und hatte eine Stelle bei der Eisenbahn. Wir sind ständig umgezogen, und ich kam praktisch jeden Monat auf eine andere Schule.«

»Hört sich nicht gerade nach einer soliden Bildung an«, bemerkte ich.

Westry zuckte die Schultern. »Sie war besser als die der meisten anderen. Ich habe viel vom Land gesehen. Immer den Schienen entlang.«

»Und jetzt? Sie haben gesagt, wenn der Krieg vorbei ist, wollen Sie wieder hierher auf die Insel zurückkommen, aber Sie haben doch bestimmt noch andere Ziele, andere Dinge, die Sie noch erleben wollen?«

Westrys Augen waren groß und lebhaft, voller Lebenshunger.

»Ich weiß nicht so recht, was ich machen werde«, sagte er. »Vielleicht studiere ich noch mal und werde Ingenieur wie mein Vater. Vielleicht gehe ich aber auch nach Frankreich und lerne zu malen wie die großen Impressionisten. Vielleicht bleibe ich aber auch einfach hier«, sagte er und deutete mit dem Kopf in Richtung Hütte.

»Aber das geht doch nicht«, sagte ich. »So ein einsames Leben!«

»Wieso einsam?«, entgegnete er. »Hier hätte ich alles, was man sich nur wünschen kann. Ein Dach über dem Kopf. Ein Bett. Die schönste Kulisse der Welt. Manch einer würde es das Paradies nennen.«

Ich dachte daran, dass er gesagt hatte, er wolle sich hier an diesem Strand niederlassen und eine Familie gründen. »Aber was ist mit Freunden?«, wagte ich einzuwenden. »Und mit … mit der Liebe?«

Westry grinste. »Sie haben gut reden. Sie haben das ja alles schon.«

Ich sah auf meine Füße und bohrte mit der Schuhspitze im Sand, der so heiß war, dass ich die Hitze durch das Leder spürte.

»Also«, fuhr er fort, »ich werde schon die richtige Frau finden. Irgendwo da draußen.«

»Und wenn nicht?«, fragte ich.

»Ich werde sie finden«, sagte er mit einem zuversichtlichen Lächeln.

Ich wandte mich hastig ab.

»So«, sagte er, »und jetzt Sie.«

Ich zupfte an einem losen Faden an meinem Rucksack, bis das Schweigen unerträglich wurde. »Tja, da gibt's nicht viel zu erzählen.«

»Ach, kommen Sie«, entgegnete er und lächelte mich aufmunternd an. »Jeder hat eine Geschichte.«

Ich schüttelte den Kopf. »Ich bin in Seattle geboren. Da habe ich auch immer gelebt. Ich habe eine Krankenschwesternausbildung gemacht, und jetzt bin ich hier.«

»Bravo«, sagte er mit kaum verhohlenem Spott. »Ein ganzes Leben in drei Sätzen.«

Ich spürte, wie ich rot anlief. »Tut mir leid«, sagte ich, »mein Leben ist nun mal nicht annähernd so aufregend wie Ihres.«

»Ich glaube, Sie tun bloß so«, sagte er, während er mich von oben bis unten musterte. »Der Mann, mit dem Sie verlobt sind«, fuhr er fort und zeigte auf den Ring an meiner Hand, »warum haben Sie den nicht geheiratet, bevor Sie hergekommen sind?«

Wie konnte er es wagen, mir so eine Frage zu stellen? »Weil ich …« Ich musste an all die praktischen Gründe denken: weil ich nichts überstürzen wollte; weil meine

Mutter eine große Feier im Hotel Olympic wollte; weil … Aber keiner der Gründe war überzeugend. Wenn ich gewollt hätte, hätte ich schnurstracks zum Standesamt marschieren können, so wie Gerard es vorgeschlagen hatte, und heiraten können. Ich hätte Mrs. Gerard Godfrey werden können ohne diese einjährige Odyssee in den Südpazifik, die sich jetzt zu einer Barriere zwischen uns auftürmte. *Warum hatte ich es nicht getan?*

»Sehen Sie?«, beharrte Westry. »Es gibt eine Geschichte.«

»Glauben Sie mir«, erwiderte ich, »Sie fantasieren sich etwas zusammen, wo nichts ist.«

Westry zwinkerte mir zu. »Das werden wir ja sehen.«

Kitty war nicht im Zimmer, als ich zurückkam, und so ging ich allein los, als die Sirene zum Essen rief. Ich machte noch einen kurzen Abstecher zum Lazarett, um nach Mary zu sehen. Zu meiner großen Freude saß sie aufrecht im Bett und trank Apfelsinensaft mit einem Strohhalm.

»Hallo, Anne«, sagte sie. Ihre Stimme klang schon ein bisschen kräftiger.

»Hallo«, erwiderte ich, »ich bin gerade unterwegs zum Mittagessen. Soll ich dir was mitbringen? Die Flüssignahrung hängt dir doch bestimmt schon zum Hals raus.«

»Stimmt«, sagte sie. »Ein Brötchen und Butter wären großartig.«

»Besorg ich dir«, sagte ich lächelnd.

Auf dem Weg zur Kantine kam ich an dem Hibiskusstrauch vorbei, von dem Kitty und ich uns am ersten Abend Blüten abgepflückt hatten. Ich ging weiter, bis ich die Bootsanlegestelle sehen konnte, an der ein Dutzend Kanus im Wasser schaukelten für Soldaten, die gerade keinen Dienst hatten. Sie wurden jedoch kaum benutzt, obwohl Bora-Bora nicht im Visier des Feindes lag – noch nicht.

Als ich genauer hinsah, bemerkte ich zwei Gestalten, die aus einem Kanu stiegen. Die Locken konnten nur zu Kitty gehören, aber der Mann, der ihr aus dem Boot half, war nicht Lance. Mir blieb die Luft weg – es war *Colonel Donahue*. Kitty lächelte ihn selig an, während er die Paddel im Kanu verstaute. Arm in Arm gingen sie hoch zum Rasen. Der Colonel verabschiedete sich von Kitty, und sie lief zu den Frauenunterkünften.

Ich überlegte, ob ich ihr folgen sollte, ließ es jedoch bleiben; wahrscheinlich hatte sie mir nicht die Wahrheit über ihre Verabredung gesagt, weil sie fürchtete, ich würde sie missbilligen – und das tat ich tatsächlich. Aber ich wollte nicht den Eindruck erwecken, ich würde ihr nachspionieren. Sie würde mir schon alles erzählen, wenn sie dazu bereit war. Also machte ich mich auf den Weg zur Kantine und bat den Koch, mir ein paar Kleinigkeiten für Mary einzupacken.

»Und wie geht's Lance?«, fragte Stella Kitty schelmisch beim Frühstück. *Ob sie sie auch mit dem Colonel gesehen hatte?*

»Gut«, erwiderte Kitty und stocherte in ihrem Rührei und der Maisgrütze, beides von gummiartiger Konsistenz. »Wir sind heute Abend verabredet.«

Stella schüttelte den Kopf, eine Geste, die mich an dem Tag, als wir uns kennenlernten, vielleicht noch auf die Palme gebracht hätte, aber ich hatte schon bald begriffen, dass das einfach ihre Art war. »Du hast vielleicht ein Glück bei Männern«, sagte sie und seufzte mutlos. »Ich hab's aufgegeben bei Elliot. Er denkt nur an die Frau, die in der Heimat auf ihn wartet. Entweder hockt er für sich allein am Strand und macht Fotos, oder er verkriecht sich in seinem Zimmer und schreibt Gedichte über sie. Diese Frau muss was ganz Besonderes sein. Aber gestern Abend habe ich einen Piloten kennengelernt, Will, und der ist auch nicht schlecht.«

Liz kam mit einem Tablett an unseren Tisch und stellte es ab. »Geht es Mary besser?«

»Ja, Gott sei Dank«, antwortete ich. »Sie kommt langsam wieder zu Kräften.«

Liz betrachtete gedankenversunken einen Brief, den sie in der Hand hielt. »Das ist heute für sie angekommen«, sagte sie vorsichtig. »Und mir ist der Name des Absenders aufgefallen. Hat sie nicht gesagt, ihr Ex-Verlobter heißt Edward?«

Ich nickte. »Zeig mal.«

Ich hielt den Brief gegen das Licht, konnte aber nichts weiter erkennen, außer dass der Absender tatsächlich Edward hieß. Edward Naughton, eine Anschrift in Paris.

»Anne!«, schalt mich Kitty. »Du kannst doch nicht einfach ihre Post lesen. Die geht dich nichts an.«

»Wenn ich das Gefühl habe, dass der Brief ihre Genesung behindern könnte, werde ich ihn aufmachen«, sagte ich. »Überleg doch mal: Der Mann hat sie kurz vor dem Traualtar verlassen und so in Verzweiflung gestürzt, dass sie sich auf eine Insel am anderen Ende der Welt verzogen hat. Kannst du dir vielleicht vorstellen, was ein Brief von ihm auslösen könnte?«

Die anderen Frauen nickten zustimmend, sodass Kitty klein beigab.

»Also«, sagte ich, »ich werde den Brief nicht öffnen und lesen. Aber ich behalte ihn so lange, bis es Mary wieder besser geht. Ihr Herz ist noch schwach. Sie muss erst wieder zu Kräften kommen. Ich werde nicht zulassen, dass dieser Brief ihre Genesung beeinträchtigt.«

»Na gut«, sagte Kitty. »Aber du solltest dich wirklich nicht in Liebesdinge einmischen.«

Sollte das eine Warnung sein, mich nicht in ihre Angelegenheiten einzumischen?

Ich rümpfte die Nase und verstaute den Umschlag sicherheitshalber in einer Tasche meines Kleids. »Ich mische mich in nichts ein«, sagte ich zu Kitty. »Es geht um Marys Gesundheit.«

Kitty schob ihren Teller weg. »Also, Mädels, ich krieg keinen Bissen von diesem Zeug mehr runter. Ich mach mich mal wieder an die Arbeit. Schwester Hildebrand meinte, dass wir heute einen Patienten reinbekommen.«

Als wir zum Lazarett gingen, war ich immer noch ziemlich wütend über Kittys Bemerkungen, vergaß sie jedoch völlig, als wir hörten, dass ein Sanitäter von einer anderen Insel über Funk die Ankunft eines verwundeten Piloten angekündigt hatte. Der Pilot würde unser erster echter Patient sein – abgesehen von Westry, der nur mein Patient war.

Der verwundete Pilot traf um Viertel nach zehn ein. Er war ein schlimmer Fall – Kopfverletzung durch Granatsplitter. Kitty, die den Verwundeten auf der fahrbaren Trage in den Operationsbereich geschoben hatte, arbeitete mit flinken Händen neben dem Chirurgen, entfernte blutverschmierte Metallsplitter und legte sie auf eine Ablage neben dem Operationstisch. Liz lief nach draußen, um sich zu übergeben, aber Kitty zuckte mit keiner Wimper. Sie ging so professionell mit der Situation um, dass der Arzt sie bat, noch eine Stunde länger zu bleiben und sich um den Patienten zu kümmern, wozu sie sich auf der Stelle bereit erklärte.

Nach meiner Schicht ging ich in unser Zimmer, froh, dem sterilen Lazarett zu entkommen und mich möglichst bald in der gemütlichen Hütte entspannen zu können. In einem Beutel verstaute ich Schere, Nadel und Faden, dazu einen Ballen blassgelben Stoff, den ich in einer Mülltonne neben der Krankenstation entdeckt hatte. Perfekt für Vorhänge, hatte ich gedacht und den Stoff aus der Tonne gezogen, bevor sie geleert würde.

Westry war nicht in der Hütte. Ich nahm den Schlüssel aus dem Buch, schloss die Tür auf und legte den Beutel auf den alten Mahagonistuhl.

Ich machte mich sofort an die Arbeit, maß die Breite der Fenster und berechnete die Maße der Stoffbahnen. Ich breitete den Stoff auf dem Boden aus, scheuchte eine kleine Eidechse fort und begann zu schneiden. Während ich die Vorhänge säumte, lauschte ich auf den Gesang der Vögel im Dschungel. Ich hatte kein Bügeleisen, aber für eine Strandhütte würde es auch so gehen, und mit der Zeit würde die warme, feuchte Luft den Stoff glätten.

Beim Nähen dachte ich an Westry, der im Gegensatz zu Gerards bedächtiger, umsichtiger Art temperamentvoll und spontan war. *Warum konnte Gerard nicht ein bisschen freier sein und das Leben mehr genießen?* Während ich mit

Nadel und Faden hantierte, wurde mir bewusst, dass die Bedenken, die ich schon in Seattle gehabt hatte, sich hier in den Tropen noch verstärkten. Dass er sich vor dem Krieg drückte, machte mir besonders zu schaffen. *Warum widersetzte er sich nicht den Wünschen seines Vaters und wählte den ehrenhaften Weg?*

Während ich den ersten Satz Vorhänge an der Gardinenstange befestigte, fiel mir das Bild ein, das sich unter dem Bett befand. Ich hätte gern gewusst, wer die darauf abgebildeten Personen waren, aber vor allem interessierte mich der Künstler.

Wer mochte hier vor so langer Zeit gewohnt haben? Ein Mann wie Westry, der das Abenteuer suchte? Ich stellte mir vor, wie Westry auf dieser Insel sein Leben verbringen würde. Vielleicht würde er eine Eingeborene heiraten, wie die, die wir mit Lance und Kitty auf dem Markt getroffen hatten. Wie hieß sie noch? Ach ja, Atea. Aber würde er glücklich sein mit ihr? Ich musste grinsen. Ja, auf eine Weise würde er bestimmt glücklich sein, aber ob sie sich auch geistig verstünden? Leidenschaft verging, aber Liebe währte ewig. Ich wünschte nur, dass auch Kitty das endlich einsah.

Plötzlich wurde es dunkel, und durch die Fensteröffnung sah ich graue, regenschwere Wolken, die bald ihre Wasserlast abladen würden. Ich ließ den Blick über den Strand schweifen in der Hoffnung, Westry auf dem Weg zur Hütte zu sehen, als mir der Briefkasten einfiel oder vielmehr die quietschende Bodendiele in der Ecke des Zimmers. Als ich sie anhob, entdeckte ich einen weißen Briefumschlag.

Aufgeregt riss ihn auf.

Liebe Mrs. Cleo Hodge!
Sie werden sich fragen, wer Mrs. Cleo Hodge ist. Nun ja, meine Liebe, das sind Sie. Wir brauchen Codenamen für den Fall, dass man uns auf die Schliche kommt. Wir dürfen nicht vergessen, dass wir in Kriegszeiten leben. Sie sind also Cleo. Und mein Name wird Grayson sein. Was halten Sie davon? Zuerst hatte ich den Familiennamen Quackenbush in Erwägung gezogen, aber wir würden wahrscheinlich jedes Mal in schallendes Gelächter ausbrechen, wenn wir einander so anredeten. Also werden wir die Hodges sein, wenn Sie keine bessere Idee haben.
Hochachtungsvoll
Mr. Hodge

P.S. Sehen Sie in der Schreibtischschublade nach, da wartet eine Überraschung auf Sie.

Lächelnd machte ich die Schublade auf, in der eine Apfelsine lag. Ihre glänzende Schale hob sich leuchtend vom dunklen Innern der Schublade aus Mahagoni ab. Ich hielt sie mir unter die Nase und atmete ihren fruchtigen Duft ein. Dann drehte ich den Brief um und schrieb eine Botschaft an Westry.

Mein lieber Mr. Grayson Hodge!
Heute habe ich fleißig an den Vorhängen gearbeitet, die hoffentlich zu Ihrer Zufriedenheit ausgefallen sind. Glauben Sie, wir brauchen auch einen Teppich? Einen hübschen Orientteppich vielleicht? Und wie wär's mit einem Bücherregal und einem Sofa, damit man nicht immer auf dem Bett

sitzen muss? Wenn wir Glück haben, wird vielleicht ein Sofa an den Strand gespült.
Danke für die Apfelsine. Sie war genau richtig.
Ergebenst
Mrs. Hodge

P. S. Sie haben wirklich eine blühende Fantasie. Wie in aller Welt sind Sie auf den Namen »Quackenbush« gekommen? Ich musste in der Tat laut lachen.

Ich verstaute den Zettel wieder unter der Bodendiele und verließ die Hütte. Mittlerweile war heftiger Wind aufgekommen, und die düsteren Wolken schienen jeden Augenblick aufbrechen zu wollen. Ich eilte den Strand entlang.

Als ich nicht weit entfernt von der Hütte im Gebüsch oberhalb des Strands etwas rascheln hörte, blieb ich starr vor Schreck stehen. Was war das? War mir etwa jemand gefolgt?

Ich machte ein paar Schritte auf die Bäume zu und lauschte. Da war es wieder. Rascheln und leise Stimmen. Neugierig ging ich noch ein bisschen näher und suchte Deckung hinter einer mächtigen Palme. Im Dschungel entdeckte ich zwei Gestalten, einen Mann und eine Frau. Als ich den verräterischen Ärmel eines Armeehemds und ein nacktes Frauenbein erspähte, schlich ich auf Zehenspitzen zum Strand zurück und rannte zu den Unterkünften.

Zu meiner großen Enttäuschung fand ich Kitty nicht in unserem Zimmer vor.

6

»Nicht zu glauben, dass wir schon seit zwei Monaten hier sind«, rief Mary aus. Ihre Wangen waren rosig, und es tat gut, sie so strahlend zu sehen. Sie hatte darauf bestanden, dass Schwester Hildebrand sie die Frühschicht machen ließ, anstatt ihr noch länger Bettruhe zu verordnen. Und auch wenn ihre Hände ab und an noch ein bisschen zitterten, war sie doch wieder einigermaßen bei Kräften, und an diesem Morgen half sie mir bei den Impfungen.

»Ich weiß, was du meinst«, sagte ich. »Mir kommt es manchmal so vor, als wären wir gestern erst angekommen.« Ich zählte die Ampullen mit dem Impfstoff ab, die wir den Männern nach dem Frühstück verabreichen würden. »Gleichzeitig ist seither so viel passiert. Es kommt mir so vor, als wäre ich nicht mehr dieselbe, die hier mit dem Flugzeug angekommen ist.«

Mary nickte. »Mir geht es genauso. Ich kann mir kaum noch vorstellen, wie mein Leben vorher war.«

Ich seufzte. »Ich habe sogar fast vergessen, wie sich Gerards Stimme anhört. Ist das nicht schrecklich?«

»Mach dir keine Sorgen«, sagte Mary. »Du liebst ihn doch immer noch.«

»Ja, natürlich«, erwiderte ich nachdrücklich und hatte sofort ein schlechtes Gewissen, weil ich ihm immer noch nicht geschrieben hatte.

»Ich kann mich auch kaum an Edwards Stimme erinnern«, sagte Mary. »Aber ich finde das kein bisschen schrecklich.« Sie lächelte tapfer, und ich konnte ihr nur zustimmen.

Plötzlich fiel mir der Brief wieder ein, den ich ihr vorenthalten hatte. Ob sie schon so weit war? Ich lauschte ihrem Geplauder, während sie die Impfstofffläschchen auspackte und auf das Tablett stellte. Dieser Brief konnte alles verderben.

»Wo ist Kitty eigentlich?«, fragte Mary. »Ich dachte, ich hätte sie heute Morgen gesehen.«

»Sie müsste hier sein«, sagte ich und sah mich um. »Wir sind zusammen gekommen.«

»Nein«, grummelte Schwester Hildebrand, die meine Bemerkung gehört hatte. »Sie fühlte sich nicht gut, deshalb habe ich sie auf ihr Zimmer geschickt.«

Wie merkwürdig. Am Morgen war es ihr noch blendend gegangen. Ich versuchte, mir keine übertriebenen Sorgen zu machen, aber Kitty verhielt sich tatsächlich seltsam, und zwar im Grunde, seit wir auf der Insel angekommen waren – sie behauptete, sie würde irgendwohin gehen, tauchte dann aber wo ganz anders auf; versprach, mich zum Frühstück oder zum Mittagessen zu treffen, und kam dann nicht. Sie redete nicht über Colonel Donahue, und ich hatte ihr auch nicht erzählt, dass ich sie mit ihm zusammen in dem Boot gesehen hatte. Das Thema schien zum Glück erledigt zu sein, aber sie verbrachte viel zu viel Zeit mit Lance. Am Abend zuvor war sie erst kurz vor Mitternacht ins Zimmer gekommen. Ich war wach geworden, als sie ins Bett gestiegen war, und hatte schlaftrunken einen Blick auf die Uhr geworfen.

»Wahrscheinlich hat sie sich den Magen-Darm-Virus eingefangen, der hier umgeht«, sagte Mary. »Sehr unangenehm.«

Ich glaubte nicht daran, dass Kitty etwas mit dem Magen hatte. Nein, da war etwas anderes im Spiel. Unsere Arbeit im Lazarett ließ uns keine Zeit für ausführliche Gespräche, jetzt, wo immer mehr Verwundete von nahe gelegenen Inseln eintrafen, die hart umkämpft wurden. Es waren nicht sehr viele, aber sie hatten schwere Verletzungen. Stichwunden. Schüsse in den Unterleib. Erst am Tag zuvor war ein Soldat eingeliefert worden, dem ein zerfetztes Bein sofort amputiert werden musste. Die bedrückende Aufgabe, verwundete Soldaten zu pflegen, füllte unsere Tage aus, und am Ende jeder Schicht zog sich jeder zurück, um noch für ein Stündchen ein wenig Ablenkung zu finden. Wo mochte Kitty ihre Ablenkung suchen?

Ich dachte an die anderen Schwestern. Stella verbrachte inzwischen viel Zeit im Aufenthaltsraum. Sie interessierte sich neuerdings für Shuffleboard, oder besser gesagt für Will, der Shuffleboard spielte. Wie üblich leistete Liz ihrer Freundin Gesellschaft. Mary, die nach der Arbeit meist ziemlich erschöpft war, ging in ihr Zimmer, um zu lesen oder Briefe an ihre Freundinnen zu Hause zu schreiben, während ich mich zur Hütte davonstahl. Westry war manchmal da, manchmal nicht, aber ich hoffte immer, ihn dort anzutreffen.

»Post!«, rief eine der Krankenschwestern an der Tür zum Lazarett.

Ich überließ Mary die Impfstoffe und ging zu der Ablage mit der eingegangenen Post. Normalerweise kam nur wenig Post, aber diesmal war die Ablage so voll, dass einige Sendungen herunterrutschten, als ich sie näher an den Tisch heranzog. So viele Briefe, die wie U-Boote in unser Privatleben eindrangen.

Für Stella waren fünf Briefe dabei, für Liz drei und für Kitty zwei, beide von ihrer Mutter. Dann entdeckte ich einen Brief, der an mich adressiert war, und als ich die Handschrift erkannte, wurde mir ganz heiß. Der Brief war von Gerard.

Ich machte ihn vorsichtig auf, sodass ich ihn sofort verschwinden lassen konnte, falls Stella oder eine andere Schwester sich näherte.

Meine Liebste!
Das Laub färbt sich herbstlich, und Du fehlst mir so sehr. Warum musstest Du nur weggehen?

In Seattle hat sich nichts verändert, seit Du weggegangen bist, nur dass es ohne Dich hier einsamer ist. Wahrscheinlich trägt auch der Krieg das Seine zu dem Gefühl der Einsamkeit bei. Er ist das einzige Gesprächsthema, und ich mache mir Sorgen um Dich. Es wird eine große Schlacht im Pazifik stattfinden. Ich bete, dass Deine Insel davon verschont bleibt. Viele Experten sind der Ansicht, dass Euch dort keine Gefahr droht. Ich kann nur hoffen, dass sie recht behalten.

Der Krieg hat uns die Besten genommen. Im Cabaña Club herrscht gespenstische Leere. Du würdest den Club nicht wiedererkennen. Alle gesunden Männer haben sich entweder freiwillig zum Krieg gemeldet oder sind eingezogen worden, und ich wollte Dich nur wissen lassen, dass ich trotz allem, was mein Vater für mich getan hat, um mich vor dem Kriegsdienst zu bewahren, in Erwägung ziehe, mich freiwillig zu melden. Ich glaube, es wäre das Richtige. Das nächste Truppenkontingent bricht am 15. Oktober auf. Ich könnte meine Freistellung rückgängig machen lassen und gemeinsam mit den anderen losziehen. Bevor es nach Europa weitergeht, würde ich zwei Wochen Grundausbildung in einem Militärcamp in Kalifornien absolvieren.

Bitte mach Dir keine Sorgen um mich. Ich werde Dir oft schreiben, um Dir zu berichten, wie es mir geht, und ich werde von dem Tag träumen, an dem wir wieder vereint sind.

Ich liebe Dich von ganzem Herzen und denke öfter an Dich, als Du Dir vorstellen kannst.

In Liebe

Gerard

Ich drückte mir den Brief an die Brust und blinzelte ein paar Tränen fort. Auch wenn sein plötzlich erwachter Patriotismus mir das Herz erwärmte, wollte ich nicht, dass er sich in Gefahr begab, und als ich daran dachte, wie viel Zeit vergangen war, seit er den Brief abgeschickt hatte, wurde mir beinahe schwindelig. *War er vielleicht schon auf dem Schlachtfeld? Oder womöglich schon …?*

Als ich mich auf den Stuhl sinken ließ und versuchte, meine Tränen vor den anderen Frauen zu verbergen, legte mir jemand einen Arm um die Schultern. »Was ist los?«, fragte Mary leise.

»Gerard«, erwiderte ich. »Ich glaube, er hat sich zum Kriegsdienst gemeldet.«

Mary tätschelte mir den Rücken, während meine Tränen auf den Brief in meiner Hand tropften und Gerards schön geschwungene Handschrift verschmierten.

»Was glaubst du, wie es wäre, mit einem Soldaten verheiratet zu sein?«, fragte Kitty mich am selben Abend, als wir zu Bett gingen. Sie saß in einem rosafarbenen, baumwollenen Nachthemd auf der Bettkante und bürstete sich verträumt die blonden Locken, während ich vergeblich zu lesen versuchte.

Ich legte mein Buch beiseite. »Du willst mir doch nicht im Ernst erzählen, dass du vorhast, Lance zu heiraten?«

Kitty bürstete weiter ihr Haar aus. »Ein Leben als Soldatenfrau würde einige Vorteile bieten«, sagte sie. »Die vielen Reisen und die Aufregung.«

»Aber du hast ihn doch gerade erst kennengelernt«, entgegnete ich.

Die Abende boten die einzige Gelegenheit, miteinander zu reden – zumindest die Abende, die Kitty nicht mit Lance verbrachte.

Sie legte ihre Bürste auf den Nachttisch, kroch ins Bett und zog die Decke hoch bis zum Kinn. »Anne«, sagte sie. Ihre Stimme klang kindlich, neugierig, treuherzig und furchtsam. »Hast du von Anfang an gewusst, dass Gerard der Richtige ist?«

Die Frage traf mich so unvorbereitet, wie es mir in Seattle nie passiert wäre. »Na ja, natürlich«, erwiderte ich und musste an seinen Brief denken. Die Zuneigung zu ihm übermannte mich. »Ich wusste es einfach.«

Kitty nickte. »Ich glaube, mir geht es genauso«, sagte sie und drehte sich zur Wand um, bevor ich weitere Fragen stellen konnte. »Gute Nacht.«

Westry war einen Monat lang zu einem Militäreinsatz auf einer anderen Insel gewesen und kam am 27. November zurück. In der Hoffnung, ihn auf dem Fußweg anzutreffen, wartete ich in der Nähe der Soldatenunterkünfte und tat so, als wollte ich Hibiskusblüten pflücken. Es war Mittwoch, ein Tag vor Thanksgiving, und im ganzen Camp gab es nur zwei Gesprächsthemen: Puter und Cranberry-Soße.

»He, Sie da, Schwester«, rief einer der Männer aus dem zweiten Stock. »Was glauben Sie, werden wir einen Vogel kriegen?«

»Seh ich vielleicht aus wie eine Köchin?«, erwiderte ich ungerührt.

Der Soldat, vielleicht gerade einmal neunzehn, grinste und verzog sich vom Fenster. Ich hatte Monate gebraucht, um mich an den Umgang mit den Soldaten und an den Krieg zu gewöhnen. Meine anfängliche Befangenheit war verflogen. Wenn einer mich anknurrte, knurrte ich zurück, und für jede anzügliche Bemerkung hatte ich eine Retourkutsche parat. Meine Mutter wäre außer sich gewesen.

Nach zwanzig Minuten war Westry immer noch nicht aufgetaucht, und so kehrte ich schweren Herzens und mit einem Korb voll Hibiskusblüten in unsere Unterkunft zurück.

»Post«, sagte Kitty und warf einen Brief auf mein Bett. »Von deiner Mutter.«

Schulterzuckend verstaute ich den Brief in der Tasche meines Kleids, während Kitty einen Blick in den mit Blumen gefüllten Korb warf, den ich an der Tür abgestellt hatte. »Die sind ja wunderschön«, schwärmte sie. »Die brauchen Wasser.«

Sie nahm die Blüten aus dem Korb und arrangierte sie in dem Wasserglas auf der Kommode.

»Die halten nicht lange«, sagte ich. »Die taugen nicht als Schnittblumen. Bis morgen früh sind die längst verwelkt.«

»Ich weiß«, erwiderte sie. »Aber jetzt sind sie doch hübsch.«

Ich nickte. Ich wünschte, ich könnte wie Kitty die Schönheit des Augenblicks genießen. Es war eine Gabe.

Sie trat einen Schritt zurück und betrachtete fasziniert die behelfsmäßige Vase mit den leuchtend roten Blüten, deren Pracht schon vergangen sein würde, wenn wir vom Abendessen zurückkamen. »Das hätte ich beinahe vergessen«, sagte sie. »Ich habe auch einen Brief aus der Heimat bekommen. Von meinem Vater.«

Kitty riss den Umschlag auf, nahm den Brief heraus und begann lächelnd zu lesen. Doch dann runzelte sie die Stirn, und plötzlich wirkte sie entsetzt. Schließlich liefen ihr Tränen über die Wangen.

»Was ist los?«, fragte ich und trat neben sie. »Was steht da?«

Sie warf sich aufs Bett und vergrub das Gesicht im Kopfkissen.

»Kitty«, drängte ich sie. »Erzähl doch, was los ist.«

Sie rührte sich nicht, also hob ich den Brief auf, der auf den Boden gefallen war, und las, was ihr Vater geschrieben hatte.

Liebes,
ich wollte Dir nur kurz mitteilen, dass Mr. Gelfman sich im September zum Kriegsdienst gemeldet hat, nach Europa. Ich fürchte, dass er gefallen ist. Diese Nachricht wird Dich wahrscheinlich schwer treffen. Deine Mutter wollte nicht, dass ich es Dir schreibe, aber ich fand, Du solltest es erfahren.

Ich verstaute den Brief in Kittys Nachttisch. Diese verdammte Post. Warum musste sie uns auf diese Weise heimsuchen? Es ging uns immer gut, bis die Briefe eintrafen. »Kitty«, sagte ich und legte meine Wange an ihre. »Es tut mir wirklich leid.«

»Lass mich einfach«, flüsterte sie.

»Ich bringe dir das Abendessen aufs Zimmer«, sagte ich, als die Sirene ertönte.

»Ich hab keinen Hunger«, jammerte sie.

»Ich bringe es dir trotzdem.«

Ich lud mir eine ordentliche Portion Kartoffelpüree auf den Teller und nahm – mit der Erlaubnis des Kochs – einen Extrateller für Kitty mit, dazu Möhrenscheibchen und gekochten Schinken, der im Kantinenlicht schrumpelig und vertrocknet aussah. Immerhin kein Dosenfleisch, darüber war ich froh.

Als Stella und Mary mir zuwinkten, ging ich an ihren Tisch. »Ich bin nur kurz gekommen, um für Kitty und mich das Abendessen zu holen. Sie hat heute einen Brief mit schlechten Nachrichten erhalten.«

Mary runzelte die Stirn. »Die Arme«, sagte sie. »Willst du dich nicht einen Moment zu uns setzen? Du kannst unmöglich mit zwei Tabletts zum Schwesterntrakt rübergehen. Am Ende stolperst du noch. Iss doch lieber hier.«

Nach kurzem Zögern willigte ich ein und setzte mich neben Mary.

»Es heißt, dass es heute in den Männerunterkünften eine Schlägerei gegeben hat«, berichtete Stella hinter vorgehaltener Hand. »Die Insel schafft die Männer ganz schön.«

»Sie schafft uns alle«, erwiderte ich und versuchte, die harte Scheibe Schinken mit einem stumpfen Messer durchzuschneiden.

Stella nickte. »Ich habe Lance gestern auf dem Markt gesehen. Er hatte diese Eingeborene im Arm.«

Ich war froh, dass Kitty nicht dabei war. Sie hatte für heute wahrlich genug Kummer. »Du meinst Atea«, sagte ich. »Sie hat einen Namen.« Es ärgerte mich, dass Stella so wenig Respekt vor der eingeborenen Bevölkerung der Insel hatte.

»Kann sein«, erwiderte sie schulterzuckend. »Lance hat auf jeden Fall was mit ihr.«

Mary sah sie zweifelnd an. »Ach, Stella«, sagte sie, »dass sie ihm Zigaretten besorgt, heißt noch lange nicht, dass er was mit ihr hat.«

Stella zuckte wieder die Schultern. »Ich sage nur, was ich gesehen habe.«

Arme Kitty. Ich würde ihr nichts davon erzählen. Jedenfalls noch nicht. Sie musste sich erst mal von dem Schock erholen.

»So, Mädels«, sagte ich und nahm das Tablett. »Ich muss das Essen abliefern.«

»Gute Nacht«, sagte Mary.

Stella nickte und biss herzhaft in einen Keks.

Ich verscheuchte unterwegs ein paar Fliegen vom Tablett und blieb einen Moment lang vor den Männerunterkünften stehen, weil ich hoffte, Westry in einem der Fenster zu erspähen. Schlief er im Erdgeschoss oder im ersten Stock? Als ich die Fenster im Erdgeschoss absuchte, blieb mein Blick an einem offenen Fenster in der Mitte des Gebäudes hängen, aus dem laute Stimmen und klatschende Geräusche drangen. Eine Prügelei! »Ja, Sir!«, rief jemand. »Bitte, Sir!« Das war Westrys Stimme!

O Gott! Er wurde anscheinend verprügelt und war womöglich verletzt. Ich stellte das Tablett auf einer Bank ab und eilte zum Eingang. Ich musste ihm unbedingt helfen. Nur wie? Frauen war der Zutritt zu den Männerunterkünften verboten. Verzweifelt blieb ich auf den Eingangsstufen stehen. Ich hörte Männer stöhnen und ächzen. Dann klang es, als würden Möbel zu Kleinholz verarbeitet. *Das musste ein Ende haben!*

Kurz darauf trat Stille ein. Eine Tür wurde zugeschlagen, dann polterte jemand mit schweren Schritten eine Treppe hinunter. Mir wurde flau im Magen, als Colonel Donahue in der Tür erschien und sich die blutende Hand hielt. Ich versteckte mich hinter dem Hibiskusstrauch und sah ihm nach, wie er auf direktem Weg zum Lazarett marschierte.

Mein Herz raste. »Westry!«, rief ich, so laut ich konnte. »Westry!«

Nichts rührte sich, und ich befürchtete schon das Schlimmste.

Ich rannte zurück zur Kantine, wo die Männer noch

beim Essen zusammensaßen, und entdeckte Elliot in der Nähe des Eingangs. Als sich unsere Blicke begegneten, winkte ich ihn unauffällig zu mir.

»Anne? Was gibt's?«, fragte er und zog sich die Serviette aus dem Hemdkragen.

»Westry«, flüsterte ich. »Er ist verprügelt worden. Von Colonel Donahue. Er ist in seinem Zimmer. Vielleicht ist er bewusstlos.« Meine Worte überschlugen sich fast.

Elliot machte große Augen. »Ich seh mal nach«, sagte er, stieß die Tür auf und rannte los.

Ich wartete vor dem Gebäude, schaute immer wieder zum Fenster im ersten Stock hoch und versuchte, einen Blick ins Zimmer zu erhaschen. Schließlich ging die Tür auf, und Elliot kam heraus.

»Er ist ziemlich übel zugerichtet worden«, sagte er. »An der Stirn hat er eine Platzwunde, die genäht werden muss.«

»Und warum kommt er nicht raus?«, fragte ich.

»Er will nicht«, erwiderte Elliot.

»Ich verstehe das nicht. Warum hat Colonel Donahue ihm das angetan?«

»Er will nicht darüber reden«, sagte Elliot und schaute zum Lazarett hinüber. »Aber es muss etwas ziemlich Schlimmes vorgefallen sein. Irgendetwas stimmt da nicht.«

Ich rieb mir die Stirn. »Könnten Sie ihn nicht doch dazu überreden, ins Lazarett zu kommen, damit die Wunde genäht werden kann?«

Elliot nickte. »Ich versuch's«, erwiderte er und öffnete die Tür.

»Danke«, sagte ich. »Und, Elliot?«

»Ja?«

»Sagen Sie ihm, er fehlt mir.«

Elliot grinste. »Das wird ihm gefallen.«

Kittys Abendessen war längst kalt, als ich in unser Zimmer kam, aber es spielte keine Rolle. Sie wollte immer noch nichts essen.

»Kann ich irgendetwas für dich tun?«, fragte ich und streichelte ihr über die weichen Locken.

»Nein«, murmelte sie. »Ich will einfach nur allein sein.«

»Ist gut«, sagte ich ein wenig gekränkt. »Das verstehe ich.«

Die Sonne war untergegangen, und der Mond verbreitete sein fahles, zaubrisches Licht. Mein Blick fiel auf meinen Rucksack. *Die Hütte.* Mein Gefühl sagte mir, dass ich jetzt dort sein sollte.

»Kitty«, sagte ich leise, während ich ein Buch im Rucksack verstaute. »Ich gehe ein bisschen raus.«

Sie reagierte nicht, aber ich nahm es ihr nicht übel.

»Ich bin bald wieder zurück«, sagte ich und schloss die Tür hinter mir.

Der Wind hatte zugenommen und zerzauste mein Haar, als ich über den Strand zur Hütte stapfte. Ich schloss die Tür auf und legte mich erschöpft aufs Bett. Die neue Decke, die ich in der Woche zuvor im obersten Regal unseres Schlafzimmers gefunden und mit hierher gebracht hatte, fühlte sich warm und tröstlich an. Ich kam gar nicht auf die Idee, im Briefkasten nachzusehen. Westry war schließlich erst vor Kurzem zurückgekommen und konnte noch gar nicht hier gewesen sein. Jetzt hatte er sich in seinem Zimmer verkrochen und musste seine Wunden lecken. Beim Gedanken an Colonel Donahues Brutalität lief mir ein Schauer über den Rücken. Warum hatte er Westry so übel zugerichtet? Was auch immer der Grund gewesen sein mochte, ich war mir sicher, dass Westry so etwas nicht verdient hatte.

Ich setzte mich auf, lehnte mich gegen das Kopfkissen und zog den Brief von meiner Mutter aus der Rocktasche.

Meine liebe Anne!
Ich schreibe Dir schweren Herzens, weil ich diejenige bin, die Dir diese schreckliche Nachricht zukommen lassen muss. Glaub mir, ich habe lange überlegt, ob ich damit warten soll, bis Du zurückkehrst. Aber ich finde, Du solltest es schon jetzt erfahren.

Ich werde Deinen Vater verlassen. Die Umstände sind viel zu schwerwiegend, um sie in einem Brief darzulegen, aber Du sollst wissen, dass ich Dich auch trotz unserer Trennung immer lieben werde. Ich werde Dir alles erklären, sobald Du wieder nach Hause kommst.

Möge Deine Ehe mit Gerard mehr von Liebe erfüllt sein als meine.

Ich habe Dich sehr lieb und hoffe, dass diese Nachricht Dich nicht allzu sehr trifft.
In Liebe
Deine Mutter

Ich spürte, wie mir die Tränen in den Augen brannten. Sie würde meinen armen Vater verlassen! Wie konnte sie ihm das nur antun? *Möge Deine Ehe mit Gerard mehr von Liebe erfüllt sein als meine.* Was sollte dieser Unsinn?

Draußen waren Schritte zu hören, dann quietschte die Eingangstür. Ich wurde ruhiger, als ich sah, dass es Westry war.

»Ich hatte gehofft, Sie hier anzutreffen«, sagte er lächelnd.

»Wie sehen Sie denn aus!«, rief ich und hätte ihm am liebsten über die Wange gestreichelt. »Warum hat Colonel Donahue Ihnen das angetan?«

»Hören Sie«, sagte er bestimmt. »Ich möchte etwas klarstellen. Sie haben Colonel Donahue heute nicht gesehen.«

»Aber ich habe ihn doch …«

»Nein«, insistierte er, »haben Sie nicht.«

»Aber warum denn, Westry?«

Er wirkte gequält. »Bitte, erwähnen Sie den Vorfall nie wieder.«

»Ich verstehe überhaupt nichts mehr«, erwiderte ich stirnrunzelnd.

»Es muss sein«, sagte er. »Irgendwann werden Sie es verstehen.« Im Schein des Lichts sah ich, dass die Wunde in seinem Gesicht nicht unerheblich war.

»Ich bringe Sie besser zum Lazarett.«

Westry grinste verschwörerisch. »Warum denn, wo ich doch meine eigene Krankenschwester hier habe?«

Jetzt musste ich ebenfalls grinsen und griff nach meinem Rucksack. »Also gut. Ich habe alles Notwendige dabei.« Ich kramte im Rucksack, bis ich die kleine weiße Erste-Hilfe-Dose fand, und nahm das Nähset heraus. Als Erstes tränkte ich ein Stückchen Gaze mit Alkohol. »Es dürfte ein bisschen brennen«, warnte ich Westry.

Als ich seine Hand nahm, um ihn zum Bett zu führen, spürte ich wieder das vertraute Kribbeln. *Aber es hatte ja*

nichts zu bedeuten, dass wir uns beide auf das Bett setzten.
»Und jetzt«, sagte ich, »schön stillhalten.«

Elliot hatte recht gehabt. Die Platzwunde an Westrys Stirn war tief, und ich bezweifelte, dass ich in der Lage war, sie zu nähen. »Das sieht ziemlich übel aus«, murmelte ich und betupfte die Wunde mit der Gaze. Westry zuckte zusammen, sagte jedoch nichts.

»Hören Sie«, sagte ich nervös, »im Lazarett haben wir Salbe für eine örtliche Betäubung. Lassen Sie uns rübergehen. Dann wird es weniger schmerzhaft.«

Ich wollte schon aufstehen, aber Westry nahm meine Hand und zog mich wieder zurück aufs Bett. »Nein«, sagte er. »Ich möchte hierbleiben.«

Sein Blick war voller Zärtlichkeit. Ich nickte und nahm das Nähset. »Also gut, aber es tut bestimmt weh.«

Westry hielt den Blick starr auf die Wand gerichtet, während ich die Wunde nähte. Drei Stiche reichten aus, um sie zu schließen. Ich verknotete den Faden und schnitt ihn ab. »So, fertig«, sagte ich. »War gar nicht so schlimm, oder?«

Westry schüttelte den Kopf. »Sie sind ein Naturtalent, Cleo Hodge«, sagte er scherzhaft und schaute mir in die Augen. Ich lächelte, dann wandte ich mich ab.

»Sie haben geweint«, sagte er. »Warum?«

Ich musste wieder an den Brief von meiner Mutter denken. »Ein Brief von zu Hause. Schlechte Nachrichten.«

»Was denn für Nachrichten?«

Ich zögerte. »Es war ein Brief von meiner Mutter. Sie …«, sagte ich und versuchte die Tränen zurückzuhalten, »sie verlässt meinen Vater.«

Westry legte mir den Arm um die Schultern und zog mich an sich, sodass mein Kopf an seiner Brust lag. Ich fühlte mich behütet und beschützt. »Das tut mir leid«, sagte er. Eine ganze Weile saßen wir schweigend da und hielten uns in den Armen.

Schließlich schaute ich Westry an. Er war hier. Er war bei mir. Jetzt. Und in diesem Moment spielte nichts anderes eine Rolle.

Seine Hände wanderten an meinen Armen hoch, über die Schultern zu meinem Hals und zu meinen Wangen. Dann beugte er sich vor. Ein ganz neues Gefühl regte sich in mir. Westry drückte seine Lippen ganz sanft auf meine. Es schmeckte köstlich. Dann zog er mich noch fester an sich, und im selben Augenblick war jeder Rest von Widerstand verflogen.

Westry hielt mich in den Armen und wiegte mich sanft. Es war der 27. November. Ein unbedeutendes Datum, nichts weiter als ein Feld im Kalender. Aber es war der Tag, der mein Leben ändern sollte. Der Tag, an dem ich begann, Westry zu lieben.

7

Die Sonne brannte gnadenlos vom Himmel herab, was mir angesichts der Tatsache, dass Heiligabend war, ziemlich unfair vorkam. Zu Hause in Seattle war meine Mutter bestimmt gerade dabei, in der Eingangshalle einen gewaltigen Weihnachtsbaum zu schmücken. Ich konnte den Fichtenduft beinahe riechen, auch wenn alles nur Einbildung war, denn um mich herum waren nichts als Palmen, und meine Mutter war längst zu Hause ausgezogen. In ihrem letzten Brief hatte sie mir geschrieben, dass sie sich eine Wohnung in New York genommen hatte.

Ich musste daran denken, wie gut gelaunt mein Vater immer um die Weihnachtszeit war, wie er den Sternsingern Punsch anbot und ständig von Maxines Plätzchen naschte. *Maxine.* Immer wieder fragte ich mich, warum sie mir nicht schrieb. Aber Post kam jetzt ohnehin nur noch spärlich, und wir Frauen hofften jeden Nachmittag ungeduldig darauf, einen Jeep mit Briefen und Päckchen aus der Heimat vorfahren zu sehen.

Von Gerard hatte ich nichts mehr gehört, was mich am meisten beunruhigte. Einerseits kam mir sein Schweigen entgegen, weil es Raum für meine Gefühle für Westry ließ. Andererseits machte ich mir jeden Tag Sorgen um ihn, stellte mir vor, wie er auf einem kalten Schlachtfeld in der Fremde für Amerika kämpfte. Für mich kämpfte.

Kitty hatte Mr. Gelfmans Tod inzwischen verwunden, auch wenn sie nicht darüber redete. Sie verbrachte jetzt jede freie Minute mit Lance. Immer wieder schlich sie sich davon, um sich mit ihm zu treffen, und kam meist erst sehr spät zurück. Aber sollte ich mir anmaßen, sie deswegen zu verurteilen?

Und nun war plötzlich Heiligabend. Vor dem Kerzengottesdienst am Abend blieb mir noch Zeit, kurz zum Strand zu gehen, und so verdrückte ich mich, bevor Schwester Hildebrand von mir verlangte, dass ich ihr dabei half, eine neue Ladung Medikamente auszupacken.

Zu meiner Enttäuschung fand ich die Hütte leer vor. Westry war im vergangenen Monat dreimal zu einem Einsatz abkommandiert worden, und ich hatte ihn nur selten zu Gesicht bekommen. Ich schaute in unserem Briefkasten nach. Lächelnd nahm ich den Brief heraus, der unter der Bodendiele auf mich wartete.

Cleo mein Liebling!
Fröhliche Weihnachten! Es tut mir leid, dass wir uns in letzter Zeit kaum sehen konnten. Mein vorgesetzter Offizier gefällt sich offenbar in der Rolle des Sklaventreibers. Ich hatte gehofft, Dich heute Vormittag hier anzutreffen, als sich mir eine Gelegenheit bot, kurz zu verschwinden, aber leider hatte ich kein Glück. Also hinterlege ich hier Dein Weihnachtsgeschenk. Vielleicht werden wir ja irgendwann ein richtiges Weihnachten miteinander verbringen.
Dein Grayson

Mir kamen die Tränen, als ich die letzte Zeile noch einmal las. »Vielleicht werden wir ja irgendwann ein richtiges Weihnachten miteinander verbringen.« Ob es jemals dazu kommen würde? Die Vorstellung war erschreckend und aufregend zugleich. Hastig löste ich das rote Bändchen von der kleinen Schachtel, wickelte sie aus der Aluminiumfolie, die er sicherlich aus der Kantine entwendet hatte, und hob den Deckel an. Im schummrigen Licht der Hütte schimmerte ein goldenes, ovales Medaillon an einer kunstvoll gearbeiteten Halskette. Es war leer, aber auf der Rückseite waren die Worte *Grayson und Cleo* eingraviert.

Lächelnd legte ich mir die Kette um den Hals, dann nahm ich Zettel und Stift aus meinem Rucksack.

Mein lieber Grayson!
Danke für die Halskette. Sie ist wunderschön. Weißt Du, dass ich trotz meiner einundzwanzig Jahre noch nie ein Medaillon besessen habe? Schon immer habe ich mir eins gewünscht. Ich werde es voller Stolz tragen und bestimmt nie wieder ablegen. Mir schwebt schon alles Mögliche vor, was ich hineintun könnte. Du musst mir bei der Entscheidung helfen.

Du fehlst mir so sehr, aber es tröstet mich, hier in der Hütte zu sein. Denn selbst wenn wir getrennt sind, kann ich Dich hier finden. Du bist in diesen vier Wänden anwesend, und das Wissen wärmt mich.
Frohe Weihnachten!
In Liebe
Deine Cleo

Die Post traf kurz vor dem Gottesdienst ein. Misstrauisch beäugte ich die Postkiste. Vor allem nach dem letzten Brief von meiner Mutter, der mich so überrascht und beunruhigt hatte, war ich auf der Hut. Meinen Vater ohne weitere Erklärungen zu verlassen! Sicherlich steckte mehr hinter der Geschichte.

»Nur einer für dich heute«, sagte Mary und gab mir einen leichten, rosafarbenen Umschlag.

Rosafarben. Ich atmete auf. Der kam garantiert nicht von Gerard. Ich war erleichtert und hatte zugleich ein schlechtes Gewissen. Es war ja nicht so, dass ich *gar* nichts von ihm hören wollte. Nein, es war viel komplizierter. Ich betrachtete die elegante, saubere Handschrift und den Absender auf der Rückseite. *Maxine*. Ich steckte den Brief in meine Rocktasche und wollte mich schleunigst verdrücken. Aber als ich die Glocken der Kapelle in der Ferne läuten hörte, drehte ich mich noch einmal um. Schwester Hildebrand war mit Papierkram beschäftigt. Was würde sie an Heiligabend auf dieser merkwürdigen Insel tun, so ganz allein? Sie sprach nie über ihre Familie, und wenn es stimmte, was die anderen Frauen erzählten, war ihre Vergangenheit alles andere als glücklich gewesen. Besonders an Weihnachten musste sie sich schrecklich einsam fühlen. Sie lächelte nur selten, und wenn sie den Mund aufmachte, dann nur, um Befehle zu bellen. Aber heute war Weihnachten. An so einem Tag sollte niemand allein sein. Ob jemand sie zum Gottesdienst eingeladen hatte?

Leise trat ich näher. »Entschuldigen Sie, Schwester Hildebrand«, begann ich zögernd, »ich würde jetzt gern gehen. Heute ist Heiligabend …«

»Ich weiß selbst, welches Datum wir heute haben«, fauchte sie.

Ich nickte schüchtern. »Es ist nur so, dass ich – na ja …«

»Sagen Sie einfach, was Sie wollen, Schwester Calloway«, fiel sie mir ins Wort. »Sie sehen doch, dass ich zu tun habe.«

»Ja«, erwiderte ich. »Tut mir leid. Ich wollte nur fragen, ob Sie wissen, dass heute Abend ein Kerzengottesdienst stattfindet. Vielleicht würden Sie ja gern daran teilnehmen.«

Sie blickte einen Moment von ihren Papieren auf und sah mich an – amüsiert und vielleicht auch ein bisschen verwirrt.

»Gehen Sie schon, Schwester Calloway«, sagte sie brüsk. »Ihre Schicht ist zu Ende.«

Ich nickte und ging zur Tür, bemüht, mir meine Enttäuschung nicht anmerken zu lassen. Wieso machte ich mir überhaupt Gedanken über Schwester Hildebrand?

Kitty hatte mir versprochen, mich zum Gottesdienst zu begleiten, aber als ich ins Zimmer kam, war sie nicht da, und sie hatte auch keinen Zettel mit einer Nachricht hinterlassen. Nachdem ich eine Viertelstunde gewartet hatte, öffnete ich den Kleiderschrank, um mir etwas für den Abend auszusuchen. Ich sah sofort, dass ihr gelbes Kleid fehlte – ausgerechnet das Kleid, das so aufreizend eng saß. *Wohin wollte sie heute Abend in dem Kleid?* Ich wählte ein einfaches blaues Kleid aus, dann nahm ich mir Maxines Brief vor.

Meine liebe Antoinette!
Wie geht es Dir? Gott, wie sehr Du mir fehlst. Das Haus ist nicht mehr dasselbe, seit Du weg bist. Es ist einsamer hier.

So vieles hat sich geändert, seit Du gefahren bist, ich weiß gar nicht, wo ich anfangen soll. Wir beide sind immer ehrlich zueinander gewesen, daher werde ich mit der Wahrheit anfangen. Aber mach Dich darauf gefasst, dass die Wahrheit schwer verdaulich sein wird.

Du musst wissen, mein Kind, dass ich Deinen Vater schon seit Langem liebe. Ich habe dagegen angekämpft mit meiner ganzen Seele. Aber gegen die Liebe ist man einfach machtlos. Das habe ich inzwischen begriffen.

Ich hatte nie die Absicht, mit meiner Liebe Eure Familie zu zerstören. Und über viele Jahre ist es mir auch gelungen, meine Gefühle zu verbergen, und zwar so gut, dass ich sogar mich selbst täuschen konnte. Aber als mir bewusst wurde, dass Dein Vater meine Liebe erwidert, gab es kein Halten mehr, und ich habe mich schließlich zu meinen Gefühlen bekannt. Diese Entscheidung hat alles geändert.

Ich weiß nicht, ob Du je wieder mit mir reden wirst oder mich jemals wieder so ansehen wirst wie früher, aber ich bete darum, dass Dein Herz mir verzeihen wird. Dein Vater und ich wünschen uns nichts sehnlicher als Deinen Segen.

Nach dem Krieg werden wir nach Frankreich gehen und heiraten. Ich weiß, das klingt sehr merkwürdig, und es kommt alles sehr plötzlich.

Lass ein wenig Zeit vergehen, meine liebe Antoinette. Denn irgendwann, so bete ich zumindest, werden wir wieder eine Familie sein können.

In Liebe
Maxine

Der Brief glitt mir aus der Hand und fiel aufs Bett. Ich betrachtete die Bögen, die mit Maxines Handschrift gefüllt waren. Warum schrieb sie ihre Ls mit so einem seltsamen Aufstrich? Und dieses Briefpapier mit den geprägten Rändern – es gehörte meiner Mutter. Was bildete diese Frau sich ein? Dass sie ab jetzt die Hausherrin war?

Maxine und mein Vater. Das passte überhaupt nicht zusammen. Liebten sie sich etwa schon, seit ich auf der Welt war? Hatte meine Mutter davon gewusst? Kein Wunder, dass sie Maxine immer so grob behandelt hatte – die Geliebte ihres Mannes hatte mit ihr unter einem Dach gelebt. Meine arme Mutter! Wieso hatte ich nichts davon mitbekommen? Wie hatte ich so naiv sein können?

Ich zerknüllte den Brief und warf ihn in den Papierkorb. Ich musste ihn nicht noch einmal lesen. Und ich wollte ihn auch nicht mehr sehen. Als ich in den Flur trat, erschrak ich selbst darüber, mit welcher Wucht ich die Tür hinter mir zuknallte.

Wenn Kitty nicht kam, würde ich eben allein zum Gottesdienst gehen. Ich wollte auf keinen Fall an Heiligabend auf meinem Zimmer hocken und mir ausmalen, wie mein Vater und Maxine in trauter Eintracht zu Hause unterm Weihnachtsbaum saßen und Kastanien rösteten. Ich schüttelte den Kopf und ging hinunter in die Eingangshalle. Als ich gerade die Tür öffnen wollte, hörte ich ein Geräusch. Eine Schwester in einem der Zimmer im ersten Stock musste ein Radio aufgetrieben haben. Und was noch erstaunlicher war: Sie musste hier mitten im Südpazifik eine Funkfrequenz gefunden haben, auf der deutlich das wunderschöne Lied »O Holy Night« von Bing Crosby übertragen wurde. Ich bekam ganz weiche

Knie, als ich der Musik lauschte, die mich wie eine tröstende, warme Brise umfing und mich an die Weihnachtsabende in Seattle erinnerte. Mit Punsch und Sternsingern. Mit einem mächtigen Christbaum in der Diele. Mein Vater, der am Kamin saß und rauchte. Meine Mutter, die Geschenke einpackte. Maxines Süßigkeiten. Und natürlich Gerard. Ich konnte Gerard nicht vergessen.

»Da wird man ganz wehmütig, nicht wahr?«, sagte Stella hinter mir.

Ich drehte mich um. »Ja, wirklich«, sagte ich. *Wenn sie wüsste.*

Ihr Gesicht wirkte weicher im Dämmerlicht der Eingangshalle. *Hatte die Insel sie verändert?* »Aber irgendwie kommt es einem ganz komisch vor,« fuhr sie fort. »Kein Schnee. Nicht mal ein Weihnachtsbaum. Zum ersten Mal habe ich Heimweh. Ganz schlimmes Heimweh.«

»Ich auch«, sagte ich und hakte mich bei ihr unter. Wir standen da und lauschten, bis das Lied zu Ende war und nur noch Rauschen aus dem Radio kam – der Moment war für immer verloren, verschluckt vom einsamen Pazifik.

»Gehst du zum Gottesdienst?«, fragte Stella.

»Ja«, erwiderte ich. »Ich bin eigentlich nur noch mal hergekommen, um Kitty abzuholen. Wir hatten vor, gemeinsam hinzugehen.«

»Ach, beinahe hätte ich vergessen, es dir zu erzählen«, sagte sie.

»Was denn?«

»Kitty hat mich gebeten, dir auszurichten, dass es ihr schrecklich leidtut, aber Lance hat offenbar für heute Abend eine Weihnachtsüberraschung für sie geplant, deshalb kann sie nicht mitkommen.«

»Sie ist mit Lance ausgegangen? An Heiligabend?«

Stella zuckte die Schultern. »Du müsstest eigentlich mehr wissen als ich. Die beiden hängen doch ständig zusammen, oder? Jedes Mal, wenn ich Kitty hier auf dem Flur treffe, ist sie gerade unterwegs zu Lance. Lance hier, Lance da. Aber wenn du mich fragst, hat er ihre Gefühle nicht verdient. Der Mann ist gefährlich.«

»Gefährlich?«

»Ja«, sagte sie. »Das weiß doch jeder, dass er mit den einheimischen Mädels herummacht. Abgesehen davon ist der Mann cholerisch, ein wandelndes Pulverfass.«

Ich erinnerte mich daran, wie Atea ihn auf dem Markt angesehen hatte und wie befremdlich mir sein Verhalten vorgekommen war. Aber von cholerischen Anwandlungen hatte ich nichts bemerkt. Konnte es sein, dass er tatsächlich *gefährlich* war?

»Na ja«, sagte ich, »er mag vielleicht ein Schürzenjäger sein, aber das ist schließlich Kittys Angelegenheit. Ich habe schon oft versucht, ihr in Bezug auf Männer den Kopf zurechtzurücken, aber glaub mir, es ist zwecklos.«

»Du bist eine gute Freundin, Anne«, sagte Stella voller Bewunderung.

Ich dachte an meine Geheimnisse. »Nicht so gut, wie ich es sein müsste.«

»Wollen wir zusammen zur Kapelle gehen?«, fragte sie und warf einen Blick auf die Wanduhr, auf der es Viertel nach sieben war. »Mary und Liz sind schon da und richten alles her. Wir könnten ihnen helfen.«

Ich lächelte. »Na klar.«

Als wir das Gebäude verließen, war das Funksignal des Radios wieder stärker, und es erklang die Melodie von

»O Holy Night« in einer Sprache, die ich nicht einordnen konnte. Es hörte sich fremd und verloren an, genau so, wie ich mich fühlte.

Als wir in der kleinen Kapelle eintrafen, die gleich neben der Kantine lag, verschlug es mir die Sprache. »Wo haben die denn den Weihnachtsbaum aufgetrieben?« Ich begutachtete den Baum, der neben dem Klavier stand. »Eine Tanne, hier in den Tropen?«

Mary lächelte. »Das war unser großes Geheimnis«, sagte sie. »Das Festtagsgremium plant das schon seit Monaten. Einer der Piloten hat das Prachtstück letzte Woche hergebracht, als er eine Ladung Lebensmittel abliefern musste. Da sich leider niemand über den Christbaumschmuck Gedanken gemacht hatte, mussten wir improvisieren. Zu Weihnachten haben unsere Jungs schließlich einen richtigen Baum verdient.«

Zu unserer Linken begann der Chor, sich einzusingen, während ich den Baum genauer betrachtete. Er war mit Lametta geschmückt – handgemacht aus sehr fein geschnittenem Stanniolpapier –, und an den Zweigen hingen rote Äpfel. Einige Frauen mussten ihre Haarbänder zur Verfügung gestellt haben, denn es waren mindestens zwei Dutzend weiße Seidenschleifen über den Baum verteilt.

»Wie schön«, murmelte ich gerührt und wischte verschämt eine Träne fort.

Mary legte mir den Arm um die Schultern. »Alles in Ordnung, Anne?«

Der Chor, ein bunt zusammengewürfeltes Häuflein Soldaten, die sich freiwillig zum Singen gemeldet hatten, dirigiert von einem Leutnant, der in der Heimat Musiklehrer war, stimmte »O Come, All Ye Faithful« an. Ich bekam eine Gänsehaut. Als ich die Augen schloss, sah ich Gerard vor mir, der mich mit seinem vertrauensvollen Blick anlächelte; Maxine und meinen Vater, die von mir Vergebung erhofften; Kitty winkte aus der Ferne, während Westry mitten zwischen ihnen allen am Strand stand, die Szene betrachtete und wartete.

Ich spürte, wie die Beine unter mir nachgaben und ich zu schwanken begann, während Mary mich zu einer Kirchenbank zog. »Komm, setz dich«, sagte sie fürsorglich und fächelte mir mit einem Gesangbuch Luft zu. »Du siehst gar nicht gut aus.« Sie drehte sich um. »Sie braucht Wasser!«, rief sie Stella zu.

Mir verschwamm alles vor den Augen, und es kam mir vor, als würde der Chor immer wieder dieselbe Zeile singen. *O come let us adore him, o come let us adore him, o come let us adore him.*

Irgendjemand reichte mir einen Becher mit Wasser. »Tut mir leid«, sagte ich schuldbewusst, nachdem ich dankbar einen Schluck getrunken hatte. »Ich weiß gar nicht, was mit mir los ist.«

»Du arbeitest zu viel«, sagte Mary. »Das ist mit dir los. Ich werde mit Schwester Hildebrand darüber reden. Sieh dich doch mal an. Bleich, abgemagert. Hast du überhaupt was zu Abend gegessen?«

Ich schüttelte den Kopf.

Mary kramte in ihrer Handtasche und beförderte einen Schokoriegel zutage. »Hier«, sagte sie, »nimm.«

»Danke.«

Die Männer strömten herein, nahmen ihre Mützen an

der Tür ab, dann gesellte sich Stella zu uns, gefolgt von Liz. Als der Gottesdienst zur Hälfte vorbei war, drehte ich mich um, weil ich sehen wollte, ob Kitty vielleicht doch noch gekommen war. Stattdessen erblickte ich Schwester Hildebrand in einer der hinteren Bänke. Sie hatte ein Taschentuch in der Hand, verbarg es jedoch schnell in ihrem Kleid, als sich unsere Blicke trafen.

Kurz nachdem die Kerzen angezündet worden waren und der Chor »Hark! The Herald Angels Sing« angestimmt hatte, entstand Unruhe im hinteren Teil der Kapelle. Ich hörte, wie die Kapellentür zugeschlagen wurde und die Leute sich auf ihren Plätzen bewegten. In der Bank hinter mir rang eine Krankenschwester nach Luft.

»Was ist denn los?«, flüsterte ich Stella ins Ohr, da ich nicht erkennen konnte, was vor sich ging.

»Das ist los«, erwiderte sie süffisant und deutete mit dem Kinn auf den Mittelgang.

Atea kam den Mittelgang herunter – die barbusige, schöne Atea mit verweintem Gesicht. Sie war genauso schön wie an jenem Tag auf dem Markt, auch wenn ihr jetzt die Verzweiflung ins Gesicht geschrieben war.

»Wo ist er?«, schrie sie und suchte die Menge mit den Augen ab. »Warum ist er nicht hier?«

Einer der Männer stand auf und nahm sie am Arm. »Sie stören den Weihnachtsgottesdienst!«

Sie entwand sich seinem Griff. »Fassen Sie mich nicht an! Wo ist er? Er lügt. Ich finde ihn. Und ich erzähle es allen.«

Der Soldat verstärkte seinen Griff und wollte Atea zur Tür zerren. Sie wimmerte laut.

»Halt!«, rief ich und wedelte mit den Armen. Ich spürte, wie ich wieder schwach wurde, hielt mich jedoch an der Kirchenbank fest. »Ich kenne diese Frau. Lassen Sie mich mit ihr reden.«

Niemand schien etwas dagegen zu haben, also trat ich zu ihr und lächelte sie freundlich an. Mit ihren großen braunen, vom Weinen rot geränderten Augen musterte sie mein Gesicht, um zu prüfen, ob sie mir vertrauen konnte.

»Wollen wir uns lieber draußen unterhalten?«, fragte ich sie, als wäre außer uns niemand da.

Sie nickte und folgte mir hinaus. Wir gingen schweigend über den Schotterweg, der zum Strand führte. Der Wind hatte zugenommen, aber der störte uns nicht.

Wir setzten uns auf ein Stück Treibholz am Strand.

»Ich bin Angst«, sagte sie.

»Sie meinen, Sie haben Angst?«

Sie nickte.

»Wovor denn? Wovor haben Sie Angst?«

»Vor dem Mann«, sagte sie schlicht.

Lance. Meine Wangen glühten vor Wut. Stella hatte also recht gehabt.

Ich nickte. »Was hat er Ihnen getan, Atea?«

»Er hat mir wehgetan«, erwiderte sie und zeigte auf ein Hämatom am Handgelenk und noch eins am Oberarm, das violett und schwarz leuchtete.

»Wie schrecklich«, sagte ich entsetzt. »Aber warum sind Sie heute Abend in die Kapelle gekommen?«

Ihre Augen füllten sich mit Tränen. »Alle sollen wissen, was er getan hat«, flüsterte sie, »dann kann er Atea nicht mehr wehtun.«

»Atea«, sagte ich. »Sie müssen hier weg. Wenn er Ihnen

etwas antun will, findet er eine Möglichkeit. Sie müssen weit weggehen und dürfen nicht wiederkommen.«

Sie sah mich verwirrt an. »Wo soll ich denn hin?«

»Haben Sie niemand, wo Sie bleiben können? Ihre Mutter oder eine Großmutter oder eine Tante?«

»Nein«, sagte sie, »ich habe nur Tita.«

»Wer ist Tita?«

»Eine alte Frau. Sie kümmert sich um uns alle.«

Ich nickte. Plötzlich kamen mir meine eigenen Probleme völlig nebensächlich vor. »Also gut«, sagte ich. »Hier können Sie jedenfalls nicht bleiben.«

Sie wirkte sehr beunruhigt. »Aber wenn er kommt? Was dann?«

»Was meinen Sie damit, wenn er kommt?«

»Er kommt bestimmt.«

Ich tätschelte ihren Arm. »Sehen Sie das weiße Gebäude dahinten und das Fenster an der Ecke im ersten Stock, gleich neben der Palme?«

»Ja«, sagte sie kleinlaut.

»Das ist mein Zimmer. Sie rufen einfach zu mir herauf, wenn Sie irgendetwas brauchen oder wenn Sie Angst haben. Wir lassen die Fenster immer offen. Ich höre Sie dann schon.«

Sie musterte mich mit ihren großen, vertrauensvollen Augen. »Und wenn Sie nicht da sind?«

»Dann laufen Sie den Strand hinunter«, sagte ich. »Nach ein paar hundert Metern sehen Sie eine kleine Hütte, ein bisschen versteckt im Gebüsch. Die Tür ist abgeschlossen, aber den Schlüssel finden Sie in einem Buch unter der Treppe. Hier weiß niemand etwas davon. Da sind Sie in Sicherheit.«

Ateas Augen weiteten sich. »Das Haus von dem Künstler?«

Ich schüttelte verwirrt den Kopf. »Ich versteh nicht, was Sie meinen.«

»Der Maler. Niemand geht dahin. Tita sagt, dort sind böse Geister.«

»Böse Geister?«

»Ja.«

»Und glauben Sie das auch?«, fragte ich.

Atea zuckte die Schultern. »Vielleicht, aber wenn ich muss, geh ich hin.«

»Na also.«

Atea lächelte.

»Es wird alles gut«, sagte ich. »Ganz bestimmt. Dafür werde ich sorgen.«

»Wirklich?« Sie sah mich hoffnungsvoll an. Sie war so schön und wirkte zugleich so unschuldig und ängstlich. Ich schwor mir, dass ich sie beschützen würde. Und ich würde mit Westry über Lance sprechen. Ich würde dafür sorgen, dass Lance Atea nie wieder wehtat.

»Wirklich«, versicherte ich ihr.

Sie atmete tief aus und stand auf.

»Noch etwas, Atea«, sagte ich. »Wenn Sie Lance begegnen, dürfen Sie ihm nicht erzählen, dass Sie hier waren oder dass Sie mit mir gesprochen haben. Das macht ihn nur wütend.«

Meine Worte schienen sie zu verwirren, doch sie nickte.

»Gute Nacht«, sagte ich.

»*Taoto maitai*«, sagte sie, dann verschwand sie in der Nacht.

8

Das Licht der Morgensonne schien so hell, dass zwei Strahlen es schafften, durch die Vorhänge in unser Zimmer zu fallen und auf den Schranktüren zu tanzen. Kitty und ich beobachteten das Schauspiel vom Bett aus.

»Kannst du dir einen so hellen Morgen in Seattle vorstellen – im Januar?«, fragte ich.

»Nein«, antwortete Kitty mit tonloser Stimme. »Will ich auch nicht. Mir fehlt die Winterkälte. Ich bin die viele Sonne leid.«

»Ich glaube nicht, dass mir die Sonne jemals zu viel wird«, sagte ich, setzte mich auf und langte nach meinem Morgenmantel, der über dem Fußteil des Betts hing. »Kann ich dir etwas anvertrauen, Kitty?«

»Klar«, sagte sie.

»Ich mache mir Sorgen.«

»Weswegen denn?« Sie hatte müde Augen, und das schien nicht nur daran zu liegen, dass es noch so früh am Morgen war. Sie wirkte zutiefst erschöpft. Seit Weihnachten, als ich Kitty von meinem Gespräch mit Atea berichtet hatte, hatten wir nicht mehr über Lance gesprochen. Ich hatte sie vor Lance gewarnt, aber meine Worte hatten nicht den geringsten Eindruck auf sie gemacht. Anscheinend war es aus zwischen den beiden. Aber Kitty wurde von Tag zu Tag stiller und war immer mehr in sich gekehrt, und ich machte mir zunehmend Sorgen um sie. Hatte Lance ihr womöglich dasselbe angetan wie Atea?

»Ich mache mir Sorgen, weil ich fürchte, dass die Insel uns verändert hat«, sagte ich.

Kitty wandte sich mir zu, aber sie sah mich kaum an. »Stimmt, sie hat uns verändert«, sagte sie.

»Kitty, es ist einfach so, dass …« Ich brach ab, als es an der Tür klopfte.

»Ja? Wer ist da?«, rief ich.

»Ich bin's, Mary.«

Ich band den Gürtel meines Morgenmantels zu und öffnete die Tür. Vor mir stand Mary, strahlend und mit rosigen Wangen. »Morgen, ihr Süßen«, zwitscherte sie und streckte den Kopf zur Tür herein, um Kitty zu begrüßen, aber die reagierte nicht.

Mary hatte sich von der Malaria erholt, und sie war so guter Dinge, dass sie bei der Arbeit vor sich hin summte, während wir anderen stöhnten. Stella hatte erzählt, dass Mary sich mit einem Mann namens Lou angefreundet hatte, aber Mary selbst hatte noch nichts davon erwähnt. Ich hoffte, dass Stella recht hatte. Mary hatte ein bisschen Glück verdient.

Der Gedanke versetzte mir einen Stich. *Der Brief, der für Mary gekommen war. Von ihrem Ex-Verlobten.* Ich warf einen Blick auf den Schuhkarton unter meinem Nachttisch, in dem ich den Brief versteckt hatte mit der Absicht, ihn ihr zu geben, sobald sie es verkraften würde, ihn zu lesen. Ich hob den Deckel an, und als ich hineinlangte, fiel Gerards letzter Brief heraus. Ich lief hochrot an und schob ihn hastig wieder in den Karton. Wie sollte Mary in der Lage sein, sich ihrer Vergangenheit zu stellen, wenn nicht mal ich mit meiner umgehen konnte?

»Ich wollte euch beide für heute Abend zu einer kleinen Soiree einladen«, sagte Mary. Ihr Augen leuchteten wie die einer Frischverliebten. »Ich treffe mich mit ein paar Freundinnen zum Grillen am Strand. Stella, Liz, noch ein paar andere Schwestern, und es kommen auch ein paar Männer. Um halb acht fahren wir alle zusammen in einem Lastwagen zum Leatra-Strand. Ich glaube, Westry wird auch dabei sein, Anne.«

Sie schaute mich wissend an, doch ich wandte mich ab. Ich hatte seit drei Wochen nicht mehr mit Westry gesprochen, und ich befürchtete schon, dass der Kontakt zwischen uns abgebrochen war. Sicher, sein Vorgesetzter hielt ihn auf Trab. Aber er kam kaum noch in die Hütte, nicht einmal, wenn er dienstfrei hatte.

Leatra. Dieser Strand lag nur einen Steinwurf von unserer Hütte entfernt. Etwas schnürte mir die Brust zusammen. *Wovor fürchtete ich mich?* Natürlich würde niemand die Hütte finden. Niemand wusste von ihr – außer Westry und mir. Ja, manchmal hatte ich das Gefühl, als wäre sie überhaupt nur für uns sichtbar. Genau darüber hatten wir gesprochen, als wir das letzte Mal dort gewesen waren und ein Soldat vor sich hin pfeifend über den menschenleeren Strand gegangen war. Das Pfeifen hatte mir eine Gänsehaut verursacht. Würde er die Hütte entdecken? Würde er uns sehen? In dem Moment war mir bewusst geworden, wie sehr ich diese Hütte liebte, unsere kleine private Welt, und wie sehr mir daran lag, dass niemand in diese Welt eindrang.

»Da kommt jemand«, hatte ich Westry ängstlich zugeflüstert.

Vom Fenster aus beobachteten wir den Mann, der über den weißen Sand stolperte. Er war anscheinend betrunken. Die Soldaten tranken zu viel, und die Hitze auf der Insel verstärkte die Wirkung des Alkohols.

»Die Luft ist rein«, sagte Westry kurz darauf. »Er hat uns nicht gesehen.«

Aber warum hatte er uns nicht gesehen? Die Hütte stand ziemlich nah am Strand, kaum verborgen unter den Palmen. Jeder, der auch nur ein bisschen neugierig war, würde sie beim zweiten Hinsehen entdecken. Warum also hatte niemand sie bisher bemerkt? Wie war es möglich, dass sie in all den Jahren übersehen worden war, obwohl es hier eine Militärbasis gab, wo Tausende von Soldaten stationiert waren? Diese Fragen gingen mir durch den Kopf, bis ich das Gefühl hatte, dass die Hütte nur in meiner Fantasie existierte. In unserer Fantasie. Eine Fata Morgana, die die Sonne in Französisch-Polynesien extra für Westry und mich hervorgezaubert hatte.

»Also«, fragte Mary. »Kommt ihr mit?«

Ich schaute zu Kitty hinüber. Sie wirkte abwesend, lustlos. »Ich ja«, antwortete ich zögernd. »Aber nur, wenn Kitty auch mitkommt.«

Kitty sah mich verdattert an. »Nein«, sagte sie. »Ich kann nicht.«

»Warum denn nicht?«

Sie schwieg.

Ich verschränkte die Arme vor der Brust und rang mir

ein Lächeln ab. »Siehst du? Du hast noch nicht mal eine gute Ausrede«, sagte ich. Dann wandte ich mich wieder Mary zu. »Wir fahren mit«, sagte ich.

»Großartig«, sagte sie. »Wir treffen uns um halb acht auf dem Parkplatz.«

Kitty kam widerstrebend mit. Ich schaute sie lange an, bevor wir das Zimmer verließen. Irgendetwas hatte sich an ihr verändert. Sie war blasser als gewöhnlich, um ihr Haar schien sie sich überhaupt nicht mehr zu kümmern. Sie machte sich nicht einmal die Mühe, beim Hinausgehen einen kurzen Blick in den kleinen Wandspiegel zu werfen. Aber selbst wenn sie es getan hätte, wäre ihr vielleicht gar nichts an sich aufgefallen. Auch ihre Figur hatte sich verändert. In der Woche zuvor, als Kitty sich gerade eine zweite Portion Kartoffelpüree auf den Teller schaufelte, hatte ich Stella flüstern hören: »Bis sie nach Hause fährt, hat sie bestimmt fünf Kilo zugenommen!« Kitty war tatsächlich ein bisschen mollig geworden, aber die blassen Wangen, das wilde Haar und die paar Pfund mehr taten ihrer Schönheit keinen Abbruch.

»Du siehst hübsch aus«, sagte ich zu ihr, als wir das Gebäude verließen.

»Nein, tu ich nicht«, entgegnete sie müde.

»Herrgott noch mal, Kitty«, sagte ich. »Kannst du mal aufhören mit dieser Muffelei?« Ich schaute sie wütend an. »Wo ist meine alte Freundin geblieben?«

Plötzlich blieb Kitty wie angewurzelt stehen, und als ich mich umwandte, sah ich, warum. Colonel Donahue kam auf uns zu. Er grüßte uns im Vorbeigehen, indem er einen Finger an die Mütze legte, sagte jedoch nichts.

Mir wurde ganz flau im Magen, als ich an den Vorfall mit Westry dachte. Seitdem verachtete ich den Colonel. Aber jetzt zu erleben, wie er an Kitty vorbeimarschierte, ohne ein Wort zu vergeuden, brachte mich auf die Palme. Es hieß, er habe jetzt eine Affäre mit einer anderen Schwester, einer schwarzhaarigen mit einer Figur wie ein Mannequin. *Er sollte sich was schämen*, dachte ich.

Als der Colonel außer Hörweite war, sagte ich zu Kitty: »Der Mann war mir von Anfang an unsympathisch.«

Kitty wirkte geknickt, sodass ich schon fürchtete, dass ich das Falsche gesagt hatte. »Ich wollte dich nicht …«

Sie drückte meine Hand. »Ist schon gut, Anne. Du brauchst dich nicht zu entschuldigen. Es ist nur …« Sie unterbrach sich, als überlegte sie, wie sie fortfahren sollte, oder vielleicht wollte sie sich auch vergewissern, dass niemand an einem offenen Fenster stand und uns hören konnte, denn wir näherten uns gerade den Männerunterkünften. »Ach, nichts.«

»Ich wünschte, du würdest mir erzählen, was los ist«, sagte ich. »Bist du traurig, dass der Colonel jetzt eine andere hat? Stella sagt, sie ist eine richtig dumme Gans. Oder ist etwas mit Lance? Ist etwas passiert, Kitty? Hat er dir wehgetan?«

Sie schüttelte den Kopf. »Anne, bitte lass mich.«

»Also gut«, sagte ich. »Aber versprich mir, dass du mir irgendwann erzählst, was los ist.«

Kitty nickte, aber ich hatte das Gefühl, dass es ein leeres Versprechen war.

In einiger Entfernung sah ich, wie mehrere Frauen und Männer in einen Lastwagen stiegen. Stella war da mit Will, außerdem Liz und Mary mit ihrem neuen Freund Lou.

Wir liefen zu dem Laster und stiegen ein. »Hallo«, sagte ich, als ich mich neben Mary setzte.

Sie strahlte mich an. »Toll, dass ihr mitkommt! Liz hat einen Koch aus der Kantine überredet, sich uns anzuschließen, und sieh dir mal an, was er alles mitgebracht hat ...«

Mary zeigte auf eine mit Eis gefüllte Kiste, in der Hähnchenschenkel und Maiskolben zum Grillen und Kartoffelsalat zu sehen waren. Eine andere Kühlkiste enthielt jede Menge Bierflaschen. Schüchtern schaute ich mich in dem Laster um, bemüht, keinen Blickkontakt mit den Männern aufzunehmen. Viele der Gesichter, denen die Vorfreude anzusehen war, kannte ich nicht. Lance war auch dabei, er saß neben einer blonden Schwester. Wie hieß sie noch gleich? Ach ja, Lela. Mir lief ein Schauer über den Rücken, als ich an die arme Atea dachte. Lance hatte sie benutzt, er hatte ihr wehgetan. Vielleicht war er mit Kitty genauso umgegangen. Ich hoffte, dass Kitty nicht mitbekam, wie er mit der Blonden flirtete.

Ich sah mich nach Westry um.

Mary musste meine Gedanken gelesen haben. »Sieht so aus, als hätte er es nicht rechtzeitig geschafft«, sagte sie. »Tut mir leid.«

Ich zuckte die Schultern. »Ist ja nicht deine Schuld«, sagte ich und spielte an meinem Verlobungsring. »Wir haben nichts miteinander.«

Ich klammerte mich an Kitty, während der Laster über die holprige Straße rumpelte. Jedes Schlagloch machte mir mein schlechtes Gewissen bewusst. *Wie konnte ich, eine verlobte Frau, Gefühle für Westry zulassen? Ich kannte ihn ja kaum. Hatte die Insel mir den gesunden Menschenver-*

stand geraubt? Kitty starrte ausdruckslos vor sich hin. Als der Laster kurz darauf an einer Stelle am Strand hielt, sprangen alle auf, außer Kitty.

»Kitty«, sagte ich. »Los, komm!«

Sie nickte und stand so langsam auf, als kostete es sie große Anstrengungen. Lance hob Lela von der Ladefläche und setzte sie auf dem Sand ab. Sie kicherte und klimperte mit den Wimpern. Kitty wandte sich hastig ab. War es ein Fehler gewesen, sie zum Mitfahren zu überreden? Auch ich fühlte mich nicht recht wohl in dieser Gesellschaft.

Mary ging voraus an den Strand und erklärte den Männern, wo sie die Decken ausbreiten sollten, wo der Koch das Feuer machen sollte, wo die Getränke abgestellt werden sollten. Alle staunten und jubelten, als ein Gefreiter namens Shawn einen grauen Rundfunkempfänger auspackte und die Antenne auszog. Selbst Kitty lächelte ein bisschen. Der Macht der Musik konnte keiner von uns widerstehen.

»Mal sehen«, sagte Mary, als alle auf den Decken Platz genommen hatten. »Ich hoffe, dass wir hier eine Verbindung bekommen.« Sie drehte an den Knöpfen des Empfangsgeräts herum und lauschte, als schwach eine männliche Stimme zu hören war, die – mit australischem Akzent – die neuesten Nachrichten so schnell und eindringlich herunterrasselte, dass sich mein ganzer Körper anspannte.

»Japanische Kampfflieger haben heute die Nordküste bombardiert und eine Schneise aus Tod und Zerstörung hinterlassen.« Wir rückten alle näher, um besser zu hören. »Es hat mehrere Hundert Tote gegeben, die meisten davon Frauen und Kinder.« Mary drehte an dem Knopf. Nach ein paar Sekunden verschwand das Rauschen, und wir hatten einen ganz klaren Empfang. Die Melodie, die ertönte, war romantisch und betörend. »Wie seltsam«, bemerkte Mary. »Das ist ein französischer Sender.«

Der Text war in einer fremden Sprache, die Melodie war mir unbekannt, und dennoch zog das Stück uns alle in seinen Bann. Stella kuschelte sich an Will. Lou nahm Marys Hand und forderte sie zum Tanzen auf. Ein paar andere Frauen begannen mit Männern zu tanzen, die ich nicht kannte, sogar Liz suchte sich einen Tanzpartner. Nicht einmal Kitty hatte etwas dagegen, als ein Soldat sich neben sie setzte. Sie grinste und biss herzhaft in ihren gerösteten Maiskolben. Die Musik weckte eine Sehnsucht in mir, die ich zu unterdrücken versuchte – Sehnsucht nach Westry. Ich schaute auf das Meer hinaus und zu dem Strandabschnitt hinüber, an dem unsere Hütte lag. Es wurde schon dunkel. *Lieber nicht hingehen*, dachte ich. Außerdem würde er sowieso nicht dort sein. Aber während ich der Musik lauschte, wurde der Drang immer stärker, bis ich nicht mehr widerstehen konnte. Nur für eine halbe Stunde. Niemand würde etwas bemerken. Niemand würde mich vermissen.

Während ich den Strand entlangeilte, schaute ich immer wieder über die Schulter, um mich zu vergewissern, dass mir niemand folgte. Schließlich schlüpfte ich ins Dickicht und bahnte mir meinen Weg zur Hütte. Zu *unserer Hütte*. Ihr Anblick tröstete mich. Als ich mich hinhockte und nach dem Buch mit dem Schlüssel tastete, hörte ich die Tür quietschen. Ich blickte auf, und im Halbdunkel stand Westry vor mir.

Ein feiner Bartschatten betonte sein Kinn, und an seinem nassen Haar und dem offenen Hemd, das ihm am Körper klebte, sah ich, dass er gerade vom Schwimmen kam. Er lächelte mich an. »Ich hatte gehofft, dass du heute kommen würdest«, sagte er. »Schau mal, der Mond.«

Ich nickte und schaute in den Himmel, wo der orangefarbene Vollmond am Horizont stand, so nah, dass er fast das Meer berührte.

»Umwerfend«, sagte ich.

»Komm rein«, sagte Westry und nahm meine Hand. »Ich habe etwas für dich.«

Er schloss die Tür hinter uns, und ich setzte mich aufs Bett. Die Luft um mich herum schien zu knistern. Ich wusste, dass er es auch spürte.

Er hielt ein kleines Radiogerät hoch. »Ich habe sogar Funkverbindung bekommen.« Er drehte an den Knöpfen – und dann ertönte wieder diese betörende Musik.

»Hör mal«, sagte er kopfschüttelnd. »Das ist Französisch.«

Ich schloss die Augen und wiegte mich zu der Musik.

»Kennst du das Stück?«, fragte er.

Ich lauschte eine Weile, dann schüttelte ich den Kopf. »Nein, ich glaube nicht.«

»Es heißt ›La Vie en Rose‹.«

Ich hob die Brauen. »Du kennst es?«

»Ich habe es mal gehört, kurz bevor ich eingezogen wurde«, sagte er. »Ein Freund von mir arbeitet bei einer Schallplattenfirma. Bisher ist das Stück noch nicht bekannt, jedenfalls in den Staaten nicht. Sie testen es im Radio, ehe sie die Platte herausbringen. Aber das wird mal ein Riesenhit, glaub's mir. Hör dir das an!« Er setzte sich neben mich. Unsere Arme berührten sich, und ich spürte seine Körperwärme.

»Verstehst du den Text?«, fragte ich. Ich spürte, wie er mich anschaute, während ich fasziniert das Radiogerät betrachtete.

Er holte tief Luft. »Ja. Übersetzt heißt es: *Wenn er mich in die Arme nimmt und ganz leise mit mir spricht, färbt sich das Leben rosa für mich. Er sagt mir Worte der Liebe, Tag für Tag bin ich ganz hingerissen, er hat mein Herz erobert, es ist ein ungekanntes Glück, er gehört mir, und ich gehöre ihm, er hat es mir gesagt, er hat es mir geschworen, wir gehören einander fürs Leben. Sobald ich ihn erblicke, spüre ich, wie mein Herz höher schlägt.*«

»Wie schön«, sagte ich, brachte es jedoch immer noch nicht fertig, ihn anzusehen. Meine Hände zitterten, und ich versteckte sie unter meinen Beinen.

Westry stand auf. »Wollen wir tanzen?«

Ich nickte und nahm seine Hand.

Eng umschlungen bewegten wir uns zu der Musik. Ich legte mein Kinn an seine Wange.

»Westry«, flüsterte ich.

»Du meinst Grayson?«

Ich lächelte. »Mein lieber Grayson.«

»Ja, Cleo?«

»Na ja, das meine ich ja gerade. Ich bin Cleo, du bist Grayson. Aber tun wir nur so, als ob? Ist das alles real? Wie kann es sein, dass sich alles so richtig, so gut anfühlt, wenn wir hier sind? Und wenn …«

»Wenn wir da draußen sind«, fiel er mir ins Wort und zeigte auf ein Fenster, »ist es anders?«

»Ja.«

»Weil das hier unser Paradies ist«, sagte er. »Und da draußen, tja, ist alles ziemlich kompliziert.«

»Ja, genau«, stimmte ich ihm zu. »Um ein Haar wäre ich heute gar nicht hergekommen, weil ich das Gefühl hatte, dass du für mich irgendwie unerreichbar geworden warst. Diese Sache mit Colonel Donahue neulich – warum sprichst du nicht mit mir darüber?«

Er legte mir einen Finger auf die Lippen. »Würdest du mir glauben, wenn ich dir sagte, dass ich es nicht tue, um dich zu schützen?«

Ich sah ihn verwirrt an. »Mich? Wovor denn?«

»Die Welt da draußen ist ziemlich verrückt, Anne. Es herrscht Krieg. Lug und Trug. Trauer. Überall um uns herum.« Er legte seine Hände an meine Wangen. »Wenn du das nächste Mal das Gefühl hast, dass ich unerreichbar bin, komm hierher. Komm in die Hütte, dann wirst du meine Liebe spüren.«

Liebe. *Westry liebte mich.* Das war das Einzige, was zählte. Ich schmiegte mich an ihn, und dann überkam mich plötzlich ein Verlangen, das ich für Gerard noch nie empfunden hatte. *Leidenschaft.* War es das, was Kitty gemeint hatte?

Westry trat einen Schritt zurück und betrachtete mich. »Du bist wunderschön«, sagte er. »Ich werde ein Foto von dir machen.« Er nahm eine Kamera aus seinem Rucksack und bat mich, mich vor die Wand zu stellen. »Perfekt«, sagte er und machte ein Foto mit Blitz.

»Jetzt du«, sagte ich und nahm ihm die Kamera aus der Hand. »Ich möchte auch ein Foto von dir. Ich möchte diesen Abend nicht vergessen, keine Sekunde davon.«

Er stellte sich vor die Wand. Als ich seine Augen durch

den Sucher betrachtete, betete ich, dass ich diesen Augenblick niemals vergessen würde, dann drückte ich auf den Auslöser.

Nachdem ich die Kamera auf dem Schreibtisch abgestellt hatte, hob Westry mich hoch und legte mich so mühelos aufs Bett, dass ich mich leicht wie eine Feder fühlte. Ich fuhr mit der Hand über seine Arme. Sie waren kräftig und muskulös. Seine Lippen berührten meine, und mein Puls ging schneller, als ich den vertrauten Geruch seiner Haut einatmete und mich davon betören ließ. Ich streifte ihm das Hemd von den Schultern und fuhr mit den Fingerspitzen über seine Brust. Meine Berührung verursachte ihm eine Gänsehaut, und er lächelte. Etwas in mir erschauderte, als er begann, mein Kleid zu öffnen. Während er mich liebevoll und zärtlich auszog, fragte ich mich, ob er genau wie ich tausendmal von diesem Augenblick geträumt hatte.

Unsere Körper passten zusammen, als wären sie füreinander geschaffen. Füreinander *bestimmt*. Ich schloss die Augen und gelobte mir, jede Sekunde, jeden Atemzug, jede Empfindung immer in Erinnerung zu behalten, und als es vorbei war, lagen wir noch lange eng umschlungen beieinander. Unsere Herzen pochten im Gleichklang, während die Wellen an den Strand schlugen.

»Westry«, flüsterte ich.

»Ja, mein Liebling?«

»Was passiert, wenn das alles vorbei ist?«

»Du meinst, nach dem Krieg?«

»Ja«, sagte ich. »Wenn wir wieder in die Heimat zurückkehren.«

»Ich wünschte, ich wüsste es«, erwiderte er und küsste mich auf die Stirn.

Plötzlich spürte ich den Verlobungsring an meinem Finger und löste mich instinktiv aus Westrys Umarmung.

»Du denkst an ihn, nicht wahr?«

Ich seufzte. »Es ist alles so kompliziert.«

»Nicht, wenn man sich seiner Liebe sicher ist«, antwortete er.

Für Westry war es klar und simpel. Wir liebten einander. So war das nun mal. Aber ich hatte Gerard ein Versprechen gegeben. Gerard, der womöglich in diesem Augenblick auf irgendeinem Schlachtfeld um sein Leben kämpfte. Gerard, der auf mich wartete, um mich zur Frau zu nehmen. *Wie konnte ich ihm das antun?*

Ich schaute Westry an. Als unsere Blicke sich trafen, stand mein Entschluss fest. Ich liebte diesen Mann mit jeder Faser meines Wesens. Ich küsste ihn zärtlich und schmiegte den Kopf an seine Schulter. Eine ganze Weile lauschten wir den französischen Liedern im Radio und vergaßen alles um uns herum, bis uns die Augen zufielen.

Wir mochten Minuten oder vielleicht auch Stunden geschlafen haben, als ich hochfuhr, weil draußen ein Zweig geknackt hatte. Während ich mich hastig anzog, schaute ich aus dem Fenster. Am Strand konnte ich undeutlich eine Gestalt ausmachen.

»Wer kann das sein?«, fragte ich Westry, der ebenfalls aufgesprungen war und dabei war, in seine Kleider zu schlüpfen. Ohne sein Hemd zuzuknöpfen, lief er nach draußen. Ich folgte ihm. Plötzlich wurde mir bewusst, dass ich keine Ahnung hatte, wie spät es war. Kitty und die anderen waren bestimmt in großer Sorge um mich.

»Wer ist da?«, rief Westry der Gestalt zu.

»Ich bin's«, antwortete eine vertraute Stimme. »Kitty.«

Als wir aus dem Dickicht traten, erkannten wir ihr Gesicht im Mondlicht. Ich sah sofort, dass sie Angst hatte. »Anne? Du hier?«

»Ja«, erwiderte ich und dachte peinlich berührt daran, dass mein Haar ganz zerzaust war. Was mochte sie darüber denken, dass Westry und ich halb angezogen vor ihr standen?

»Ich … ich wollte euch nicht stören«, sagte sie verlegen. »Aber wir wollten aufbrechen und konnten dich nicht finden.«

»Tut mir leid, Kitty«, stotterte ich. »Ich hab die Zeit ganz vergessen.«

Von dort, wo sie stand, konnte Kitty zum Glück die Hütte nicht sehen.

»Ich wollte sowieso gerade gehen«, sagte ich zu Westry. Gott, sah er gut aus. Am liebsten wäre ich noch geblieben. Hier in der Hütte. Am liebsten für immer. »Gute Nacht, Westry«, sagte ich.

»Gute Nacht, Anne«, sagte er und lächelte.

Eine Weile gingen Kitty und ich schweigend nebeneinander her. Schließlich sagte sie: »Du liebst ihn, nicht wahr?«

»Kitty!«

Sie hakte sich bei mir unter. »Ist in Ordnung«, sagte sie. »Es ist mir egal, wen du liebst. Hauptsache, du bist glücklich.«

Ich betrachtete den Mond und schaute noch einmal zurück zum Strand, wo die Hütte stand. »Ja«, sagte ich. »Ich bin noch nie im Leben so glücklich gewesen.«

Die holprige Fahrt zurück störte keinen von uns. Nicht Stella, die den Kopf in Wills Schoß gelegt hatte, nicht

Mary, die mit Lou ins Gespräch vertieft war, nicht Kitty, die ihren Gedanken nachhing, und erst recht nicht mich, der das Herz vor Liebe überquoll. Doch gleichzeitig war mir das Herz auch schwer, denn ich würde mich entscheiden müssen. Und zwar bald, fürchtete ich.

9

Habt ihr schon gehört?«, fragte Liz beim Frühstück. »Die Männer müssen zu einem Einsatz. Auf einer Insel südlich von hier finden schwere Kämpfe statt. Die Lage ist ernst.«

Mary und ich warfen uns Blicke zu. Ich sah ihr an, dass sie sich um Lou sorgte, und fragte mich, ob sie mir auch meine Sorge um Westry ansah.

»Colonel Donahue und seine Truppe brechen noch heute Abend auf«, sagte Kitty monoton, als läse sie aus einem Kriegsbericht vor.

»Kann man irgendwie in Erfahrung bringen, wer von den Männern mitmuss?«, fragte ich und hoffte, dass man mir meine Panik nicht anmerkte.

»Ja«, sagte Stella traurig und zog ein Taschentuch heraus. »Da draußen hängt eine Liste mit den Namen.« Sie zeigte auf die Anschlagtafel im Flur vor der Kantine. »Will steht drauf.«

»Du Arme«, sagte Liz mitfühlend zu Stella.

»Wollen wir nachsehen gehen?«, fragte ich Mary.

Sie nickte, und wir gingen bedrückt nach draußen. Da stand Westrys Name. In der Mitte der Liste, schwarz auf weiß. Westry Green. Weiter unten entdeckte ich Lous

Namen. Mary zog scharf die Luft ein, dann fielen wir einander in die Arme.

»Wir müssen zu ihnen«, sagte Mary. »Wir müssen uns von ihnen verabschieden, bevor …«

»Wir dürfen nicht gleich an das Schlimmste denken«, entgegnete ich. »Wir müssen zuversichtlich sein. Das brauchen sie jetzt.«

»Anne«, murmelte Mary. »Ich könnte es nicht ertragen, ihn zu verlieren.«

»So darfst du nicht reden«, sagte ich und tätschelte ihr den Arm. »Das bringt Unglück.«

Ich hatte bereits die Frühschicht im Lazarett gearbeitet, und daher hatte ich kein schlechtes Gewissen, als ich nach dem Frühstück kurz zu den Männerunterkünften hinüberlief. Ich schaute zu dem Fenster hoch, hinter dem Westry untergebracht war. Das Zimmer wirkte leer, zumindest soweit ich das von der Bank aus sehen konnte, auf die ich geklettert war – ein ordentlich gemachtes Bett und ein leerer Kleiderhaken neben der Tür. *War er schon aufgebrochen?* Liz hatte uns erzählt, dass ein Bataillon bereits in Marsch gesetzt worden war. *Gehörte Westry etwa dazu?*

Ich verabschiedete mich von Mary und eilte zum Strand. Sobald ich außer Sichtweite war, begann ich zu laufen. Vielleicht wartete er in der Hütte auf mich. Wenn ich schnell genug rannte, würde ich ihn vielleicht noch sehen, ehe er fortmusste. Meine Schuhe füllten sich mit Sand und machten mir die Füße so schwer wie noch nie. Versuchte der Sand, mich daran zu hindern, Westry noch einmal zu sehen? Ich stolperte über ein Stück Treibholz und rieb mir das schmerzende Knie, bevor ich mich aufrappelte und weiterrannte.

Ich kämpfte mich durch das Dickicht bis zur Hütte, die von der Morgensonne beschienen wurde. Ich griff nach dem Türknauf und betete, Westry möge in der Hütte sein. Aber die Tür war abgeschlossen. Westry war nicht da. Ich war zu spät gekommen.

Ich nahm den Schlüssel aus dem Versteck, ging in die Hütte und ließ mich enttäuscht auf den Stuhl am Schreibtisch sinken. Das kleine Zimmer übte sofort eine tröstliche Wirkung auf mich aus. Ich spürte Westrys Gegenwart, genau wie er es mir prophezeit hatte. Ich versuchte mich an seine Worte zu erinnern und fand sie in meinem Herzen: »Wenn du das nächste Mal das Gefühl hast, ich sei unerreichbar, komm hierher in die Hütte, dann wirst meine Liebe spüren.« Ja, ich spürte seine Liebe. Sie hüllte mich ein.

Ich hob die Bodendiele an, und mein Herz machte einen Satz, als ich den Brief entdeckte.

Meine geliebte Cleo!
Ich muss jetzt aufbrechen, mein Liebling. Wir werden nach Guadalcanal verlegt, wo es »eine große Schlacht« geben wird, wie der Colonel sich ausdrückt. Wir wissen nicht, was uns dort erwartet. Schließlich hocken wir schon ziemlich lange auf dieser Insel und lassen es uns gut gehen, sodass wir beinahe schon dachten, wir wären hier im Urlaub. Es wird höchste Zeit, dass wir unsere Pflicht erfüllen, dass wir tun, wofür wir hierhergekommen sind. Dass wir kämpfen.

Ich war heute Morgen im Lazarett, um mich von Dir zu verabschieden, aber Du warst gerade beschäftigt, und ich wollte Dich nicht stören. Ich bin ein paar Minuten am Fenster stehen geblieben und habe Dir bei der Arbeit zugesehen.

Gott, bist Du schön. Wie Du Dich bewegst. Wie Du sprichst. Ich habe noch nie jemanden so geliebt wie Dich.

Ich weiß nicht, wie lange ich fort sein werde. Vielleicht einige Tage. Vielleicht mehrere Monate. Aber ich bete, dass Du die Erinnerung an die vergangene Nacht ebenso in Deinem Herzen bewahren wirst, wie ich es tun werde. Ich bete, dass Du an mich denkst und auf mich wartest. Denn ich werde zurückkommen, und wir werden wieder zusammenkommen. Und wenn der Krieg vorbei ist, werden wir uns nie wieder voneinander trennen.

Denk an mich, an »La Vie en Rose«, mein Liebling.

Für ewig Dein
Grayson

Ich wischte mir die Tränen fort, rannte nach draußen und schaute den Flugzeugen nach, die gerade gestartet waren. Ich schickte einen Luftkuss in den Himmel.

Er würde zurückkommen. Er musste zurückkommen.

In den folgenden Tagen kamen kaum Nachrichten von der Front. Die Männer, die auf der Insel geblieben waren, wirkten grüblerisch und gereizt, vielleicht waren sie von Schuldgefühlen geplagt, weil sie nicht auch an der Front kämpften, oder schämten sich, weil sie nicht für diesen wichtigen Einsatz ausgewählt worden waren.

Die Alliierten seien dabei, gegen die Japaner im Pazifik vorzurücken, und es sei eine entscheidende Schlacht, in der es darum gehe, Neuseeland zu schützen, hatte Liz uns erklärt. Liz war immer besser informiert als wir anderen. Sie sagte, die Japaner hätten vorgehabt, Neuseeland zu unterwerfen und die Einwohner zu foltern und zu töten.

Zwar hatten die Alliierten Guadalcanal eingenommen, aber es gab immer noch feindliche Verbände im Südpazifik. Wir mussten unbedingt gewinnen. Wenn nicht, na ja, darüber redete niemand, aber die Aussicht auf die möglichen Konsequenzen bedrückte uns alle.

Jeden Tag wurden Verwundete eingeflogen. Manche wurden auf Tragen ins Lazarett geschoben, benommen, blutig, stumm, als hätte das, was sie erlebt hatten, ihnen die Sinne geraubt, sie für immer verstummen lassen. Andere waren so schwer verwundet – abgerissene Arme oder Beine, Granatsplitter in den Augen –, dass sie laut stöhnten und nach Morphium schrien, was wir ihnen so schnell verabreichten, wie es uns gelang, eine Spritze aufzuziehen.

Wir hatten alle Hände voll zu tun im Lazarett und fragten uns bei dem nicht abreißenden Strom von Verwundeten, ob die Schlacht wohl den gewünschten Verlauf nahm. Schwester Hildebrand, die uns strenger denn je herumkommandierte, arbeitete mit sachlicher Präzision. »Liz!«, schrie sie. »Holen Sie frisches Verbandszeug aus dem Magazin! Sehen Sie nicht, dass fast keins mehr da ist? Stella! Kommen Sie her und helfen Sie mir, diesen Soldaten für eine Operation vorzubereiten! Kitty! Der Mann in Bett neun braucht Morphium! Schnell!«

Sie führte das Lazarett mit eiserner Faust, und das zu Recht. Keine von uns hatte je in ihrem Leben vor solchen Herausforderungen gestanden, und unsere Nerven lagen blank. Jedes Mal, wenn ein verwundeter Soldat hereingeschoben wurde, beugten wir uns ängstlich über die Trage, um zu sehen, ob es jemand war, den wir kannten.

Eines Morgens Anfang April brach plötzlich Hektik

aus am Eingang, wo ein Mann schrie: »Wir brauchen eine Krankenschwester! Schnell!«

Ich sah einen Piloten im Eingang stehen, der einen blutverschmierten Soldaten in den Armen hielt. »Es dauerte zu lange, auf eine Trage zu warten, deswegen habe ich ihn selber hergeschleppt«, sagte er. »Er hat im Flugzeug viel Blut verloren. Ich weiß nicht, was Sie für ihn tun können, aber beeilen Sie sich. Er ist ein guter Mann.«

Ich half dem Piloten, den Soldaten auf eine Trage zu legen. Obwohl sein Gesicht vollkommen mit Blut bedeckt war, erkannte ich ihn sofort. *Großer Gott, es war Will. Stellas Will.* »Ich übernehme ihn«, sagte ich zu dem Piloten. »Danke, Lieutenant.«

»Es kommen noch mehr«, sagte er ernst. »Ich hab's gerade über Funk gehört. Es sieht schlimm aus da draußen. Hohe Verluste.«

Voller Entsetzen schob ich Will in den Operationssaal, wo Dr. Wheeler sich gerade die Hände wusch. »Doktor!«, rief ich. »Der Mann hier braucht Sie!«

Ich winkte Mary zu mir, die am anderen Ende des Krankensaals beschäftigt war.

»Will ist da drin«, flüsterte ich mit einer Kopfbewegung zum OP. »Er ist schwer verwundet. Wo ist Stella?«

Sie zeigte zu einem Bett, wo Stella Schwester Hildebrand dabei half, eine Beinschiene anzulegen. Der Soldat stöhnte, während die beiden sein Knie einrenkten. »Wir müssen es ihr sagen.«

»Nein«, entgegnete ich. »Wir brauchen sie. Im Moment brauchen wir jede Krankenschwester auf der Insel. Der Lieutenant hat gesagt, es kommen noch mehr Verwundete. Vielleicht ist Lou dabei. Vielleicht Westry. Wir müssen weiterarbeiten. Zeit zum Trauern können wir uns jetzt nicht leisten.«

Mary nickte ernst. »Ich werde versuchen, sie vom OP fernzuhalten.«

»Danke«, sagte ich. »Ich behalte ihn im Auge. Sollte sich etwas ändern, hole ich Stella.«

Eine Stunde später wurden dreiundzwanzig verwundete Soldaten eingeliefert, dann noch einmal neun und dann weitere elf. Drei starben. Einige wurden so weit stabilisiert, dass sie transportfähig waren. Sie wurden nach Amerika ausgeflogen, weil wir für ihre Behandlung nicht ausgerüstet waren.

»Wie schrecklich das alles ist«, sagte Liz und wischte sich die Augen mit einem Taschentuch. Die ganze Situation schlug uns allen aufs Gemüt.

»Geht es noch?«, fragte ich sie und tätschelte ihr den Rücken. »Ich kann mit Schwester Hildebrand reden und sie fragen, ob sie dir ein paar Stunden freigibt.«

»Nein, nein«, antwortete sie und glättete ihr Kleid. »Ich schaff das schon.«

Ich schaute zu Kitty hinüber, die einer anderen Schwester half, einen Mann zu versorgen, der gerade gebracht worden war. Offenbar hatte der Mann eine schlimme Kopfverletzung. Mit schnellen, präzisen Bewegungen reinigte Kitty ihm die Wunden an der Stirn. Er zuckte jedes Mal zusammen, wenn sie ihn mit dem Alkoholtupfer berührte. Dann, als sie begann, ihm einen Verband anzulegen, sah ich, wie sie wankte. Irgendetwas stimmte da nicht. Im nächsten Augenblick gaben Kittys Beine unter ihr nach, und genauso wie am Tag unserer Ankunft sank sie zu Boden. Nur dass diesmal nichts ihren Sturz auffing.

Ich lief zu ihr und fächelte ihr Luft zu. »Kitty! Kitty! Wach auf! Du bist in Ohnmacht gefallen!«

Liz reichte mir ein Fläschchen mit Riechsalz, das ich Kitty unter die Nase hielt. Sie öffnete die Augen.

»Tut mir leid«, sagte sie. »Wie peinlich! Hier liegen schwer verletzte Soldaten, und ich kippe einfach aus den Latschen.«

»Du musst dich ausruhen«, sagte ich. »Ich bringe dich auf unser Zimmer. Schwester Hildebrand wird das schon verstehen.«

»Ja«, erwiderte sie. »Aber ich kann allein raufgehen. Du wirst hier gebraucht.«

»Also gut«, sagte ich. »Aber pass auf dich auf.«

Kitty ging, und ich wandte mich wieder meiner Arbeit im Krankensaal zu, den langen Bettenreihen, in denen Männer lagen, die auf Medikamente, auf Verbände oder einfach auf den Tod warteten.

»Wir müssen es ihr sagen«, raunte Mary mir zu. »Der Arzt sagt, er schafft es vielleicht nicht.«

Ich nickte. »Kommst du mit?«

Wir gingen zu Stella, die gerade in einem Schrank nach etwas suchte. »Wieso wird hier nichts wieder aufgefüllt?«, schimpfte sie, als sie sich aufrichtete. »Hat eine von euch in diesem gottverdammten Lazarett irgendwo eine Flasche Jod gesehen?«

»Stella«, sagte Mary. »Bitte, setz dich.«

»Ich soll mich setzen?«, fragte sie argwöhnisch. »Warum denn?«

»Es geht um Will«, sagte ich und drückte sie auf einen Stuhl. »Er ist schwer verwundet.«

Stella schlug sich die Hand vor den Mund. »O nein!

Nein, das glaube ich nicht!« Sie schaute erst mich, dann Mary an. »Wo ist er?«

Mary zeigte in Richtung OP. »Dr. Wheeler ist bei ihm, aber sie wissen nicht, ob er durchkommt.«

Stella rannte los, und wir folgten ihr.

»Will!«, rief sie. »Will, ich bin's!« Sie kniete sich neben die Trage und legte ihm zärtlich eine Hand auf die Brust. »Ich bin's, Stella.«

Will rührte sich nicht. Sein Atem ging flach. »Doktor, Sie werden ihn doch retten, oder?«, fragte Stella ängstlich. »Sie müssen ihn retten!«

In dem Augenblick öffnete Will die Augen. Seine Lider flatterten kurz, dann fielen sie wieder zu.

»Will!«, schrie Stella. »Will, komm zu mir zurück!«

Er öffnete die Augen und flüsterte matt: »Ich bin hier, Stella. Ich bin noch hier.«

Dr. Wheeler nahm seine Brille ab. »Großer Gott«, sagte er. »Er ist zu sich gekommen. Vielleicht kommt er ja doch noch durch.«

Mit tränenüberströmten Wangen hielt Stella Wills Hand. »Du schaffst es, Will! Du schaffst es!« Sie schmiegte ihre Wange an seine Schulter.

Mary und ich wischten uns die Augen. Will hatte eine Chance, Gott sei Dank. Aber was war mit Lou und Westry? Und was war mit den anderen Männern? Würden sie auch so viel Glück haben? Würden *wir* so viel Glück haben?

Als unsere Schicht um elf Uhr abends endete, konnten wir uns nicht dazu durchringen, das Lazarett zu verlassen. Was, wenn Westry als Nächstes eingeliefert würde und ich wäre nicht da? Aber Schwester Hildebrand ließ nicht zu, dass wir länger blieben. »Sie sind zu erschöpft«, sagte sie. »Sie können nicht mehr zuverlässig arbeiten.«

Sie hatte recht. Liz hatte vor einer halben Stunde vergessen, einem Patienten seine Medikamente zu verabreichen, und ich hatte Dr. Wheeler falsche Informationen über die Verletzungen eines Sergeants gegeben. Er hätte sich um die Kopfverletzung in Bett neunzehn und nicht um die Beinwunde in Bett sieben kümmern müssen. Neunzehn. Sieben. Dreiundzwanzig. Vier. Die Betten, die Nummern, die Männer – alles verschwamm, und wenn ich die Augen schloss, färbte sich alles blutrot.

Als ich unsere Unterkunft betrat, fiel mir auf, dass ich die ganze Zeit kein einziges Mal an Kitty gedacht hatte. Hoffentlich ging es ihr gut. Ich rannte die Treppe hoch und stürzte in unser Zimmer. Sie lag schlafend im Bett.

»Kitty«, flüsterte ich. »Wie geht es dir?«

Sie drehte sich zu mir um und schaute mich an. »Ganz gut«, antwortete sie. »Und die Männer? Wie läuft's im Lazarett?«

»Es geht immer noch alles drunter und drüber«, sagte ich. »Will wurde eingeliefert. Er ist schwer verwundet, aber es sieht so aus, als würde er durchkommen.«

»Gott sei Dank. Und Westry? Hast du irgendwas von ihm gehört?«

»Nein, bisher nicht«, sagte ich, während meine Augen sich mit Tränen füllten.

»Es ist Post für dich gekommen. Ich hab dir den Brief aufs Bett gelegt.«

»Danke«, sagte ich. »Gute Nacht.«

Ich nahm den Brief und trat ans Fenster, wo ich ihn

im Mondlicht lesen konnte, ohne Kitty zu stören. Ich warf einen Blick auf den Absender. Der Brief kam von Gerard.

Meine liebe Anne!
Ich habe lange nichts von Dir gehört, und ich will Dir deswegen keine Vorwürfe machen, aber gestern hat mich die Angst gepackt. Ich hatte plötzlich das Gefühl, dass irgendetwas nicht stimmt. Natürlich möchte ich es nicht glauben, aber es hat mir das Herz zerrissen. Ist Dir etwas zugestoßen? Bist Du in Sicherheit? Bitte, schreib mir und erzähl mir mehr.

Ich bin mit der 101. Luftlandedivision in Frankreich, so weit fort von der Heimat, so weit fort von Dir. Die Bedingungen hier sind hart, wie überall. Überall um mich herum fallen die Kameraden. Ich habe die Karte bei mir, die Du für mich gebastelt hast, die mit dem kleinen roten Herzen in der Mitte. Sie steckt immer in meiner Brusttasche. Ich glaube, sie bringt mir Glück. Ich werde zu Dir zurückkehren, Anne, das verspreche ich Dir.
In Liebe
Dein Gerard

Weinend schob ich den Brief zurück in den Umschlag, dann nahm ich mein Briefpapier aus der Nachttischschublade, hellblau, mit meinen Initialen in der oberen rechten Ecke: AEC. Anne Elizabeth Calloway. Ich hatte vorgehabt, viele Briefe nach Hause zu schreiben, an meine Mutter, meinen Vater, an Maxine und vor allem an Gerard, aber ich hatte noch fast nichts von dem Briefpapier verbraucht und schämte mich dafür, dass ich Gerard so selten geschrieben hatte. Ich setzte mich hin und begann zu schreiben, auch wenn ich eigentlich gar nicht so recht wusste, was ich ihm erzählen sollte.

Lieber Gerard!
Bitte mach Dir keine Sorgen, es geht mir gut, und ich bin hier in Sicherheit. Die Post braucht immer sehr lange, und ich habe Deinen Brief leider erst jetzt erhalten.

Ich hielt inne. Das war eine Lüge. Eine himmelschreiende Lüge.

Wir sind hier alle voll im Einsatz, deswegen habe ich auch bisher so wenig geschrieben. Wenn wir nicht schlafen, arbeiten wir, und wenn wir nicht arbeiten, schlafen wir.

Noch eine Lüge.

Ich denke oft an Dich, und Du fehlst mir sehr.
In Liebe
Deine Anne.

»Ich habe eine Idee, wie wir uns die Zeit vertreiben können«, verkündete Stella eines Morgens Anfang Mai in der Kantine.

»Ach ja?«, sagte Mary und tat so, als interessierte sie sich dafür.

»Wir gründen ein Strickkränzchen«, sagte Stella.

»Du hast gut reden«, entgegnete Mary. »Dein Will ist hier und auf dem Weg der Besserung, während wir nicht wissen, was mit unseren Liebsten ist. Glaubst du etwa, uns steht der Sinn nach Handarbeiten?«

Stella wirkte gekränkt.

»Tut mir leid«, sagte Mary. »War nicht so gemeint.«

»Schon in Ordnung«, sagte Stella. »Ich dachte nur, damit könnten wir uns ein bisschen ablenken an den Abenden, an denen wir nur vor dem Rundfunkempfänger hocken und auf Nachrichten warten.«

»Gar keine schlechte Idee«, bemerkte ich.

»Die Einheimischen könnten bestimmt ein paar warme Decken gebrauchen«, fügte Mary hinzu. »Für ihre Kinder.«

»Ich bin dabei«, sagte Kitty.

»Ich auch«, sagte Liz.

»Wir könnten gleich heute Abend nach der Spätschicht anfangen«, schlug Mary vor.

Stella lächelte. »Abgemacht. Ich besorge die Wolle. Wir treffen uns im Aufenthaltsraum.«

Stella sollte recht behalten. Das Strickkränzchen hielt uns während der nächsten Wochen aufrecht. Wir strickten eine Decke und dann eine zweite. Als wir an der vierten arbeiteten, planten wir schon die fünfte: aus grüner und gelber Wolle, mit einem Palmenmotiv in der Mitte.

»Wer wohl einmal unter diesen Decken schlafen wird«, sinnierte Liz, während sie mit einer Hand über den Rand der ersten Decke fuhr, die wir fertiggestellt hatten. »Auch wenn eine Decke eigentlich etwas vollkommen Unbedeutendes ist, tut es doch gut zu wissen, dass wir etwas Sinnvolles für die Inselbevölkerung tun.«

Wir nickten alle.

»Habt ihr euch schon mal gefragt, was die Einheimischen von all dem halten?«, fuhr sie fort. »Davon, dass ihr friedliches Paradies mitten im Ozean plötzlich zum Mittelpunkt eines grausamen Kriegs geworden ist?«

»Das muss wirklich schrecklich für die Leute hier sein«, sagte Mary. »Ich wünschte, wir könnten mehr für sie tun, als ein paar Decken zu stricken.«

»Die Decken sind immerhin etwas«, wandte Liz ein.

Ich musste an Atea denken, die ganz allein war und vielleicht sogar in Gefahr. Sie könnte bestimmt eine Decke gebrauchen, und wenn nicht, würde sie jemanden kennen, der eine brauchte.

Einen Moment lang betrachtete ich die Frauen und lauschte auf das Klappern der Stricknadeln. »Ich kann die Decken einer Frau bringen, die ich kenne, einer Einheimischen, von der ich weiß, dass sie sie gebrauchen kann«, schlug ich vor. »Ich bringe sie morgen auf den Markt.«

»Schwester Hildebrand?«

»Ja?«, erwiderte sie, ohne von ihrem Schreibtisch aufzublicken.

»Würden Sie mir erlauben, eine längere Mittagspause zu machen?«

Sie schob ihre Brille auf ihre Nasenspitze. »Was haben Sie vor?«

»Na ja, einige andere Schwestern und ich haben ein Strickkränzchen gegründet, und wir haben ein paar Decken gestrickt«, sagte ich. »Damit vertreiben wir uns abends nach der Arbeit ein bisschen die Zeit und lenken uns von unseren Sorgen …«

»Kommen Sie zur Sache, Schwester Calloway«, sagte sie streng.

»Natürlich«, erwiderte ich. »Verzeihen Sie. Ich möchte

die fertigen Decken heute auf den Markt bringen und sie ein paar Einheimischen geben, die sie gebrauchen können.«

»Decken?«, fragte sie mit einem spöttischen Unterton.

»Ja, Ma'am, Decken.«

Sie schüttelte den Kopf, dann zuckte sie die Schultern. »Tja, kann ja nichts schaden. Aber sehen Sie zu, dass Sie um halb drei wieder hier sind. Es werden wieder Verwundete gebracht, und wir können niemanden entbehren.«

Ich lächelte. »Danke, Schwester Hildebrand. Vielen Dank! Ich bin pünktlich wieder zurück.«

Auf dem Markt was es stiller als gewöhnlich, es war beinahe unheimlich. Da die meisten Soldaten im Einsatz waren, kamen weniger Händler, um ihre Waren anzubieten, aber ich hatte gehofft, zumindest Atea anzutreffen. Ich musste unbedingt mit ihr reden.

Seit dem unangenehmen Vorfall in der Kapelle an Heiligabend, als ich sie das letzte Mal gesehen hatte, waren Monate vergangen, und ich machte mir Sorgen um sie. Die Decken waren nur ein Vorwand gewesen, um herkommen und mich nach ihrem Wohlergehen erkundigen zu können.

»Verzeihen Sie«, sagte ich zu einer zahnlosen Frau, die mit einem Kleinkind auf dem Arm an einem Tisch stand, auf dem Bananen und irgendein undefinierbares Grünzeug aufgetürmt waren. »Haben Sie Atea gesehen?«

Die Frau beäugte mich misstrauisch. »Atea nicht hier«, sagte sie.

»Ach so«, erwiderte ich und zeigte ihr die Decken. »Ich wollte ihr die hier geben.«

Plötzlich wurde die Frau freundlich. Sie zeigte auf einen Hügel in der Nähe. »Sie bei Tita. Grüne Haus.«

»Danke«, sagte ich und machte mich auf den Weg. Mir blieb nicht einmal eine Stunde, bis der Laster zum Camp zurückfuhr, und so eilte ich, so schnell ich konnte, den Weg entlang, der durch den Dschungel zu dem Hügel hinaufführte. Schon nach wenigen Schritten waren meine elfenbeinfarbenen Lacklederpumps völlig verstaubt, aber das war mir egal. Hin und wieder schlug ich nach Moskitos, die sich auf meine Arme setzten. Es war ziemlich dunkel im Schatten der riesigen Bäume, und beinahe hätte ich die grüne Hütte übersehen, denn sie fügte sich in die Umgebung ein, als wäre sie Teil der Natur.

Ein Fahrrad stand an eine Seitenwand der kleinen Hütte gelehnt, die aus Treibholz grob zusammengezimmert schien. Ein Huhn gackerte plötzlich neben mir, sodass ich zusammenzuckte, als ich gerade an die Tür klopfen wollte. War es naiv hierherzukommen?

Eine alte Frau erschien in der Tür. Sie trug ihr graues Haar zu einem langen, dünnen Zopf geflochten.

»Ich möchte Atea besuchen«, sagte ich zaghaft und hielt den Korb mit den Decken hoch.

Die Frau nickte und murmelte etwas auf Französisch, vielleicht auch auf Tahitianisch. Hinter ihr hörte ich Schritte.

»Anne!«, rief Atea aus, als sie an der Frau vorbei aus der Tür trat. »Du hier!« Sie sah ganz anders aus als beim letzten Mal, möglicherweise, weil sie ein Kleid anhatte, das ihr viel zu groß war. Es kam mir vor wie ein Modell aus einem amerikanischen Versandkatalog aus dem Jahr 1895.

Ich fragte mich, warum sie es trug, wo sie sich doch anscheinend mit lediglich einem Tuch um die Hüften so wohl gefühlt hatte.

»Ja«, sagte ich. »Ich möchte nicht stören. Ich … ich wollte mich nur vergewissern, dass es dir gut geht. Und ich wollte dir die hier bringen.«

Atea nahm mir den Korb ab und betrachtete staunend die Decken. »Wie schön! Für mich?«

»Ja, und für andere, von denen du meinst, dass sie sie gebrauchen können«, erwiderte ich lächelnd. »Wie geht es dir?«

Sie schien zu zögern. »Komm rein«, sagte sie. »Das ist Tita.«

Die alte Frau nickte.

»Freut mich, Sie kennenzulernen, Tita«, sagte ich. »Ich bin Anne.«

Atea bot mir einen Korbsessel an, und ich setzte mich. Kurz darauf reichte mir Tita eine Henkeltasse mit einem warmen, undefinierbaren Getränk. »Tee«, sagte sie.

Ich bedankte mich und trank einen Schluck. Das Getränk schmeckte süß und zugleich würzig.

»Sehr lecker«, sagte ich. »Was ist das?«

»Kava«, sagte Atea. »Macht ruhig.«

Ich nickte. Atea hatte recht. Mit jedem Schluck entspannte ich mich ein wenig, aber gleichzeitig wurde mir ein bisschen schwindlig. Die Konturen um mich herum wurden weicher. Schon bald sah der windschiefe Fensterrahmen aus wie neu, und der Lehmboden hatte ein buntes Muster wie ein Orientteppich.

»Ist sie das?«, wollte Tita von Atea wissen.

Atea nickte.

Tita setzte sich auf den Stuhl neben mir. »Du hast das Haus von dem Künstler gefunden?«

Zuerst war ich verwirrt, doch dann erinnerte ich mich an das, was Atea vor Monaten am Strand zu mir gesagt hatte – und was ich ganz vergessen hatte, Westry zu erzählen. »Ja«, sagte ich.

Tita warf Atea einen vielsagenden Blick zu. »Die Hütte ist gefährlich«, sagte sie. Sie schlug mich in Bann mit ihrem Blick. »Die Legende sagt, wer in die Hütte geht« – sie unterbrach sich, um nach den richtigen Worten zu suchen – »hat sein Leben lang Unglück.«

»Ich verstehe nicht, was Sie meinen«, sagte ich und stellte die Tasse auf einem kleinen Tisch ab. Die Hütte schien sich mit Nebel zu füllen. *Was mochte wohl in dem Tee sein?*

»In der Hütte passieren schlimme Dinge«, sagte sie.

Ich schüttelte den Kopf. Nein, das konnte nicht sein. *Schöne* Dinge passierten in der Hütte. Sie war unser geliebtes Versteck, der Ort, wo ich meine Liebe zu Westry gefunden hatte. Wie konnte sie so etwas sagen?

»Was denn für schlimme Dinge?«, fragte ich, als ich meine Sprache wiedergefunden hatte.

»Sie sind zu schlimm, man kann sie nicht aussprechen«, flüsterte sie und warf einen Blick auf ein Kreuz, das an der Wand hing.

Als ich aufstand, schien der Boden unter meinen Füßen zu schwanken. »Tja«, sagte ich, während ich an der Stuhllehne Halt suchte. »Danke für den Tee. Aber ich muss jetzt los.« Ich schaute Atea an. »Pass auf dich auf. Und falls du Hilfe brauchst, denk dran, was ich dir gesagt habe.«

Sie nickte und warf Tita einen zweifelnden Blick zu, als ich zur Tür ging.

»Moment«, sagte ich und drehte mich noch einmal um. »Sie sagten, dass die Hütte einem Künstler gehört hat. Wissen Sie zufällig, wie er hieß?«

Tita schaute erst Atea, dann mich an. »Ja«, sagte sie. »Er hieß Paul. Paul Gauguin.«

Am folgenden Abend war Mary gerade dabei, die Wolle zu verteilen, als von draußen laute Stimmen zu hören waren. Wir blickten auf, als ein Mann die Tür zum Aufenthaltsraum aufriss. »Schwestern, schnell!«, rief er. »Sie werden im Lazarett gebraucht! Ein Flugzeug mit Verwundeten ist gerade gelandet!«

Ich ließ meine Stricknadeln fallen und rannte zusammen mit den anderen zum Lazarett, wo Schwester Hildebrand Anweisungen rief. »Kitty, Sie bleiben bei mir und assistieren Doktor Wheeler. Stella, Sie kümmern sich um die Betten eins bis elf. Liz, Sie nehmen die Betten zwölf bis neunzehn. Mary, Anne, Sie nehmen die Neuzugänge auf. Sorgen Sie dafür, dass alles seine Ordnung hat. Es wird schlimm diesmal. Aber dazu sind wir schließlich hier. Seien Sie stark.«

Wir begaben uns an unsere Arbeitsplätze, und dann wurden auch schon die Verwundeten hereingebracht. So etwas Schreckliches hatten wir noch nie gesehen. Die Männer waren fürchterlich zugerichtet, viele schrien und stöhnten, es war die reine Hölle.

Mary und ich nahmen die Neuzugänge auf und teilten sie ein. Einige wimmerten, andere verlangten so verzweifelt nach Hilfe, dass es einem das Herz brach. Ein junger

Soldat mit einer Kopfverletzung zog so heftig an meinem Ärmel, dass er abriss. »Mama!«, kreischte er. »Mama!«

Es war kaum zu ertragen. Das Blut und das Elend und die Schmerzen. Besonders bestürzend war es mitzuerleben, wie die Männer in ihrem Leid zu Kindern wurden. Aber wir machten unbeirrt weiter, entschlossen, stark zu sein, wie Schwester Hildebrand es von uns verlangt hatte.

Um halb drei Uhr morgens landete das letzte Flugzeug. Neun Verwundete wurden ins Lazarett gebracht. Plötzlich hörte ich Mary an der Tür schreien. Ich wusste sofort, was los war.

Ich rannte zu ihr. Auf einer Trage, die gerade hereingeschoben worden war, lag Lou – leblos, blutüberströmt.

Der Soldat an der Tür schüttelte den Kopf. »Tut mir leid, Ma'am«, sagte er. »Er ist im Flugzeug gestorben. Wir haben getan, was wir konnten.«

»Nein!«, schrie Mary kopfschüttelnd. *»Nein!«*

Sie packte den Soldaten am Kragen. »Haben Sie denn nicht versucht, ihm zu helfen? Warum haben Sie ihn nicht gerettet?«

»Ma'am«, erwiderte er. »Ich versichere Ihnen, dass wir alles in unserer Macht Stehende für ihn getan haben. Es hat ihn einfach zu schlimm erwischt.«

»Nein«, rief Mary. »Das kann nicht sein.« Sie warf sich auf Lous blutverschmierte Brust. »Lou«, schluchzte sie. »Lou! O nein, Lou!«

Liz kam zu uns. »Wir müssen sie beruhigen«, sagte sie. »Hilfst du mir?«

»Mary«, sagte ich. »Mary, hör auf. Er ist tot. Es hat keinen Zweck.«

»Nein!«, schrie sie und stieß mich von sich weg. Ihr Gesicht war mit Lous Blut beschmiert. Ich bedeutete Liz, mir zu helfen.

»Mary«, sagte ich sanft und nahm ihren linken Arm, während Liz den rechten packte. »Wir bringen dich jetzt ins Bett.«

»Nein«, jammerte Mary.

»Liz, besorg mir schnell ein Beruhigungsmittel!«, sagte ich.

Sie nickte und brachte mir eine Spritze. Mary reagierte nicht einmal, als ich ihr die Nadel in den Arm jagte. Dann sackte sie in sich zusammen.

»So«, sagte ich und legte sie vorsichtig auf ein Bett. Auf dem Laken befand sich ein Blutfleck. Das Blut von jemand anderem. Aber wir hatten keine Zeit, die Laken zu wechseln. Mit einem feuchten Lappen wischte ich Lous Blut von Marys Gesicht. »Ruh dich aus«, sagte ich leise.

»Lou«, murmelte sie schwach, dann fielen ihr die Augen zu.

Eine Weile sah ich zu, wie ihr Atem ruhiger ging, und dachte, wie unfair das alles war. Nach allem, was sie durchgemacht hatte, war sie endlich einem Mann begegnet, den sie liebte, nur um ihn kurz darauf auf so tragische Weise wieder zu verlieren. Es war ungerecht.

Schweigend gingen Kitty und ich nach der Schicht zu unserer Unterkunft. Jetzt hatten wir den Krieg gesehen, oder vielmehr die Folgen des Kriegs – in seiner ganzen Scheußlichkeit und Grausamkeit.

Erschöpft fielen wir in unsere Betten und lauschten noch lange dem Dröhnen der Flugzeuge, die über die Insel hinwegflogen. Ich betete im Stillen für Westry und fragte mich, für wen Kitty wohl beten mochte oder an was sie dachte.

»Anne«, flüsterte sie, nachdem es draußen am Himmel eine Zeit lang still gewesen war. »Bist du noch wach?«

»Ja.«

»Ich muss dir etwas sagen. Etwas Wichtiges.«

Ich setzte mich auf. »Ja?«

Sie seufzte und schaute mich mit unendlich traurigen Augen an. »Ich bin schwanger.«

10

Ich schnappte nach Luft und stürzte zu ihrem Bett. »Ach, Kitty!«, rief ich kopfschüttelnd.

»Ich weiß es schon seit einer ganzen Weile«, sagte sie mit Tränen in den Augen. »Ich hatte solche Angst, es dir zu erzählen.«

»Aber warum denn?«

Sie atmete tief aus. »Einerseits, weil ich es mir selbst nicht eingestehen wollte, und andererseits, weil ich wusste, dass du von mir enttäuscht sein würdest.«

»Ich? Enttäuscht?« Ich strich ihr eine Strähne aus der Stirn. »Nein, es tut mir nur leid, dass du das allein mit dir rumgetragen hast.«

Kitty drückte ihr Gesicht an meine Schulter und weinte so heftig, dass ihr ganzer Körper bebte. »Ich weiß überhaupt nicht, was ich machen soll«, schluchzte sie. »Sieh mich doch bloß an.« Sie zeigte auf ihren Bauch, der unübersehbar angeschwollen war. »Seit Monaten trage ich einen Hüftgürtel, um es zu verbergen, aber bald werden es alle sehen. Das Kind kommt schon in einem Monat, vielleicht sogar noch eher.«

Mir blieb die Luft weg. »Wir müssen mit Schwester Hildebrand reden«, sagte ich.

»Nein!«, flehte Kitty mich an. »Nein, bitte nicht, Anne!«

»Es bleibt uns gar nichts anderes übrig«, entgegnete ich. »In deinem Zustand kannst du nicht so viele Stunden arbeiten. Und wir müssen Vorbereitungen für die Geburt treffen.«

Kitty wirkte verängstigt und verloren. Ich sah ihr an, dass sie sich über das, was ihr bevorstand, noch gar keine Gedanken gemacht hatte – dass sie auf einer Insel, die Tausende von Meilen von ihrem Zuhause entfernt lag, ein uneheliches Kind zur Welt bringen würde, in Schande, mit einer unsicheren Zukunft vor sich.

»Also gut«, lenkte sie schließlich ein. »Wenn du meinst, dass es das Beste ist, dann sag's ihr. Aber ich will nicht dabei sein.«

Ich gab ihr einen Kuss auf die Stirn und lächelte sie an. »Das brauchst du auch nicht«, versicherte ich ihr. »Ich kümmere mich um alles.«

Am nächsten Tag gab es kaum eine Gelegenheit, auch nur eine Minute mit Schwester Hildebrand allein zu sprechen, aber in der letzten Stunde meiner Schicht erwischte ich sie endlich im Magazin.

»Schwester Hildebrand«, sagte ich und schloss die Tür. »Kann ich kurz mit Ihnen reden?«

»Ja, Anne«, sagte sie, ohne von der Kiste aufzublicken, die sie gerade öffnete. »Aber fassen Sie sich kurz, ich muss zurück.«

»Danke«, sagte ich. »Es geht um Kitty.«

Schwester Hildebrand nickte. »Ich weiß«, sagte sie.

»Wie meinen Sie das?«

»Ihre Schwangerschaft«, sagte sie, ohne eine Regung zu zeigen.

»Ja, aber …«

»Anne, ich bin schon so lange Krankenschwester. Ich habe bei Geburten geholfen und habe selbst Kinder zur Welt gebracht. Ich kenne mich aus.«

Ich nickte. »Sie braucht Ihre Hilfe«, sagte ich vorsichtig. »Das Kind kommt bald zur Welt, und sie kann nicht weiterhin so hart arbeiten.«

Zum ersten Mal schien eine Veränderung in Schwester Hildebrand vor sich zu gehen. Ihr Gesichtsausdruck wurde so weich, wie ich es noch nie bei ihr erlebt hatte. »Richten Sie ihr aus, sie soll sich keine Sorgen machen wegen der Arbeit. Wenn die anderen Fragen stellen, werde ich sagen, sie habe sich mit dem Fieber angesteckt, das hier umgeht, und dass sie in Quarantäne bleiben müsse. Sie werden ihr die Mahlzeiten aufs Zimmer bringen müssen. Schaffen Sie das?«

»Ja«, sagte ich. »Selbstverständlich.«

»Und wenn es so weit ist, rufen Sie mich.«

Ich nickte. »Aber was wird aus dem Kind, wenn es erst einmal …«

»Ich kenne ein Missionarsehepaar, die beiden werden das Kind sicherlich aufnehmen«, fiel sie mir ins Wort. »Sie wohnen hinter dem Berg, auf der anderen Seite der Insel. Es sind anständige Leute. Ich werde gleich morgen mit ihnen reden.«

»Danke, Schwester Hildebrand«, sagte ich. Ich war so gerührt, dass mir die Tränen kamen. »Ich hätte nie gedacht, dass Sie so …«

»Genug«, sagte sie. Sie hatte wieder den strengen Gesichtsausdruck aufgesetzt, der mir so vertraut war. »Gehen Sie wieder an Ihre Arbeit.«

Der Tag, an dem Mary die Insel verließ, war für uns alle traurig, vor allem für Kitty, die auf ihrem Zimmer bleiben musste und sich nicht zusammen mit uns anderen auf dem Rollfeld von ihr verabschieden konnte.

Die Insel war zu Mary grausam gewesen, viel grausamer als zu uns anderen. Sie hatte ihr die Malaria eingebracht, ihr um ein Haar das Leben geraubt und schließlich das Herz gebrochen.

»Mach's gut, meine Liebe«, sagte Stella zu ihr.

»Wir werden dich nie vergessen«, sagte Liz.

Mary wirkte wie ein Schatten ihrer selbst, als sie dort vor dem offenen Flugzeug stand, völlig abgemagert, die Handgelenke immer noch verbunden, denn die Wunden, die sie sich selbst beigebracht hatte und die sie beinahe das Leben gekostet hätten, waren noch nicht verheilt.

Sie zog ein Taschentuch aus ihrer Handtasche und betupfte sich die geröteten Augen. »Ihr werdet mir alle schrecklich fehlen«, schniefte sie. »Es fällt mir schwer, von hier fortzugehen. Ihr seid meine besten Freundinnen geworden.«

Ich drückte Marys Hand. »Es ist Zeit für dich, Mary. Fahr nach Hause. Erhol dich.« Ich dachte an den Brief von Edward, der sich in meiner Tasche befand. Ich hatte nicht vorgehabt, ihn ihr so lange vorzuenthalten. War sie jetzt bereit, ihn zu lesen? Es spielte keine Rolle, sagte ich mir. Der Brief gehörte ihr.

»Tja, das war's dann wohl«, sagte sie und nahm ihre Reisetasche.

Die anderen Frauen kämpften mit den Tränen, als Mary sich bereit machte, ins Flugzeug zu steigen.

»Warte noch«, sagte ich. Mary drehte sich um und schaute mich verwundert an.

Ich zog den Brief aus der Tasche und drückte ihn ihr in die Hand. »Der ist vor einiger Zeit für dich gekommen«, sagte ich. »Ich hoffe, du verzeihst mir, dass ich ihn dir so lange vorenthalten habe. Ich wollte dir noch weiteren Schmerz ersparen.«

Marys Augen leuchteten auf, als sie den Absender las. »Mein Gott«, stieß sie hervor.

»Es tut mir so leid«, sagte ich.

Mary nahm meine Hand. »Nein«, sagte sie. »Es ist in Ordnung. Ich verstehe dich. Wirklich.«

»Du wirst mir fehlen«, sagte ich und wünschte, alles wäre anders gekommen – für Mary, für Kitty, für uns alle. »Versprichst du mir, dass du mich in Seattle besuchst, wenn der Krieg vorbei ist?«

»Ja, ich versprech's dir«, erwiderte sie.

Dann waren Mary und der Brief aus unserem Leben verschwunden – vielleicht für immer. Und auf der Insel wurde es noch einsamer.

Lange Zeit kam es mir so vor, als würde Westry nie wieder zurückkehren. Die Insel fühlte sich ganz anders an ohne ihn, vor allem, nachdem Mary abgereist war und Kitty das Bett hüten musste. Aber eines Morgens Ende Mai, als wir im Lazarett arbeiteten, verkündete der Lautsprecher auf dem zentralen Exerzierplatz der Basis, dass die Männer wieder da waren.

»Gehen Sie nur«, sagte Schwester Hildebrand zu mir.

Ohne mich bei ihr zu bedanken, rannte ich nach draußen und blieb erst stehen, als ich die Landebahn erreichte.

Die Männer stapften mit schwerem Gepäck und noch schwereren Herzen zu ihren Unterkünften. Ich sah Lance, Colonel Donahue und noch ein paar andere Männer, die ich kannte. Aber wo war Westry? Ich suchte die Gesichter ab. Elliot war vor einer Weile zusammen mit anderen, deren Dienstzeit beendet war, nach Hause geflogen. Wer würde mir etwas über Westry sagen können?

»Haben Sie Westry gesehen?«, fragte ich einen mir unbekannten Soldaten, der den Kopf hängen ließ.

»Tut mir leid, Ma'am«, antwortete er. »Ich kenne keinen Westry.«

Ich nickte. Dann entdeckte ich einen von Westrys Kameraden. Ich ging auf ihn zu. »Ted, wo ist Westry?«, fragte ich ihn. »Haben Sie ihn gesehen?«

Er schüttelte den Kopf. »Tut mir leid, seit gestern nicht mehr.«

»Wie meinen Sie das?«

»Er war in der vordersten Linie und …«

Mein Herz raste. »Was sagen Sie da?«

»Er war nicht mit uns im Flugzeug.«

»Was bedeutet das?«, schrie ich. »Dass er nicht zurückkommt? Dass Sie ihn einfach dort zurückgelassen haben?«

»Heute Abend kommt noch ein Flugzeug«, sagte er. »Hoffen wir, dass er mitkommt.«

Ich nickte, und Ted salutierte. Dann ging er mit den anderen Männern zu den Unterkünften, voller Vorfreude auf eine warme Mahlzeit und ein weiches Bett.

Ich umklammerte das Medaillon, das ich um den Hals trug, in der Hoffnung, dass Westry, wo auch immer er sein mochte, meine Liebe spürte. Ich legte all meine Kraft in den Wunsch, er möge zurückkommen.

An dem Abend war es für einen Mai in den Tropen ungewöhnlich kühl. Fröstelnd ging ich den Strand hinunter. In Anbetracht von Kittys Zustand war es eigentlich ziemlich leichtsinnig, mich davonzustehlen. Sie hatte schon seit Tagen leichte Wehen, aber sie hatte mir versichert, es sei noch nichts Ernstes. Trotzdem hatte ich ihr versprochen, höchstens eine Stunde fortzubleiben. Ich hatte ein schlechtes Gewissen, aber ich brauchte mehr denn je den Trost, den ich in der Hütte fand.

Ich ging hinein, wickelte mich in die Tagesdecke und lauschte auf das Geräusch von Flugzeugen. Würde er kommen? Ich betete zu Gott, dass er ihn mir wohlbehalten zurückschickte.

Aber statt Schritte im Sand hörte ich nichts als den Regen – zuerst fielen nur ein paar Tropfen, doch dann prasselte es nur so herunter. Die Schleusen des Himmels schienen sich direkt über dem Dach der Hütte geöffnet zu haben.

Ich streckte einen Arm zur Tür hinaus. Die Regentropfen fühlten sich auf meiner Haut an wie Küsse, die mich nach draußen lockten. Ich trat vor die Hütte und schaute in den Himmel, dann schloss ich die Augen und ließ den warmen Regen über mein Gesicht und meine Haare laufen. Im Nu war ich bis auf die Haut durchnässt. Ich öffnete die Knöpfe an meinem Kleid. Dann nahm ich aus dem Augenwinkel eine Gestalt wahr. Sie war noch ziemlich weit weg und nur verschwommen zu erkennen. Ich ging auf die Gestalt zu, ohne Angst, kämpfte mich durch den dichten Regen, bis ich sein Gesicht erkennen konnte, das ganz verhärmt war von den Wochen an der Front und von der Sehnsucht nach Liebe, die ich ihm so gern geben wollte.

Wir rannten aufeinander zu und flogen uns in die Arme, als er seine Tasche in den Sand fallen ließ. »Westry!«, flüsterte ich. Selbst in der Dunkelheit sah ich, dass sein Gesicht zerkratzt und seine Uniform zerfetzt und schlammverkrustet war.

»Ich bin direkt hierhergekommen«, sagte er.

»Ach, Westry!«, seufzte ich und suchte seinen Mund mit meinen Lippen.

Er fuhr mit den Händen über mein Kleid und zerrte daran, als wollte er es mir vom Leib reißen. Ich umklammerte ihn mit den Armen, schlang die Beine um seinen Körper und küsste und küsste ihn, bis er mich lächelnd auf dem Strand absetzte.

Er kramte in seiner Tasche. »Wenn schon, dann machen wir das richtig«, sagte er. »Hast du schon mal eine Soldatendusche gesehen?«

Er hielt ein Stück Seife hoch. »Auf dem Schiff haben wir uns so geduscht«, sagte er. »Auf dem Deck, im tropischen Regen.«

So schnell meine Finger mir gehorchen wollten, knöpfte ich ihm das Hemd auf, bis meine Hände seine nackte Brust spürten, auf der die Erkennungsmarke baumelte.

Er schlüpfte aus seiner Hose und zog mir das Kleid über den Kopf. Einen Moment lang standen wir splitternackt im warmen Regen, dann begann Westry, mich einzuseifen. Ich schnappte nach Luft, als er meine Brüste erreichte und mit Schaum bedeckte.

Ich nahm ihm das Seifenstück ab und bearbeitete seine Brust, die Arme und den Rücken. Der Regen spülte den Schaum weg, kaum dass er entstanden war. Westry zog mich an sich und küsste mich, und ich spürte seine Gier. Er hob mich hoch, und mir fiel das Seifenstück aus der Hand, als er mich in die Hütte trug.

Die Decke fühlte sich angenehm an auf meiner nackten Haut, als ich eine Stunde später, nachdem der Regen aufgehört hatte, neben Westry lag, der aus dem Fenster aufs Meer schaute. Ich fuhr ihm mit den Fingerspitzen übers Kinn. Er war unrasiert. Ich zählte die Kratzer in seinem Gesicht. Vier – fünf, wenn man den an seinem Ohr mitzählte.

»Wie war es da draußen?«, flüsterte ich.

»Es war die Hölle auf Erden«, sagte er, setzte sich auf und lehnte sich an die Wand.

Ich spürte sein Widerstreben. »Du möchtest nicht darüber reden, stimmt's?«

»Ich würde lieber diesen wunderbaren Augenblick genießen«, antwortete er und küsste mich.

Plötzlich musste ich an Kitty denken. Es mussten Stunden vergangen sein, seit ich zur Hütte gelaufen war. Ob es ihr gut ging? Ich hatte ein schlechtes Gewissen, weil ich sie so lange allein gelassen hatte.

»Unsere Kleider«, sagte ich erschrocken. »Die sind bestimmt klatschnass.«

Westry stand auf und ließ die Decke aufs Bett sinken. Ich lächelte verlegen, während ich seinen kräftigen, muskulösen nackten Körper betrachtete.

»Ich hole sie rein«, sagte er.

Kurz darauf kam er mit meinem nassen, zerknitterten Kleid zurück. Wir zogen uns an.

»Kannst du nicht noch ein bisschen bleiben?«, fragte er, während er sich mit den Fingern die Haare kämmte.

»Ich wünschte, ich könnte es, aber ich muss zurück.« Am liebsten hätte ich ihm von Kittys Not erzählt, entschied mich jedoch dagegen. »Ich habe Kitty versprochen, höchstens eine Stunde fortzubleiben.«

Westry nickte und küsste meine Hand.

Wir fuhren herum, als wir ein Rascheln im Gebüsch und dann ein Klopfen hörten.

Vorsichtig öffnete Westry die Tür. Als ich über seine Schulter lugte, sah ich Kitty draußen stehen. Sie hielt sich den Bauch, das Gesicht schmerzverzerrt. »Anne!«, stöhnte sie. »Es geht los!«

Ich überlegte nicht groß, wie sie uns gefunden hatte, dazu blieb keine Zeit. »Wir müssen dich ins Lazarett bringen!«, sagte ich.

»Nein!«, rief sie. »Ich will nicht, dass die anderen Schwestern mich so sehen! Außerdem ist es dafür zu spät! Das Kind kommt schon!«

Westrys Augen weiteten sich vor Staunen, als ich Kitty in die Hütte und dann aufs Bett half. Es brach mir das Herz, sie solche Schmerzen leiden zu sehen. Man müsste Lance dafür bestrafen, dass er sie geschwängert und dann fallen gelassen hatte, dachte ich. Kopfschüttelnd wischte ich Kitty den Schweiß von der Stirn und sandte ein stilles Gebet zum Himmel. *Bitte, lieber Gott, steh Kitty bei und gib mir die Kraft, die ich brauche!*

Kitty stöhnte immer lauter. Irgendetwas stimmte nicht, das spürte ich ganz deutlich. Ich musste an Titas unheimliche Prophezeiung denken, und ein Schauder kroch mir über den Rücken. Aber ich schüttelte den Gedanken schnell wieder ab, denn ich musste mich jetzt konzentrieren. Ich half Kitty, eine bequeme Position auf dem Bett zu finden, und kniete mich zwischen ihre Beine. Mit zitternden Händen schob ich ihr Kleid hoch und versuchte krampfhaft, mich zu erinnern, was wir in unserer Ausbildung über Geburtshilfe gelernt hatten. Heißes Wasser. Geburtszange. Äther. Decken. Ich schüttelte mich. Ich hatte nichts als meine Hände zur Verfügung.

Sie blutete. »Kitty«, sagte ich, als sie einen Schrei ausstieß. »Du musst pressen.«

Vor lauter Schmerzen schien sie mich überhaupt nicht zu hören. Ich drückte ihre Hand. »Kitty«, sagte ich, »hör mir zu. Das Kind kommt, und du musst mir helfen. Du musst pressen. Du musst jetzt stark sein.«

»Anne, lass mich dir helfen«, sagte Westry, der schließlich seine Stimme wiedergefunden hatte.

Er kniete sich neben mich. Die Laterne beleuchtete seine Haut, die in den vergangenen Monaten dunkler geworden war. Er musste Schreckliches durchgemacht haben, und jetzt, kaum war er zurückgekehrt, wurde er mit dieser Situation konfrontiert.

Westry befeuchtete sein Taschentuch mit Wasser aus seiner Feldflasche und betupfte Kittys Stirn, während ich sie durch die nächste Wehe begleitete. »Ich kann das Köpfchen schon sehen«, sagte ich. »Bald ist es vorbei.«

Kitty schaute Westry dankbar an. Er hielt ihre Hand und streichelte ihr den Kopf. Noch eine Wehe, und das Kind glitt in meine Arme.

»Ein Mädchen!«, rief ich aus. »Kitty, es ist ein Mädchen!«

Westry durchtrennte die Nabelschnur mit seinem Taschenmesser, dann legte ich Kitty das Baby in die Arme, und sie drückte es an sich.

»Wir brauchen Decken«, sagte ich, als ich sah, dass Kitty zitterte.

Westry deckte Kitty mit unserer Decke zu, dann knöpfte er sein Hemd auf. »Hier«, sagte er, »damit können wir das Baby wärmen.« Vorsichtig wickelte er das Neugeborene in sein olivgrünes Armeehemd, das nach Wochen an der Front ziemlich zerfetzt und voller Blutflecken war.

Nachdem wir Kitty und das Kind versorgt hatten, gingen wir nach draußen und setzten uns in den Sand. Ich konnte meine Gefühle nicht länger unterdrücken.

»Nicht weinen«, sagte Westry. »Sie schläft jetzt. Kein Arzt und keine Hebamme hätten es besser machen können als du.«

Ich nickte und wischte mir die Tränen fort. »Ich hätte ihr einfach etwas anderes gewünscht. Man müsste Lance vors Kriegsgericht stellen!«

Westry schaute mich verwirrt an, nickte jedoch. »Und was wird jetzt aus dem Baby?«

»Ein Missionarsehepaar hier auf der Insel ist bereit, es aufzunehmen«, sagte ich. »Kitty hat sich einverstanden erklärt, aber« – ich zeigte auf die Hütte – »es wird ihr bestimmt sehr schwerfallen.«

»Sobald sie aufstehen kann, trage ich sie ins Camp«, sagte er. »Du trägst das Kind.«

Ich nickte. »Am besten, wir bringen sie zurück, bevor die Sonne aufgeht, damit uns niemand sieht.«

Westry streichelte mir zärtlich übers Haar. »Anne«, sagte er, »du hast mir furchtbar gefehlt.«

Meine Augen füllten sich mit Tränen. »Und ich habe Tag und Nacht Angst um dich gehabt.«

»Es war die Hölle«, sagte er. »Und das Einzige, was

mich aufrechterhalten hat, war die Gewissheit, dich wiederzusehen.«

Ich schmiegte mein Gesicht an seine nackte Brust. »Ich weiß nicht, was ich getan hätte, wenn du nicht zurückgekommen wärst«, sagte ich. »Ich weiß nicht, ob ich das überlebt hätte.«

Er nahm meine Hände, zog die linke zu sich heran und berührte meinen Verlobungsring. »Ich kann dich nicht länger mit ihm teilen«, flüsterte er.

»Ich weiß«, sagte ich und atmete seinen Atem ein. Dann zog ich den Ring von meinem Finger und ließ ihn in meine Tasche gleiten. »Das brauchst du auch nicht. Ich gehöre nur noch dir.«

Westry küsste mich mit einer Leidenschaft, die alle Schuldgefühle, die ich gegenüber Gerard empfunden hatte, hinwegfegte. Wahrscheinlich wären wir eng umschlungen bis zum Morgengrauen am Strand sitzen geblieben, hätte nicht das Baby in der Hütte geschrien und uns an unsere Aufgabe erinnert.

»Wir sollten die beiden jetzt ins Camp bringen«, sagte ich zu Westry und küsste ihm die Wange, die Nase und die Hand. Noch nie hatte ich jemanden so innig und bedingungslos geliebt.

Westry trug Kitty, die er in die Decke gewickelt hatte, über den Strand. Das war keine leichte Aufgabe, nicht einmal für so einen kräftigen Mann wie ihn, und als wir im Camp eintrafen, war er schweißgebadet. Das Baby, in Westrys armeegrünes Hemd gewickelt, schlief den ganzen Weg über in meinen Armen. Ich wünschte der Kleinen, dass sie auch eines Tages so einen hübschen

Lockenkopf bekommen würde, wie ihre Mutter ihn hatte.

»Wir bringen dich ins Lazarett, da kannst du dich ausruhen«, sagte ich zu Kitty.

»Nein, Anne, ich …«

»Schsch«, flüsterte ich. »Mach dir keine Sorgen. Es gibt nichts, weswegen du dich schämen müsstest.«

Es war fünf Uhr früh, und im hinteren Flügel waren einige Schwestern bei der Arbeit. Es war jedoch unwahrscheinlich, dass wir einer von ihnen über den Weg laufen würden, außer vielleicht Schwester Hildebrand.

Westry trug Kitty hinein, und ich führte ihn zu einem kleinen Einzelzimmer, wo er sie vorsichtig aufs Bett gleiten ließ. Ich legte ihr das Baby in den Arm. Kitty schaute erst mich, dann Westry an und streichelte ihm das stoppelige Kinn. »Wie kann ich euch das je danken?«

»Sie brauchen uns nicht zu danken«, erwiderte er. »Aber Sie könnten mir helfen, ein neues Hemd aufzutreiben.«

»Oh«, sagte Kitty. »Findet ihr nicht, dass meiner Tochter Olivgrün wunderbar steht?«

Westry grinste und streifte sich einen weißen Arztkittel über, der an einem Haken neben dem Bett hing und wahrscheinlich Dr. Livingston gehörte.

»Sitzt perfekt«, sagte ich augenzwinkernd.

Wir drehten uns alle zur Tür um, als wir hörten, dass der Knauf gedreht wurde. Schwester Hildebrand trat ein und schaute Westry verblüfft an.

»Wer sind Sie?«, fragte sie.

»Westry Green, Ma'am«, sagte er. »Ich habe die beiden – besser gesagt, die drei – nur in Sicherheit gebracht und bin schon wieder weg.«

»Ab hier übernehme ich, Soldat«, sagte Schwester Hildebrand barsch. »Den Kittel bringen Sie gewaschen und gebügelt zurück.«

Westry nickte und ging zur Tür. »Gute Nacht, die Damen«, sagte er und schenkte mir zum Abschied noch ein flüchtiges Lächeln.

»Gute Nacht«, sagte ich. Mir fiel Kittys ängstlicher Blick auf, als Westry das Zimmer verließ.

»Anne, Kitty, alles in Ordnung?«, fragte Schwester Hildebrand.

»Ja«, sagte ich. »Das Kind ist gesund, aber es muss gewaschen werden. Und Kitty auch.«

Schwester Hildebrand nahm eine Schüssel aus dem Schrank. »Anne, Sie werden die Kleine baden.«

»Natürlich«, sagte ich und nahm Kitty das Baby aus den Armen.

»Ich werde die Mayhews anrufen und sie bitten herzukommen«, fuhr Schwester Hildebrand fort. »Sie können das Kind in dieses Laken wickeln, Anne, wenn Sie es gebadet haben. Die Mayhews haben Babysachen zu Hause, die können die Kleine dann richtig anziehen.«

Kitty schüttelte den Kopf. »Die Mayhews?«

»Das Ehepaar, das dein Kind aufnehmen wird«, erklärte ich ihr.

Kittys Augen weiteten sich. »So bald schon?«, fragte sie entgeistert. »Ich … ich …«

»So wollten Sie es doch, Kitty. Und es ist das Beste«, sagte Schwester Hildebrand ungerührt. »Sie können das Kind nicht hier im Camp behalten. Es ist das Beste für Sie und auch für Ihre Tochter. Und je eher Sie sich von ihr verabschieden, umso besser.«

Kitty schaute niedergeschlagen zu, wie ich das Baby badete.

»Sie heißt Adella«, murmelte sie.

»Sie können ihr keinen Namen geben«, verfügte Schwester Hildebrand. »Das müsssen Sie schon den Mayhews überlassen.«

»Nein!«, protestierte Kitty. »Für mich wird sie immer Adella sein!«

Ich hob das Neugeborene vorsichtig aus dem warmen Wasser und trocknete es mit einem Handtuch ab. Dann wickelte ich die Kleine, wie Schwester Hildebrand mich angewiesen hatte, in das Laken und legte sie Kitty in den Arm.

»Nicht«, sagte sie mit Tränen in den Augen und wandte sich ab. »Ich will sie nicht nehmen. Wenn ich sie jetzt in den Arm nehme, kann ich sie nicht mehr loslassen. Verstehst du das denn nicht, Anne?« Kitty begann zu weinen, aber es war ein ganz anderes Weinen, als ich es von ihr kannte. Das war echte Trauer, die aus tiefstem Herzen kam.

Ich schluckte schwer, bemüht, Kitty zuliebe stark zu sein, und ging mit dem Kind aus dem Zimmer. Dort wartete ich, bis ein Ehepaar von vielleicht Anfang dreißig kam, um das Neugeborene abzuholen. Durch die Zimmertür hörte ich Kitty schluchzen.

Schwester Hildebrand stellte mir das Paar vor. »John und Evelyn Mayhew«, sagte sie und rang sich ein Lächeln ab. »Sie werden das Kind jetzt mitnehmen.«

Die beiden wirkten sehr liebenswürdig, und das Lächeln der Frau sagte mir, dass sie dem Kind eine gute Mutter sein würde. Sie streichelte den Kopf des Babys.

»Die Kleine ist bestimmt hungrig«, sagte sie und nahm sie aus meinem Arm. »Wir haben ein Fläschchen im Auto.« Schwester Hildebrand schaute schweigend, vielleicht sogar ein bisschen stolz zu, wie die neue Mutter sich mit »ihrer Tochter« vertraut machte.

»Sie heißt Adella«, sagte ich leise.

»Was für ein schöner Name«, sagte die Frau, »auch wenn wir uns schon für einen anderen entschieden haben. Aber ich werde ihn als Zweitnamen in die Geburtsurkunde eintragen lassen.«

Ich nickte und trat zur Seite, als die beiden sich von Schwester Hildebrand verabschiedeten und sich als frischgebackene Familie auf den Heimweg machten.

»Ich gehe zu Kitty hinein«, sagte ich und griff nach dem Türknauf.

»Warten Sie, Anne.« Schwester Hildebrand hielt mich zurück. »Noch nicht. Zuerst möchte ich kurz mit ihr reden. Bitte.«

Ich wusste nicht, was sie vorhatte, aber sie wirkte so ernst, dass ich nicht zu widersprechen wagte. Ich wartete vor der Tür. Es schien eine Ewigkeit zu dauern. Was machte sie da drinnen? Was hatte sie mit Kitty zu besprechen?

Ich legte ein Ohr an die Tür und hörte Schwester Hildebrand etwas sagen, das mich verblüffte. »Ich war auch einmal in Ihrer Situation.« Ich war zutiefst schockiert und wich einen Schritt zurück, als der Türknauf sich drehte.

Dann ging die Tür auf, und Kitty kam mit trockenen Augen und einem leeren Gesichtsausdruck heraus, wie ich ihn bei ihr noch nie gesehen hatte.

11

Schwester Hildebrand gab mir ein paar Tage frei, damit ich mich um Kitty kümmern konnte. Ich blieb die meiste Zeit bei ihr auf dem Zimmer, obwohl ich den Eindruck hatte, dass sie lieber allein gewesen wäre.

»Wollen wir Karten spielen?«, fragte ich und nahm die Spielkarten aus meinem Nachtschränkchen.

»Nein, lieber nicht«, sagte Kitty.

Ich brachte ihr die Mahlzeiten aufs Zimmer und versuchte, sie für Zeitschriften zu interessieren. Liz, die glaubte, Kitty erhole sich von einer Krankheit, kam vorbei, um ihr die beiden letzten Ausgaben der *Vogue* zu bringen, aber Kitty legte die Hefte nur auf ihr Bett und starrte an die Wand.

Im Grunde konnte ich ihr nicht helfen. Da musste sie allein durch, und deswegen machte ich zwei Tage nach der Geburt einen Spaziergang zur Hütte. Ich brauchte einen Tapetenwechsel, und Kitty brauchte ein paar Stunden für sich allein.

Westry war dort, ganz wie ich es erhofft hatte. Er lag auf dem Bett und schlief in der Nachmittagssonne, die durch das Fenster fiel.

»Hallo«, flüsterte ich und kuschelte mich an ihn. Er öffnete die Augen und zog mich lächelnd an sich.

»Ich wette, du wusstest nicht, dass du in Gegenwart eines Meisterwerks schläfst«, sagte ich grinsend.

Westry streichelte meine Wange. »Das weiß ich seit dem Tag, an dem du diese Hütte zum ersten Mal betreten hast. Du bist das größte Kunstwerk der Welt.«

Ich schüttelte lächelnd den Kopf. »Nein, du Dummkopf. Ich rede doch dich nicht von mir, ich rede von dem Gemälde.« Ich zog das Bild unter dem Bett hervor. »Das ist ein echter Gauguin.«

Westry richtete sich auf und betrachtete das Gemälde. »Ist das dein Ernst?«

Ich nickte.

Er schüttelte ungläubig den Kopf. »Ich hatte von Anfang an das Gefühl, dass es von einem der Postimpressionisten stammte, aber ich hätte eher an einen jüngeren, weniger bekannten Maler gedacht, vielleicht an einen Schüler von einem der Großen. Aber ein Gauguin? Wie kannst du dir da so sicher sein?«

»Eine alte Frau auf der Insel hat's mir erzählt«, antwortete ich.

Westry betrachtete das Bild genauer. »Es ist nicht signiert«, bemerkte er.

»Vielleicht hat er seine ersten Werke einfach nicht signiert.«

»Da könntest du recht haben«, räumte Westry ein. »Monet hat das am Anfang auch nicht gemacht.«

Ich nickte zustimmend. »Sieh dir bloß mal die Pinselführung an.«

»In diesem Bild kann man sich verlieren«, murmelte er, immer noch voller Staunen über den Schatz, den er da in Händen hielt.

»Was machen wir jetzt damit?«, fragte ich, während ich Westrys zerknittertes Hemd glättete.

»Keine Ahnung.«

»Wir können es jedenfalls nicht hierlassen«, sagte ich. »Ich meine, wenn der Krieg vorbei ist, wenn wir von hier fortgehen. Der Gedanke, dass es von einer Flutwelle verschluckt werden könnte, wäre mir unerträglich.«

Westry stimmte mir zu. »Oder dass es in der feuchten Luft Schaden nimmt. Es wundert mich sowieso, dass es hier so lange überdauert hat.«

Ich hängte das Bild wieder an die Wand und seufzte. »Vielleicht gehört es auch einfach hierher.« Eine Weile betrachtete ich die romantische Szene, dann schaute ich Westry an. »Es gibt noch etwas, das ich dir erzählen muss. Etwas über die Hütte.«

»Ja?«

»Die alte Frau, Tita, hat mich vor der Hütte gewarnt. Sie sagt, wer sie betritt, lebt bis an sein Lebensende mit einem Fluch.«

Westry musste grinsen. »Und du glaubst an diesen Voodoozauber?«

»Na ja, es hat mir schon ein bisschen Angst gemacht.«

»Anne, erinnerst du dich noch, worüber wir an dem Tag sprachen, an dem wir uns kennengelernt haben? Da hast du mir gesagt, dass es im Leben um den freien Willen geht.« Er streichelte mir übers Haar. »Dein Leben wird reich und erfüllt von Liebe sein, weil du dich dafür entschieden hast.«

Ich nahm seine Hand. »Du hast recht.«

»Außerdem«, fuhr er fort, »denk doch mal an all das Gute, das diese vier Wände schon hervorgebracht haben.

Wir beide haben uns hier gefunden. Ein Kind wurde hier geboren. Und womöglich haben wir hier eins der größten Kunstwerke unseres Jahrhunderts entdeckt. Würdest du das etwa als einen Fluch bezeichnen?«

Während wir dasaßen und auf das Rauschen der Wellen lauschten, betete ich im Stillen: *Bitte, lieber Gott, mach, dass er recht behält.*

Die Zeit wurde knapp, das wussten wir alle. Der Mai war wie ein Sturm vorübergeweht, und Kitty und ich würden die Insel Mitte Juni verlassen, wenn Westry und die anderen Männer zu einem neuen Einsatz aufbrechen würden – diesmal in Europa. Mir war beinahe, als könnte ich die Uhr ticken hören, wie eine ständige Erinnerung daran, dass das Leben, das wir gerade erst kennengelernt hatten, einem abrupten Ende entgegenstrebte.

Ich würde Gerard gegenübertreten müssen. Kitty würde die Insel verlassen müssen, auf der ihre Tochter geboren worden war. Wir waren nicht mehr dieselben Frauen, die Seattle verlassen hatten. Wie sollten wir in unser altes Leben zurückkehren, an diesen fremden Ort, der einmal unsere Heimat gewesen war?

»Ich glaube, ich bleibe hier«, sagte Kitty eines Morgens Anfang Juni in der Kantine. »Schwester Hildebrand kann jede Hilfe gebrauchen. Außerdem wartet in Seattle sowieso niemand auf mich.«

Es war nicht als Vorwurf gemeint, aber ihre Worte und die lange Pause, die darauf folgte, versetzten mir einen Stich. Sie hatte einen wunden Punkt getroffen. Gerard würde in Seattle auf mich warten. Er würde im Juni nach Amerika zurückkehren.

Ich dachte darüber nach, warum Kitty auf der Insel bleiben wollte. Sie war nicht mehr die Frau, die mit mir aus dem Flugzeug gestiegen war, sie war nur noch ein Schatten ihrer selbst. Leer. Abwesend. Verloren. Sie stürzte sich Tag für Tag in die Arbeit und verbrachte jede Minute im Lazarett.

»Ich verstehe dich nicht«, sagte ich, während ich ein hart gekochtes Ei pellte. »Hast du denn gar kein Heimweh? Möchtest du nicht weg von der Insel nach … nach allem, was passiert ist?«

Sie schaute aus dem Fenster und betrachtete die saftig grünen Hügel in der Ferne. Ich würde die Erinnerungen an diesen Ort auf immer in meinem Herzen tragen, und ich hatte das Gefühl, dass auch Kitty einen Teil von sich hier zurücklassen würde.

Sie rang sich ein Lächeln ab. »Ich dachte, ich würde mich freuen, nach Hause zu fahren, wenn die Zeit um ist«, sagte sie. »Aber jetzt merke ich, dass ich einfach noch nicht so weit bin.«

Ich nickte.

»Die vergangenen Monate sind ganz anders verlaufen, als wir uns das vorgestellt haben, nicht wahr?«, fuhr sie traurig fort. »Aber du hast ja immerhin einen wunderbaren Mann kennengelernt. Noch dazu mitten im Krieg. Einfach unglaublich.«

Wie aufs Stichwort winkte Westry mir vom anderen Ende der Kantine zu. Dann, ganz gegen die Etikette, kam er an unseren Tisch. »Na, ihr zwei Hübschen«, sagte er grinsend. Seine Serviette baumelte ihm vor der Brust. »Wie geht es dir, Liebes?«, fragte er mich, während ich die Serviette aus seinem Kragen zog und ihm in die Hand drückte.

»Großartig«, erwiderte ich. »Ich hab dich heute Morgen in der Hütte vermisst.« Es fühlte sich merkwürdig an, so offen über unser Geheimnis zu sprechen, aber jetzt, wo Kitty dort gewesen war, spielte es keine Rolle mehr, außerdem waren wir die Einzigen am Tisch.

»Hallo, Westry«, sagte Kitty, und ihre Augen leuchteten auf. Es gefiel mir nicht, wie sie mit den Wimpern klimperte. »Ich habe im Wandschrank im Lazarett ein paar Bodendielen gefunden, und ich dachte, die könntet ihr vielleicht brauchen, um das Quietschen im Fußboden in eurer Hütte zu flicken.«

Meine Wangen glühten. Wie kam Kitty dazu, mit Westry über unsere Hütte zu reden? Und woher in aller Welt wusste sie von den quietschenden Bodendielen?

»Danke, Kitty«, sagte Westry ungerührt. »Ich komme später vorbei und sehe sie mir an.«

»Aber …«, setzte ich an.

»Was denn?«, fragte Westry.

»Nichts«, murmelte ich. »Ich wollte nur vorschlagen, dass wir uns heute Abend in der Hütte treffen.« Ich schaute Westry direkt in die Augen, um klarzustellen, dass ich nur ihn meinte.

»Nichts lieber als das«, erwiderte er. »Mein Dienst endet um halb sechs, genau rechtzeitig, um noch den Sonnenuntergang zu betrachten.«

»Schön«, sagte ich und fühlte mich sofort besser.

Als Westry sich zum Gehen wandte, stand Kitty auf. »Wenn Sie heute Nachmittag vorbeikommen wollen, ich arbeite bis acht.« Sie schaute mich fast verlegen an. »Ich meine, falls Sie sich die Dielen ansehen möchten.«

Westry nickte und verließ die Kantine.

Eine Weile aßen wir schweigend. Schließlich sagte Kitty: »Also, wie gesagt, ich bleibe wahrscheinlich noch ein paar Monate, und dann … wer weiß?« Ihr Blick wanderte wieder zum Fenster. »Heutzutage gibt es viele Möglichkeiten für eine Krankenschwester. Vielleicht melde ich mich auf eine Stelle in Europa.«

Ich schaute sie an. Wer war diese Frau, die mir da gegenübersaß? Ich sah sie fragend an, doch sie wich meinem Blick aus. »Ich dachte nur …«

»Ich habe Schwester Hildebrand versprochen, ihr heute bei den Impfungen zu helfen«, fiel sie mir ins Wort. »Ich gehe dann mal rüber.«

»Ja, sicher«, sagte ich, aber sie war schon auf dem Weg zur Tür.

»Irgendetwas stimmt nicht mit Kitty«, sagte ich, als ich am Abend in die Hütte kam. Ich streifte meine Schuhe ab und ließ mich aufs Bett fallen.

»Auch dir einen guten Abend, mein Schatz«, sagte Westry lächelnd und drückte mir einen Strauß Hibiskusblüten in die Hand.

»Tut mir leid«, murmelte ich, während ich die Blüten bewunderte – sie waren leuchtend gelb, ganz anders als die roten, die überall blühten. Soweit ich wusste, stammten sie von dem einzigen gelbblühenden Hibiskusstrauch auf der Insel, und der stand gleich vor unserer Hütte. Ich legte die Blumen auf dem Stuhl ab und seufzte bei dem Gedanken an Kitty.

»Sie war so komisch heute Morgen beim Frühstück, und ich mache mir Sorgen um sie. Sie hat sich in den vergangenen Monaten sehr verändert. Sie ist mir richtig fremd geworden.«

Westry nahm sein Taschenmesser heraus und schnitt einen roten Apfel in Stücke. »Ja, das stimmt, sie hat sich verändert«, sagte er. »Aber das ist doch normal, nach allem, was sie durchgemacht hat. Bist du nicht ein bisschen zu streng mit ihr?«

Ich nickte. »Wahrscheinlich hast du recht«, sagte ich und nahm das Apfelstück, das er mir reichte. Einen Moment lang tröstete mich der süße Geschmack.

»Du bist doch hoffentlich nicht sauer wegen ihrer Bemerkung über die Bodendielen, oder?«

»Nein«, log ich. »Oder doch, ein bisschen.« Ich seufzte. »Ist es unrecht, dass ich Besitzansprüche auf diese Hütte erhebe?«

Er setzte sich lächelnd neben mich. »Nein, aber es würde mir noch mehr gefallen, wenn du auf mich Besitzansprüche erheben würdest.«

Ich knuffte ihn in die Rippen. »Das tue ich durchaus, und deswegen möchte ich wissen, ob du heute bei ihr im Lazarett warst.«

»Ja, war ich«, sagte er. Offensichtlich genoss er meine Eifersucht.

»Und?«

Er schüttelte den Kopf. »Die Dielen können wir hier nicht gebrauchen.«

»Gut«, erwiderte ich. »Mir gefällt der Boden so, wie er ist.«

Er streichelte mir den Nacken mit den Fingerspitzen. »Mir auch.«

»Außerdem«, fuhr ich fort, »hätten wir keinen Briefkasten mehr, wenn wir die Dielen austauschen würden.«

»Dann sind wir uns also einig«, sagte er. »Die quietschenden Dielen bleiben.«

Er nahm das goldene Medaillon, das ich um den Hals trug, und öffnete es. »Immer noch leer?«

»Ja«, antwortete ich. »Ich überlege die ganze Zeit, was ich hineintun könnte, aber bisher habe ich noch nichts Geeignetes gefunden.«

Westry sah sich in der Hütte um. »Es muss etwas sein, das dich an die Hütte erinnert, an uns – etwas, das dich an unsere Liebe erinnert.«

Ich runzelte die Stirn und nahm ihm das Medaillon ab. »Etwas, das mich an unsere Liebe erinnert? Du redest ja, als wären unsere gemeinsamen Tage gezählt, als wäre das alles nur ...«

»Nein«, entgegnete er und legte mir eine Hand auf den Mund. »Ich werde dich bis an mein Lebensende lieben, aber mir steht demnächst wieder ein Einsatz bevor, das weißt du. Und wenn ich in Europa bin, möchte ich, dass es etwas gibt, das dich an mich und an diesen Ort hier erinnert. Etwas, das dir hilft, die Zeit zu überstehen, die wir getrennt sein werden.«

Westry stand auf und suchte die Hütte ab, fuhr mit den Händen über den Schreibtisch, die geflochtenen Wände, die Vorhänge. Schließlich hockte er sich hin. »Ich hab's«, sagte er und riss einen winzigen Splitter von einer der Bodendielen ab. »Ein Stückchen von der Hütte. Du kannst es um den Hals tragen, und so werde auch ich Tag und Nacht bei dir sein.«

Meine Augen füllten sich mit Tränen, als er das Medaillon öffnete und den Holzsplitter hineinlegte. »So«, sagte er und hängte mir das Medaillon wieder um. »Jetzt hast du immer ein Stück von mir bei dir.«

Ich küsste ihn leidenschaftlich.

Kurz nach Sonnenuntergang zündete Westry eine Kerze an. Aneinandergekuschelt lauschten wir dem Wind und dem Gesang der Grillen, die im Mondlicht zirpten, bis uns ein Geräusch aufschreckte.

Eine männliche Stimme, wütend und entschlossen, dann der verzweifelte Schrei einer Frau. Zuerst schien es, als wären die Stimmen weit weg, irgendwo im dichten Dschungel, sodass man sie ignorieren konnte, aber als die Schreie näher kamen, packte ich Westry ängstlich am Arm. »Was kann das sein?«

»Keine Ahnung«, sagte er, stand auf und zog sich rasch sein Hemd über. »Aber es hört sich so an, als wäre die Frau in Schwierigkeiten. Bleib hier.«

»Sei vorsichtig«, flüsterte ich. Ich wusste nicht, was mir mehr Angst machte – dass Westry allein da hinausging oder dass ich allein in der Hütte blieb.

Er schlüpfte aus der Tür und lauschte. Dann verschwand er im Dschungel. Wieder ertönte ein Schrei, dann hörte ich Schritte. *Jemand flüchtete.*

Ich stand auf und zog mir die Schuhe an. Ich wünschte, ich hätte irgendeine Waffe. Ob Westry seine Pistole dabeihatte? Wahrscheinlich nicht. Normalerweise nahmen die Männer ihre Waffen nicht mit, wenn sie das Camp verließen. Westry war allein da draußen. Was, wenn er meine Hilfe brauchte? Ich konnte nicht länger tatenlos dasitzen.

Leise ging ich nach draußen. An der Außenwand der

Hütte lehnte eine Dachlatte, mit der ich mich bewaffnete. Für alle Fälle.

Ich schlich in Richtung Strand, fuhr jedoch herum, als ich einen Zweig knacken hörte. Woher kam das Geräusch? Von hinten? Mein Herz raste. Ich spürte Gefahr. Etwas Böses war ganz in der Nähe.

Dann gellte wieder ein Schrei durch die Nacht, diesmal am Strand.

»Nein, nein, bitte nicht! Bitte!«

Mir blieb die Luft weg. Ich kannte die Stimme. Großer Gott. Es war Atea. Versuchte sie, zur Hütte zu gelangen, so wie ich es ihr geraten hatte? Lance musste ihr gefolgt sein. Wo war Westry? Ich arbeitete mich durch das Gestrüpp bis zum Strand vor, wo ich Zeugin einer Szene wurde, die sich für immer in mein Gedächtnis einbrennen sollte.

Die Gesichter waren kaum zu erkennen, aber nachdem meine Augen sich an die Dunkelheit gewöhnt hatten, sah ich das Entsetzliche. Er hatte sie an den Haaren gepackt. Dann blitzte plötzlich etwas im Mondlicht auf. *O Gott*. Ein Messer. Er fuhr ihr mit der Klinge über den Hals, und ich sah hilflos zu, wie ihr zierlicher Körper schlaff zu Boden sank.

»Nein«, murmelte ich.

Die schattenhafte Gestalt schleuderte das Messer tief in den Dschungel und lief dann den Strand entlang.

Ich rannte zu Atea, die Augen tränenblind. »Atea! O Gott, Atea.« Ich legte ihren blutüberströmten Kopf in meinen Schoß. Sie rang nach Luft.

»Er … er«, röchelte sie.

»Nein«, sagte ich. »Nicht sprechen.«

Ihr Mund war mit Blut gefüllt. Sie lag im Sterben. Wenn wir sie rechtzeitig ins Lazarett schaffen konnten, würde Dr. Livingston sie vielleicht retten können. Wir mussten sie retten!

Atea zeigte auf ihren geschwollenen Bauch. *O Gott, sie war schwanger!*

»Westry!«, schrie ich. »Westry!«

Aus der Richtung, in die Lance verschwunden war, näherten sich Schritte, und ich betete, dass er nicht zurückkehrte, um zu vollenden, was er angefangen hatte. »Westry!«, rief ich noch einmal.

»Ich bin hier«, sagte er.

»Ach, Westry!«, weinte ich. »Sieh sie dir an. Sieh dir an, was er ihr angetan hat!«

Atea hob eine Hand, als wollte sie nach etwas oder jemandem greifen.

»Sie wird es nicht schaffen«, sagte Westry.

»Was redest du da!«, schrie ich verzweifelt. »Natürlich schafft sie es. Sie muss es schaffen. Ich habe ihr versprochen, sie vor diesem Monster zu beschützen.«

Atea atmete nur noch stoßweise. »Sie wird durchkommen«, schluchzte ich. »Wir müssen sie retten.«

Westry legte mir eine Hand auf den Arm. »Anne«, flüsterte er. »Er hat ihr den Hals fast durchtrennt. Wir können nicht mehr für sie tun, als ihre Schmerzen zu lindern und sie von ihrer Qual zu erlösen.«

Ich wusste, was er meinte, aber würde ich das tun können? Es widersprach allem, was ich je gelernt hatte. Aber als ich die sterbende Atea anschaute, wusste ich, dass es nicht nur die richtige, sondern die einzige Lösung war.

»Hol mir meine Tasche! Sie liegt unter dem Schreibtisch!«, sagte ich zu Westry. »Schnell!«

Kurz darauf kam er mit meiner Tasche zurück und nahm das Morphium heraus, das jede Lazarettschwester ständig bei sich trug. Ich gab Atea einen Kuss auf die Stirn, dann injizierte ich ihr die erste Dosis in den Arm. »Ganz ruhig«, sagte ich, bemüht, meine Tränen zurückzuhalten und mit fester Stimme zu sprechen. »Gleich tut es nicht mehr weh. Entspann dich einfach.«

Ihr Atem wurde ruhiger und flacher. Als ich ihr die zweite Dosis injizierte, verdrehte sie die Augen himmelwärts, dann flatterten ihre Lider, und die Augen fielen ihr zu. Ich fühlte ihren Puls und legte mein Ohr an ihr Herz.

»Sie ist tot«, sagte ich zu Westry und ließ meinen Tränen freien Lauf. »Sie und das Kind, sie sind beide tot. Wie konnte er so etwas tun?«, schrie ich.

Westry legte Ateas schlaffen Körper auf den Sand, half mir auf die Beine und hielt mich fest. Ich zitterte am ganzen Leib. »Ich hätte sie retten müssen«, schluchzte ich. »Ich hatte ihr versprochen, sie zu beschützen. Ich hatte es ihr versprochen.«

Westry schüttelte den Kopf. »Du hast getan, was du konntest. Sie ist friedlich eingeschlafen.«

»Wie konnte er das tun?« Mich packte die Wut. »Wie konnte er ihr das antun?« Ich schaute den Strand hinunter, in die Richtung, in die der Mann, vermutlich Lance, vor wenigen Minuten geflohen war. Ich löste mich aus Westrys Armen und rannte in die Richtung.

Westry lief mir nach. Als er mich an der Taille packte, fiel ich vornüber in den Sand. Ich stützte mich mit den Händen ab und versuchte, mich loszureißen und wieder aufzustehen, aber Westry hielt mich fest. »Anne, hör auf«, sagte er. »Du kannst nichts machen.«

»Was soll das heißen, ich kann nichts machen?«, schrie ich und warf eine Handvoll Sand in die Richtung, in die der Mörder entkommen war. »Wir haben gerade gesehen, wie er eine Frau und ihr ungeborenes Kind ermordet hat. Wir müssen ihn finden, Westry. Wir müssen ihn zum Colonel bringen. Er muss für das, was er getan hat, bezahlen.«

Westry streichelte mir über den Kopf und wischte mir die Tränen von den Wangen. »Hör zu«, sagte er leise. »Was wir heute Abend hier gesehen haben, ist tragisch. Aber du musst mir glauben, wenn ich dir sage, dass du niemals darüber reden darfst. Mit niemandem.«

Ich schüttelte den Kopf. »Nein, das ergibt doch keinen Sinn«, widersprach ich. »Eine Frau wurde ermordet, das müssen wir melden. Wir können den Täter vor Gericht bringen.«

»Nein, das können wir nicht«, murmelte Westry. Seine Stimme klang seltsam belegt. »Eine Frau wurde angefallen«, sagte er. »Den Mord haben wir begangen.«

»Nein, das ist nicht wahr!«

»Aber so würde das Gericht es sehen«, sagte er. »Und uns und denen, die wir lieben, könnte etwas noch viel Schlimmeres widerfahren, wenn dieses Geheimnis ans Licht käme.«

Wovon redete er? Was verbarg er vor mir?

Ich stand auf und klopfte mir den Sand vom Kleid. »Das ist doch vollkommen verrückt«, sagte ich. »Wie soll ich in dem Wissen, dass hier ein Mörder frei herumläuft, ins Camp zurückgehen?«

Er schaute mich an. »Heute Abend«, er zeigte auf die Hütte, »hast du gesagt, dass du mich liebst. Du hast gesagt, du willst für immer mit mir zusammenbleiben.«

Ich nickte.

»Vertraust du mir also?«

Ich hob ratlos die Hände. »Westry, ich verstehe einfach nicht …«

»Versprich mir, dass du niemandem etwas sagst«, sagte er. »Eines Tages wirst du es verstehen. Ich verspreche es dir.«

Wir wandten uns zu Atea um. Selbst im Tod strahlte sie Schönheit und Sanftmut aus. Ich atmete tief aus und betrachtete Westrys ernstes, entschlossenes Gesicht. Egal, wie absurd mir das vorkam, was er von mir verlangte, ich vertraute ihm. Wenn er sagte, dass wir es so machen mussten, dann glaubte ich ihm.

»Einverstanden. Ich werde es niemandem erzählen«, flüsterte ich.

»Gut«, sagte er und streichelte mir die Wange. »Und jetzt werden wir sie begraben.«

12

Wir betteten Atea gut zehn Meter hinter der Hütte unter einer Plumeria zur letzten Ruhe. Es war nicht gerade ein würdiges Grab für ihr kurzes Leben, aber mehr konnten wir nicht tun. Wesley brauchte eine Stunde, um das Grab auszuheben. Eine ganze Weile sah ich ihm bei seiner traurigen Arbeit zu, doch irgendwann konnte ich das Knirschen der Schaufel in der Erde nicht mehr ertragen und ging an den Strand.

Kaum berührten meine Füße den Sand, sank ich auf die Knie. Noch nie im Leben hatte ich etwas so Entsetzliches erlebt. Und obwohl ich mich entschlossen hatte, Westry zu vertrauen, schrie irgendetwas in mir nach Gerechtigkeit. Immer und immer wieder ließ ich die grauenhafte Szene vor meinem inneren Auge ablaufen in der Hoffnung, irgendeinen Hinweis zu finden, irgendetwas, das mir entgangen war. Und da erinnerte ich mich an das Messer.

Lance hatte es ins Gebüsch geworfen, bevor er geflohen war. Ich musste daran denken, wie die Klinge im Mondlicht geblitzt hatte, und mein Herz begann zu rasen. Wenn ich das Messer fand, könnte ich zumindest beweisen, dass er der Täter war.

Ich lief zur Hütte, holte die Laterne und ging an den Rand des Dschungels. In der Dunkelheit war das Heulen und Schnattern von Tieren zu hören. Der Wind ging durch das Dickicht. Was mir bis dahin wie das Paradies erschienen war, kam mir mit einem Mal vor wie der Hort des Bösen. Ich war schon drauf und dran umzukehren, doch ich zwang mich, immer tiefer in das Dickicht vorzudringen. *Atea*, sagte ich mir. *Denk an Atea*. Vorsichtig machte ich einen Schritt, dann noch einen. Das Knirschen unter meinen Füßen schien mit jedem Schritt lauter zu werden.

Ich hielt die Laterne hoch. Es konnte nicht mehr weit sein. Nur noch ein paar Schritte. Eine Schlange glitt dicht vor mir vorüber, und ich wich erschrocken zurück. Ich drehte mich zum Strand um und versuchte einzuschätzen, wie weit das Messer geflogen sein konnte. Zu meiner Linken stand eine große Palme. Ich ging darauf zu und beschloss, von dort aus weiterzusuchen.

Es schien aussichtslos. Es war, als ob der Dschungel das Messer verschluckt hätte, um das schreckliche Verbrechen zu vertuschen. Ich lehnte mich an den Stamm der Palme, um nachzudenken. Als ich die Laterne auf dem Boden abstellte, hörte ich ein klirrendes Geräusch.

Ich bückte mich und sah Metall im Schein der Laterne schimmern. Mit zitternden Händen hob ich das blutige Messer auf und hielt es ins Licht, um die Aufschrift auf dem olivgrünen Griff lesen zu können: *Einheit 432, Reg. Nr. 098* stand da.

»Anne! Anne, wo bist du?«, hörte ich Westry rufen.

Wie lange mochte ich nach dem Messer gesucht haben? Was würde er sagen, wenn er davon erfuhr, vor allem, nachdem ich ihm versprochen hatte, nichts in der Sache zu unternehmen?

»Anne!« Seine Stimme kam näher. Ich hob meinen Rock aus hellblauem Leinen an und riss einen Streifen vom Rand ab. Hastig wickelte ich das Messer in das Stück Stoff, grub mit den bloßen Händen ein kleines Loch und legte das Messer hinein. Es gelang mir gerade noch, es mit Erde und Laub zu bedecken, ehe Westry mich fand.

»Da bist du ja«, sagte er. »Was tust du denn hier im Dschungel? Ich habe mir Sorgen gemacht.«

»Ich musste nachdenken«, sagte ich, während ich mir die Hände an meinem Rock abwischte.

»Komm«, sagte er. »Ich weiß, dass das alles schlimm für dich war, aber wir müssen diese Sache …« Er suchte nach den passenden Worten. »Wir müssen diese Sache jetzt irgendwie durchstehen.«

Ich nickte und folgte ihm zu dem Grab, das er ausgehoben hatte. Dort wartete ich, während Westry Atea holte. Als er mit der Toten in den Armen zurückkehrte, brach ich erneut in Tränen aus.

Er legte die Leiche in die Grube, und eine Weile betrachteten wir sie schweigend. Als Westry schließlich nach der Schaufel griff, packte ich seinen Arm. »Noch nicht!«, sagte ich.

Ich pflückte drei rosafarbene Plumeriablüten von einem Baum und kniete mich neben das Grab. »Sie hat Blumen verdient«, sagte ich, ohne den Blick von Ateas Gesicht abzuwenden.

Ich streute die Blumen auf ihren Körper, und als Westry begann, das Grab zuzuschaufeln, wandte ich mich ab. Ich konnte es nicht ertragen zuzusehen, zwang mich jedoch zu bleiben, bis er fertig war. Schweigend gingen wir zur Hütte zurück. Unsere Welt hatte sich verändert – vielleicht für immer.

Es war schon fast drei Uhr in der Nacht, als ich mich in mein Zimmer schlich. Kitty rührte sich nicht, was ein Glück war, denn so brauchte ich ihr nicht zu erklären, warum mein Kleid zerrissen, verdreckt und mit Blut beschmiert war. Ich zog mich aus, stopfte mein Kleid in den Papierkorb, schlüpfte in mein Nachthemd und kroch ins Bett. Aber ich konnte nicht schlafen. Ich wusste, dass wir kein Verbrechen begangen hatten, aber mich quälte der Gedanke, dass wir eine schreckliche Schuld auf uns geladen hatten.

Am nächsten Morgen wurde ich aus dem Schlaf gerissen, als jemand mit der Faust gegen unsere Zimmertür hämmerte. Verwirrt setzte ich mich auf und schaute zu Kittys Bett hinüber, das ordentlich gemacht war. Draußen war bereits heller Tag. *Wie spät mochte es sein?*

Erneut wurde gegen die Tür gepoltert. »Ich komme ja schon«, murmelte ich verschlafen, stand auf und stolperte zur Tür. Stella stand im Flur. Sie runzelte die Stirn und sah mich tadelnd an.

»Anne, was ist los mit dir?«, sagte sie. »Es ist halb zwölf. Schwester Hildebrand ist außer sich. Sie hat mich hergeschickt, um dich zu holen. Deine Schicht hat um acht Uhr angefangen.«

Ich warf einen Blick auf den kleinen Wecker auf meinem Nachttisch. »O Gott«, sagte ich. »Ich fasse es nicht, dass ich so lange geschlafen habe.«

Stella grinste. »Das muss ja eine aufregende Nacht gewesen sein.« Sie musterte mich von oben bis unten. Ihr

Blick blieb an meinen Händen hängen. »Was habt ihr denn gemacht? Im Dreck gebuddelt?«

Ich betrachtete meine schwarzen Fingernägel und verbarg sie schuldbewusst in den Falten meines Nachthemds. Im selben Augenblick kam die Erinnerung an die vergangene Nacht wieder zurück. Der Mord. Das Messer. Die Vertuschungsaktion. Westrys Warnung. Ich hoffte, dass Stella die Gänsehaut nicht bemerkte, die sich plötzlich auf meinen Armen bildete.

»Sag Schwester Hildebrand, ich komme sofort«, bat ich sie. »Ich zieh mich nur schnell an.«

»Und wasch dich«, fügte sie mit einem spöttischen Grinsen hinzu.

Ich nickte. »Stella!«, rief ich hinter ihr her.

»Ja?« Sie drehte sich um.

»Warum ist Kitty nicht raufgekommen, um mich zu wecken?«

»Das habe ich mich auch gefragt«, antwortete Stella ohne sarkastischen Unterton, was ungewöhnlich für sie war. »Irgendwas stimmt nicht mit ihr. Es ist, als wäre sie nicht mehr …«

»Als wäre sie nicht mehr meine Freundin?« Der Gedanke war mir unerträglich.

Stella kam noch einmal zurück und legte mir eine Hand auf den Arm. »Mach dir keine Gedanken«, sagte sie. »Was auch immer es sein mag, das gibt sich schon wieder.«

Ich hoffte inständig, dass sie recht hatte.

Seit Kitty ihr Kind zur Welt gebracht hatte, waren sie und Schwester Hildebrand auf seltsame Weise Freundinnen geworden. Kitty blieb häufig noch bis spätabends im Lazarett, um der Oberschwester zur Hand zu gehen, und sie wurde immer als Erste gerufen, wenn besondere Aufgaben anstanden oder einer der Patienten intensivere Pflege brauchte.

Es war schön zu sehen, wie erfolgreich Kitty in ihrem Beruf war. Das hatte sie sich schließlich gewünscht. Und hier im Lazarett konnte sie wirklich etwas Sinnvolles tun. Aber je mehr sie sich in die Arbeit stürzte, umso verschlossener wurde sie.

Zu Hause in Seattle wäre die Veränderung viel auffälliger gewesen, aber wir waren im Krieg, und unsere persönlichen Probleme wurden überlagert von den Nachrichten von der Front und dem Elend im Lazarett.

»Liz hat an der Bootsanlegestelle von einem Corporal gehört, dass sich die Lage wieder zuspitzt«, sagte ich an dem Abend in der Kantine zu Kitty. Wir redeten kaum noch über etwas anderes als den Krieg.

»Ach?«, murmelte sie abwesend, ohne von ihrem Buch aufzublicken.

»Was glaubst du, werden wir wieder viel zu tun kriegen?«, fragte ich, genervt von der Unpersönlichkeit unseres Gesprächs.

»Wahrscheinlich«, sagte Kitty und gähnte. »Ich muss los. Ich habe einen Auftrag von Schwester Hildebrand. Du findest mich im Lazarett.«

Am anderen Ende der Kantine entdeckte ich Westry, der zusammen mit Ted und einigen anderen Männern über irgendetwas lachte. *Wie konnte er nach allem, was wir in der vergangenen Nacht erlebt hatten, so entspannt und gut gelaunt sein?*

Ich brachte mein Tablett weg und wartete draußen.

»Hallo«, sagte er, als sich unsere Blicke begegneten. Wir gingen in Richtung Bootsanlegestelle. »Wie geht es dir?«, flüsterte er, als niemand in Hörweite war.

»Nicht gut«, antwortete ich. »Ich muss immer an letzte Nacht denken und bete, dass alles nur ein Albtraum war. Westry, sag mir, dass es ein schlimmer Traum war.«

Er beugte sich zu mir. »Ich wünschte, es wäre so.«

»Hast du Lance gesehen?«, flüsterte ich.

»Nein«, erwiderte er und schaute sich nervös um. »Hast du es noch nicht gehört?«

»Was denn?«

»Er ist heute Morgen mit ein paar Männern zu einem Sondereinsatz aufgebrochen.«

»Kommt mir eher vor wie eine Flucht«, schnaubte ich verächtlich.

Westry wirkte unruhig. »Wir können darüber nicht reden«, sagte er. »Es ist zu gefährlich.«

Ich nickte und musste an Liz' Paranoia denken. Sie war überzeugt, dass das gesamte Camp verwanzt war, deshalb redete sie nur in unserer Unterkunft, meist sogar nur im Waschraum über private Angelegenheiten. »Treffen wir uns heute Abend in der Hütte?«

Westry rieb sich die Stirn. »Geht leider nicht, ich habe zu tun. Und nach den Ereignissen der vergangenen Nacht … tut es mir vielleicht ganz gut, allein zu sein.«

Allein sein? Seine Worte trafen mich wie Pfeile.

»Ach so«, sagte ich. Es gelang mir nicht zu verbergen, wie sehr seine Antwort mich verletzte.

Er versuchte, mich mit einem Lächeln aufzuheitern. »Ich meine, wir haben beide so wenig geschlafen, dass wir heute lieber früh ins Bett gehen sollten.«

»Ja, du hast recht«, sagte ich, immer noch geknickt.

»Bist du wirklich schon wieder so weit, dass du in die Hütte möchtest?«, fragte er. »Nach allem, was da draußen vorgefallen ist?«

Ja, unser kleines Paradies war von einem schrecklichen Ereignis überschattet, aber gleichzeitig hatte ich das Gefühl, dass Westry dabei war, die Hütte und unsere Beziehung aufzugeben.

»Ich weiß nicht«, murmelte ich. »Aber ich weiß, dass das, was wir dort hatten, wunderschön war und dass ich es nicht verlieren möchte.«

»Ich auch nicht«, sagte er.

Erst eine Woche später ging ich wieder in die Hütte. Allein. Westry war mit einem Trupp auf die andere Seite der Insel gefahren, wo ein neuer Stützpunkt eingerichtet werden sollte. Er hatte mir nicht sagen können, wann er zurück sein würde. Aber im Lauf der nächsten Tage spürte ich immer wieder, wie die Hütte mich rief, und während die anderen Schwestern nach einer besonders harten Schicht um einen Rundfunkempfänger hockten, um die neuesten Nachrichten von der Schlacht im Pazifik zu hören, folgte ich ihrem Ruf.

Es war schon fast dunkel, als ich mich auf den Weg machte. Während ich am Strand entlangging, hielt ich mein Medaillon umklammert. Voller Vorfreude arbeitete ich mich durch das Gestrüpp, doch kurz bevor ich die Hütte erreichte, blieb ich erschrocken stehen. Jemand saß auf der Stufe vor der Tür.

Die Gestalt stand auf und kam auf mich zu, während ich zurückwich.

»Wer ist da?«, rief ich und wünschte, ich hätte eine Laterne mitgenommen. Doch dann erkannte ich die Gestalt im Mondlicht. Es war Tita.

»Anne«, sagte sie.

Was machte sie bei der Hütte? Zweifellos suchte sie Atea. Mein Herz raste. Was sollte ich ihr sagen?

Das Gesicht der alten Frau wirkte müde und gequält.

»Wollen wir hineingehen?«, fragte ich und zeigte auf die Hütte.

Sie betrachtete die Hütte, und ihr Blick sagte mir, dass sie schon einmal da drinnen gewesen war, vielleicht vor langer Zeit. Sie schüttelte den Kopf. »Vielleicht hast du vergessen, was ich dir über die Hütte gesagt habe«, murmelte sie. »Sie ist verflucht.« Sie zeigte nach vorne und ging zum Strand. Ich folgte ihr, ohne zu wissen, was mich dort erwartete.

»Setz dich«, sagte sie unweit der Stelle, wo Atea gestorben war. Ich war froh, dass das Meer das Blut im Sand weggespült hatte.

Einige Minuten lang saßen wir schweigend da. Schließlich sagte Tita: »Ich weiß, dass sie tot ist.«

Unsicher, wie ich darauf reagieren sollte, schaute ich aufs Meer hinaus und lauschte auf das tröstliche Rauschen der Wellen.

»Ich habe dich gewarnt«, sagte Tita finster. »Dieser Ort ist böse. Und jetzt hat er mir meine Atea genommen. Sie war etwas ganz Besonderes.«

Vergeblich kämpfte ich gegen die Tränen an. »Ach, Tita«, sagte ich. »Es tut mir so leid.«

»Schsch«, sagte die alte Frau. »Was geschehen ist, ist

geschehen. Jetzt ist es deine Pflicht, für Gerechtigkeit zu sorgen.«

Was wusste sie? Oder, schlimmer noch, was glaubte sie zu wissen? Hatte sie die Stelle hinter der Hütte entdeckt, wo Westry Atea begraben hatte?

Verwirrt schaute ich ihr nach, als sie in Richtung Dschungel ging.

»Tita«, sagte ich. »Warten Sie. Bitte. Sie irren sich, wenn Sie glauben, dass ich, dass wir …«

»Gerechtigkeit«, sagte sie und drehte sich ein letztes Mal zu mir um. »Nur Gerechtigkeit kann den Fluch brechen.«

Ich schaute ihr nach, bis sie im Dschungel verschwunden war. Dann ließ ich mich seufzend in den Sand sinken und umklammerte meine Knie mit den Armen, so wie ich es früher getan hatte, wenn ich von meiner Mutter ausgeschimpft worden war. Lance war nicht auf der Insel, zumindest im Moment nicht, und schon seit Monaten hatten wir keine japanischen Flugzeuge mehr gesichtet. Warum hatte ich dann das Gefühl, dass das Böse auf der Lauer lag? Ich dachte an das Messer, an dem noch Ateas Blut klebte und das ich ganz in der Nähe vergraben hatte. Nur ich wusste, dass es sich dort befand. Ich konnte es holen und als Beweismittel in Sicherheit bringen. Ich konnte für Gerechtigkeit sorgen, wie Tita es von mir verlangt hatte. Aber ich hatte Westry mein Wort gegeben, die Sache nicht publik zu machen.

Ich stand auf, ging zur Hütte, schloss die Tür auf und versteckte den Schlüssel wieder im Buch. Drinnen war die Luft heiß und stickig. Ich dachte an das kleine Gemälde und bückte mich, um es unter dem Bett hervorzuziehen.

Wer mochten die darauf abgebildeten Personen sein? Waren sie hier in dieser Hütte gewesen? War ihnen hier etwas Schlimmes zugestoßen? Oder waren sie dem Fluch entkommen, von dem Tita mich gewarnt hatte?

Mit klopfendem Herzen nahm ich ein Blatt Papier und einen Stift und setzte mich an den Schreibtisch, um Westry einen Brief zu schreiben.

Mein lieber Grayson!
Ich wünschte, Du wärst jetzt hier und könntest mich in den Armen halten und die Erinnerungen an das Entsetzliche verscheuchen, dessen Zeugen wir geworden sind. Ich fürchte, dass wir nach dem, was wir erlebt haben, diese vier Wände nie wieder mit denselben Augen sehen werden, und das macht mir Angst.

Ich habe eine Idee, einen Plan. Bisher haben wir nur vage über die Zukunft gesprochen, aber nach dem Krieg, wenn das alles vorbei ist, können wir vielleicht zu unseren Vorgesetzten gehen und das Verbrechen anzeigen. Vielleicht wirst Du nach dem Krieg nicht mehr davor zurückschrecken. Ich habe ein Beweisstück, etwas, das unsere Unschuld beweist, wenn es so weit ist. Bitte, mein Liebster, sag mir Bescheid, wenn der richtige Zeitpunkt gekommen ist.

Aber da ist noch etwas. Du weißt, wie sehr ich Dich liebe, und ich wünsche mir nichts so sehr, wie mein Leben mit Dir zu verbringen – auch hier auf der Insel, wenn es das ist, was Du möchtest. Ich gehöre Dir, mein Liebster, wenn Du mich willst.

In Liebe
Deine Cleo

Ich faltete den Brief, schob ihn in den Hohlraum unter der Bodendiele und stieß einen tiefen Seufzer aus. Dann verließ ich die Hütte.

Zwei Tage später fuhr Kitty, die auf ihrem Bett lag und in einer Zeitschrift blätterte, plötzlich hoch. »Hast du das gehört? Etwas ist gegen die Fensterscheibe geflogen.«

Es war halb vier, aber nachdem ein japanisches Kriegsschiff einige Meilen vor der Küste gesichtet worden war, hatte man uns auf unsere Zimmer geschickt. Kitty hatte sich, ihren Rosenkranz in der Hand, die Illustrierte genommen, während ich mich in einen Roman vertieft hatte, den ich im ersten Monat auf der Insel angefangen, aber nie zu Ende gelesen hatte.

Ich schüttelte den Kopf. »Nein, ich hab nichts gehört.«

Niemand wusste, was uns erwartete. Eine der Schwestern hatte gehört, das Schiff sei unterwegs zu einem anderen Ziel, während eine andere berichtete, ein Soldat habe gesagt, dass das Schiff direkt auf Bora-Bora zuhielt. Krieg hier? Auf unserer Insel? Wir klammerten uns an die Überzeugung, dass das unmöglich war, wussten jedoch zugleich, dass wir mit allem rechnen mussten. Vorerst jedoch konnten wir nur abwarten.

»Es gibt einen Keller unter diesem Gebäude hier«, sagte ich. »Stella meint, dort werden wir in Sicherheit gebracht, falls …«

Kitty zuckte zusammen. »Da«, sagte sie. »Da war es wieder! Etwas klopft an unser Fenster.«

Ich rang mir ein Lächeln ab. »Das ist die Nervosität, Kitty«, sagte ich. »Aber keine Angst, die Japaner stehen nicht vor unserem Fenster. Jedenfalls noch nicht.«

Kitty erwiderte mein Lächeln nicht. Sie stand auf und ging ans Fenster, um hinauszuschauen. »Siehst du?«, sagte sie triumphierend. »Es ist Westry. Er versucht, unsere Aufmerksamkeit zu erregen.«

Unsere Aufmerksamkeit? Ich sah, wie Kitty Westry zuwinkte. Es gefiel mir nicht, wie sie plötzlich übers ganze Gesicht strahlte.

»Ich gehe runter«, sagte ich, sprang auf und lief nach unten.

»Hallo«, flüsterte ich, als ich vor ihm stand.

Westry grinste. »Warum flüsterst du?«

»Weißt du es denn nicht? Die Insel wird womöglich angegriffen.«

Westry stemmte die Hände in die Hüften, legte den Kopf schief und schaute mich amüsiert an. »Du kleiner Angsthase. Komm her.«

Ich blieb länger in seiner Umarmung, als es im Camp schicklich war, aber in dieser Situation dachte ich nicht mehr an Schicklichkeit.

»Du kommst mir übertrieben zuversichtlich vor«, sagte ich zu ihm.

Er zuckte die Schultern. »Wenn man erst einmal an der Front gekämpft hat, bringt einen ein Kriegsschiff am Horizont nicht so leicht aus der Ruhe.«

»Und wenn sie wirklich kommen?«, fragte ich. »Wenn sie die Insel angreifen?«

»Das ist durchaus möglich«, erwiderte er. »Aber noch wissen wir nichts Genaueres.«

Ich seufzte. »Jetzt sind wir schon so lange hier und sind die ganze Zeit verschont geblieben, und kurz vor unserer Abreise passiert so etwas!«

Westry streichelte mir die Wangen und fuhr mir mit den Fingerspitzen übers Gesicht, bis ich eine Gänsehaut bekam. »Komm, lass uns in die Hütte gehen«, hauchte er mir in den Nacken.

»Jetzt?«

»Warum nicht?«, fragte er, während er mich weiter streichelte.

»Weil wir Befehl haben, in den Unterkünften zu bleiben«, sagte ich.

Westry schaute mich mit seinen großen, haselnussbraunen Augen an. »Aber vielleicht ist es die letzte Gelegenheit, zusammen in der Hütte zu sein, bevor …«

Keiner von uns ahnte, was uns bevorstand, und tief im Innern wusste ich, dass nur der Augenblick zählte. Ich drückte seine Hand. »Also gut.«

»Wenn wir Glück haben«, sagte er, »können wir uns unbemerkt davonschleichen.«

Ich nickte. »Meinst du, in der Hütte sind wir in Sicherheit?«

»Von dort aus können wir auf jeden Fall das Schiff beobachten, und wenn es zu nahe kommt, laufen wir zurück, und ich melde mich zum Dienst.«

Ich sah ihn stirnrunzelnd an. Ich musste daran denken, wie Colonel Donahue ihn verprügelt hatte. »Wirst du denn keinen Ärger bekommen?«

»Doch, wahrscheinlich schon«, erwiderte er. Seine Augen funkelten im Licht der Nachmittagssonne. »Aber das ist mir egal.«

Er nahm meine Hand. Ich schaute zum ersten Stock hoch, wo Kitty am Fenster stand. Als unsere Blicke sich begegneten, zeigte ich in Richtung Strand und winkte, in der Hoffnung, dass sie verstehen würde. Aber sie wandte sich hastig ab, ohne zu lächeln.

Westry schloss die Hütte auf, und als wir drinnen waren, atmeten wir erleichtert auf. »Als wären wir auf der Flucht«, sagte ich.

»Das sind wir ja auch«, erwiderte er und legte seine Hände um meine Taille.

»Westry?«

»Ja, Liebes?«

»Ich war vor ein paar Tagen hier, und, na ja, ich habe Angst.«

»Wovor denn?«

»Tita war hier.«

»Tita?«

»Die alte Frau, bei der Atea gewohnt hat. Sie ist so eine Art Schamanin. Ich bin mir nicht ganz sicher, aber sie schien über Atea Bescheid zu wissen.«

»Woher kann sie das wissen?«

»Ich weiß nicht«, sagte ich. »Aber sie hat mich noch einmal vor dem Fluch gewarnt, der auf der Hütte liegt. Sie hat gesagt, der Fluch kann nur durch Gerechtigkeit gebrochen werden.«

Westry legte die Stirn in Falten. »Glaub der Alten kein Wort.«

»Warum denn nicht? Sie kennt die Insel besser als du und ich.«

»Gar nichts weiß sie. Wenn wir versuchen würden, für Gerechtigkeit zu sorgen, würden wir etwas auslösen, was noch viel schlimmer wäre als die Schuld, die wir beide auf uns geladen haben mögen, indem wir geschwiegen haben.« Westry setzte sich in den alten Mahagonistuhl. Zum ersten Mal sah ich ihm an, dass unser schreckliches Geheimnis ihn belastete. Er wollte es ebenso wenig für sich behalten wie ich, und doch hielt er an seiner Überzeugung fest. »Wie soll ich dir begreiflich machen, dass wir keine Möglichkeit haben, für Gerechtigkeit zu sorgen? Jedenfalls nicht die Art, die dir vorschwebt. Es ist nicht zu ändern.«

Ich nickte und nahm seine Hand. Vielleicht waren das unsere letzten gemeinsamen Stunden, und ich wollte sie nicht mit einem Streit verderben. Ich streckte den Kopf aus dem Fenster. In der Ferne konnte ich das Kriegsschiff ausmachen. »Es ist immer noch da«, sagte ich.

Als Westry mich an sich zog, dachte ich an den Brief, den ich ihm hinterlassen hatte. Ob er ihn schon gelesen hatte? Ob er auch mit mir zusammenleben wollte? Ich seufzte ängstlich.

»Westry«, flüsterte ich.

»Ja, Liebes.«

»Hast du meinen Brief gefunden?«

»Nein«, sagte er. »Ich bin schon seit Tagen nicht mehr hier gewesen.« Er wollte die Bodendiele anheben, um den Brief aus dem Versteck zu nehmen, aber ich hielt ihn am Arm fest.

»Noch nicht«, sagte ich verlegen. »Steck ihn ein, wenn wir gehen. Ich möchte, dass du allein bist, wenn du ihn liest.«

»Steht denn etwas Schlimmes drin?«

»Nein, nein«, sagte ich hastig. »Wart's ab, du wirst schon sehen.«

Er nickte und zog mich fest an sich. Dann schaltete er

den Rundfunkempfänger auf dem Schreibtisch an und suchte den französischen Sender.

»Lass uns jetzt nur an unsere Liebe denken«, sagte er, als wir uns im Takt der Musik wiegten.

»Einverstanden«, flüsterte ich, und als hätte er eine Zauberformel gesprochen, waren der Krieg, meine Sorgen wegen der Freundschaft mit Kitty und die Erinnerungen an den Mord im selben Augenblick verschwunden. Die Hütte gehörte wieder uns, uns ganz allein.

Kurz nach Sonnenuntergang gab Westry mir einen Kuss auf die Wange. »Wir sollten jetzt lieber zurückgehen«, sagte er. Ich spürte, wie seine Anspannung wuchs, und das machte mir Sorgen. Ich wusste nicht, ob es der Feind war, der ihn nervös machte, oder der Gedanke, vor dem wir uns beide fürchteten – dass unsere gemeinsame Zeit bald vorüber sein würde.

»Wahrscheinlich hast du recht«, sagte ich, überlegte jedoch, ob es nicht besser wäre, hier in der Hütte auszuharren, falls die Japaner auf der Insel landen sollten. Vielleicht würde der Fluch der Hütte uns schützen?

Ich glättete mein Kleid und machte meine Haarspange fest. »Vergiss deinen Brief nicht«, sagte ich, als Westry die Tür öffnete.

»Ach ja, sicher«, sagte er, bückte sich und hob die Bodendiele an. »Moment mal.« Er schaute mich an. »Hier ist kein Brief.«

»Quatsch«, entgegnete ich und kniete mich neben ihn. »Natürlich ist da ein Brief. Vielleicht habe ich ihn zu tief hineingeschoben.« Ich langte tief in den Hohlraum, stellte jedoch zu meinem Entsetzen fest, dass tatsächlich kein Brief darin lag.

»O mein Gott, Westry«, rief ich entgeistert aus. »Er ist weg!«

»Was soll das heißen? Niemand kennt unser Versteck. Es sei denn, du hast jemandem davon erzählt.«

»Das habe ich nicht!«, entgegnete ich empört.

Über dem Meer blitzte ein Licht auf und lenkte Westry ab. »Das müssen wir später klären«, sagte er. »Ich bringe dich jetzt zurück.«

Die Tür quietschte beim Schließen, und Westry verriegelte sie mit ernster Miene. »Wir nehmen den Dschungelpfad«, sagte er. »Das ist sicherer.«

Ich nickte und schob meine Hand in seine. Während wir durch das Gestrüpp stapften, dachte ich an den Brief. *Wer konnte ihn an sich genommen haben? Und warum?* Jetzt, wo uns nur noch so wenig Zeit blieb, wollte ich, dass Westry meine Gefühle kannte und wusste, was ich mir für die Zukunft wünschte, für die Zeit nach dem Krieg. Würde ich Gelegenheit finden, ihm meine Gefühle zu offenbaren? Empfand er dasselbe wie ich?

Aber als wir das Camp erreichten, dachte ich nicht mehr an den Brief. Etwas anderes bedrückte mich.

»Westry?«, flüsterte ich ängstlich, als er mich zum Eingang der Frauenunterkünfte begleitete. »Wir müssen noch einmal zurück!«

Er sah mich verdattert an. »Warum?«

»Das Gemälde«, sagte ich. »Wir haben das Gemälde in der Hütte gelassen.«

Er zuckte die Schultern. »Das können wir später noch holen.«

»Nein, nein«, widersprach ich. »Wer auch immer den Brief aus dem Versteck genommen hat, könnte auch das Bild stehlen.«

Einen Moment lang wirkte Westry besorgt, dann schüttelte er den Kopf. »Nein. Wer den Brief an sich genommen hat, hätte das Bild auch gleich mitnehmen können, aber das hat er nicht getan.«

Ich schüttelte den Kopf. »Ich habe ein schlechtes Gefühl dabei«, beharrte ich. »Der Gedanke, dass das Gemälde in die Hände von Dieben geraten könnte, ist mir unerträglich. Es gehört in ein Museum, wo die Menschen es bewundern und würdigen können.«

»Und wir werden dafür sorgen, dass es dort hinkommt«, versicherte mir Westry. »Sobald das Schiff weg ist. Ich verspreche es dir. Ich werde das Gemälde für dich aus der Hütte holen.«

»Ganz bestimmt?«

»Ja«, sagte er und gab mir einen Kuss auf die Nase.

Ich öffnete die Tür zum Schwesterntrakt. »Sei vorsichtig.«

»Du auch.«

»Da sind Sie ja!«, zischte Schwester Hildebrand, die mir im Flur entgegenkam. Selbst wenn sie flüsterte, klang es, als würde sie schreien. »Ich habe keine Zeit, mir Ihre Erklärungen anzuhören. Alle anderen Schwestern sind längst in den Keller gegangen. Beeilen Sie sich gefälligst! Die Japaner kommen. Der Colonel hat Befehl gegeben, dass wir Frauen uns in Sicherheit bringen. Uns bleibt nicht mehr viel Zeit.«

Mit klopfendem Herzen folgte ich Schwester Hildebrand die Treppe hinunter. Ich tastete an meinem Kragen nach der blauen Brosche, die Kitty mir geschenkt hatte. Einem spontanen Impuls folgend, hatte ich sie mir am Morgen angesteckt, aber jetzt stellte ich mit Entsetzen fest, dass sie verschwunden war. Ich blieb stehen.

»Worauf warten Sie noch?«, fauchte Schwester Hildebrand mich an.

Bestürzt schaute ich die Treppe hinunter, dann drehte ich mich zur Tür um. »Es ist nur …« Ich fühlte in meinen Taschen nach. »Ich habe etwas verloren. Etwas, das mir sehr wichtig ist.«

»Ihr Leben ist Ihnen hoffentlich auch wichtig!«

Ich nickte beklommen.

»Dann setzen Sie sich in Bewegung. Wir müssen in den Keller.«

Wie war es möglich, dass ich die Brosche verloren hatte? Ich stellte mir vor, wie sie am Strand lag und gerade von einer Welle davongespült wurde. Mich schauderte bei dem Gedanken an Kitty. War das ein Zeichen? Bedeutete das das Ende unserer Freundschaft?

Ich folgte Schwester Hildebrand nach unten, durch eine Tür, die sie hinter uns verriegelte. Dann zog sie einen Teppich beiseite und öffnete eine Falltür. »Sie zuerst«, sagte sie und zeigte in das dunkle Loch.

Ich stieg die Leiter hinunter in einen düsteren Raum, in dem einige Laternen flackerten. Im schummrigen Licht konnte ich Stella und Liz und noch ein paar andere bekannte Gesichter ausmachen.

»Kitty?«, rief ich. »Bist du hier?«

Stille. Ich drehte mich besorgt zu Schwester Hildebrand um.

»Sie ist da drüben«, sagte sie und zeigte in eine Ecke, in der eine einzelne Laterne brannte.

»Kitty«, sagte ich und ging zu der Ecke, bis ich ihr verängstigtes Gesicht erkannte. Mit zerzausten Haaren hockte sie am Boden, den Rücken gegen die Wand gelehnt, und schaute mich niedergeschlagen an.

»Ich hatte schon Angst, du würdest nicht kommen«, sagte sie und wischte sich eine Träne fort.

Ich setzte mich neben sie und drückte ihre Hand. »Jetzt bin ich da.«

Keine von uns wusste, was sich draußen abspielte. Nach zwei Stunden, die uns vorkamen wie zwölf, gab Schwester Hildebrand mit Stellas Hilfe Verpflegungsrationen aus: Wasser und Bohnen. Die Vorräte würden für mehrere Tage reichen, wenn nicht sogar für Wochen. Bei der Vorstellung, wochenlang im Dunkeln hocken und Dosenfleisch mit Bohnen essen zu müssen, drehte sich mir der Magen um.

»Hier«, sagte Stella und reichte mir eine Feldflasche. Ich trank einen Schluck und schüttelte mich. Das Wasser schmeckte nach Rost.

Ein Geräusch ließ uns alle erstarren. Über uns waren plötzlich Schritte zu hören.

»Schwestern«, flüsterte Schwester Hildebrand und griff nach dem Gewehr, das neben ihr an der Wand lehnte. »Löschen Sie die Laternen.«

Wir gehorchten und lauschten in der Dunkelheit auf die Schritte, die näher kamen und lauter wurden. Wir hörten ein Poltern, dann ein Quietschen, als die Falltür geöffnet wurde. Ich drückte Kittys Hand. *Großer Gott. Die Japaner.*

Doch dann sagte eine vertraute Stimme: »Die Luft ist rein, meine Damen. Das Schiff ist nach Westen abgedreht. Sie können herauskommen.«

Alle stießen Jubelrufe aus – alle bis auf Kitty, die ausdruckslos vor sich hin starrte. »Los, komm, steh auf«, sagte ich zu ihr. »Es ist vorbei. Wir dürfen wieder nach draußen.«

Sie wirkte verblüfft, als wäre sie aus einem Traum aufgewacht. »Ja, natürlich«, murmelte sie und ging vor mir her zur Leiter.

»Ich kann es noch gar nicht fassen, dass wir morgen abreisen«, sagte Liz am nächsten Morgen beim Frühstück.

Morgen. Ich fürchtete diesen Moment seit dem Tag, an dem ich mich in Westry verliebt hatte. Die Insel zu verlassen bedeutete das Ende unserer Welt und den Beginn einer neuen Welt, die sich, so fürchtete ich, komplizierter gestalten würde, als wir es uns vorstellen konnten.

»Die Männer brechen schon am frühen Morgen auf«, berichtete Stella. Will war ebenso wie Westry an die Front in Europa beordert worden, und wir waren beide zutiefst bedrückt deswegen.

»Ich dachte«, fuhr sie fort, »ich könnte mich zum Einsatz in Europa melden, dann wäre ich wenigstens in seiner Nähe. Für den Fall …«

Ich schüttelte den Kopf. Der Krieg hatte von Stella seinen Tribut gefordert. Sie war schrecklich abgemagert und hätte sich dringend zu Hause erholen müssen. »Wenn du dich zum Dienst in Europa meldest, kannst du Will auch nicht schützen«, sagte ich. »Fahr nach Hause und warte dort auf ihn.«

Sie nickte. »Habt ihr schon gehört? Kitty geht nach Frankreich, direkt an die Front. Mit einer Gruppe, die in der Normandie eingesetzt wird.«

Mir wurde ganz heiß. Frankreich? Warum hatte sie mir nichts davon erzählt? Glaubte sie, das würde mich nicht interessieren?

»Tja, wenn man vom Teufel spricht ...«, bemerkte Stella und zeigte zur Tür.

Kitty betrat lächelnd die Kantine. Ihre Wangen wirkten wieder so rosig wie früher. Als sie auf unseren Tisch zukam, sah ich, dass sie einen Strauß gelbe Hibiskusblüten in der Hand trug. Mir stockte der Atem.

»Morgen, Mädels«, flötete sie. »Wie schmeckt das Essen heute?«

Ich spürte Stellas Blick auf mir.

»Prima«, sagte Liz, ohne die Spannung zu bemerken, die in der Luft lag. »Wenn man Gummi-Eier mag.«

Kitty lachte und legte die Blumen, die von einem weißen Band zusammengehalten wurden, auf den Tisch. »Sind die nicht prächtig?«, sagte sie und bewunderte die gelben Blüten. Ich wusste natürlich sofort, woher sie stammten – von dem Strauch neben der Hütte.

»Donnerwetter«, bemerkte Stella. »Sieht so aus, als hätte unsere Kitty einen neuen Verehrer.«

»Also wirklich, Stella«, sagte Kitty.

»Oder woher hast du die Blumen?«, insistierte Stella. Ich wünschte, sie würde aufhören. Ich wollte es nicht wissen.

Kitty lächelte geheimnisvoll und reihte sich in die Schlange an der Essensausgabe ein.

Stella räusperte sich und grinste mich an. »Hab ich dich nicht gewarnt, damals, als wir angekommen sind?«

Ich sprang auf und ging zur Tür.

»Anne«, rief Stella hinter mir her. »Warte! Das war nicht so gemeint! Komm zurück!«

Mit klopfendem Herzen ging ich zum Schwesterntrakt. In Gedanken ließ ich die vergangenen Wochen noch einmal Revue passieren. Ich dachte daran, wie Kittys Augen jedes Mal aufleuchteten, sobald Westry auftauchte, daran, wie sie sich immer mehr von mir zurückzog. *Natürlich fühlte sie sich zu ihm hingezogen.*

Ich erstarrte. War es möglich, dass er ihre Gefühle erwiderte? Jeder Mann in der Vergangenheit – außer Gerard – hatte Kitty mir vorgezogen. Sie war immer die Erste von uns beiden, die zum Tanzen aufgefordert wurde. Sie hatte ein halbes Dutzend Einladungen zum Schulabschlussball erhalten, ich dagegen nur eine einzige. Meine Gedanken rasten. *Der Brief.* Mein Gott. Die Vorstellung, dass jemand ihn gestohlen und gelesen haben könnte, schien Westry überhaupt nichts auszumachen. Hatte er ihn womöglich verschwinden lassen, damit er nicht auf meine Liebeserklärung reagieren musste? Auf mein Geständnis hin, dass ich mir eine Zukunft mit ihm wünschte?

Ich trat nach einem Stein und schüttelte den Kopf, um den Gedanken zu verscheuchen. Nein, ich wollte so etwas nicht denken. Nicht, wenn wir morgen aufbrachen, nicht, wenn uns nur noch wenige gemeinsame Stunden blieben. Die Zeit war zu kostbar für diesen Unsinn.

»Das war's«, sagte Kitty am nächsten Morgen nach dem Frühstück und seufzte. Sie zog den Reißverschluss ihrer Reisetasche zu, die seltsamerweise viel kleiner wirkte als das Ungetüm, das ich vor zehn Monaten in dieses Zimmer geschleppt hatte.

»Mein Flug geht in einer Stunde«, sagte sie verträumt, den Blick auf die Hügel vor dem Fenster gerichtet, die sie so gern betrachtete. Ich fragte mich, was sie in den Hügeln zu sehen glaubte. »Schwester Hildebrand und ich werden einer Einheit zugeordnet, die morgen nach Frankreich fliegt. Und dann …« Sie sprach den Satz nicht zu Ende.

Kitty in Frankreich. Ganz allein. Ich machte mir große Sorgen um sie, so wie damals, als sie mir eröffnet hatte, dass sie in den Südpazifik aufbrechen werde. Was ich von ihren Gefühlen für Westry hielt, spielte dabei keine Rolle. Ich wusste, dass irgendwo unter ihrem emotionalen Schutzpanzer immer noch meine beste Freundin steckte. Aber diesmal würde ich sie nicht begleiten.

»Ach, Kitty!«, sagte ich und sprang auf. *Wenn ich ihren Schutzpanzer doch bloß hätte durchdringen können.* »Warum ist zwischen uns alles so anders geworden?«

Kitty zuckte die Schultern und nahm ihre Tasche. Sie schaute mich lange an. »Das muss der Einfluss der Insel sein«, sagte sie schließlich.

»Nein, Kitty, so darfst du nicht reden!«, rief ich und hörte selbst die Panik in meiner Stimme – Panik vor dem Ende einer Freundschaft. Ich überlegte, wo ich als Freundin versagt hatte. *Ich hätte mehr Zeit mit ihr verbringen sollen. Ich hätte mich in den letzten Wochen ihrer Schwangerschaft mehr um sie kümmern sollen. Und vor allem hätte ich ihr gegenüber offener sein müssen.* Ich hatte zu viele Geheimnisse vor ihr gehabt. Obwohl ich versprochen hatte, es nie so weit kommen zu lassen. »Kitty«, sagte ich, »ich habe mich nicht verändert. Ich bin immer noch dieselbe.

Und ich wette, tief in deinem Herzen bist auch du immer noch dieselbe. Ich möchte so gern, dass wir beste Freundinnen bleiben.«

Sie sah mich mit Augen an, die mir fremd waren. Sie waren müde, älter, härter. »Ja, das würde ich mir auch wünschen«, sagte sie und wandte sich ab. »Aber ich glaube nicht, dass das jetzt noch möglich ist.«

Ich nickte und spürte, dass mir die Tränen in die Augen stiegen und über die Wangen liefen, ohne dass ich es verhindern konnte.

»Mach's gut, Anne«, sagte Kitty, ohne sich noch einmal zu mir umzudrehen. Ihr Ton war kühl, so wie sie früher bei sich zu Hause mit den Bediensteten gesprochen hatte oder mit der Verkäuferin im Lebensmittelladen. Am liebsten hätte ich geschrien: *Kitty, hör auf damit! Lass uns dieses Versteckspiel beenden!* Aber ich stand nur stumm da, zu verdutzt, zu traurig, um ein Wort herauszubringen. »Ich wünsche dir alles Gute«, sagte sie und griff nach dem Türknauf. »In jeder Hinsicht.«

Die Tür fiel zu, und die Stille im Zimmer schien mir in den Ohren zu dröhnen. Ich sank zu Boden und weinte, stundenlang, wie mir schien. *Welches Recht hatte sie, unsere Freundschaft einfach so für beendet zu erklären? Wie konnte sie so eiskalt sein?*

Als die Uhr elf zeigte, überwand ich mich aufzustehen. Ich hatte Westry versprochen, ihn auf der Landebahn zu verabschieden, bevor ich selbst ins Flugzeug steigen würde. Unser Flug ging in einer halben Stunde.

Ich stellte meine Tasche an die Tür und betrachtete im Spiegel meine verheulten Augen. Ich erkannte mich kaum wieder.

Einen Moment lang fürchtete ich, ihn nicht zu finden. Mit zusammengekniffenen Augen suchte ich die Menge der uniformierten Soldaten ab. Eine kleine Gruppe würde auf der Insel zurückbleiben, aber die Mehrzahl, unter ihnen Westry, wurde zu einem neuen Einsatz geschickt. Frankreich. Großbritannien. Und ein paar Glückliche würden wie ich nach Hause zurückkehren.

Schließlich entdeckte ich ihn, und unsere Blicke begegneten sich.

Obwohl aus dem Lautsprecher der Befehl ertönte, die Schwestern sollten das Flugzeug besteigen, stellte ich meine Tasche bei Stella und Liz ab und rannte zu Westry hinüber. Er hob mich hoch, und wir küssten uns.

»Nicht weinen, Liebste«, sagte er und wischte mir eine Träne von der Wange. »Das ist kein endgültiger Abschied.«

»Das können wir nicht wissen«, entgegnete ich und streichelte ihm das frisch rasierte Kinn. »Wir wissen nicht, was uns erwartet.«

Westry nickte, nahm ein Sträußchen Hibiskusblüten aus seiner Tasche und überreichte es mir. Es war mit einem weißen Band zusammengebunden. *Kitty.* »Diese Blumen«, stammelte ich. »Gestern hast du Kitty die gleichen geschenkt, nicht wahr?«

Westry wirkte verwirrt, dann nickte er. »Äh, ja«, sagte er. »Ich …«

Eine Stimme meldete sich über Lautsprecher: »Alle Männer an Bord!«

»Westry«, sagte ich verzweifelt. »Gibt es irgendetwas, das du mir mitteilen solltest? Etwas, das mit Kitty zu tun hat?«

Er betrachtete seine Füße, dann schaute er mich an. »Es ist nichts«, sagte er. »Aber ich hätte es dir trotzdem sagen müssen. Vor ein paar Wochen habe ich sie weinend am Strand angetroffen. Ich war gerade auf dem Weg zur Hütte und habe sie dorthin mitgenommen.«

Meine Wangen wurden ganz heiß. *Westry war mit ihr in unserer Hütte gewesen – allein, ohne mich?*

Ich schüttelte fassungslos den Kopf. »Warum hast du mir das nicht erzählt? Warum hat *sie* mir nichts davon erzählt?«

»Tut mir leid, Anne«, sagte er. »Ich habe mir wirklich nichts dabei gedacht.«

Ich drehte mich nach dem Flugzeug um, das mich nach Hause bringen würde. Stella winkte mir aufgeregt zu.

»Anne!«, rief sie. »Komm jetzt!«

Ich sah Westry ein letztes Mal an. Der Wind hatte ihm das Haar zerzaust. Ich wäre so gern mit den Händen durch sein Haar gefahren, so wie ich es tausendmal getan hatte, hätte so gern den Duft seiner Haut gerochen, mich ihm in die Arme geworfen. Aber diesmal sagte mir eine innere Stimme, dass ich es lieber bleiben lassen sollte.

»Mach's gut«, flüsterte ich ihm ins Ohr und berührte ein letztes Mal mit der Wange sein Gesicht. Dann drückte ich ihm die Blumen in die Hand und rannte los.

»Anne, warte!«, rief er hinter mir her. »Warte! Das Bild! Hast du es geholt?«

Ich erstarrte. »Wie meinst du das, ob ich es geholt habe? Du hattest mir doch fest versprochen, dich darum zu kümmern.«

Westry warf die Arme in die Luft. »Tut mir leid, Anne«, sagte er mit Panik in den Augen. »Ich wollte es holen, aber ich hatte einfach keine Zeit dazu. Ich …« Die anderen Männer seiner Einheit waren bereits ins Flugzeug gestiegen, und ich sah seinen Offizier auf uns zukommen. Ich schaute zum Strand hinüber und überlegte fieberhaft … Wenn ich ganz schnell rannte, konnte ich es rechtzeitig zurückschaffen, ehe mein Flugzeug abhob?

»Bitte«, flehte ich Stella an, die am Fuß der Gangway stand. »Bitte sag dem Piloten, ich brauche noch eine Viertelstunde. Ich habe etwas im Camp vergessen. Ich beeile mich.«

Der Pilot kam auf uns zu. »Tut mir leid, Ma'am, die Zeit reicht nicht«, sagte er streng. »Sie müssen jetzt an Bord gehen.«

Meine Beine fühlten sich bleischwer an, als ich die Treppe hochstieg. Bevor der Copilot die Klappe schloss, schaute ich mich noch einmal nach Westry um. Unsere Blicke begegneten sich ein letztes Mal. Bei dem ohrenbetäubenden Lärm des Flugzeugmotors konnte ich nicht hören, was er sagte, aber ich konnte es von seinen Lippen ablesen.

»Es tut mir leid!«, sagte er. »Ich komme zurück. Bitte, mach dir keine Sorgen, Anne. Ich …«

Die Klappe schlug zu, ehe ich seine letzten Worte ablesen konnte. Was spielte es noch für eine Rolle, dachte ich, während ich mir mit einem Taschentuch die Tränen trocknete. Es war aus. Die Liebe, die uns in der Hütte verbunden hatte, war vorbei. Ich spürte, wie sie sich auflöste, als das Flugzeug Fahrt aufnahm und abhob. Ich schaute aus dem Fenster, bis die Insel nur noch als grüner Fleck zu erkennen war. Ein Fleck, auf dem so viel geschehen und so viel zurückgeblieben war.

Stella beugte sich zu mir herüber. »Wird dir die Insel fehlen?«

Ich nickte. »Ja«, sagte ich und meinte es ehrlich.

»Glaubst du, dass du irgendwann noch einmal herkommen wirst?«, fragte sie vorsichtig. »Will und ich haben darüber gesprochen, eines Tages wiederzukommen. Natürlich erst, wenn der Krieg zu Ende ist.«

Ich schaute aus dem Fenster, unfähig, den Blick von dem kleinen Fleck in dem türkisfarbenen Meer abzuwenden. »Nein«, versicherte ich ihr. »Ich glaube nicht, dass ich jemals hierher zurückkommen werde.«

Ich umklammerte das Medaillon, das ich um den Hals trug, dankbar für den kleinen Holzsplitter aus der Hütte, der darin verborgen lag. Solange ich ihn hatte, konnte ich jederzeit zurückkehren – wenigstens mit dem Herzen.

13

Du hast uns gefehlt, Kleines«, sagte mein Vater, als ich ins Auto stieg, dankbar, dass Maxine nicht auf der Rückbank saß. Auch wenn ich Monate Zeit gehabt hatte, um die Nachricht von der Affäre der beiden, die meine Familie zerstört hatte, zu verdauen, ergab das alles für mich immer noch keinen Sinn.

Ich lehnte mich seufzend auf dem weichen Ledersitz des Buick zurück, während mein Vater den Motor anließ und zurücksetzte. Hier gab es keine Jeeps, keine Schotterstraßen und keine Schlaglöcher.

»Es ist schön, wieder zu Hause zu sein«, sagte ich und atmete genüsslich die milde Luft von Seattle ein. Die Rückreise war sehr anstrengend gewesen, mit mehreren Zwischenlandungen und einer viertägigen Fahrt auf dem Schiff. Ich hatte viel Zeit zum Nachdenken gehabt, Zeit, mir über viele Dinge klar zu werden, die mich verwirrten, und doch hatte ich vor lauter Ungewissheit am ganzen Körper gezittert, als ich in Seattle aus dem Flugzeug gestiegen war.

»Gerard ist zu Hause«, sagte mein Vater vorsichtig, als wollte er die Lage sondieren.

Ich betrachtete meine Hände in meinem Schoß, Hände, die Westry geliebt hatten, die ihn immer noch liebten. Hände, die Verrat begangen hatten.

»Möchte er mich sehen?«, fragte ich.

»Natürlich möchte er dich sehen, Liebes«, sagte mein Vater. »Aber vielleicht lautet die eigentliche Frage, ob du ihn sehen möchtest.«

Er spürte genau, was mit mir los war. Das war schon immer so gewesen. »Ich weiß es nicht, Papa«, murmelte ich und begann zu weinen. »Ich weiß überhaupt nicht mehr, was ich will.«

»Komm her, Liebes«, sagte er. Ich rückte näher an ihn heran auf der Sitzbank, sodass er seinen Arm um mich legen konnte. »Es wird alles gut«, sagte er. Ich wünschte nur, ich hätte daran glauben können.

Windermere wirkte wie unberührt von der Zeit und vom Krieg. Aber als wir an den vertrauten Häusern vorbeifuhren, wurde mir bewusst, dass der Schein trog. Im Vorgarten der Larsons war der Rasen wie immer tadellos gepflegt, in der Mitte plätscherte der Springbrunnen mit den Putten, und marmorne Amphoren standen zu beiden Seiten der Haustür, aber ich wusste, dass Trauer über allem lag. Die Zwillinge waren nicht aus dem Krieg heimgekehrt. Terry war bei Marseille gefallen, und Larry war zwei Tage später bei einem Flugzeugabsturz ums Leben gekommen – er war auf dem Weg nach Hause gewesen, um seine Mutter zu trösten.

Auch die Villa der Godfreys sah so elegant aus wie immer, aber in ihren Mauern war ebenfalls nichts mehr wie früher. Als wir daran vorbeifuhren, hielt ich den Atem an. Ich musste an die Verlobungsparty denken, an Kittys

Gesicht und daran, wie wir draußen auf dem Bordstein gehockt und Zukunftspläne geschmiedet hatten. Wenn wir damals gewusst hätten, wie sich alles entwickeln würde, wären wir trotzdem gefahren?

Die Erinnerungen schmerzten, und ich wandte mich hastig ab.

»Er ist am Freitag heimgekehrt«, sagte mein Vater. »Man hat ihn früher nach Hause geschickt, weil er verwundet wurde.«

Ich zuckte zusammen. »Verwundet?«

»Ja«, sagte mein Vater. »Eine Kugel hat ihm die Schulter zerschmettert. Seinen linken Arm wird er womöglich nie wieder richtig gebrauchen können, aber im Vergleich zu anderen Kriegsverletzungen ist das gewiss keine Tragödie.«

Widersprüchliche Gefühle wallten in mir auf. Mein Vater hatte recht. Viele Soldaten wurden verstümmelt, Zigtausende fielen. Eine Schulterverletzung war vergleichsweise harmlos, aber aus irgendeinem Grund machte mich die Neuigkeit unglaublich traurig.

»Nicht weinen, Liebes«, sagte mein Vater und streichelte mir den Kopf. »Er wird sich wieder erholen.«

»Ja«, schniefte ich. »Bestimmt. Aber …«

»Es ist schwer zu verkraften«, sagte er. »Ich weiß.«

»Dieser Krieg«, sagte ich, »hat alles verändert. Er hat uns alle verändert.«

»Ja, da hast du recht«, sagte mein Vater ernst und bog in unsere Einfahrt ein. Alles sah noch genauso aus wie am Tag meiner Abreise. Und doch war alles anders. Und es würde nie wieder so werden, wie es einmal gewesen war.

Es klopfte leise an meiner Tür. *Wo war ich?* Ich setzte mich auf und versuchte, mich zu orientieren. Die alten Spitzengardinen. Das große Bett. Ja, ich war zu Hause. Aber wie spät war es? Welcher Tag war es? Es war dunkel draußen, es musste also schon spät sein. Wie spät? Wie lange hatte ich geschlafen? Der Regen trommelte aufs Dach, und ich schloss die Augen. Ich dachte an die Gewitter in den Tropen, daran, wie Westry und ich am Strand im strömenden Regen geduscht hatten. Ich spürte immer noch seine Arme, roch immer noch die Seife auf seiner Haut. Ich blinzelte. War es nur ein Traum gewesen?

Ich schlug die Decke fester um mich. Wieder klopfte es an der Tür, diesmal lauter, aber ich kümmerte mich nicht darum. Ich wollte Maxine nicht sehen. Noch nicht. Ich wünschte, sie würde wieder gehen und mich meinen Erinnerungen überlassen.

Kurz darauf wurde ein Zettel unter der Tür durchgeschoben. Ich versuchte, ihn nicht zu beachten, wie er da auf dem Holzboden lag, aber er schien wie ein helles Licht zu pulsieren, ein Licht, von dem ich den Blick nicht abwenden konnte. Schließlich überwand ich mich und hob ihn auf.

Ich hielt den Bogen beigefarbenes Briefpapier in der Hand und seufzte, als ich die vertraute Handschrift erkannte.

Meine liebe Antoinette!
Ich weiß, dass Dich das alles schmerzt. Mir geht es genauso. Bitte, lass mich Dich trösten.
Maxine

Ich legte meine Hand um den kalten Türknauf, drehte ihn ganz langsam und öffnete die Tür einen Spaltbreit. Maxine stand im Flur, das Haar wie immer streng im Nacken zusammengefasst, um die Taille eine frisch gestärkte weiße Schürze. In den Händen hielt sie ein Tablett. Darauf standen ein Teller mit Sandwiches, eine kleine Blumenvase mit einer einzelnen rosafarbenen Rose und eine dampfende Henkeltasse. Der Duft von Earl Grey stieg mir in die Nase.

Ich machte die Tür ganz auf. »Maxine!«, rief ich aus.

Sie stellte das Tablett auf meinem Nachttisch ab und nahm mich in die Arme. Ich brach in Tränen aus und konnte gar nicht mehr aufhören zu weinen.

»Lass deinen Tränen freien Lauf«, flüsterte Maxine. »Halt nichts zurück.«

Als ich mich allmählich beruhigte, gab Maxine mir ein Taschentuch und reichte mir die Teetasse. Ich lehnte mich gegen das Kopfteil meines Betts und zog unter meinem rosafarbenen Baumwollnachthemd die Knie bis unters Kinn.

»Du brauchst nichts zu sagen«, sagte Maxine leise, »wenn du nicht möchtest.«

Ich schaute ihr zum ersten Mal in die Augen und sah, dass sie Seelenqualen litt.

»Es tut mir so leid, dass ich dir geschrieben habe«, sagte sie. »Das hätte ich nicht tun sollen. Ich hätte es deinem Vater überlassen sollen, dir alles zu erzählen. Es stand mir nicht zu.«

Ich nahm ihre Hand. Ihre Finger fühlten sich kalt an. »Du bist mir gegenüber immer ehrlich gewesen«, sagte ich. »Es war richtig, mir zu schreiben.«

»Wirst du mir je verzeihen können?« Aufgrund ihres starken Akzents klangen ihre Worte noch verzagter. »Wirst mich je wieder so lieb haben wie früher?«

Ich holte tief Luft. »Ich habe nie aufgehört, dich lieb zu haben, Maxine.«

Ihre Augen leuchteten vor Glück. »So«, sagte sie, »jetzt iss dein Frühstück und erzähl mir vom Südpazifik. Ich spüre doch, dass du eine Geschichte zu erzählen hast.«

Ich biss in ein Sandwich und nickte, begierig, ihr alles anzuvertrauen. Oder zumindest fast alles.

Am nächsten Tag ließ der Regen nach, und als nach einer Weile die Sonne zwischen den Wolken hervorkam, fühlte ich mich schon besser.

»Morgen, Antoinette«, rief Maxine aus der Küche. »Frühstück ist fertig.«

Ich setzte mich lächelnd zu meinem Vater an den Tisch und betrachtete meinen Teller: frisches Obst, gebutterte Toastscheiben und ein Omelett – ein opulentes Mahl im Vergleich zu dem, was man uns auf der Insel vorgesetzt hatte.

Maxine hängte ihre Schürze an einen Haken an der Wand und setzte sich zu uns. Mein Vater gab ihr einen Kuss auf die Wange. Ich hatte zwar akzeptiert, dass die beiden ein Paar waren, aber ich spürte, dass ich noch eine Weile brauchen würde, um mich daran zu gewöhnen. Wie meine Mutter wohl damit zurechtkam?

»Papa«, fragte ich vorsichtig, »hast du von Mama gehört?«

Maxine legte ihre Gabel ab und senkte den Blick.

»Ja«, sagte mein Vater. »Sie wohnt jetzt in New York, Liebes. Aber das weißt du ja. Ich nehme an, dass sie dir geschrieben hat.« Er zog einen Zettel aus der Tasche seines Jacketts. »Sie hat mich gebeten, dir diese Nummer zu geben, damit du sie anrufen kannst. Sie möchte, dass du sie besuchst.« Er schluckte. »Wenn du so weit bist.«

Ich faltete den zerknitterten Zettel zusammen und legte ihn neben meinen Teller. Zweifellos ging sie in elegante Geschäfte und auf Modenschauen. Aber ob sie glücklich war?

»Gerard hat heute Morgen angerufen«, sagte mein Vater, um das Thema zu wechseln.

»Ach?«

»Er würde gern heute Nachmittag vorbeikommen.«

Instinktiv griff ich nach meinem Medaillon. In der Hoffnung, es würde mir ein Zeichen geben.

»Ja«, antwortete ich und schaute Maxine Hilfe suchend an. »Das würde mich freuen.«

Maxines Lächeln sagte mir, dass ich die richtige Entscheidung getroffen hatte. Der erste Schritt hin zu einem vernünftigen Umgang mit meiner neuen Wirklichkeit bestand darin, Gerard zu treffen und mit ihm über das gemeinsame Leben zu reden, das wir geplant hatten. Ich rieb mir den Finger, an dem ich einmal den Verlobungsring getragen hatte, und seufzte.

»Gut«, sagte mein Vater, der angefangen hatte, die Zeitung zu lesen. »Ich habe ihn gebeten, gegen zwei herzukommen.«

Von meinem Zimmer aus hörte ich, wie Gerard vor unserem Haus hielt, aus dem Auto stieg und die Stufen zur Haustür hochging. Ich erstarrte. Was sollte ich ihm sagen? Wie sollte ich mich verhalten?

Maxine steckte den Kopf zur Tür herein und zeigte auf

die Treppe. »Er ist da, Antoinette«, sagte sie leise. »Bist du so weit?«

Ich glättete mein Haar und ging zur Treppe. »Ja«, sagte ich und holte tief Luft.

Erste Stufe, zweite Stufe. Ich hörte Gerard im Wohnzimmer mit meinem Vater reden. Mir schlug das Herz bis zum Hals. *Dritte Stufe, vierte Stufe.* Stille. *Fünfte Stufe, sechste Stufe.* Und dann stand er da, am Fuß der Treppe, und schaute mich so liebevoll an, dass ich meinen Blick nicht mehr von ihm abwenden konnte.

»Anne!«, sagte er.

»Gerard!« Mir versagte beinahe die Stimme. Sein linker Arm ruhte in einer Schlinge.

»Willst du noch lange da stehen bleiben, oder meinst du, dass ein verwundeter Soldat zur Begrüßung einen Kuss verdient hat?«

Ich lächelte und flog ihm an den Hals. Ich gab ihm einen Kuss auf die Wange, und einen Moment lang fühlte es sich so an, als wären wir nie getrennt gewesen.

Mein Vater räusperte sich und nickte Maxine zu. »Wir lassen euch zwei dann mal allein«, sagte er lächelnd. »Ihr habt euch bestimmt eine Menge zu erzählen.«

Gerard nahm mich an der Hand und führte mich zum Sofa im Wohnzimmer. Dann schloss er die doppelflügelige Tür. »Ach, Anne, ich kann dir gar nicht sagen, wie sehr du mir gefehlt hast«, sagte er und setzte sich neben mich.

Ich hatte ganz vergessen, wie unglaublich gut er aussah. »Tut mir leid, dass ich nicht öfter geschrieben habe«, erwiderte ich.

»Das macht nichts«, sagte er liebevoll. »Ich weiß doch, dass du viel zu tun hattest.«

Wenn ihm der wahre Grund bekannt wäre, würde er mir auch dann verzeihen?

»Dein Arm«, sagte ich und berührte vorsichtig seine Schulter. »Ach Gerard, mein Vater sagt, du wirst ihn vielleicht nie wieder richtig gebrauchen können.«

Er verzog verächtlich den Mund, dann sagte er: »Ich hätte auch sterben können.« Er senkte den Blick. »Alle um mich herum wurden niedergemetzelt. Ich begreife gar nicht, warum ich davongekommen bin.«

Ich sah, dass Gerard ebenso wie ich eine schwere Last mit sich trug. Allerdings eine ehrenvollere.

Er nahm meine Hand, die linke. Er sah, dass der Verlobungsring fehlte.

»Gerard, ich …«

Er schüttelte den Kopf. »Du brauchst mir nichts zu erklären«, sagte er. »Ich bin einfach nur froh, dich wiederzuhaben.«

Ich legte den Kopf an seine Schulter.

September 1944

»Ist es nicht unfassbar, dass ich tatsächlich bald heirate?«, sagte ich zu Maxine, während ich mein weißes Brautkleid bewunderte, das meine Mutter vor dem Krieg aus Frankreich geschickt hatte.

»Du siehst wunderschön aus, Antoinette«, sagte Maxine und befestigte eine Nadel an meiner Korsage. »Wir sagen der Schneiderin, sie soll es hier ein bisschen enger machen. Hast du abgenommen?«

Ich zuckte die Schultern. »Das sind die Nerven.«

»Liegt dir etwas auf der Seele, Liebes? Du weißt, dass du es mir sagen kannst.«

Ehe ich ihr eine Antwort geben konnte, klingelte das Telefon. »Ich gehe ran«, sagte ich und lief nach unten in die Küche. »Das wird Gerard sein.«

»Hallo«, sagte ich fröhlich und ein bisschen außer Atem. »Rate mal, was ich gerade anhabe!«

Es knackte in der Leitung. »Anne?«, fragte eine vertraute weibliche Stimme. »Anne, bist du das?«

»Ja«, antwortete ich. »Mit wem spreche ich?«

»Ich bin's, Mary!«

Ich schnappte nach Luft. »Mary! Mein Gott, wie geht es dir?«

»Gut«, sagte sie. »Ich habe nicht viel Zeit, deswegen fasse ich mich kurz. Ich fürchte, ich habe schlechte Nachrichten.«

Ich spürte, wie ich erbleichte. *Mary. Schlechte Nachrichten.* »Was ist passiert?«

»Ich bin in Paris«, fuhr sie fort. »Ich bin hier wegen Edward, aber das erzähle ich dir ein andermal. Du hast bestimmt gehört, dass die Alliierten die Stadt befreit haben.«

»Ja«, sagte ich, noch immer ganz fassungslos, Mary in der Leitung zu haben.

»Es ist unglaublich, dass die Alliierten hier sind, Anne. Es ist ein Wunder. Wir hatten kaum noch zu hoffen gewagt, dass es dazu kommen würde.« Sie zögerte. »Aber was ich dir sagen wollte ... Heute habe ich Kitty im Lazarett getroffen und ...«

Ich hatte oft an Kitty gedacht, vor allem in letzter Zeit, wo der Tag meiner Hochzeit näher rückte. Und jetzt ihren

Namen zu hören, versetzte meiner gekränkten Seele erneut einen Stich.

»Geht es ihr gut?«

»Ja«, sagte Mary. »Ihr ja. Aber … Es geht um Westry.«

Ich setzte mich, als alles um mich herum sich zu drehen begann.

»Anne, bist du noch da?«

»Ja«, sagte ich schwach. »Ich bin noch da.«

»Er ist verwundet«, sagte sie. »Ziemlich schwer. Eine Kugel hat ihn erwischt. Er gehörte zu der Infanteriedivision, die die Stadt gestürmt hat. Aber sein Bataillon wurde aufgerieben. Die meisten sind gefallen. Er hat irgendwie durchgehalten.«

»Mein Gott, Mary, wie schlimm ist es?«

»Ich bin mir nicht ganz sicher«, antwortete sie. »Aber es sah nicht gut aus, Anne.«

»Ist er bei Bewusstsein?«

Wieder knackte es in der Leitung.

»Mary, bist du noch da?«

»Ja«, sagte sie. Sie war kaum noch zu verstehen, und ich fürchtete, dass die Verbindung jeden Augenblick abbrechen würde. »Du musst herkommen. Du musst ihn besuchen, bevor er …«

»Wie soll ich das denn anstellen?«, rief ich verzweifelt. »Die Reisemöglichkeiten sind eingeschränkt, vor allem nach Europa.«

»Es gibt eine Möglichkeit«, sagte Mary. »Hast du was zum Schreiben?«

Ich öffnete die Küchenschublade und suchte nach Stift und Schreibblock. Auf dem obersten Blatt stand eine Notiz in der vertrauten Handschrift meiner Mutter, was mir wieder zu Bewusstsein führte, wie sehr sie mir fehlte. Ich war schon seit einem Jahr wieder zu Hause und hatte sie immer noch nicht in New York besucht. »Schieß los«, sagte ich.

»Schreib dir folgenden Code auf«, sagte Mary. »A5691 G9NQ.«

»Was bedeutet das?«

»Das ist ein geheimdienstlicher Reisecode«, sagte Mary. »Du kannst ihn benutzen, um ein Schiff zu nehmen, das in vier Tagen von New York nach Paris fährt. Wenn du hier bist, komm in meine Wohnung: Boulevard Saint Germain Nummer 349.«

Ich schrieb mir die Adresse auf, dann schüttelte ich den Kopf. »Glaubst du wirklich, dass das funktioniert?«

»Ja«, versicherte sie mir. »Und falls du in Schwierigkeiten geraten solltest, beruf dich auf Edward Naughton.«

Ich umklammerte den Hörer. »Danke, Mary.« Aber die Verbindung war bereits unterbrochen, und es rauschte nur noch in der Leitung.

»Gerard, ich muss dir etwas erzählen«, sagte ich am Abend beim Essen und schob meinen Teller weg. Ich hatte nichts herunterbekommen, obwohl es gedünsteten Lachs mit neuen Kartoffeln gab.

»Du hast ja fast nichts gegessen«, sagte er stirnrunzelnd.

Er sah gut aus in seinem grauen Anzug. Durch den Krieg war der Cabaña Club, der früher immer verraucht und voller Trubel gewesen war, fast verwaist. Auf der Bühne spielte gerade ein Saxophonist. In gewisser Weise fühlte es sich an wie Verrat, hier zu sein, Verrat an jenen, die ihr Leben gelassen hatten oder verstümmelt in Lazaretten lagen. Ich schluckte schwer.

»Was ist los, mein Schatz?«, fragte Gerard und betupfte sich die Mundwinkel mit einer weißen Stoffserviette.

Ich holte tief Luft. »Als ich im Südpazifik war, da … gab es einen Mann. Ich … ich …«

Gerard schloss die Augen. »Erzähl's mir nicht«, sagte er und schüttelte den Kopf. »Bitte.«

Ich nickte. »Ich verstehe dich. Aber es gibt etwas, das ich unbedingt tun muss. Vor der Hochzeit.«

»Was denn?«

»Ich muss für eine Weile wegfahren«, sagte ich.

Gerard schaute mich traurig an, aber er protestierte nicht. »Und wenn du zurückkommst, wirst du dann wieder du selbst sein?«

Ich schaute ihm tief in die Augen. »Genau deswegen muss ich fort«, sagte ich. »Um das herauszufinden.«

Er wandte sich ab. Meine Worte hatten ihm wehgetan, und das tat mir schrecklich leid. Sein linker Arm hing kraftlos herunter. Er mochte es nicht, die Schlinge zu tragen, wenn wir ausgingen. »Anne.« Er räusperte sich. Ihm versagte die Stimme, und er holte tief Luft, um sich zu sammeln. Gerard weinte nie. »Wenn es sein muss. Wenn die Chance besteht, dass du mir wieder dein ganzes Herz schenkst, werde ich auf dich warten.«

14

Am nächsten Morgen brachte mein Vater mich zum Bahnhof. Es war eine lange Fahrt bis nach New York, aber es gab keine andere Möglichkeit, dorthin zu kommen. Ich würde einen Tag mit meiner Mutter verbringen und dann das Schiff nehmen, das Mary mir genannt hatte. Ich betete, dass Westry durchhalten würde, bis ich eintraf. Ich musste ihm so vieles sagen und wollte so vieles von ihm wissen. *Ob er mich noch liebte, so wie ich ihn?*

»Deine Mutter wird sich freuen, dich zu sehen«, sagte mein Vater mit einem verlegenen Lächeln, das er immer aufsetzte, wenn er von meiner Mutter sprach.

»Die Adresse hast du doch, oder?«, fragte er.

»Ja«, antwortete ich und hielt meine Handtasche hoch, in der sich meine Fahrkarte und die Adresse meiner Mutter befanden.

»Gut«, sagte er. »Fahr vom Bahnhof mit dem Taxi zu ihr. Und pass auf dich auf, Kleines.«

Ich lächelte. »Papa, du scheinst vergessen zu haben, dass ich fast ein Jahr lang im Kriegsgebiet gelebt habe. Ich glaube, ich kann auf mich aufpassen.«

Er erwiderte mein Lächeln. »Natürlich, Liebes. Ruf

mich an und sag mir Bescheid, wann du zurückkommst. Ich hole dich ab.«

Ich küsste ihn zum Abschied auf die Wange, dann stieg ich in den Zug. Der Schaffner kontrollierte meine Fahrkarte und führte mich in das kleine Abteil, in dem ich die nächsten zwei Tage verbringen und allein quer durch die Vereinigten Staaten reisen würde.

Es war schon spät, als der Zug in der Grand Central Station einfuhr, und rundherum glitzerten die Lichter der Stadt. Ich konnte mir noch immer nicht recht vorstellen, dass meine Mutter in dieser pulsierenden Metropole lebte, die so ganz anders war als Seattle.

Ich stieg aus und schob mich mit meiner schweren Tasche durch die Menschenmenge, vorbei an einer Frau mit zu vielen Kindern, an einem Mann mit einem Affen auf der Schulter, der zwei winzige Becken schlug, und einem grauhaarigen Obdachlosen, der mir seine Mütze entgegenhielt und etwas murmelte, das ich nicht verstand.

Am Straßenrand vor dem Bahnhof warteten jede Menge Taxis. Ich winkte einem dunkelhäutigen Fahrer, der mir zunickte und die hintere Wagentür öffnete.

Ich schob meine Tasche auf den Rücksitz und setzte mich daneben. Im Wagen roch es nach Zigarettenrauch. »Ich möchte in die …« Ich faltete den Zettel auseinander. »East Fiftyseventh Street Nummer 560.«

Der Fahrer nickte nur knapp.

Mir war, als würde alles vor meinen Augen verschwimmen, als ich aus dem Fenster schaute. Überall blinkten Lichter – grün, rot, pink, gelb. Matrosen auf Landgang in weißen Uniformen mit jungen Frauen im Arm – blonde, brünette, große, kleine. Der Krieg war noch nicht zu Ende, aber die Stimmung hatte sich schon wieder verändert. Man konnte es deutlich spüren – in den Vororten von Seattle ebenso wie in New York.

Die Gebäude flogen vorbei wie in einem Film, in dem ich mir fremd und verloren vorkam. Schließlich hielt das Taxi abrupt in einer von Bäumen gesäumten Straße.

»So, da sind wir, Miss«, sagte der Fahrer. Ich bezahlte ihn, er stellte meine Tasche auf dem Gehweg ab und zeigte auf ein elegantes Backsteinhaus mit einer glänzenden, roten Tür.

Ich bedankte mich bei dem Mann und ging auf das Haus zu. Kurz nachdem ich geklingelt hatte, öffnete meine Mutter die Tür. Obwohl es schon elf Uhr abends war, war sie perfekt geschminkt und trug ein rotes, schulterfreies Kleid. In der Hand hielt sie ein Glas Martini.

»Anne!«, rief sie aus und zog mich mit einer frisch manikürten Hand an sich. Eine Olive fiel aus ihrem Glas auf den Boden.

Meine Mutter machte einen unsicheren Schritt nach hinten, und ich ließ meine Tasche fallen, um ihr zu Hilfe zu eilen. »Lass dich ansehen«, sagte sie unnatürlich aufgekratzt. Sie musterte mich von Kopf bis Fuß, dann nickte sie anerkennend. »Der Südpazifik hat dir gutgetan, Liebes. Du hast mindestens vier Kilo abgenommen!«

Ich lächelte. »Na ja, ich …«

»Komm rein! Komm rein!« Ihr rotes Kleid raschelte, als sie mir vorausging.

Ich folgte ihr mit meiner schweren Tasche in die Eingangshalle, wo ein übertrieben großer Kronleuchter an der Decke hing. »Es ist zwar nicht Windermere«, bemerkte meine Mutter schulterzuckend, »aber es ist jetzt mein Zuhause. Ich habe mich an das Stadtleben gewöhnt.«

Sie führte mich in ein kleines Wohnzimmer mit Parkettboden und einem viktorianischen Sofa. »Natürlich lasse ich alles renovieren«, sagte sie, »Leon berät mich dabei.« Sie sprach den Namen aus, als müsste ich den Mann kennen.

»Leon?«

»Mein Innenarchitekt«, sagte sie und nahm einen Schluck Martini. Ich konnte mich nicht erinnern, dass meine Mutter in Seattle Martini getrunken hätte, auch nicht, dass ihre Schlüsselbeine sich so deutlich abgezeichnet hätten. »Er besteht darauf, dass ich dieses Zimmer violett streichen lasse, aber ich weiß nicht so recht. Ich glaube, ich würde Aquamarin bevorzugen. Was meinst du, Liebes?«

»Aquamarin scheint mir ein bisschen knallig für dieses Zimmer«, sagte ich.

»Das ist genau der Effekt, der mir vorschwebt«, sagte sie, während sie mit einer Hand über die Wand fuhr. »Knallig. Dein Vater war immer so traditionell.« Sie trank ihr Glas aus und fügte kichernd hinzu: »Jetzt brauche ich nicht mehr traditionell zu sein.«

Ich nickte, aber solange sie sich in diesem Zustand befand, würde ich nicht mit ihr über meinen Vater sprechen.

Sie schüttelte den Kopf. »Was rede ich nur für ein dummes Zeug«, sagte sie und nahm eine kleine Glocke von einem Beistelltisch. »Du bist bestimmt müde. Ich lasse Minnie kommen.«

Auf ihr Klingeln hin erschien eine kleine Frau etwa in meinem Alter. »Minnie, seien Sie so lieb und begleiten Sie Anne auf ihr Zimmer.«

»Ja, Ma'am«, sagte Minnie mit einer Piepsstimme und nahm meine Tasche.

»Gute Nacht, Liebes«, sagte meine Mutter und streichelte mir die Wange. »Ich weiß, du kannst nicht lange bleiben, aber morgen früh werden wir beide uns ausgiebig amüsieren, ehe du aufs Schiff gehst.«

»Gute Nacht«, sagte ich und folgte Minnie die Treppe hoch, während meine Mutter das Barfach im Schrank öffnete und die Ginflasche herausnahm.

Am nächsten Morgen weckte mich eine Hupe vor meinem Fenster im zweiten Stock. Ich zog mir ein Kissen über den Kopf und hoffte, noch ein bisschen schlafen zu können, aber ich hatte kein Glück. Ich warf einen Blick auf die Uhr. Es war gerade mal zwanzig vor sieben. Trotzdem stand ich auf und zog mich an. Meine Mutter würde mich schon erwarten, und ich wollte bis zu meiner Abreise so viel Zeit wie möglich mit ihr verbringen.

Im Erdgeschoss fiel gerade das erste Tageslicht durch die Fenster und ließ das Haus noch einsamer erscheinen, als es mir am Abend zuvor erschienen war. An den Wänden hingen weder Fotos noch Gemälde. Dabei hatte meine Mutter immer ein Faible für Gemälde gehabt.

»Guten Morgen, Miss«, sagte Minnie schüchtern von der Küche aus. »Möchten Sie Kaffee oder Tee?«

»Tee, bitte«, sagte ich lächelnd.

Kurz darauf erschien sie mit einer Tasse Tee, einer Schale Obst, einem Croissant und einem gekochten Ei auf einem Tablett.

»Sollte ich nicht lieber auf meine Mutter warten?«, fragte ich mit einem Blick auf das Tablett.

Minnie wirkte verunsichert. »Na ja«, sagte sie. »Also …«
»Was ist denn los, Minnie?«
»Mr. Schwartz war gestern Abend hier«, antwortete sie verlegen und schaute mich an, als hoffte sie, dass ich verstehen würde, was sie damit meinte.
»Sie meinen Leon?«
»Ja, Ma'am«, sagte sie. »Er ist gekommen, als Sie schon im Bett waren.«
»Ach so«, sagte ich. »Schläft meine Mutter noch?«
»Ja, Ma'am.«
»Ist Mr. Schwartz immer noch hier, Minnie?«
Sie betrachtete ihre Füße.
»Ja, nicht wahr?«
Minnie schien erleichtert darüber, das Geheimnis mit jemandem teilen zu können. »Wenn er über Nacht bleibt, sehe ich sie meistens nicht vor Mittag, manchmal auch erst nach eins.«
Ich nickte, bemüht, mir meine Enttäuschung nicht anmerken zu lassen. »Dann werde ich hier frühstücken«, sagte ich und nahm ihr das Tablett ab. »Vielen Dank.«
»Äh, Miss Anne«, stotterte Minnie nervös. »Sie werden Mrs. Calloway doch nicht verraten, dass ich Ihnen das erzählt habe, oder?«
Ich tätschelte ihr beruhigend die Hand. »Natürlich nicht«, versicherte ich ihr. »Das bleibt unser Geheimnis.«

Eine Stunde später verließ ich das Haus. Ich hatte noch fünf Stunden, bevor ich aufs Schiff musste. Ich winkte einem Taxi.
»Wohin, Miss?«, fragte der Fahrer.
»Ich weiß nicht«, antwortete ich. »Ich habe nur ein

paar Stunden zur Verfügung. Können Sie mir etwas empfehlen?«

Als der Fahrer lächelte, blitzte ein Goldzahn auf. »Das ist ja ein Ding. Normalerweise wissen die Leute hier immer genau, wohin sie wollen.«

Ich hob die Schultern und schaute zum Schlafzimmerfenster meiner Mutter hoch. Die Vorhänge waren immer noch zugezogen. »Früher habe ich auch immer geglaubt, ich wüsste, wo ich hinwollte. Ich dachte, ich wüsste, wo es langgeht, aber …«

Der Fahrer wirkte allmählich beunruhigt. »Hören Sie, Miss«, sagte er. »Ich wollte Sie nicht beleidigen.«

Ich schüttelte den Kopf. »Das haben Sie nicht.«

»Moment«, sagte er und zog eine Broschüre aus seiner Jackentasche. »Interessieren Sie sich für Kunst?«

Ich dachte an das Bild, das ich in der Hütte zurückgelassen hatte. Was hätte ich dafür gegeben, es jetzt bei mir zu haben. »Ja«, sagte ich.

»Dann fahre ich Sie zum Met.«

»Zum Met?«

Er schaute mich verblüfft an. »Zum Metropolitan Museum.«

»Oh«, sagte ich. »Sehr schön.«

»Ich hoffe, Sie finden, was Sie suchen«, sagte der Fahrer augenzwinkernd.

»Ja, ich auch«, erwiderte ich und reichte ihm drei Dollar.

Minuten später stand ich vor dem palastartigen Gebäude mit den eindrucksvollen Säulen, die den Eingang flankieren. Ich stieg die Stufen zum Portal hoch und ging zum Informationsschalter in der Eingangshalle.

»Verzeihen Sie, Ma'am«, sagte ich. »Sie haben hier nicht zufällig ein paar Gemälde von französischen Malern?«

Die Frau, die etwa so alt war wie meine Mutter, nickte, ohne von ihrem Buch aufzublicken. »Selbstverständlich haben wir hier französische Meister. Sie hängen im Ostflügel im zweiten Stock.«

»Danke«, sagte ich und ging zum Aufzug. Die Vorstellung, hier Bilder von Gauguin vorzufinden, kam mir eigentlich albern vor. Trotzdem wollte ich allzu gerne wissen, ob das kleine Gemälde in der Hütte irgendeine Ähnlichkeit mit seinen anderen Bildern aufwies. Konnte es sein, dass es stimmte, was Tita mir über den ursprünglichen Besitzer der Hütte gesagt hatte? Und über den Fluch?

Im zweiten Stock trat ich aus dem Aufzug. Ein kleiner Junge mit einem roten Luftballon, der sich an die Hand seiner Mutter klammerte, und ein Museumswärter, der an einer der Wände stand, waren die einzigen Anwesenden.

Ich ging von Bild zu Bild und las die Texte auf den kleinen Schildern: Monet, Cézanne und andere Namen, die ich nicht kannte. Nachdem ich alle Gemälde im Raum gesehen hatte, setzte ich mich enttäuscht auf eine Bank neben dem Aufzug.

»Verzeihen Sie, Miss.« Als ich aufblickte, sah ich, dass der Museumswärter auf mich zukam. Er schob sich die Brille auf die Nasenspitze. »Kann ich Ihnen helfen?«

Ich lächelte. »Nein danke, alles in Ordnung. Ich hatte nur gehofft, ein paar Werke von einem bestimmten Maler hier zu finden, aber ich habe mich geirrt.«

Er legte den Kopf schief. »Darf ich fragen, von welchem Künstler?«

»Ach, von einem französischen Maler, der die meisten seiner Bilder im Südpazifik gemalt hat. Wahrscheinlich sollte ich lieber in Frankreich danach suchen.«

»Wie heißt er denn?«

»Paul Gauguin«, sagte ich, stand auf und rief den Aufzug.

»Von dem haben wir tatsächlich einige Werke hier«, sagte der Mann.

»Wirklich?« Der Aufzug bimmelte, und die Türen glitten auf. Ich trat einen Schritt zurück, damit sie sich wieder schlossen.

»Ja, wirklich«, sagte er und zeigte auf eine Tür in der Nähe, die mit einem glänzenden Vorhängeschloss verriegelt war. »Eigentlich ist der Flügel zurzeit wegen Renovierungsarbeiten geschlossen, aber wenn die Bilder Sie so sehr interessieren, könnte ich die Tür vielleicht ausnahmsweise für Sie öffnen.«

Ich strahlte ihn an. »Das würden Sie tun?«

»Ich habe den Schlüssel hier«, sagte er und klopfte auf seine Hosentasche.

Ich folgte ihm zu der Tür. Er steckte einen Schlüssel in das Schloss und drückte die Tür auf. »Nehmen Sie sich so viel Zeit, wie Sie wollen«, sagte er mit einem stolzen Lächeln. »Ich warte hier draußen.«

»Danke«, sagte ich. »Vielen, vielen Dank!«

Ich betrat den Raum und ließ die Tür hinter mir ins Schloss fallen. Der Raum war klein im Vergleich zu dem anderen, aber die Wände waren über und über mit Gemälden bedeckt. Zuerst wusste ich nicht, wo ich anfangen sollte – bei den Landschaftsbildern zu meiner Linken oder bei den Porträts zu meiner Rechten –, doch dann fiel mein Blick auf eine Strandlandschaft an der gegenüberliegenden Wand. Sie kam mir irgendwie vertraut vor. Es schien mir unvorstellbar, dass der Künstler, der einmal in der Hütte gewohnt hatte, genau denselben Strandabschnitt gemalt haben könnte, aber als ich näher heranging, kam mir die Idee gar nicht mehr so abwegig vor.

Auf dem Bild war ein Hibiskusstrauch mit gelben Blüten neben einer Hütte abgebildet. *Das war unsere Hütte.* Am Strand war eine weibliche Gestalt schemenhaft zu erkennen. Das Bild ähnelte dem, das in unserer Hütte an der Wand gehangen hatte – es waren zwei Momentaufnahmen derselben Szene.

Ich trat einen Schritt zurück und suchte nach einem Schild mit Informationen über die Herkunft des Gemäldes, einem Entstehungsdatum und dem Namen des Künstlers. Aber ich konnte nichts dergleichen entdecken.

Ich öffnete die Tür und lehnte mich halb hinaus. »Sir«, flüsterte ich dem Museumswärter zu.

Er nickte und kam auf mich zu. »Ja?«

»Entschuldigen Sie, aber Sie sagten, dieser Raum sei wegen Renovierungsarbeiten geschlossen. Wissen Sie, ob einige der Informationstafeln neben den Bildern entfernt wurden? Es gibt da ein Bild, das mich besonders interessiert.«

Der Mann lächelte. »Welches denn?«

Ich ging in den Raum und zeigte ihm das Gemälde.

»Das Bild kenne ich«, sagte er. »Es ist etwas ganz Besonderes.«

»Von wem ist es?«

»Na, von Paul Gauguin«, sagte er. »Das sieht man doch an der Polynesierin im Vordergrund und an der Signatur.«

Ich schüttelte verwundert den Kopf. »Signatur?«

»Hier«, sagte er und zeigte auf eine Stelle in der unteren linken Ecke. Die Schrift in gelber Farbe verschmolz mit dem gelben Hintergrund.

Natürlich war es ein Gauguin. Ich wünschte, Westry hätte dabei sein und es sehen können.

»Hier ist noch ein Bild von Gauguin«, sagte der Mann und zeigte auf ein größeres Gemälde, auf dem eine barbusige Frau mit einer Plumeria im Haar abgebildet war. Mir blieb beinahe das Herz stehen. Atea. Sie sah genauso aus wie Atea.

Ich ging noch einmal zu der Strandszene zurück, die mich so fasziniert hatte. »Wissen Sie zufällig, wann er dieses Bild gemalt hat?«

»Das wird aus seiner Zeit auf Tahiti stammen«, antwortete der Mann. »Anfang der neunziger Jahre.«

»Tahiti?«

»Ja, oder irgendwo da in der Nähe«, sagte er. »Es heißt, dass er auf verschiedenen Inseln gewohnt hat. Hin und wieder tauchen Werke von ihm auf, die Schiffskapitäne auf den Inseln als Tauschobjekte bekommen haben. Ein unbezahlbares Gemälde für eine Schachtel Zigaretten.« Er schüttelte den Kopf. »Können Sie sich das vorstellen?«

Mich überkam dieselbe Panik, die ich beim Verlassen der Insel empfunden hatte, weil ich fürchtete, das Bild in der Hütte könnte für immer verloren gehen. »Wissen Sie sonst noch etwas über Gauguins Leben auf der Insel?«

»Nur dass er sehr zurückgezogen gelebt hat«, sagte der Mann. »Er hat in kleinen, verborgenen Hütten gewohnt, sich sehr junge Frauen genommen, und er litt unter gesundheitlichen und finanziellen Problemen. Er ist allein gestorben, an Syphilis. Kein besonders glückliches Leben, wenn Sie mich fragen.«

Ich nickte. Es passte alles zusammen. Die Hütte. Das Bild. Titas Warnungen. Der Fluch.

Ich schaute den Museumswärter voller Bewunderung an. »Woher wissen Sie so viel über Gauguin?«, fragte ich.

»Hier in diesen Hallen treiben sich nicht viele Kunstdiebe herum«, sagte er mit einem Augenzwinkern. »Ich habe also viel Zeit. Außerdem ist er mein Lieblingsmaler. Er hat es nicht verdient, in diesen kleinen Raum abgeschoben zu werden. Seine Werke müssten bei den Monets und van Goghs hängen.«

Ich wünschte, ich könnte mich zurück auf die Insel zaubern und das Gemälde holen, das Westry und ich dort zurückgelassen hatten. Dann würde ich es ins Museum bringen und darauf bestehen, dass man es genau neben das andere Gemälde hängte, damit die Geschichte, deren Beginn das eine Bild darstellte, von dem anderen zu Ende erzählt werden konnte.

»Es tut mir so leid, dass ich heute Morgen verschlafen habe, Liebes«, sagte meine Mutter, als ich zurückkam. Sie lag mit einem Eisbeutel auf der Stirn auf dem Sofa. »Ich habe fürchterliche Kopfschmerzen.«

Am liebsten hätte ich geantwortet: *Weil du die ganze Nacht mit einem gewissen Mr. Schwartz durchgesoffen hast.* Doch ich sagte nur freundlich: »Ich habe mich beschäftigt, Mama.«

»Schön«, sagte sie. »Ich fürchte, ich bin zu angeschlagen, um dich zum Hafen zu begleiten. Ich habe einen

Fahrer für dich bestellt, er holt dich in einer halben Stunde ab.«

Ich nickte. »Mama.« Ich suchte nach den richtigen Worten. »Wir haben gar nicht über das gesprochen, was passiert ist. Ich meine, mit Papa und Maxine.«

Sie wich meinem Blick aus.

»Mama«, fuhr ich fort. »Alles in Ordnung? Das war bestimmt sehr schlimm für dich.«

Ich spürte ihre Traurigkeit, obwohl sie sich bemühte, sie zu verbergen.

»Mama?«

Sie seufzte. »Irgendwann werde ich darüber hinwegkommen«, sagte sie. »Ich versuche, mich so gut wie möglich abzulenken. Und Männer gibt es genug.«

Ich wandte mich verlegen ab.

»Das Scheitern meiner Ehe ist das Schlimmste, was mir im Leben zugestoßen ist.«

»Ach, Mama …«

»Nein«, fiel sie mir ins Wort. »Ich möchte dir das erzählen.«

Ich nickte, auch wenn ich mir nicht sicher war, ob ich es hören wollte.

»Ich habe deinen Vater immer geliebt«, fuhr sie fort. »Aber mir ist schon vor langer Zeit klar geworden, dass er mich nicht liebte. Eigentlich hat er mich nie geliebt. Jedenfalls nicht auf die Weise, wie ein Ehemann seine Frau lieben sollte.« Sie seufzte und betrachtete ihre Hände. »Tja«, sagte sie in ihrem üblichen barschen Ton, »lass dir das eine Lehre sein. Wenn du mal heiratest« – sie hob den Kopf und schaute mir in die Augen – »vergewissere dich, dass er dich liebt. Dass er dich wirklich liebt.«

»Mach ich.«

Sie ließ sich auf ihr Kissen sinken. »Du hast mir gar nicht erzählt, warum du nach Europa fährst.«

Plötzlich konnte ich meine Mutter besser verstehen. »Was du über die Liebe gesagt hast, Mama – genau darum fahre ich nach Europa. Um mich zu vergewissern.«

15

Der Reisecode des Geheimdienstes funktionierte genauso, wie Mary es gesagt hatte. Meine Hände hatten gezittert, als ich den Zettel vorgezeigt hatte, und ein junger Soldat hatte mich skeptisch von oben bis unten gemustert, aber als ich ihm den Namen Edward Naughton genannt hatte, hatte er mir ein Formular mit meiner Kabinennummer übergeben und mich durchgewinkt.

Am letzten Tag der strapaziösen Schiffsfahrt, vollkommen erschöpft von tagelanger Seekrankheit, begann ich zu fürchten, dass ich die Reise womöglich vergebens unternommen hatte. Selbst wenn ich es rechtzeitig zum Krankenhaus schaffte, würde Westry mich überhaupt sehen wollen? Mehr als ein Jahr war vergangen, seit wir uns in Bora-Bora auf der Landebahn verabschiedet hatten, und er hatte mir nicht ein einziges Mal geschrieben. Sicher, es dürfte angesichts der heftigen Kämpfe in Europa nicht einfach gewesen sein, aber er hätte es wenigstens versuchen können.

»Wir werden in Kürze anlegen«, rief der Steward auf dem Gang. »Halten Sie Ihr Gepäck bereit.«

Ich schaute aus dem winzigen Fenster. Durch den Nebel konnte ich vage den Hafen von Le Havre erkennen. Von dort aus war es nur noch eine kurze Zugfahrt bis Paris. Wieder kamen mir Zweifel. Was machte ich eigentlich hier? Es lag alles ein Jahr zurück. Ein sehr langes Jahr. Jagte ich vielleicht nur einem Traum hinterher, der längst ausgeträumt war? Ich nahm meine Tasche und schüttelte den Gedanken ab. Ich hatte es angefangen, jetzt würde ich es auch zu Ende bringen.

Ich stand auf dem Boulevard Saint Germain und schaute an dem Haus hoch, in dem Mary wohnte – eindrucksvoll, mit kleinen Balkonen, auf denen Blumentöpfe mit hübschen Pflanzen standen. Hinter den Fenstern flackerte Kerzenlicht. Ich fragte mich, was für ein Leben Mary während der Besatzungszeit hier geführt hatte und wie ihre Geschichte mit Edward sich entwickelt hatte. Hatte der Brief alles geändert? Hatte er sich wieder mit ihr versöhnt? Waren sie zusammen glücklich geworden? Es war schon spät, beinahe zehn, aber überall waren Menschen unterwegs, saßen in Cafés und Restaurants. Liebespaare schlenderten Arm in Arm über den Bürgersteig. Dennoch erinnerten hier und da Spuren an den Terror, unter dem die Stadt gelitten hatte. Neben einem Mülleimer lag eine zerrissene, halb verbrannte Naziflagge. Die grüne Markise einer Bäckerei auf der gegenüberliegenden Straßenseite war zerfetzt, und die Fenster waren mit Brettern zugenagelt. An der Tür baumelte ein gelber Davidstern.

Ich betrat das Gebäude und klopfte an Marys Wohnungstür. Einen Augenblick später hörte ich Schritte, die sich näherten, dann wurde die Tür aufgerissen.

»Anne!«, rief Mary. »Da bist du ja!«

Meine Augen füllten sich mit Tränen, als ich meiner

alten Freundin um den Hals fiel. »Ich kann es selbst kaum glauben«, sagte ich.

»Du bist bestimmt erschöpft von der langen Reise«, sagte Mary.

Ich holte tief Luft und wappnete mich. »Mary, ich muss es wissen. Wie geht es Westry? Hast du ihn in letzter Zeit gesehen?«

Mary senkte den Blick. »Ich war schon ein paar Tage nicht mehr im Krankenhaus«, antwortete sie leise. »Aber er wurde sehr schwer verwundet. Er hat mehrere Kugeln abbekommen.«

Mir wurde ganz flau. »Ich könnte es nicht ertragen, ihn zu verlieren, Mary.«

Mary legte mir einen Arm um die Schultern. »Komm erst mal rein«, sagte sie. »Deine Tränen kannst du dir für morgen aufheben.«

Ich folgte ihr ins Wohnzimmer, wo sie zwei Lampen anschaltete und mir bedeutete, mich aufs Sofa zu setzen. Das Sofa hatte vergoldete Verzierungen, und an den Wängen hingen Seidentapeten.

»Wie schön ihr es habt«, murmelte ich, immer noch mit den Gedanken bei Westry.

Mary zuckte die Schultern. Sie wirkte irgendwie fehl am Platz in dieser Wohnung, wie ein kleines Mädchen im Abendkleid der Mutter. »Ich werde nicht mehr lange hier sein«, erwiderte sie knapp. »Möchtest du ein Sandwich? Ein Croissant?« Mir fiel auf, dass der Verlobungsring an ihrer linken Hand fehlte. Instinktiv bedeckte ich den mit einem großen Diamanten geschmückten Ring an meinem Finger und erinnerte mich plötzlich daran, wie ich ihn auf der Insel versteckt hatte.

»Nein danke«, sagte ich. Irgendetwas war anders an Mary. Sie trug ihr blondes Haar noch genauso wie früher. Beim Lächeln achtete sie immer noch darauf, ihre schiefen Zähne zu verbergen. Aber ihre Augen … ja, ihre Augen hatten sich verändert. Ich entdeckte tiefe Traurigkeit in ihnen und wollte unbedingt Marys Geschichte hören.

»Und was ist mit Edward?« Der Name hallte im Zimmer wider, und kaum hatte ich ihn ausgesprochen, bedauerte ich es auch schon.

»Es gibt keinen Edward«, sagte Mary tonlos und schaute aus dem Fenster auf die glitzernden Lichter der Stadt. »Nicht mehr.« Sie wandte sich mir wieder zu. »Hör zu, ich würde lieber nicht darüber reden, wenn es dir nichts ausmacht.«

Ich nickte. »Ich kann mir denken, dass du hier Schlimmes durchgemacht hast – ich meine, während der Besatzungszeit.«

Mary fuhr sich mit der Hand durch das dünne Haar. »Es war einfach grauenhaft, Anne«, sagte sie. »Es ist ein Wunder, dass ich überhaupt noch hier bin, als Amerikanerin. Zum Glück habe ich auf dem College Französisch gelernt. Die Papiere, die Edward …« Sie räusperte sich. »Die Papiere, die Edward für mich hat ausstellen lassen, haben mich geschützt. Ich kann kaum fassen, dass ich nicht geschnappt wurde, wo ich doch die Resistance unterstützt habe.«

»O Gott, das klingt beängstigend! Du bist wirklich sehr mutig, Mary!«

Ihre Augen blickten traurig in die Ferne. »Die Nazis mit ihren ständigen Razzien«, fuhr sie fort, »die unablässige Angst, verhaftet zu werden, wenn man nur ein falsches Wort sagte oder an der falschen Stelle nieste. Und dann die armen Juden, die aus ihren Häusern geholt wurden.« Sie zeigte auf die Tür. »Hier im Haus wohnten drei jüdische Familien. Wir haben versucht, sie zu retten.« Sie hob hilflos die Hände. »Aber wir sind zu spät gekommen. Der Himmel weiß, ob sie je wieder zurückkommen werden.«

Ich schluckte. »Ach, Mary.«

Sie schüttelte den Kopf, wie um die Erinnerungen zu verscheuchen, dann zog sie ein Taschentuch heraus. »Tut mir leid«, sagte sie. »Ich dachte, mit dir würde ich über das alles reden können, aber ich fürchte … ich fürchte, es tut einfach zu weh.«

Ich nahm ihre Hand. An ihrem Handgelenk fiel mir eine feine, rosafarbene Narbe auf. Erinnerungen an Bora-Bora kamen hoch. »Also gut«, sagte ich, »lass uns nicht über die Vergangenheit reden.«

Mary seufzte. »Ich fürchte, sie wird mich mein Lebtag verfolgen.«

»Aber die Stadt ist verschont geblieben«, sagte ich, um etwas Positives zu äußern.

»Ja«, sagte sie. »Es ist unglaublich. Eine Zeit lang dachten wir, es würde alles in Flammen aufgehen und wir gleich mit.«

»Mary«, fragte ich vorsichtig, »wie bist du überhaupt hier gelandet? Bist du hergekommen wegen … wegen des Briefs, den ich dir gegeben habe, als du Bora-Bora verlassen hast?«

Sie rang die Hände in ihrem Schoß. »Wenn die Antwort so einfach wäre«, sagte sie wehmütig. »Nein, es war dumm von mir hierherzukommen.«

Einen Moment lang wünschte ich, ich hätte ihr den Brief nie gegeben und ihr das alles erspart. Aber ohne den

Brief wäre Mary nicht in Paris gewesen. Sie hätte Westry nicht gefunden. Sie hätte mich nicht angerufen.

»Wo willst du denn von hier aus hin?«, fragte ich und hoffte, etwas in ihrem Gesicht würde mir sagen, dass alles gut werden würde – ein Funkeln in den Augen, ein angedeutetes Lächeln.

Aber sie schaute nur ernst aus dem Fenster. »Ich weiß es noch nicht.«

Die Lichter von Paris glitzerten, und mir wurde warm ums Herz, als ich an Westry dachte. Er war irgendwo hier, vielleicht ganz in der Nähe.

»Kommst du morgen mit ins Krankenhaus? Ich bin so furchtbar aufgeregt. Wie es wohl sein wird, ihn nach … all der Zeit wiederzusehen.«

Einen Moment lang hellte Marys Miene sich auf. »Natürlich komme ich mit«, sagte sie. »Stella ist übrigens auch in Paris.«

»Wirklich?«

»Ja. Seit einem Monat.«

»Und Will?«

»Der auch. Sie heiraten in einem Monat.«

»Wie schön!«, rief ich aus. »Ich würde Stella so gern wiedersehen!«

»Die beiden sind mit dem Zug für ein paar Tage in den Süden gefahren«, sagte Mary. »Sie wird enttäuscht sein, wenn sie hört, dass sie dich verpasst hat.«

»Um wie viel Uhr müssen wir uns morgen früh auf den Weg machen?«

Wieder schaute Mary aus dem Fenster. »Die Besuchszeit fängt um neun an. Wir können mit dem Taxi hinfahren. Aber jetzt solltest du dich schlafen legen. Dein Zimmer ist den Flur runter, zweite Tür links.« Sie versuchte zu lächeln, aber ihre Mundwinkel wollten ihr nicht gehorchen.

»Danke, Mary«, sagte ich und nahm meine Tasche.

Ich ließ meinen Blick noch einmal durch das Wohnzimmer wandern. Mary saß reglos auf dem Sofa und schaute aus dem Fenster.

Irgendetwas war hier passiert, hier, in diesen Räumen. Es musste etwas Entsetzliches gewesen sein, ich spürte es ganz deutlich.

Das First U.S. General Hospital erhob sich vor uns, und ich drückte Marys Hand, als wir die imposante Fassade betrachteten. Die Sonne schien, aber die Straßen um das Gebäude herum lagen im Schatten.

Ich schluckte. »Warum wirkt es so …«

»Gruselig?«

»Ja«, sagte ich, während ich die Fenster im obersten Stockwerk absuchte.

»Weil hier schlimme Dinge passiert sind, bevor die Alliierten kamen«, sagte Mary.

Sie erklärte mir, dass das zwölfstöckige Gebäude, in dem früher das Hôpital Beaujean untergebracht war, von den Nazis für ihre Zwecke missbraucht worden war. Nach der Befreiung hatte Major General Paul Hawley, ein Chirurg, die medizinischen Gerätschaften, die die Nazis benutzt hatten, um grauenhafte Experimente vor allem an polnischen Juden durchzuführen, aus dem Gebäude entfernen lassen. Am obersten Stockwerk hatte er ein großes rotes Kreuz an die Wand malen lassen, ein Kreuz, das mich eher an ein Kampfflugzeug erinnerte.

Mary zeigte auf ein Fenster im siebten Stock. »Siehst du das Fenster da?«

Ich nickte.

»In dem Zimmer habe ich eine Polin mit ihrem Säugling gefunden«, sagte sie. »Verhungert. Die Nazi-Ärzte hatten Mutter und Kind für einen Menschenversuch benutzt. Durch ein Fenster haben sie zugesehen, wie die beiden langsam gestorben sind, und den ganzen grausigen Prozess dokumentiert. Die Frau war nach neun Tagen tot, das Kind nach elf.«

Mir lief es eiskalt über den Rücken.

»Aber der Schrecken ist vorbei«, sagte Mary. »General Hawley hat das Krankenhaus säubern und komplett neu einrichten lassen. In den letzten zwei Wochen sind fast tausend Patienten aufgenommen worden, und es kommen jeden Tag mehr dazu.«

Ich konnte den Blick nicht von dem Fenster im siebten Stock abwenden.

»Anne?«

»Ja?«, murmelte ich.

»Meinst du, dass du das verkraftest?«

»Ich hoffe es.«

Gemeinsam betraten wir das Krankenhaus. Drinnen war es düster, und die Luft war stickig. Es war, als hätten die unfassbaren Gräueltaten, die hier verübt worden waren, das Gebäude selbst für alle Zeiten besudelt. Man konnte die Wände schrubben und die Böden scheuern, aber der Geruch des Bösen blieb haften.

Wir stiegen in den Aufzug und fuhren in den neunten Stock hoch. Meine Gedanken rasten, während ich zusah, wie die Ziffern nacheinander aufleuchteten. Erster Stock, zweiter Stock. *Würde er bei Bewusstsein sein und mich erkennen?* Dritter Stock. *Ob er mich noch liebte?* Vierter Stock. *Wie würde es mit uns weitergehen?*

»Ach, Mary«, sagte ich und klammerte mich an sie. »Ich hab solche Angst.«

Sie wischte meine Bemerkung mit einer Handbewegung beiseite. »Es war richtig, dass du hergekommen bist«, sagte sie. »Egal, was passiert, du wirst Klarheit bekommen.«

Ich seufzte. »Hast du mit Kitty gesprochen?«

Mary wirkte ein bisschen verlegen, woraus ich schloss, dass sie wusste, was sich auf der Insel zwischen Kitty und mir abgespielt hatte.

»Es gibt etwas«, sagte sie nervös, »das ich dir erzählen muss. Nachdem ich dich angerufen habe …«

Der Aufzug hielt im fünften Stock, und ein Arzt und zwei Schwestern stiegen ein, sodass wir nicht weiterreden konnten.

Als wir im neunten Stock ausstiegen, stockte mir der Atem. Mehrere hundert Männer lagen auf Pritschen im Korridor, bedeckt mit grünen Wolldecken.

»Auf dieser Station liegen eine Menge schwere Fälle«, sagte Mary.

Mein Herz pochte. »Wo ist er?«, fragte ich, während ich mich fieberhaft umsah. »Bring mich zu ihm, Mary.«

Eine Schwester, etwa in meinem Alter, kam uns entgegen und nickte Mary mit ernster Miene zu. »Ich dachte, Sie hätten heute frei.«

»Habe ich auch«, sagte Mary. »Ich habe meine Freundin herbegleitet. Sie möchte Mr. Green besuchen.«

Die Schwester schaute erst mich, dann Mary an. »*Westry* Green?«

Als sie seinen Namen aussprach, lief mir ein Schauder über den Rücken.

»Ja«, sagte Mary. »*Westry* Green.«

Die Schwester schaute mich mit zusammengekniffenen Augen an. »Und wer sind Sie?«

»Anne«, stammelte ich. »Anne Calloway.«

»Tja«, sagte sie und schaute Mary vielsagend an. »Ich weiß nicht …« Sie seufzte. »Ich sehe mal nach.«

Als sie außer Hörweite war, fragte ich Mary: »Wieso benimmt die sich so komisch?«

Mary blickte sich um, schaute aus dem Fenster, tat alles, um mich nicht ansehen zu müssen.

»Mary!«, flehte ich. »Was hat das zu bedeuten?«

»Setzen wir uns«, sagte sie und führte mich zu einer Bank an der Wand. Über uns tickte eine Uhr.

»Als ich dich angerufen habe«, sagte Mary, »wusste ich nicht alles. Ich wusste nicht, dass Westry …«

Wir blickten auf, als sich Schritte näherten, und dann erkannte ich das vertraute Gesicht. »Kitty!«, rief ich und sprang auf. Trotz allem, was geschehen war, wollte ich meine alte Freundin in die Arme nehmen und ihr verzeihen.

Aber ich blieb abrupt stehen, als ich ihre Augen sah, die Augen einer Fremden. »Hallo«, sagte sie steif.

Mary stand ebenfalls auf. »Kitty«, sagte sie, »Anne ist um die halbe Welt gereist, um Westry zu sehen. Ich hoffe, dass wir sie zu ihm bringen können.«

Kitty runzelte die Stirn. »Ich fürchte, das ist nicht möglich.«

Ich schüttelte den Kopf. Tränen brannten in meinen Augen. »Aber warum nicht, Kitty?«, fragte ich. »Ist er so schlimm verwundet? Ist er nicht bei Bewusstsein?«

Kitty betrachtete meinen Verlobungsring, und ich wünschte, ich hätte ihn abgestreift. Die Schwester, die uns vorhin angesprochen hatte, kam zurück und gesellte sich zu Kitty. *Was verbargen die beiden vor mir?*

»Kitty«, flehte ich. »Was hat das zu bedeuten?«

»Tut mir leid, Anne«, sagte sie kühl. »Aber Tatsache ist, dass Westry dich nicht sehen will.«

Alles um mich herum drehte sich, sodass ich mich an Mary festhalten musste. O Gott. Ich war um die halbe Welt für ihn gereist, und jetzt wollte er mich nicht sehen?

»Das verstehe ich nicht«, stammelte ich. Mir war speiübel. »Ich möchte doch nur …«

»Es tut mir leid, Anne«, sagte Kitty noch einmal. »Ich wünsche dir alles Gute.« Dann drehte sie sich auf dem Absatz um und ging.

Ich schaute ihr nach, als sie den Krankensaal betrat und dann hinter einem Vorhang verschwand.

»Komm, lass uns gehen, Anne«, flüsterte Mary und nahm mich an der Hand. »Es tut mir so leid. Es war ein Fehler, dich hierherzubringen. Ich hätte es dir erklären müssen …«

»Was hättest du mir erklären müssen?«, schrie ich. »Dass meine … meine beste Freundin mich daran hindern würde, den einzigen Mann zu besuchen, den ich je geliebt habe?« Ich hörte, wie meine Worte von den Wänden widerhallten, und plötzlich wusste ich, dass es die Wahrheit war. Gerard mochte um meine Hand angehalten haben, aber mein Herz würde immer Westry gehören. Ich riss mich von Mary los. »Nein«, sagte ich entschlossen.

Ich betrat den Saal, in dem Kitty verschwunden war.

Von überall her war Stöhnen, Murmeln, Weinen und Lachen zu hören – das ganze Spektrum an menschlichen Gefühlen, es war beinahe unerträglich.

Mit schnellen Schritten lief ich an den Betten entlang und betrachtete die Gesichter der Verwundeten. Einige Männer sahen mich voller Hoffnung an, andere starrten nur ins Leere. Wo war er? Wenn ich ihn fand, wenn ich ihm in die Augen schaute, würde er es sich anders überlegen? Er musste mich doch noch lieben! Ich würde nicht zulassen, dass Kitty sich zwischen uns stellte. Ich würde nicht zulassen, dass sie für Westry sprach. Mit klopfendem Herzen ging ich an den Männern vorbei und betete, dass ich die vertrauten haselnussbraunen Augen finden würde, in die ich mich auf der Insel verliebt hatte.

Kurz darauf hatte ich alle Betten abgesucht, aber Westry hatte ich nicht gefunden. Verzweifelt sah ich mich im Saal um. Dann fiel mir ein, dass Kitty hinter einem Vorhang verschwunden war. Befand sich sein Bett dahinter? Ich umklammerte mein Medaillon und durchquerte den Saal, bis ich vor dem grau-weiß gestreiften Vorhang stand. War es möglich, dass der Vorhang das Einzige war, das mich von Westry trennte?

Mit zitternder Hand schob ich den Vorhang gerade so weit zur Seite, dass ich einen Blick dahinter werfen konnte. Ich sah vier Betten, und in jedem lag ein Soldat. Mir stockte der Atem, als ich das Gesicht des Mannes erkannte, der in dem hintersten Bett lag.

Westry.

Meine Knie wurden weich. Er war total abgemagert. Er war unrasiert, aber er sah immer noch so gut aus, wie ich ihn in Erinnerung hatte. Ich zog den Vorhang ein bisschen weiter auf, hielt jedoch inne, als Kitty auftauchte. Sie setzte sich auf einen Stuhl neben Westrys Bett und wischte ihm liebevoll mit einem feuchten Waschlappen das Gesicht ab. Dann streichelte sie seine Wange. Und er schenkte ihr ein Lächeln, das mir den Atem raubte.

Jemand zupfte an meinem Ärmel. »Anne«, flüsterte Mary, »tu dir das nicht an. Lass ihn los.«

Ich schüttelte den Kopf. »Westry«, schluchzte ich und vergrub mein Gesicht an Marys Schulter. »Wie kann sie mir das antun?«

Mary hob mein Kinn an und wischte mir mit einem rosafarbenen Taschentuch die Tränen von den Wangen. »Es tut mir so leid für dich«, sagte sie. »Jetzt komm, lass uns gehen.«

Ich folgte ihr aus dem Saal. Kurz bevor wir den Aufzug erreichten, blieb ich stehen und nahm einen Stift und einen Zettel aus meiner Handtasche.

Mary schaute mich verwirrt an, als ich mich auf die Bank setzte. »Was machst du da?«

Eine Minute später stand ich auf und reichte ihr den zusammengefalteten Zettel.

Sie betrachtete ihn skeptisch.

»Kitty wird jeden Brief abfangen, den ich ihm schreibe«, sagte ich. »Du bist meine einzige Hoffnung.«

»Bist du dir ganz sicher, dass du ihm noch etwas mitteilen willst?«

Ich nickte. »Ich möchte, dass er das liest.«

»Also gut, ich werde dafür sorgen, dass er es bekommt«, sagte sie. »Ich habe morgen Frühschicht, dann kann ich ihm den Zettel geben.«

»Versprochen?«, fragte ich und schaute ihr ängstlich in die Augen.

»Versprochen«, sagte sie leise. Sie wirkte erschöpft. »Ich tue, was ich kann.«

Auch in Seattle musste ich jeden Tag an Westry denken. Mehr als ein Monat war seit meinem Besuch in Paris vergangen, aber trotz aller Ablenkungen und trotz meiner bevorstehenden Hochzeit konnte ich Westry nicht aus meinem Kopf und nicht aus meinem Herzen verbannen. Jedes Mal, wenn das Telefon klingelte, zuckte ich zusammen, und jeden Morgen saß ich am Fenster und wartete auf den Briefträger. Er würde doch bestimmt schreiben oder anrufen, nachdem er meine Nachricht gelesen hatte, oder?

Dann, als Maxine und ich uns an einem Dienstagmorgen fertig machten, um in die Stadt zu gehen, klingelte es an der Tür. Ich ließ meine Handtasche fallen, ein Lippenstift fiel heraus und rollte über den Boden.

»Ich mache auf!«, rief ich Maxine zu. Draußen stand der Briefträger.

»Guten Morgen, Ma'am«, sagte er. »Sind Sie Miss Calloway?«

»Ja«, sagte ich.

Er reichte mir einen Umschlag. »Telegramm für Sie«, sagte er lächelnd. »Aus Paris. Wenn Sie bitte hier unterschreiben würden.«

Mit klopfendem Herzen unterschrieb ich die Empfangsbestätigung, dann rannte ich nach oben in mein Zimmer und schloss die Tür. Meine Hände zitterten, als ich den Umschlag aufriss. Ein gelbes Blatt mit fünf getippten Zeilen fiel heraus. Ich hielt es ins Licht und holte tief Luft.

Sind früher als geplant nach Paris
zurückgekommen STOP
Mary ist tot STOP
Hat sich am 18. September erhängt STOP
Edward hat ihr das Herz gebrochen STOP
Alles Liebe und herzliche Grüße aus
Europa von Stella STOP

Ich starrte auf das Telegramm, vor Schreck wie gelähmt. »Nein!«, stöhnte ich, als ich meine Stimme wiedergefunden hatte. *Nicht Mary.* Ich dachte an ihre traurigen Augen, an ihre belegte Stimme. Sie hatte schrecklichen Kummer erlebt, aber dass sie sich umgebracht hatte? Es war unfassbar. Tränen liefen mir über die Wangen, als ich das Papier zerknüllte und auf den Boden fallen ließ.

Mein Puls raste. O Gott, wann hatte sie sich erhängt? Ich hob das Blatt vom Boden auf. *Am 18. September.* O nein. Das konnte nicht sein.

Von Entsetzen erfüllt blickte ich auf. Mary war nicht zu ihrer Frühschicht gegangen, nachdem ich abgereist war. Sie war gestorben, ehe sie Westry meine Nachricht hatte überbringen können.

»Bist du so weit?«, fragte Gerard am Morgen unserer Hochzeit zwei Wochen später. Entgegen der Tradition hatte er darauf bestanden, mich abzuholen und mit mir zusammen zur Kirche zu fahren, vielleicht, weil er fürchtete, dass ich andernfalls nicht kommen würde.

Ich schaute ihn an, wie er dort in der Tür stand. Er sah umwerfend gut aus in seinem Smoking, eine weiße Rose im Knopfloch. Die Worte meiner Mutter fielen mir ein:

Wenn du mal heiratest, vergewissere dich, dass er dich wirklich liebt.

Ich dachte an Westry und daran, wie liebevoll er Kitty im Krankenhaus in Paris angesehen hatte. Wie naiv von mir zu glauben, dass er mich immer noch liebte. Was für eine Rolle spielte es jetzt noch, ob er meine Nachricht erhalten hatte oder nicht? Plötzlich sah ich Gerard mit ganz neuen Augen. Er liebte mich. Und er würde mich immer lieben. Das reichte für ein ganzes Leben.

»Ja«, sagte ich, schob meinen Schmerz und die Geister der Vergangenheit beiseite und nahm seine Hand.

Als ich aufstand, schaukelte das Medaillon an meiner Halskette.

16

»Also hast du Grandpa geheiratet.« Jennifers Stimme holte mich in die Gegenwart zurück. Die Sonne war untergegangen, und am Horizont war nur noch ein rosafarbener Streifen zu sehen.

Ich lächelte und wischte mir mit einem Taschentuch eine Träne fort. »Natürlich habe ich Grandpa geheiratet. Darüber solltest du froh sein. Denn wenn ich das nicht getan hätte, dann würde es dich nicht geben.«

Jennifer schien mit meiner Antwort überhaupt nicht zufrieden zu sein. »Also verdanke ich meine Existenz deinem Liebeskummer?«

»Unsinn«, entgegnete ich bestimmt. »Ich habe deinen Großvater geliebt.«

»Aber nicht so, wie du Westry geliebt hast.«

Ich nickte. »Es gibt die unterschiedlichsten Arten von Liebe. Das habe ich in meinem langen Leben gelernt.« Ich dachte an Gerard, den starken, selbstsicheren Gerard. Daran, wie er mir den Nacken geküsst hatte, wie er mich morgens mit der Zeitung und einem gekochten Ei mit Toastbrot empfangen hatte. Er hatte mir sein ganzes Herz geschenkt, während ich ihm nur ein Teil von meinem geschenkt hatte. Denn in meinem

Herzen hatte immer eine Kerze für einen anderen gebrannt.

»Ach, Grandma«, sagte Jennifer und legte den Kopf an meine Schulter. »Warum hast du mir die Geschichte nicht früher erzählt? Warum hast du sie ganz allein mit dir herumgetragen?«

Ich umfasste mein Medaillon. »Nein, Liebes«, sagte ich. »Ich war nie ganz allein. Weißt du, wenn du jemanden liebst, und sei es auch nur für kurze Zeit, lebt die Liebe in deinem Herzen weiter.« Ich öffnete das Medaillon und ließ den winzigen Holzsplitter in meine Hand fallen. Jennifer beugte sich staunend darüber.

»Nein«, sagte ich noch einmal. »Allein bin ich nie gewesen.«

Jennifer runzelte die Stirn. »Und was ist mit Kitty? Und Westry? Hast du denn nie einen Versuch unternommen, die beiden zu finden?«

»Nein«, antwortete ich. »An dem Tag, an dem ich deinen Großvater geheiratet habe, habe ich mir gelobt, das alles loszulassen. Es musste sein. Das war ich deinem Großvater schuldig.«

»Und was ist mit der Hütte und mit dem Gemälde? Und mit dem Versprechen, das du Tita gegeben hast? Sie wollte doch Gerechtigkeit.«

Ich spürte, wie mich eine tiefe Erschöpfung überkam. »Ich habe es nicht vergessen«, erwiderte ich ehrlich.

»Ich komme mit«, sagte Jennifer entschlossen.

»Du kommst mit? Wohin denn?«

»Nach Bora-Bora.«

Ich lächelte. »Ach, meine Kleine, wie lieb von dir, aber ich glaube wirklich nicht …«

»Doch«, fiel sie mir ins Wort. Ihre Augen leuchteten vor Aufregung. »Wir fahren zusammen.«

Ich schüttelte den Kopf. Die Geschichte zu erzählen hatte alte Wunden aufgerissen, die genauso wehtaten wie an dem Tag, als sie mir zugefügt wurden. »Ich fürchte, das verkrafte ich nicht.«

Jennifer sah mir in die Augen. »Verstehst du das denn nicht, Grandma? Du musst fahren!«

Das Flugzeug wackelte und bebte beim Anflug auf Tahiti. »Die Turbulenzen sind ein bisschen stärker als normalerweise«, erklärte uns der australische Steward fröhlich über Lautsprecher. »Bitte, schnallen Sie sich an. Der Kapitän wird diesen Vogel sicher landen.«

Ich schloss die Augen und dachte an meinen ersten Flug nach Bora-Bora vor so vielen Jahren, mit Kitty neben mir, in einem Flugzeug voller Krankenschwestern, die gespannt zuhörten, als Schwester Hildebrand uns vor den Gefahren der Insel warnte. Ich seufzte bei der Erinnerung daran, wie Kitty mir eine Hand auf den Arm gelegt, sich bedankt hatte, dass ich mitgekommen war, und mir versprochen hatte, dass ich es nicht bereuen würde. *Würde ich alles ungeschehen machen, wenn ich könnte?*

Das Flugzeug ruckelte heftig, und Jennifer nahm meine Hand. »Keine Angst, Grandma«, sagte sie.

Ich drückte ihre Hand fester, während ich mich im Flugzeug umsah, in dem viele junge Paare saßen, wahrscheinlich auf Hochzeitsreise. Ein junger Mann in der Reihe rechts von uns streichelte seiner frisch Angetrauten liebevoll übers Haar und küsste ihre Hand, während er aus dem Fenster auf die Insel hinunterschaute. Ich beneidete die beiden. Was für ein Glück sie hatten, die Insel unter so glücklichen Umständen kennenzulernen anstatt in Kriegszeiten. In dem Moment wünschte ich, ich wäre wieder zweiundzwanzig und könnte noch einmal von vorne anfangen, mit Westry an meiner Seite.

»Gehen wir?« Jennifer riss mich aus meinen Gedanken. Das Flugzeug war gelandet. Ich stand auf und folgte meiner Enkelin zum Ausgang, wo die ersten Passagiere die Gangway hinunterstiegen.

Eine Stewardess steckte mir eine Orchidee an den Kragen, die so tiefrot war, dass ich mich fragte, ob sie künstlich gefärbt war. »Willkommen auf Bora-Bora, Ma'am«, sagte sie. »Die Insel wird Ihnen gefallen.«

»Die Insel hat mir vom ersten Tag an gefallen«, erwiderte ich und atmete die warme, feuchte Luft ein. Wo vor siebzig Jahren nur eine einzige Start- und Landebahn gewesen war, befand sich jetzt ein verkehrsreicher Flughafen. An den grünen Hängen standen Häuser zwischen den Bäumen. Alles hatte sich verändert, aber die Luft duftete immer noch nach Blumen, und das Meer glitzerte genauso türkisfarben wie früher. Und da wusste ich: Mein Herz war auf dieser Insel zu Hause.

»Nimm meine Hand, Grandma«, sagte Jennifer.

Ich schüttelte den Kopf. So kräftig hatte ich mich seit Jahren nicht mehr gefühlt. »Ich schaffe das«, sagte ich und ging langsam die Stufen hinunter. *Ja*, sagte ich mir, *ich schaffe das.*

Ein Shuttlebus brachte uns zu unserem Hotel, das nur knapp zwei Kilometer vom Flughafen entfernt lag. Jennifer öffnete unsere Tür mit der Schlüsselkarte, und wir stellten unsere Taschen in dem klimatisierten Zimmer ab.

»Schau dir bloß mal diese Aussicht an!«, rief Jennifer aus. Eine gläserne Verandatür führte auf einen Balkon, von dem aus man einen atemberaubenden Blick auf den Strand und das Meer hatte.

Wir traten näher an die Balkontür, und da entdeckte ich etwas Vertrautes.

»Mein Gott«, murmelte ich. »Diese Dünen … das ist ja unglaublich.«

»Was meinst du damit?«, fragte Jennifer.

»Also, vielleicht irre ich mich ja, aber ich glaube, das Hotel steht genau an der Stelle, wo sich früher das Camp befand!«, sagte ich. »Ich kenne diesen Strand, diese sanft geschwungene Bucht. Dieses Felsenriff unter der glitzernden Wasseroberfläche.« Mir war, als könnte jeden Augenblick Schwester Hildebrand dort unten am Strand auftauchen, oder Kitty – oder Westry. Ich schüttelte seufzend den Kopf. »Wieder hier zu sein … es ist so …« Ich öffnete die Tür und trat auf den Balkon hinaus. Jennifer folgte mir nicht.

»Lass dir Zeit, Grandma«, sagte sie. »Ich warte hier drinnen.«

Ich setzte mich in einen Korbsessel und ließ mich von den vertrauten Wellen in ihren Bann ziehen.

Als ich eine Stunde später ins Zimmer ging, lag Jennifer schlafend auf dem Bett. Ich nahm eine Decke aus dem Schrank und legte sie ihr vorsichtig über. Dann setzte ich mich an den Schreibtisch und schrieb ihr eine Nachricht. Ich wusste genau, wohin ich musste.

Liebe Jennifer,
ich mache einen kleinen Spaziergang. Ich wollte Dich nicht wecken. Bis zum Abendessen bin ich wieder rechtzeitig zurück.
Grandma

Ich setzte meinen Strohhut auf und verließ das Hotel. Ich ging am Swimmingpool vorbei, wo Frauen in Bikinis in der Sonne lagen, an der Bar, wo Paare an Cocktails nippten, und hinaus an den Strand, der, abgesehen davon, dass jetzt hier und da ein paar Häuser standen, genauso still und sauber war wie vor siebzig Jahren.

Es war, als wäre ich wieder zweiundzwanzig, eine junge Krankenschwester, die sich nach einer langen Schicht im Lazarett zum Strand schlich, sich vergewisserte, dass ihr niemand folgte, mit klopfendem Herzen vor lauter Vorfreude auf *ihn*.

Der Sand unter meinen Füßen fühlte sich heiß an. Ich wischte mir den Schweiß von der Stirn und zog meinen Hut tiefer ins Gesicht zum Schutz gegen die unbarmherzig grelle Sonne. Ich suchte das von Palmen gesäumte Ufer mit den Augen ab. *Wo war die Hütte?* Sie konnte eigentlich nicht mehr weit sein.

Vögel kreischten über mir, während ich weiterging und in den Dschungel spähte. Sie musste ganz in der Nähe sein. Irgendwo hier.

Zwanzig Minuten später blieb ich atemlos stehen und setzte mich an einer schattigen Stelle in den Sand. Ich stieß einen tiefen Seufzer aus. Natürlich war die Hütte nicht mehr da. Wie hatte ich bloß so naiv sein können anzunehmen, sie hätte auf mich gewartet?

»Ma'am?«

Ich blickte auf.

»Alles in Ordnung, Ma'am?«

Ein Mann von etwa sechzig Jahren, nicht viel älter als mein ältester Sohn, kam auf mich zu. Neben ihm ging eine Frau im selben Alter. Sie trug ein blaues Sommerkleid und das dunkle Haar im Nacken locker zu einem Zopf zusammengebunden.

»Ja, alles in Ordnung«, erwiderte ich und richtete mich auf.

»Ich bin Greg, und das ist meine Frau Loraine«, sagte der Mann. »Wir wohnen da hinten am Hang.«

»Ich bin Anne«, sagte ich. »Anne Call…« Verblüfft über den Versprecher, unterbrach ich mich. Seit Jahrzehnten hieß ich Anne Godfrey, aber hier auf der Insel kam der Name mir plötzlich fremd vor.

»Anne Calloway«, sagte ich.

Loraine schaute erst ihren Mann, dann mich an. »Anne *Calloway*?«

»Ja, richtig«, antwortete ich, verwirrt über die merkwürdige Reaktion der Frau. »Sind wir uns vielleicht schon einmal begegnet?«

Die Frau schüttelte den Kopf und sah ihren Mann verwundert an. »Nein«, sagte sie und setzte sich neben mich. »Aber wir haben immer gehofft, Sie irgendwann einmal kennenzulernen.«

»Ich verstehe nicht recht«, sagte ich.

»Das kann einfach nicht wahr sein«, sagte Loraine zu ihrem Mann, dann schaute sie mich wieder an. »Sie haben im Krieg hier auf der Insel gelebt, nicht wahr?«

Ich nickte.

»Hier in der Nähe steht eine alte Strandhütte«, fuhr sie fort. »Die kennen Sie doch, oder?«

»Ja«, sagte ich. »Aber woher wissen Sie das?«

Sie warf ihrem Mann einen kurzen Blick zu. »Er hat immer gesagt, Sie würden eines Tages kommen.«

»Er?«

»Mr. Green«, sagte sie.

Ich schüttelte den Kopf und spürte, wie mein Puls schneller wurde. »Ich verstehe das nicht. Sie kennen die Hütte? Und … Westry?«

Die Frau nickte, und ihr Mann zeigte auf die Bäume hinter mir.

»Die Hütte steht dort drüben, in der Nähe unseres Hauses«, sagte er. »Das Unterholz ist ziemlich dicht geworden, seit Sie hier waren, Sie haben sie wahrscheinlich übersehen.«

Ich sprang auf. Meine Beine waren ganz steif und erinnerten mich daran, dass ich keine zweiundzwanzig mehr war. »Würden Sie mich hinführen?«

»Natürlich«, sagte er lächelnd.

Ein paar Minuten gingen wir schweigend nebeneinander her. Hin und wieder sahen die beiden mich besorgt an, aber ich erwiderte ihren Blick nicht, sondern lauschte auf das Meeresrauschen und hing meinen Gedanken nach. *Wollte ich wirklich wissen, was sie mir über die Hütte und über Westry erzählen konnten?*

Plötzlich blieb Greg stehen und zeigte in den dichten Dschungel hinein. »Da«, sagte er.

»Danke«, sagte ich und mühte mich durch das Gestrüpp, bis ich an eine kleine Lichtung kam.

»Moment noch, warten Sie, Ms. Calloway«, rief Greg hinter mir her.

Ich drehte mich um.

»Sie sollten wissen, dass die Hütte nicht mehr ist, was sie einmal war.«

Ich nickte und ging weiter, zwängte mich durch das Dickicht aus Schlingpflanzen, die ihre Arme nach mir auszustrecken schienen. Ich schaute mich um. *Wo war die Hütte?* Dann fiel mein Blick auf einen großen Hibiskusstrauch. Die Blüten waren noch nicht aufgegangen, aber man konnte gelbe Knospen zwischen dem grünen Laub erkennen. Das Herz schlug mir bis zum Hals. Sie musste ganz in der Nähe sein.

Ich schob eine Ranke aus dem Weg. Und da war sie – sie stand noch. Das strohgedeckte Dach war teilweise eingefallen. Die geflochtenen Wände waren ausgedünnt, eine Außenwand fehlte ganz, und die Eingangstür war verschwunden. Ich holte tief Luft und dachte daran, wie Westry und ich die Hütte vor so vielen Jahren entdeckt hatten.

Die einzelne Treppenstufe war zerbröckelt, sodass ich nur mühsam über die Türschwelle steigen konnte. Es war so anstrengend, dass mir die Arme wehtaten. Ein Vogel, den ich aufgeschreckt hatte, flog krächzend aus dem Fenster der Hütte.

Ich klopfte mir den Sand von der Hose und sah mich staunend um. Das Bett mit der alten Tagesdecke, der Mahagonischreibtisch samt Stuhl, die Vorhänge, die ich genäht hatte, inzwischen verschossen und in Fetzen – es war alles noch da. Ich betrachtete die Wand, an der das Gemälde gehangen hatte. Ob es immer noch unter dem Bett lag, eingewickelt in das Stück Sackleinen?

Ich machte mich auf alles gefasst. Dann kniete ich mich

vor das Bett und tastete darunter nach dem Bild. Erschrocken wich ich zurück, als eine kleine Echse herausgeschossen kam. Nachdem ich mich wieder beruhigt hatte, hob ich die Decke an, um mehr Licht zu haben. Ganz hinten unter dem Bett entdeckte ich ein Stück Sackleinen. Aber das Gemälde war verschwunden.

Ich stand auf und ließ mich, von Gefühlen überwältigt, auf den Stuhl sacken. Natürlich war das Bild nicht mehr da. Wie naiv von mir zu erwarten, dass ich es noch vorfinden würde.

Als ich mich wieder erhob, quietschten die Dielen unter meinen Füßen. Ich musste lächeln, als ich an unseren Briefkasten dachte. Albern, die Vorstellung, dass sich noch Briefe darin befinden könnten. Trotzdem konnte ich nicht widerstehen und hockte mich hin, um nachzusehen. Ich kämpfte mit den Tränen, als ich das Dielenbrett anhob. Vorsichtig langte ich mit der Hand in den dunklen Hohlraum und tastetete darin herum, bis meine Finger einen Gegenstand fühlten.

Ein Buch. Nein, ein dickes Notizheft. Ich nahm das in Leder gebundene Heft heraus und wischte den viele Jahre alten Staub ab.

Das Licht war dämmrig, und bald würde die Sonne untergehen. Mit zusammengekniffenen Augen las ich die erste Zeile auf der ersten Seite:

Briefe an Anne von Westry …

O Gott. Er war hierher zurückgekehrt, wie er es angekündigt hatte.

Ich blätterte die Seite um, begierig zu lesen, was er geschrieben hatte, doch in dem Moment hörte ich von draußen eine Stimme.

»Ms. Calloway?«

Es war Greg. Widerstrebend schlug ich das Buch zu und steckte es ein. »Ja«, rief ich und stand auf. »Ich bin hier.«

Als ich an die Tür trat, sah ich Greg und seine Frau näher kommen. »Wir wollten Sie lieber nicht allzu lange allein im Dschungel lassen. Kommen Sie, ich helfe Ihnen herunter.«

Er packte mich mit seinen starken Armen an der Taille und hob mich auf den Boden.

Loraine betrachtete die Hütte, dann schaute sie mich an. »Haben Sie dort drinnen gefunden, was Sie gesucht haben?«

Ich drehte mich noch einmal nach der Hütte um. »Nein«, antwortete ich. »Aber dafür habe ich etwas noch viel Besseres gefunden.«

Loraine lächelte, als wüsste sie mehr als ich. »Hätten Sie Lust, mit zu uns zu kommen und auf der Veranda einen Tee mit uns zu trinken? Wir wohnen nur ein Stück den Strand hinunter.«

Ich nickte. »Gern, danke.«

Loraine schenkte aus einer blau-weiß gemusterten Kanne schwarzen Tee ein. »Milch und Zucker?«

»Ja, bitte«, sagte ich.

Das Haus, in dem die beiden wohnten, war klein. Ein einfaches Häuschen mit zwei Zimmern, einer Küche und einer großen Veranda.

»Wir wohnen seit fünfunddreißig Jahren hier«, erzählte

Greg. »Früher haben Loraine und ich in New York gearbeitet, aber nach einem Urlaub, den wir hier verbracht haben, wussten wir, dass wir nicht mehr in der Großstadt leben wollten.«

»Also sind wir zurückgekehrt und geblieben«, sagte Loraine. »Wir haben ein paar Kilometer von hier entfernt ein Restaurant eröffnet.«

Ich beneidete die beiden. Das war das Leben, das ich mit Westry hätte haben können, das Leben, nach dem ich mich gesehnt hatte.

Ich trank einen Schluck Tee und stellte die weiße Porzellantasse vorsichtig auf der Untertasse ab. »Sie erwähnten eben, dass Sie Westry kennen«, sagte ich leise. Ich fürchtete mich ein bisschen vor dem, was sie mir antworten würden.

Greg schaute erst Loraine, dann mich an. »Ja«, sagte er. »Wir waren viele Jahre lang befreundet.«

O Gott. Er sprach in der Vergangenheit. »Sie *waren* befreundet?«, fragte ich.

»Ja«, sagte Loraine. »Er kam jedes Jahr hierher. Seine jährliche Pilgerfahrt nannte er das.«

»Pilgerfahrt?«

Greg lächelte. »Eine Pilgerfahrt in der Hoffnung, Sie hier anzutreffen.«

Ich sah zu, wie die Milch in meinem Tee sich spiralförmig drehte wie ein Bild meiner inneren Verwirrung. Ich ließ Gregs Worte einen Moment lang sacken, dann schüttelte ich den Kopf. Ich dachte an Kitty, daran, wie Kitty und Westry sich damals in Paris im Krankenhaus angeschaut hatten.

»Ich verstehe das nicht«, sagte ich, während ich versuchte, die Geschichte, die ich für die Wahrheit hielt, mit dem in Einklang zu bringen, was die beiden mir da erzählten.

Greg trank einen Schluck Tee. »Er hat uns Ihre Geschichte erzählt«, sagte er. »Wie Sie sich hier auf der Insel ineinander verliebt haben und wie der Krieg Sie dann getrennt hat.«

Ich schüttelte den Kopf. »Aber warum hat er nicht versucht, mich in Seattle zu finden? Warum hat er mir nie geschrieben?«

»Er war der Meinung, dass er dazu kein Recht hatte«, erklärte mir Loraine. »Er wusste, dass Sie einen Mann und Kinder hatten. Aber tief in seinem Herzen hat er immer geglaubt, dass Sie eines Tages hierher zurückkehren und in der Hütte auf ihn warten würden, so wie Sie es damals getan haben.«

Ich hob meine Tasche vom Boden auf und nahm das braune Heft heraus. Meine Hände zitterten. »Ich habe das hier gefunden«, sagte ich. »Es sind Briefe, die er an mich geschrieben hat.«

»Ja«, fuhr Loraine fort. »Jedes Jahr hat er Ihnen einen Brief geschrieben. Er hat das Heft in der Hütte liegen lassen, in der Hoffnung, dass Sie es irgendwann dort finden würden.« Sie verschränkte die Hände und schüttelte wehmütig den Kopf. »Ich fand das alles furchtbar romantisch. Es hat Greg und mir immer in der Seele wehgetan mit anzusehen, wie Mr. Green Jahr für Jahr diese weite Reise auf sich genommen hat, die für einen Mann in seinem körperlichen Zustand sehr beschwerlich gewesen sein muss.« Sie tätschelte ihrem Mann liebevoll die Hand. »Es war wirklich rührend.«

Ich richtete mich auf. »Was meinen Sie mit seinem körperlichen Zustand?«

Gregs Augen wurden schmal. »Wissen Sie das wirklich nicht?«

»Was denn?«

Loraine warf Greg einen tadelnden Blick zu, dann beugte sie sich zu mir vor, als hätte sie vor, mir etwas Schreckliches zu enthüllen. »Mr. Green saß im Rollstuhl«, sagte sie. »Er war seit einer Kriegsverletzung querschnittsgelähmt.«

Ich fasste mir ans Herz, um den Schmerz zu lindern. *Querschnittsgelähmt.* Ich schloss die Augen und dachte an die Szene in Paris, erinnerte mich daran, wie er Kitty angesehen hatte. Konnte es sein, dass der Grund, warum er mich nicht hatte sehen wollen, gar nichts mit Kitty zu tun gehabt hatte? Dass es nur sein Stolz gewesen war?

»Es ist bestimmt schlimm, sich das alles anzuhören«, sagte Loraine. »Verzeihen Sie, wenn wir Ihnen zu viel zugemutet haben. Aber wir haben all die Jahre mit angesehen, wie dieser arme Mann auf Sie gewartet hat, und haben immer gehofft, dass es nicht vergebens gewesen ist. Dass Sie jetzt hier sind, ist einfach unglaublich. Greg und ich haben immer für Westry gehofft, dass Sie eines Tages kommen würden, aber nach all den Jahren haben wir wirklich nicht mehr damit gerechnet.«

Ich betrachtete das Heft, das ich in den Händen hielt, und versuchte, mir einen Reim auf all das zu machen. »Und Westry? Wo ist er jetzt?«

Loraine zog die Stirn kraus. »Wir wissen es nicht genau«, sagte sie. »Seit fünf Jahren ist er nicht mehr hier gewesen. Wir hatten schon Angst, er sei …«

Greg legte ihr eine Hand auf den Arm, wie um sie zum Schweigen zu bringen. »Sie haben ja jetzt das Heft mit den Briefen«, sagte er. »Lesen Sie sie. Vielleicht finden Sie darin die Antwort auf Ihre Frage.«

Ich stand auf. »Danke«, sagte ich. »Vielen Dank für alles. Ich muss jetzt ins Hotel zurück. Meine Enkelin wartet auf mich.«

Loraine erhob sich ebenfalls. »Wir begleiten Sie, Ms. Calloway.«

Ich schüttelte den Kopf. »Das ist nicht nötig. Trotzdem danke für das Angebot.« Ich stieg die Stufen zum Strand hinunter. So schnell, wie meine alten, schmerzenden Beine mich trugen, ging ich zurück zum Hotel und betete, dass ich nicht zu spät kommen würde.

17

Am frühen Morgen machte ich es mir in meinem Korbsessel auf dem Balkon bequem. Jennifer war nach draußen gegangen, um eine Runde zu joggen, und würde in ungefähr einer Stunde zurück sein. Ich schlug Westrys Notizbuch auf und begann zu lesen:

23. August 1959

Meine liebste Cleo!
Dies ist der erste Brief, den ich Dir schreibe, seit wir uns auf der Insel verabschiedet haben, damals, als uns zwei Flugzeuge in entgegengesetzte Richtungen davongetragen haben. Ich bin heute auf die Insel zurückgekehrt – am 23. August, dem Tag, an dem wir uns vor so langer Zeit zum ersten Mal begegnet sind – in der Hoffnung, Dich hier anzutreffen oder wenigstens eine Erinnerung an Dich vorzufinden, denn fast zwanzig Jahre sind inzwischen vergangen, in denen ich nie aufgehört habe, an Dich zu denken und Dich zu lieben. Es wird Dich freuen zu erfahren, dass die Hütte immer noch steht. Alles ist noch so, wie wir es damals zurückgelassen haben. Die Vorhänge bauschen sich immer noch

im Wind, der Schreibtisch und der Stuhl sind noch da, das Bett, alles. Nur Du fehlst.

Ich wünschte mir so sehr, Du wärst jetzt hier bei mir, mein Liebling. Ich wünschte mir so sehr, ich könnte Dich wie damals in meinen Armen halten. Ich weiß, Du lebst irgendwo Dein Leben, und dieses Leben möchte ich nicht durcheinanderbringen. Dennoch sehne ich mich nach Dir. Und das wird sich niemals ändern. Deswegen werde ich von jetzt an jedes Jahr an unserem Tag hierher zurückkehren in der Hoffnung, dass sich unsere Wege irgendwann noch einmal kreuzen. Ich werde dieses Notizbuch in unseren »Briefkasten« legen. Und auf einen Brief von Dir warten. Und auf Dich.

In Liebe

Dein Grayson

Ich legte das Notizbuch in meinen Schoß und dachte über den Brief nach, der fünfzig Jahre gebraucht hatte, um mich zu erreichen. *Er liebte mich immer noch. Gott, er liebte mich noch. Genauso, wie ich ihn vor so langer Zeit geliebt hatte und wie ich ihn noch immer liebte.* Und die Hütte – er hatte sie offenbar genauso vorgefunden, wie wir sie hinterlassen hatten. Aber warum hatte er das Gemälde nicht erwähnt? Ich blätterte um und las weiter:

23. August 1960

Meine liebste Cleo!

Ich muss gestehen, dass ich schrecklich aufgeregt war, als ich den Briefkasten geöffnet habe, um dieses Heft heraus-

zunehmen. Ich hatte gehofft, einen Eintrag von Dir in dem Heft zu finden. Noch lieber hätte ich natürlich Dich persönlich hier angetroffen. Aber ich habe all die Jahre gewartet, also kann ich auch noch ein weiteres warten. Ich werde geduldig sein, das verspreche ich Dir, mein Liebling.

Über die Jahre hatte ich viel Zeit zum Nachdenken. Ich frage mich immer wieder, warum Du nicht auf die Briefe geantwortet hast, die ich Dir aus dem Krankenhaus in Paris geschrieben habe, und warum Du nicht gekommen bist, um mich dort zu besuchen. Kitty hat mir erzählt, Du hättest geheiratet, aber ich habe ihr nicht geglaubt, jedenfalls nicht zu Anfang. Wie hättest Du heiraten können, wo wir uns doch so sehr liebten?

Jedenfalls habe ich mit all dem meinen Frieden gemacht. Trotz allem jedoch habe ich die Hoffnung nicht aufgegeben, dass Du irgendwann zurückkehrst, dass wir eines Tages wieder vereint sein werden. Ich weiß, dass das Leben weitergehen muss, aber ich werde erst dann wirklich leben, wenn ich wieder mit Dir zusammen bin.

Bis nächstes Jahr, mein Liebling,
Grayson

Ich klappte das Heft zu und umklammerte es ganz fest, zu aufgewühlt von Westrys Zeilen, um weiterzulesen. Kitty hatte mich angelogen, damals im Krankenhaus in Paris. Sie hatte seine Briefe an mich abgefangen. Warum? Wenn ich Westrys Briefe bekommen hätte, wäre mein Leben dann anders verlaufen?

Ich drehte mich um, als ich hörte, wie Jennifer das Hotelzimmer betrat. »Was für ein herrlicher Morgen,

Grandma«, sagte sie. »Du solltest ein bisschen an die frische Luft gehen.«

Ich stand auf, legte Westrys Heft in meinen Koffer und nahm Genevieve Thorpes Brief heraus.

»Wir sollten sie jetzt anrufen«, sagte ich. Noch nie war ich mir meiner selbst so sicher gewesen.

Jennifer setzte sich neben mich aufs Bett, als ich die Nummer ins Telefon eingab und auf den Rufton lauschte. Es klingelte dreimal.

Dann meldete sich eine Frau und sagte etwas auf Französisch, das ich nicht verstand. »Hallo«, sagte ich. »Hier spricht Anne Call… Anne Godfrey. Ich möchte mit Ms. Genevieve Thorpe sprechen.«

Die Frau wechselte mühelos ins Englische. »Ich bin Genevieve Thorpe.«

»Ich bin hier«, sagte ich etwas zögerlicher als beabsichtigt. »Ich bin auf Bora-Bora.«

»Was für eine Überraschung! Als ich Ihnen geschrieben habe, war ich mir nicht sicher, ob ich je von Ihnen hören würde, ganz zu schweigen davon, dass Sie herkommen würden. Könnten wir uns vielleicht treffen, ehe Sie wieder abreisen?«

»Ja«, erwiderte ich. »Darum bin ich hier.«

»Ginge es noch heute, oder würden Sie lieber erst …?«

»Nein«, fiel ich ihr ins Wort, »das wäre mir sogar sehr recht. Wir wohnen im Hotel Outrigger Suites. Könnten Sie vielleicht hier vorbeikommen?«

»Ja, gern«, sagte sie.

Ich legte auf und hoffte, dass ich keinen Fehler gemacht hatte.

»Ein Tisch für zwei?«, fragte die Kellnerin, als wir das Restaurant betraten.

»Nein, wir erwarten noch jemanden«, sagte ich. In dem Augenblick erhob sich eine Frau von einem der Barhocker und winkte uns zu. Sie war auffallend hübsch für ihr Alter, klein und zierlich, mit rosigen Wangen und hellbraunen Locken, die mit einer goldfarbenen Spange zusammengehalten wurden.

»Hallo«, begrüßte sie Jennifer und mich. Sie war etwa im Alter meiner Söhne, vielleicht Mitte sechzig. »Sie müssen Anne sein.«

»Ja«, sagte ich und versuchte das merkwürdige Gefühl einzuordnen, das mich überkam, als ich ihr die Hand schüttelte. »Und das ist meine Enkelin Jennifer.«

»Ich bin Genevieve.«

»Freut mich, Sie kennenzulernen«, sagte ich. »Wollen wir uns setzen?« Sie hatte eine große, blau-weiß gestreifte Segeltuchtasche bei sich.

»Ja, gern«, sagte sie.

Die Kellnerin führte uns an einen Tisch am Fenster. Ich bestellte eine Flasche Weißwein.

Genevieve lächelte. »Ich kann es noch gar nicht glauben, dass Sie hier sind«, sagte sie kopfschüttelnd. »Sie waren für mich immer eine Art mythische Figur. Ich meine, Ihr Name stand auf der Registrierungsliste der Lazarettschwestern, die im Krieg hier waren, aber trotzdem kamen Sie mir vor wie … wie eine Figur in einem Märchen.«

Wir schwiegen, als die Kellnerin den Wein brachte und unsere Gläser füllte. Ich trank einen Schluck und spürte, wie mich der Alkohol wärmte. »Ich nehme an, Sie kennen die Hütte, die einen knappen Kilometer von hier entfernt am Strand steht«, sagte Genevieve und schaute Jennifer an. »Es ist eine kleine Hütte. Man findet sie nur, wenn man danach sucht.«

Ich nickte. »Ja, ich kenne sie.«

»Komisch«, sagte Genevieve, trank einen Schluck Wein und lehnte sich zurück. »Die Einheimischen wagen sich nicht in die Nähe der Hütte. Sie behaupten, es liege ein Fluch auf ihr. Sie ist mir mein Leben lang unheimlich gewesen, vor allem als Kind. Mein Bruder und ich haben die Hütte zufällig entdeckt, als wir mit unseren Eltern am Strand gepicknickt haben, aber wir haben uns nicht hineingetraut.« Sie zuckte die Schultern. »Irgendwann war dann wohl die Neugier stärker. Vor ungefähr fünfundzwanzig Jahren bin ich durch ein Fenster in die Hütte gestiegen und habe mich darin umgesehen. Und ob Sie's glauben oder nicht – eine Woche später habe ich erfahren, dass mein Mann eine Affäre und meine Mutter Brustkrebs hatte.«

»Das tut mir leid«, sagte Jennifer und füllte unsere Gläser noch einmal.

»Sie glauben also an den Fluch?«, fragte ich.

Genevieve ließ den Wein in ihrem Glas kreisen. »Ich weiß nicht«, sagte sie. »Einerseits ja, andererseits habe ich das Gefühl, dass die Hütte auch ihr Gutes hat. Ich habe es gespürt, als ich dort war.« Sie lächelte. »Klingt merkwürdig, oder?«

»Nein, nein, ganz und gar nicht«, entgegnete ich. »Mir geht es genauso. Ich habe viel Zeit allein in der Hütte verbracht.«

Sie nahm einen kleinen, weißen Briefumschlag aus ihrer Tasche.

»Hier«, sagte sie lächelnd. »Das habe ich in einer Ecke der Hütte auf dem Boden gefunden. Ich glaube, es gehört Ihnen.«

Ich holte tief Luft, dann öffnete ich den Umschlag. Ich langte hinein und spürte etwas Hartes, Kaltes. Die blauen Edelsteine glitzerten im Sonnenlicht. Meine Brosche. Die Brosche, die Kitty mir geschenkt hatte. Mir stockte der Atem, als ich auf der Rückseite die Gravur las, die aus einer anderen Zeit zu stammen schien. Meine Augen füllten sich mit Tränen, sodass ich nur noch verschwommen sehen konnte.

»Es gibt doch bestimmt ein Dutzend Frauen auf der Insel, die Anne heißen«, sagte ich. »Wie sind Sie darauf gekommen, dass die Brosche mir gehört?«

»Ich habe Nachforschungen angestellt«, erwiderte Genevieve lächelnd.

»Sind Sie bei Ihren Nachforschungen zufällig auch auf den Namen Westry gestoßen?« Ich schaute Jennifer an. »Westry Green?«

Genevieve nickte. »Ja. Ich habe ein Buch gefunden, das einmal ihm gehört hat. In der Schreibtischschublade, in der Hütte.«

»Ein Buch?«

»Ja«, sagte sie. »Ein Roman aus den dreißiger Jahren. Sein Name stand darin.«

Ich musste lächeln, als ich daran dachte, wie sehr Westry bemüht gewesen war zu verhindern, dass unsere Namen mit der Hütte in Verbindung gebracht wurden.

»Es hat sehr lange gedauert«, fuhr Genevieve fort, »aber ich habe ihn schließlich gefunden. Vor einigen Jahren habe ich sogar mit ihm gesprochen. Bevor ich mit dem

Projekt angefangen habe, das ich in meinem Brief an Sie erwähnte. Seitdem versuche ich, ihn zu erreichen, leider vergeblich.« Sie seufzte. »Die Telefonnummer, die er mir damals gegeben hat, existiert nicht mehr, und niemand scheint zu wissen, was aus ihm geworden ist.«

Ich senkte den Blick und faltete meine elfenbeinfarbene Serviette einmal und noch einmal.

»Verzeihen Sie«, sagte Genevieve. »Ich wollte damit nicht andeuten, dass er …«

»Was hat er Ihnen erzählt?«, fragte Jennifer, bemüht, dem Gespräch eine sachliche Wende zu geben.

Genevieve schaute an die Decke, als versuchte sie, sich an die genauen Einzelheiten zu erinnern. »Es hörte sich an wie aus einem Liebesroman«, sagte sie. »Er hat mir erzählt, dass er Sie einmal sehr geliebt hat und dass er Sie immer noch liebt.«

»Warum hat er mich dann nicht angerufen oder mir geschrieben?«, fragte ich kopfschüttelnd.

Genevieve hob die Schultern. »Er wird wohl seine Gründe gehabt haben. Er war ein wenig exzentrisch. Aber ich nehme an, so sind Künstler eben.«

Ich runzelte die Stirn. *»Künstler?«*

»Ja«, erwiderte Genevieve. »Ich habe zwar keine seiner Arbeiten gesehen, aber ich weiß, dass er über eine umfangreiche Sammlung seiner eigenen Werke verfügte – Gemälde, Skulpturen. Er hat nach dem Krieg in Europa Kunst studiert und später in den USA an einer Universität im Mittelwesten als Dozent gearbeitet.«

»Genevieve«, fragte ich, »warum sagen Sie, er *verfügte* über eine eindrucksvolle Sammlung seiner Werke?«

»Er hat alles verschiedenen Museen gestiftet«, antwortete sie. »Er hat mal zu mir gesagt, Kunst sei für die Menschen da, man dürfe sie nicht bunkern.«

Ich lächelte. »Klingt genau nach dem Westry, den ich gekannt habe.«

Jennifer räusperte sich. »Genevieve, Sie haben eben angedeutet, dass Westry auch Skulpturen geschaffen hat«, sagte sie. »Wissen Sie, mit welchem Material er gearbeitet hat? Mit Ton? Vielleicht mit Bronze?«

Ich wusste sofort, worauf sie hinauswollte. Die Insel brachte einen dazu, Zusammenhänge zu vermuten, wo gar keine waren.

»Ich bin mir nicht sicher«, sagte Genevieve. »Er hat kaum über seine Arbeit gesprochen. Ich könnte mich auch komplett irren. Es ist alles so lange her, und mein Gedächtnis ist auch nicht mehr, was es einmal war.«

Sie nahm ein gelbes Notizheft aus ihrer Tasche und legte es auf den Tisch.

»Darf ich Ihnen ein paar Fragen stellen?«, erkundigte sie sich vorsichtig.

»Selbstverständlich«, sagte ich.

»Ich habe ja bereits in meinem Brief erwähnt, dass vor langer Zeit hier auf der Insel eine junge Frau ermordet wurde«, sagte sie. »Ich versuche, den Fall aufzuklären, um der jungen Frau von damals Gerechtigkeit zu verschaffen.«

Jennifer und ich tauschten einen Blick aus.

»Soviel ich weiß«, sagte Genevieve, »haben Sie während des Kriegs hier als Lazarettschwester gearbeitet, und an dem Abend, als der Mord geschah, hatten Sie dienstfrei.« Sie beugte sich vor. »Haben Sie damals irgendetwas gehört oder gesehen? Können Sie mir irgendetwas über das Verbrechen sagen? Dieser Mord ist so geheimnisumwittert. Es ist, als wäre die Frau von der Insel verschluckt worden, ohne die geringste Spur zu hinterlassen. Sie sind meine letzte Hoffnung in dieser Sache.«

»Ja«, erwiderte ich. »Ich kann Ihnen tatsächlich etwas sagen.«

Genevieve klappte ihr Notizheft auf und schaute mich erwartungsvoll an.

Ich verschränkte die Hände in meinem Schoß und dachte daran, dass ich Westry fest versprochen hatte, mit niemandem über den Mord zu sprechen. Aber obwohl ich all die Jahre immer und immer wieder darüber nachgedacht hatte, konnte ich nach wie vor nicht verstehen, was ihn zu seinem Verhalten bewogen hatte und wen er damit hatte schützen wollen. Wenn ich half, die Sache ans Tageslicht zu bringen, würde ich vielleicht die Antworten bekommen, nach denen ich mich sehnte.

»Atea«, sagte ich. »Sie hieß Atea.«

Genevieves Augen weiteten sich. »Ja«, sagte sie. »Das stimmt.«

Jennifer drückte meine Hand.

»Sie war sehr schön«, fuhr ich fort. »Ich habe sie nur kurz gekannt, aber sie strahlte Natürlichkeit und Herzensgüte aus.«

Genevieve nickte und legte ihren Stift weg. »Viele Einheimische haben ihren Tod nie verwunden«, sagte sie. »Bis heute nicht. Diejenigen, die alt genug sind, um sich zu erinnern, sprechen davon, dass sie dem Bösen zum Opfer gefallen ist, das ihre Insel damals heimgesucht hat. Deswegen habe ich es mir zur Aufgabe gemacht, für Gerechtigkeit zu sorgen. Für Atea, aber auch für alle Inselbewohner.«

»Ich kann Ihnen dabei helfen«, sagte ich. »Dazu muss

ich Sie an einen bestimmten Ort führen. Ich weiß von einem Beweisstück, mit dessen Hilfe Sie für Gerechtigkeit sorgen können.«

Die Sonne war fast untergegangen. Am Horizont waren nur noch ein paar orangerote und violette Streifen zu sehen. »Heute ist es leider schon zu spät«, sagte ich. »Können wir uns morgen früh am Strand vor dem Hotel treffen?«

»Natürlich«, antwortete Genevieve mit einem dankbaren Lächeln. »So früh Sie wollen.«

»Sagen wir, um halb zehn?«

»Perfekt. Ich kann's kaum erwarten.«

Am Abend saß ich auf dem Balkon und sah zu, wie die Wellen sanft an den Strand rollten. Der zunehmende Mond spiegelte sich auf der gekräuselten Wasseroberfläche. Jennifers Handy klingelte in ihrer Handtasche. »Liebes«, rief ich, »dein Handy!«

Sie kam in einem grünen Schlafanzug auf den Balkon und kramte in ihrer Tasche. »Ist ja ein Ding«, murmelte sie vor sich hin. »Ich hätte nie gedacht, dass ich hier Empfang haben würde.«

Sie nahm das Gespräch an. »Hallo?« Ich hörte mit halbem Ohr zu. »Das ist nicht dein Ernst«, sagte sie. Eine ganze Weile stand sie da und lauschte. »Ach.« Irgendetwas schien sie zu irritieren. Doch dann lächelte sie. »Danke. Vielen, vielen Dank. Ich melde mich, sobald ich wieder in Seattle bin.«

Jennifer beendete das Gespräch und setzte sich in den Korbsessel neben mir. »Das war die Frau aus dem Archiv«, sagte sie. »Sie haben ihn gefunden. Den Künstler, meine ich.«

Ich blinzelte und musste an die Frage denken, die sie Genevieve gestellt hatte. *Konnte es möglich sein?* »Es ist doch nicht etwa …?« Wider besseres Wissen hatte ich mich von Jennifers Fantasie anstecken lassen.

»Tut mir leid, Grandma«, sagte sie. »Es ist nicht Westry.«

Ich nickte. »Natürlich nicht«, sagte ich und kam mir reichlich albern vor.

Sie schaute in die Nacht hinaus. »Der Künstler ist vor vier Jahren gestorben«, sagte sie.

»Das tut mir leid, Liebes.«

»Ist nicht so schlimm.« Sie rang sich ein Lächeln ab. »Jedenfalls ist das Rätsel jetzt gelöst – na ja, immerhin teilweise. Jetzt, wo ich seinen Namen kenne, kann ich vielleicht mit seinen Angehörigen reden.«

»Genau«, sagte ich. »Ich wünschte, wir hätten eine Flasche Sekt.«

»Wozu?«

»Na, zum Anstoßen!«

Jennifer schaute mich verdutzt an.

»Schließlich hast du endlich deinen Künstler gefunden!«

Sie legte den Kopf an meine Schulter. »Und du wirst deinen auch finden«, sagte sie. »Ich habe das Gefühl, dass alles gut wird.«

»Vielleicht«, sagte ich. Ich hoffte, dass sie nicht merkte, wie skeptisch ich war, denn mein Herz sagte mir, dass es zu spät war.

Am nächsten Morgen trafen wir uns wie verabredet nach dem Frühstück mit Genevieve am Strand. »Guten Morgen!«, sagte sie und kam lächelnd auf uns zu. Sie trug einen Rucksack und hatte ihre Locken unter einen Sonnenhut geschoben.

»Ich kann Ihnen gar nicht sagen, wie aufregend es für mich ist, der Lösung des Rätsels ein Stück näher zu kommen«, sagte sie, als wir uns auf den Weg machten.

»Ich hoffe, dass ich Ihnen wirklich helfen kann«, erwiderte ich und wappnete mich für das, was vor mir lag. »Erzählen Sie mir, was Sie bisher über das Verbrechen wissen.«

»Na ja«, sagte Genevieve und rückte ihren Rucksack zurecht. »Ich weiß eigentlich nur, was die Einheimischen wissen oder zu wissen glauben – nämlich dass der Mann, der den Mord begangen haben soll, mehrere Frauen auf der Insel geschwängert hat, darunter eine amerikanische Lazarettschwester.«

Kitty.

Ich nickte. »Ich habe sein Gesicht nicht erkannt«, sagte ich. »Dazu war es zu dunkel. Aber der Einzige, der es gewesen sein kann, ist ein gewisser Lance.«

»Lance?«

»Ja«, sagte ich. »Meine beste Freundin hatte damals ein Verhältnis mit ihm. Er hat sie in eine schreckliche Lage gebracht – sie war schwanger von ihm, und er hat sie sitzen lassen. Und er hat ständig einheimischen Frauen nachgestellt.«

Genevieve blieb stehen und schaute mich an. »Wenn Sie das die ganze Zeit gewusst haben«, fragte sie, »warum haben Sie dann geschwiegen? Warum haben Sie den Mann nicht angezeigt?«

Ich seufzte und hob entschuldigend die Hände. »Ich kann mir vorstellen, dass das schwer zu verstehen ist, aber es ist komplizierter, als es auf den ersten Blick scheint.« Wir waren in der Nähe der Hütte angekommen. Ich zeigte auf ein Stück Treibholz am Strand. »Setzen wir uns eine Weile.«

Wir setzten uns auf das vom Meerwasser glatt geschliffene Holz. »Dort«, sagte ich und zeigte auf eine Stelle hinter uns, »hat er ihr die Kehle durchgeschnitten. Ich habe es mit eigenen Augen gesehen.«

Genevieve schlug sich die Hand vor den Mund.

»Ich habe zwischen den Bäumen gewartet, bis er weg war, dann bin ich zu ihr gerannt. Ich habe sie in den Armen gehalten, als sie nach Luft rang.« Ich schüttelte den Kopf. »Ich konnte nichts für sie tun. Sie lag im Sterben. Dann kam Westry. Ich dachte an das Morphium in meiner Tasche. Wir Lazarettschwestern hatten damals immer etwas Morphium dabei. Damit konnten wir Atea von ihren Schmerzen befreien. Erst hat es mir widerstrebt, aber als ich sie röcheln hörte, wurde mir klar, dass es die einzige Lösung war. Das Morphium reichte aus, um sie von ihrem Elend zu erlösen. Sie ist in meinen Armen gestorben.«

Genevieve tätschelte mir den Arm. »Sie haben das Richtige getan«, sagte sie. »Jeder hätte in Ihrer Situation das Gleiche getan.«

Ich wischte mir eine Träne von der Wange. »Das sage ich mir seit damals auch immer wieder, aber in meinem Herzen weiß ich, dass ich mehr hätte tun können.«

»Sie meinen, indem Sie den Mord angezeigt hätten?«, fragte Genevieve.

»Ja.«

»Erzählen Sie mir, warum Sie es nicht getan haben.«

Ich nickte. »Westry hat mich gebeten zu schweigen. Er meinte, es sei zu unserem eigenen Besten, er glaubte, man würde uns den Mord anhängen. Aber ich glaube nicht, dass das der wahre Grund war. Wenn Westry den Mord nicht anzeigen wollte, dann muss er einen sehr triftigen Grund dafür gehabt haben.« Ich schaute aufs Meer hinaus und dachte daran, wie er damals mit mir gesprochen hatte. So selbstsicher, so entschlossen. Er hatte irgendetwas gewusst, was er mir verheimlicht hatte. »Er hat etwas davon erwähnt, dass er jemanden schützen wollte«, sagte ich. »Er meinte, wenn wir unsere Vorgesetzten informierten, würde etwas Schreckliches passieren. Und ich habe ihm vertraut.«

»Können Sie sich vorstellen, was er damit gemeint haben könnte?«

»Nein«, sagte ich und zuckte ratlos die Schultern. »Glauben Sie mir, ich zerbreche mir seit siebzig Jahren den Kopf darüber, und ich weiß heute genauso wenig wie damals.«

Genevieve seufzte.

»Aber wie ich Ihnen gestern Abend schon gesagt habe, gibt es etwas, das ich Ihnen zeigen möchte«, fuhr ich fort. »Ein Beweisstück. Ich habe es am Abend des Mordes versteckt in der Hoffnung, es könnte eines Tages, wenn die Wahrheit ans Licht käme, von Nutzen sein. Vielleicht ist es ja jetzt so weit.«

Wir standen auf.

»Soll ich Sie zu der Stelle führen?«

»Ja bitte!«, erwiderte Genevieve erwartungsvoll.

Jennifer stützte mich, als wir uns durch das Dickicht kämpften. Ich betete, dass ich die Stelle wiederfinden würde.

Ich schaute mich um und versuchte, mich zu erinnern. »Dort«, sagte ich. »Dort müsste es sein.«

Natürlich sah alles ganz anders aus, aber als ich die riesige Palme entdeckte, die alle anderen Bäume überragte, wusste ich, dass ich mich nicht irrte. Ich ging mit klopfendem Herzen voraus. Vor der Palme kniete ich mich hin und begann, mit den Händen in der weichen, feuchten Erde zu graben.

»Kann ich Ihnen helfen?«, fragte Genevieve.

Ich schüttelte den Kopf. »Ich hab's gleich.« Schwarze Erde klebte mir an den Händen und unter den Fingernägeln. Früher hätte mich das vielleicht gestört, aber jetzt war mir das alles egal. Noch nie war ich der Wahrheit so nah gewesen.

Kurz darauf berührten meine Finger etwas Hartes. Fieberhaft scharrte ich die Erde beiseite. Dann hielt ich den Atem an.

»Grandma, alles in Ordnung?«, flüsterte Jennifer besorgt und hockte sich neben mich.

»Ja«, antwortete ich und zog das Päckchen aus der Erde, das ich vor all den Jahren hier vergraben hatte. Ich wickelte den Stoffstreifen, den ich damals von meinem Kleid abgerissen hatte, beziehungsweise was nach der Zersetzung durch Feuchtigtkeit und Insekten noch davon übrig war, auseinander, und zum Vorschein kam das Messer.

»Das ist die Mordwaffe«, sagte ich zu Genevieve. »Ich habe gesehen, wie er das Messer nach der Tat in den Dschungel geworfen hat. Als er weg war, habe ich es gesucht und vergraben in der Hoffnung, es wiederzufinden, wenn der richtige Zeitpunkt gekommen wäre.«

Wie eine professionelle Kriminalistin nahm Genevieve

eine Plastiktüte aus ihrem Rucksack und ließ das Messer vorsichtig hineingleiten. Dann reichte sie mir ein feuchtes Tuch, damit ich mir die Hände säubern konnte. »Es ist der richtige Zeitpunkt«, sagte sie. »Ich danke Ihnen.«

»Sie müssen mir nicht danken«, entgegnete ich ernst. »Sorgen Sie einfach für Gerechtigkeit, für Atea.«

»Das werde ich«, versprach Genevieve, während sie das Messer in der Plastiktüte betrachtete. »Diese Gravur, diese Nummern, die haben bestimmt irgendeine Bedeutung.«

»Ja«, sagte ich. »Die Nummern werden Sie zu Lance führen.«

Sie verstaute das Messer in ihrem Rucksack. »Das kann ich mithilfe meiner Freunde bei der Historical Society der Armee überprüfen. Die haben Unterlagen über die Kriegsjahre. So habe ich Sie ja schließlich auch gefunden.«

Ich lächelte in mich hinein, als wir schweigend den Strand entlanggingen. Endlich war die Wahrheit heraus. Ich fühlte mich unendlich erleichtert.

Genevieves Handy klingelte in ihrem Rucksack, und Jennifer und ich gingen ans Ufer, wo ich meine Hände ins Wasser hielt, um die Reste von Erde und die Spuren des Bösen abzuwaschen, die an dem Messer geklebt hatten.

»Ich bin stolz auf dich, Grandma«, sagte Jennifer. »Das war wirklich mutig.«

»Danke, Liebes«, erwiderte ich und trocknete mir die Hände an der Hose ab. »Aber ich hätte es schon viel, viel früher tun sollen.«

Wir gingen zu Genevieve zurück, die immer noch telefonierte. »Ja, Liebes«, sagte sie gerade. »Ich versprech's dir, ich bin rechtzeitig zum Abendessen zu Hause.« Sie lauschte einen Moment. »Ich dich auch, Adella.«

Ich bekam eine Gänsehaut. *Dieser Name* … Ich hatte ihn nicht mehr gehört, seit … seit … Ich drehte mich zu Jennifer um, und ihr Gesichtsausdruck sagte mir, dass sie zu demselben Schluss gekommen war wie ich.

»Verzeihen Sie«, sagte ich etwas später zu Genevieve. Wir waren fast am Hotel angekommen, und ich hörte die Leute am Swimmingpool lachen. »Ich habe eben gehört, wie Sie jemanden Adella genannt haben.«

»Ja, richtig«, antwortete sie. »Das war meine Tochter am Telefon.«

»Was für ein schöner Name«, sagte ich. »Den hört man nicht oft.«

»Stimmt«, erwiderte sie. »Ich kenne außer meiner Tochter keine Adella. Es ist mein Zweitname. Ich wurde adoptiert, wissen Sie, und angeblich hatte meine leibliche Mutter den Namen für mich ausgesucht.«

Ich wandte mich ab, damit sie mir nicht ansah, wie sehr mich ihre Worte schockierten.

»Meine Eltern fanden, sie waren es meiner leiblichen Mutter schuldig, mir den Namen zu geben«, fuhr sie fort. »Und als meine Tochter geboren wurde, kam für mich kein anderer Name infrage.«

Sie schaute mich besorgt an. »Alles in Ordnung, Anne?«, fragte sie.

»Ja«, sagte ich, nachdem ich mich wieder gefasst hatte. »Haben Sie Ihre leibliche Mutter je kennengelernt oder versucht, sie zu finden?«

»Versucht habe ich es«, antwortete sie, »glauben Sie mir. Meine Eltern wollten mir nichts von ihr erzählen.« Eine Weile wirkte sie nachdenklich, dann lächelte sie. »Eine Lehrerin hat mir mal gesagt, meine Mutter müsse Französin sein, weil ich eine echte französische Nase hätte. Aber ich werde es wohl nie erfahren. Die Unterlagen über die Adoption sind schon vor Jahren verloren gegangen.«

Kittys Tochter. Sie stand leibhaftig vor mir. Das Kind, bei dessen Geburt ich geholfen hatte.

»Tja«, sagte Genevieve und verschränkte die Hände. Jetzt, wo ich genauer hinsah, bemerkte ich, dass sie Kittys Augen hatte. »Aber Sie wollen sich jetzt bestimmt ausruhen. Es war ein langer Vormittag, der eine Menge Gefühle aufgewühlt hat. Was halten Sie davon, wenn ich morgen noch einmal herkomme? Vielleicht habe ich dann schon etwas über das Messer in Erfahrung gebracht. Sagen wir, morgen Nachmittag?«

Ich nickte. »Ja, das klingt gut«, sagte ich. Mir schwirrte der Kopf.

»Wir werden eine Menge zu bereden haben«, sagte Genevieve.

»Allerdings«, stimmte ich ihr zu und schob ihr eine Locke hinters Ohr, wie ich es bei Kitty getan hätte, wenn sie vor mir gestanden hätte.

18

Ich geh ein bisschen an den Strand«, verkündete Jennifer am nächsten Morgen. Ich roch den Duft von Kokosshampoo in ihrem frisch gewaschenen Haar, als sie den Kopf zur Tür hinausstreckte. »Soll ich dir irgendwas mitbringen? Ein Croissant? Einen Milchkaffee?«

Ich lächelte. »Nein danke, Liebes.«

Als die Zimmertür hinter ihr ins Schloss fiel, schlug ich Westrys Heft auf und las weiter seine Briefe. Meine Augen wanderten über die vergilbten Seiten, und ich erfuhr, wie er sein Leben ohne mich gelebt hatte, wie er seine Liebe zu mir bewahrt hatte, eine Liebe, die von Jahr zu Jahr gewachsen zu sein schien. Als ich zur letzten Seite kam und den Brief las, den er vor fünf Jahren geschrieben hatte, blieb mir fast das Herz stehen:

23. August 2006

Meine liebste Cleo!

Hier bin ich wieder – ein neues Jahr, ein neuer August –, viel zu alt, um ohne Dich hier zu sein. In diesem Jahr ist es mir nicht gut gegangen. Ich kann nur hoffen, dass

Du ein besseres Jahr hattest, wo auch immer Du sein magst.

Erinnerst Du Dich an das Lied, das wir eines Abends in der Hütte im Radio gehört haben? »La Vie en Rose«? Der Text lautet: »Schenk mir dein Herz und deine Seele, dann wird das Leben immer la vie en rose sein.« Für mein Leben trifft das zu. Denn auch ohne dass Du anwesend warst, ohne dass ich Dich berühren konnte, bist Du immer bei mir gewesen. Du hast mir damals Dein Herz geschenkt, und ich habe es immer gehütet.

Egal, ob wir uns jemals wiedersehen oder nicht, das ist das Einzige, was zählt.

La vie en rose, meine Liebste.

In Liebe
Dein Grayson

Genevieve klopfte um drei Uhr an unsere Tür. Jennifer ließ sie herein, und sie stellte ihre Tasche auf dem Schreibtisch ab. »Sie werden nicht glauben, was ich in Erfahrung gebracht habe.«

»Was denn?«, fragte ich begierig.

Genevieve setzte sich auf die Bettkante. »Die Nummer auf dem Messer«, sagte sie und schüttelte ungläubig den Kopf. »Es ist eine Registriernummer. Und sie gehört überhaupt nicht zu diesem Lance, von dem Sie sprachen.«

»Mein Gott«, sagte ich. »Zu wem gehört sie dann?«

Sie nahm ihr Notizheft aus der Tasche und schlug es auf. »Das wird Sie vielleicht überraschen«, sagte sie. »Das Messer gehörte Colonel Matthew Donahue, dem befehlshabenden Offizier des Camps.« Sie schaute mich fragend an. »Aber das muss doch ein Irrtum sein, oder?«

O Gott, ich hatte alles falsch verstanden. »Nein, es ist kein Irrtum«, entgegnete ich. Bilder aus der Vergangenheit liefen vor meinem geistigen Auge ab – Kitty, die schluchzend auf ihrem Bett lag, Atea, die an Heiligabend verwirrt in die Kirche gekommen war, Westrys blutiges Gesicht nach seiner Auseinandersetzung mit dem Colonel. *Natürlich war es nicht Lance gewesen.* Das wurde mir jetzt klar. Hinter allem hatte der Colonel gesteckt.

Genevieve sah mich verständnislos an. »Niemand wird glauben, dass ein befehlshabender Offizier, noch dazu ein Soldat mit gutem Ruf, so ein brutales Verbrechen begangen hat.« Sie blätterte in ihrem Notizheft. »Wir können der Wahrheit nur auf den Grund gehen, wenn wir die amerikanische Lazarettschwester finden, mit der er ein Verhältnis hatte, und versuchen, mit ihr zu reden. Vielleicht ist sie das fehlende Glied. Auf dem Messer lassen sich keine Fingerabdrücke mehr feststellen, und die Einheimischen, die alt genug sind, um etwas wissen zu können, hüllen sich in Schweigen. Glauben Sie mir, ich habe versucht, mit ihnen zu reden.« Sie zuckte ratlos die Schultern. »Was meinen Sie, wie stehen die Chancen, dass wir diese Schwester ans Telefon kriegen? Ziemlich schlecht, nicht wahr?«

»Ich glaube«, sagte ich zögerlich, weil ich nicht recht wusste, ob ich es überhaupt zugeben sollte, »ich kenne die Frau.«

Genevieves Augen weiteten sich. »Wirklich?«

»Ja«, sagte ich. »Zumindest habe ich sie einmal gekannt. Sie war damals meine beste Freundin. Wir sind zusammen hierhergekommen.« Ich betrachtete ihr Gesicht. Sie sah Kitty so ähnlich. Ob die beiden wohl noch eine Chance hatten, einander kennenzulernen?

»Wie heißt die Frau?«

»Kitty. Kitty Morgan.« Ich seufzte. »Natürlich weiß ich nicht, was aus ihr geworden ist. Wir haben uns seitdem nie wiedergesehen. Aber es ist ja alles so unglaublich lange her.«

Genevieves Augen leuchteten auf. »Den Namen kenne ich. Ja, ich habe diesen Namen aus den Dienstplanunterlagen des Lazaretts herausgesucht und mir sogar ihre Telefonnummer notiert, aber dann habe ich sie nie angerufen – es gab einfach keinen Grund dazu.« Sie blätterte in ihrem Heft. »Hier hab ich's«, sagte sie aufgeregt. »Kitty Morgan Hampton. Wohnt in Kalifornien – also, zumindest bis vor zwei Jahren hat sie dort gewohnt. Würden Sie sie vielleicht anrufen, Anne?«

Mir wurde ganz flau. »Ich?«

»Ja, bitte«, sagte sie und schaute mich erwartungsvoll an.

»Aber das ist doch Ihr Projekt«, widersprach ich. »Sie sollten sie anrufen.«

Genevieve schüttelte den Kopf. »Sie wird bestimmt eher mit Ihnen reden als mit einer … Fremden.«

Wenn sie wüsste.

Ich dachte daran, wie distanziert Kitty während unserer letzten Wochen auf der Insel mir gegenüber gewesen war, wie sie sich Westry gegenüber verhalten hatte – wie sie sich zwischen uns geschoben und unsere Liebe zerstört hatte. Nein, ich konnte nicht mit ihr sprechen.

Jennifer beugte sich zu mir und streichelte meinen Arm. »Die Zeit ändert die Menschen«, flüsterte sie. »Du hast sie einmal sehr gern gehabt. Möchtest du nicht ihre Version der Geschichte hören?«

Ja, ich hatte sie einmal sehr gern gehabt. Und die Erinnerung an sie berührte mich auch jetzt noch. »Also gut«, sagte ich. »Ich rufe sie an.«

Jennifer reichte mir das Telefon, und ich überwand mich, die Nummer einzugeben, die Genevieve mir aus ihrem Notizheft diktierte.

»Hallo?« Kittys Stimme klang rauer als früher, aber ihr Ton war immer noch derselbe. Ich erstarrte und brachte kein Wort heraus.

»Hallo?«, sagte Kitty noch einmal. »Wenn Sie von der Marktforschung sind …«

»Kitty?«, krächzte ich.

»Ja?«

»Kitty«, sagte ich, während mir Tränen über die Wangen liefen. »Ich bin's, Anne.«

»Anne?«

»Ja!«, rief ich. »Anne Calloway. Anne Godfrey.«

»Ach du lieber Gott, Anne«, sagte sie. »Bist du das wirklich?«

»Ja, ich bin's wirklich.«

Jennifer gab mir ein Taschentuch, und ich schneuzte mich, während ich Kitty am anderen Ende der Leitung schniefen hörte.

»Anne, ich … ich …« Ihr versagte die Stimme. »Großer Gott, das kann doch nicht wahr sein! Wie geht es dir?«

»Komisch, ich weiß gar nicht, was ich dir darauf antworten soll. Nach all den Jahren … Wo soll ich anfangen?«

»Tja«, sagte Kitty leise. Die Härte, die in Paris in ihrer Stimme gelegen hatte, war verschwunden. Sie klang weicher. Vielleicht war ja auch ihr Herz weicher geworden.

»Ich kann damit anfangen, dass ich dich um Verzeihung bitte.«

»Kitty, ich …«

»Nein, lass mich ausreden«, unterbrach sie mich. »Es geht mir nicht gut, Anne. Vielleicht werde ich keine Gelegenheit mehr bekommen, dir zu sagen, was ich dir zu sagen habe, deswegen muss es jetzt sein.« Sie holte tief Luft. »Ich hätte mich schon vor Jahren bei dir melden sollen. Ich weiß auch nicht, warum ich es nicht getan habe. Und ich schäme mich dafür.«

»Ach, Kitty«, sagte ich und wischte mir erneut die Tränen von den Wangen.

»Ich bereue zutiefst, dass ich auf der Insel und später in Paris so gemein zu dir war«, fuhr sie fort. »Nach der Geburt bin ich innerlich zu Stein erstarrt. Es war, als wäre ich in ein schwarzes Loch gefallen. Heute weiß ich, dass ich Depressionen hatte – Kindbettdepressionen, wie meine Tochter mir später erklärt hat. Aber ich …«

Ich schaute Genevieve an, die still auf dem Schreibtischstuhl saß. Sie war Kitty so ähnlich … »Du hast eine Tochter?«, fragte ich.

»Ja, drei – das heißt, eigentlich vier …« Sie seufzte. »Ich habe einen anständigen Mann geheiratet. Ich habe ihn nach dem Krieg in Paris kennengelernt, ein Marine. Wir sind nach Kalifornien gezogen. Wir haben ein schönes Leben zusammen, uns geht es gut.« Sie zögerte. »Geht es dir auch gut, Anne? Ich habe so oft an dich gedacht.«

»Ja, mir geht es gut«, antwortete ich leise. »In fast jeder Hinsicht.«

Kitty seufzte. »Anne, ich muss dir etwas sagen. Über Westry.«

Wie konnte der Name mich immer noch so tief berühren? Mir so einen heftigen Stich versetzen? Ich schloss die Augen ganz fest.

»Er hat unaufhörlich von dir gesprochen, damals in Paris«, fuhr sie fort. »Er hat jeden Tag nach dir gefragt und auf dich gewartet.«

»Ich war da«, sagte ich. »Das weißt du.«

»Ja.« Ich konnte regelrecht spüren, wie sehr Kitty sich schämte. »Ich war neidisch auf das, was ihr miteinander hattet«, sagte sie.

»Und aus dem Grund hast du seine Briefe an mich abgefangen?«

»Das weißt du?«, fragte Kitty entgeistert.

»Ich habe es gerade erst erfahren.«

»Ach, Anne, es tut mir so leid«, sagte sie unter Tränen. »Wenn ich mir vorstelle, dass sich durch mein Verhalten dein ganzes Leben verändert hat. Ich kann den Gedanken kaum ertragen.«

Mit einem Mal war der Groll, den ich all die Jahre gegen sie gehegt hatte, verflogen. »Ich verzeihe dir«, sagte ich. »Du hast gesagt, dass uns nicht mehr viel Zeit bleibt. Ich empfinde es genauso.«

»Ich habe immer noch meine Brosche«, sagte Kitty. »Das Gegenstück zu der, die ich dir damals im Cabaña Club geschenkt habe. Ich bewahre sie in meinem Schmuckkästchen auf, Anne. Ich schaue sie mir immer wieder an und denke an dich.«

Ich erinnerte mich an den Tag, an dem sie mir die Brosche geschenkt hatte, als Unterpfand ewiger Freundschaft. Ich schloss die Augen und sah die kleine Schachtel vor mir, eingewickelt in blaues Papier, mit einer goldenen

Schleife. Um uns herum der Zigarettenrauch. Wenn die Brosche doch nur unsere Freundschaft zusammengehalten hätte. Aber vielleicht hatte sie das ja. Ich nahm meine Brosche aus der Tasche und betrachtete die blauen Edelsteine.

»Ich habe meine auch noch, Kitty«, sagte ich. »Ich halte sie gerade in der Hand.«

»Ich würde dich so gern wiedersehen«, sagte sie. »Wo bist du? In Seattle?«

»Nein. Ich bin auf Bora-Bora.«

»Auf Bora-Bora?«

»Ich bin bei einer Frau, die versucht, ein Verbrechen aufzuklären, das während des Kriegs hier auf der Insel begangen wurde. Ein Mord.«

Kitty antwortete nicht gleich. »Du meinst den Mord an Atea, nicht wahr?«

»Ja«, sagte ich. »Du erinnerst dich also.«

»Natürlich erinnere ich mich.«

Ich beschloss, sie lieber nicht zu fragen, woher sie davon wusste. Das spielte jetzt keine Rolle. Aber etwas anderes brannte mir auf den Nägeln. »Ich würde dich gern etwas fragen«, sagte ich vorsichtig. »Wenn es dir nichts ausmacht.«

»Schieß los.«

»Du hast mir nie erzählt, wer der Vater deiner Tochter war«, fuhr ich fort. »Ich dachte immer, es sei Lance, aber jetzt sind Beweise aufgetaucht, die den Schluss nahelegen, dass der Mord an Atea …«

»Von dem Colonel verübt wurde?«

»Ja«, sagte ich. »Du weißt davon?«

»Ja«, erwiderte sie. »Und Westry wusste es auch.«

»Ich verstehe nicht.«

»Er hat mich geschützt, Anne«, sagte sie, »indem er es verschwiegen hat. Vor dem Mord hatte er von meiner Schwangerschaft erfahren, er wusste noch vor dir davon. Er hatte den Colonel und mich am Strand zusammen gesehen und gehört, was wir miteinander geredet hatten. Westry wusste auch, dass der Colonel mehrere Frauen auf der Insel geschwängert hatte. Ich war damals ja so halsstarrig und naiv. Westry hat mich vor dem Colonel gewarnt, aber ich wollte nicht auf ihn hören.«

Ich erinnerte mich daran, wie der Colonel Westry zusammengeschlagen hatte. »Er hat Westry bedroht, nicht wahr?«

»Ja«, sagte Kitty. »Er hat Westry angedroht, mir etwas Schlimmes anzutun, falls er auf die Idee kommen sollte, ihn bei seinen Vorgesetzten anzuzeigen.«

»Mein Gott, Kitty!«, rief ich aus. »Dann hat er die Wahrheit über den Mord an Atea verschwiegen, um dich zu schützen?«

»Ja«, sagte sie. »Und im Nachhinein glaube ich, dass ich in größerer Gefahr geschwebt habe, als mir damals bewusst war. Und Westry hat mich vor dem Schlimmsten bewahrt.«

Ich seufzte. »Deswegen also hast du dich in ihn verliebt, habe ich recht?«

»Ja«, antwortete Kitty ehrlich. »Nachdem alle Männer in meinem Leben mich so schlecht behandelt hatten, war da endlich einer, der ehrlich und anständig war, der mich beschützte. Und ausgerechnet der liebte meine beste Freundin.«

Ich schaute aus dem Fenster zum Strand hinaus und

dachte daran, wie Kitty Westry damals im Krankenhaus angesehen hatte. Ich konnte es ihr nicht verdenken, dass sie ihn geliebt hatte.

»Jedenfalls hat Donahue Atea ermordet, weil sie von ihm schwanger war und sich weigerte, darüber Stillschweigen zu wahren so wie die anderen Frauen.«

»Wie viele andere Frauen waren es denn?«

»Mindestens zwei«, sagte Kitty. »Eine war gerade mal vierzehn.« Sie schluckte. »Ich hätte das schon vor langer Zeit irgendwo melden sollen. Aber mein Leben musste weitergehen. Und nachdem ich gehört hatte, dass er gestorben war, habe ich mir gesagt, dass er sowieso in der Hölle braten würde.«

»Wann ist er denn gestorben?«

»Neunzehnhundertdreiundsechzig«, antwortete sie. »An einem Herzinfarkt, allein in einem Hotelzimmer in San Francisco.«

Ich richtete mich auf, schaute erst Jennifer, dann Genevieve an. »Das bedeutet noch lange nicht, dass es keine Gerechtigkeit geben wird«, sagte ich. »Er war ein hochdekorierter Kriegsveteran. Wir werden die Armee dazu bewegen, ihm postum seinen Rang abzuerkennen. Dafür werde ich sorgen.«

Genevieve nickte. *Was würde sie empfinden, wenn sie erfuhr, dass dieser Mann ihr Vater war?* Ich holte tief Luft, denn was ich als Nächstes zu sagen vorhatte, würde alles ändern. Für Kitty und für Genevieve.

»Kitty«, sagte ich und bedeutete Genevieve, ans Telefon zu kommen. »Hier ist eine Frau, mit der du sprechen solltest. Sie heißt Genevieve. Ich glaube, euch beide verbindet mehr, als ihr für möglich haltet. Ihre Tochter zum Beispiel … Na ja, wie gesagt, ich finde, ihr solltet euch mal unterhalten.«

Genevieve sah mich verwundert an, nahm jedoch lächelnd das Telefon entgegen. »Ms. Hampton?«

Ich stand auf und gab Jennifer ein Zeichen, mir zu folgen. Wir verließen das Zimmer und schlossen leise die Tür.

»Das ist das Beste, was bei dieser ganzen Sache herauskommen konnte«, sagte Jennifer, als wir im Korridor standen.

Arm in Arm gingen wir die Treppe hinunter und auf die Terrasse hinaus, wo wir uns an einen Tisch setzten und zusahen, wie die Wellen an den Strand krachten und überraschte Sonnenanbeter mit ihren Handtüchern an höher gelegene Stellen flüchteten, wo es trocken war. Was für ein Anblick. Es war, als wüsste die Insel, dass die Gerechtigkeit endlich gekommen war, um ihre Ufer vom Bösen zu befreien.

Ich fuhr mit einem Finger über die Kette, an der mein Medaillon hing, und fragte mich, ob es stimmen konnte, was Tita damals gesagt hatte. *War der Fluch jetzt aufgehoben?* Das würde die Zeit zeigen.

19

Ich stöhnte, als ich das Telefon im Wohnzimmer klingeln hörte. Um das Gespräch anzunehmen, würde ich aufstehen müssen und bei jedem Schritt die Schmerzen in meinen alten Knochen spüren. Aber das beharrliche Klingeln spornte mich an. Mir taten die Beine weh, aber sie trugen mich, und ich erreichte das Telefon gerade noch rechtzeitig, um abzunehmen und ein atemloses Hallo zu hauchen.

»Grandma, ich bin's«, sagte Jennifer gut gelaunt. »Heute ist es so weit.«

Mehr als drei Monate waren vergangen, seit wir die Insel besucht hatten. Die Reise war auf eine Weise erfolgreich gewesen, mit der ich nie gerechnet hätte, aber nach unserer Rückkehr war ich emotional vollkommen erschöpft gewesen, und davon hatte ich mich immer noch nicht erholt. Ich hatte Genevieve, Atea, Kitty und vielleicht sogar der Insel ihren Frieden zurückgegeben, aber in meinem eigenen Herzen tobte seitdem ein Sturm, und ich hatte nur Mutmaßungen über Westry und ein Notizbuch mit alten Briefen, an denen ich mich festhalten konnte.

»Grandma?«

»Ja, Liebes, ich bin noch da«, sagte ich. »Mir geht es heute nicht so gut.«

»Aber du kommst doch mit, oder?«

»Ach, Liebes«, sagte ich und ließ mich aufs Sofa sinken. »Ich glaube, ich schaffe es nicht.«

Jennifers Schweigen versetzte mir einen Stich. Sie hatte mich nach Bora-Bora begleitet und mir so rührend beigestanden – wie konnte ich sie ausgerechnet an diesem Tag enttäuschen?

»Du kommst doch bestimmt auch ohne mich zurecht, oder?«, fragte ich und massierte mir den schmerzenden Rücken. Jennifer hatte vor einer Woche ihre Semesterabschlussarbeit abgegeben, und die Zeitung hatte Wind von ihrem Projekt bekommen.

»Ach, Grandma«, sagte sie. »Ich weiß, es ist viel verlangt, vor allem, wo es dir in letzter Zeit nicht so gut geht, aber ich würde mich wirklich freuen, wenn du kämst. Es werden so viele Leute da sein, ich kann es kaum aushalten, ihnen allein entgegenzutreten. Ich bin total nervös. Es würde mich sehr beruhigen, dich dabeizuhaben. Ich kann dich in einer Stunde abholen. Und wir parken ganz in der Nähe der Aula, dann brauchst du nicht weit zu laufen, einverstanden?«

Ich stand mühsam auf. *Ich würde es schaffen. Jennifer zuliebe.* »Also gut«, sagte ich und holte tief Luft. »Ich komme mit.«

»Danke, Grandma!«, rief sie aus. »Bis gleich!«

Ich legte das Telefon weg und nahm den Brief von Genevieve, der auf dem Sofatisch lag. Er war am Tag zuvor eingetroffen, und ich hatte ihn seitdem wohl ein Dutzend Mal gelesen.

Liebe Anne,
ich möchte Ihnen noch einmal dafür danken, dass Sie nach Bora-Bora gekommen sind. Ihr Besuch hat alles geändert – für mich, für Atea, für die Insel. Ich hoffe, er hat auch Ihnen gutgetan.

Es gibt Erfreuliches zu berichten: Ich habe Kontakt mit der Army aufgenommen und dem zuständigen Sachbearbeiter alle Informationen zukommen lassen. Man wird tatsächlich ein Verfahren gegen Colonel Donahue einleiten. Es fühlt sich alles sehr seltsam an, vor allem, seit ich weiß, in welchem Verhältnis dieser Mann zu mir steht, aber das hält mich nicht davon ab, für Atea und mein ungeborenes Geschwisterchen Gerechtigkeit zu fordern.

Natürlich kann der Colonel nicht mehr vor Gericht gestellt werden, aber der Mann, mit dem ich gesprochen habe, hat mir versichert, dass die Army mit der Unterstützung offizieller Stellen hier auf der Insel dafür sorgen wird, dass alle Einzelheiten zusammengetragen werden. Ich nehme an, man wird ihm seinen Rang und alle militärischen Auszeichnungen aberkennen.

Auf der Insel ist die Rede davon, irgendwo in der Stadt ein Denkmal für Atea zu errichten. Ist das nicht großartig? Natürlich würden wir uns freuen, wenn Sie zur offiziellen Einweihung herkommen könnten.

Beinahe hätte ich eins vergessen: Nächsten Monat fliege ich nach Kalifornien, zu Kitty. Sie hat mich zu sich eingeladen. Ich nehme Adella mit. Ich kann selbst noch gar nicht glauben, dass das alles Wirklichkeit ist.

Ich werde Ihnen mein Leben lang dankbar sein.
Herzlichst
Ihre Genevieve

Stille lag über dem Campus, und meine Absätze klapperten auf dem gepflasterten Weg, der noch nass war vom Regen. Irgendwo schlug eine Uhr: Es war zwölf Uhr Mittag.

»Wir sind bald da«, sagte Jennifer besorgt.

»Es geht schon, Liebes«, versicherte ich ihr. Die kühle Herbstluft fühlte sich gut an auf meiner Haut. Sie verlieh mir ungeahnte Energie.

Wir gingen an ein paar Ahornbäumen vorbei, deren Laub orange und rot leuchtete. Dahinter erhob sich ein eindrucksvolles Backsteingebäude. Ich erkannte es sofort. In dem Gebäude hatte Gerard Finanzwirtschaft unterrichtet, nachdem er sich aus dem Bankgeschäft zurückgezogen hatte. Wie sehr ich es genossen hatte, mit ihm über den Campus zu spazieren, vor allem im Herbst.

»Hier entlang«, sagte Jennifer und nahm meinen Arm, als wir in einen schmalen Weg einbogen, der um das Gebäude herumführte. Sie hielt einen Zweig hoch, um mich vorbeizulassen. Ich war so oft mit Gerard auf dem Campus gewesen, aber ich war nie auf die Idee gekommen, hinter dem Gebäude entlangzugehen.

»Da steht sie«, verkündete sie stolz.

Ich kniff die Augen zusammen, um besser sehen zu können. Ich verstand sofort, was Jennifer an der Skulptur so faszinierte. Sie erzählte eine ganze Geschichte. Ich ging näher und betrachtete das Paar, das sich in einem Türrahmen aneinanderschmiegte. Warum begann mein Herz zu klopfen bei dem Anblick? Der Mann schaute die Frau sehnsüchtig an, während ihr Blick in die Ferne gerichtet war.

»Was für eine schöne Skulptur«, sagte ich. Der Mann hielt eine große, mit einem Schloss versehene Schatulle in der Hand, und zu seinen Füßen lagen ein paar Gegenstände auf dem Boden: eine Leinwand, eine zerbrochene Flasche, ein Buch. Meine Hände zitterten, als ich mich bückte. In dem Augenblick begriff ich.

Jennifer stand schweigend ein paar Schritte hinter mir. *Wo waren all die Leute, die Festgäste, von denen sie gesprochen hatte?* Ich fuhr mit der Hand über das Buch aus Bronze, das kalt und regennass war. Dann berührten meine Finger die Ecke des Deckels. *Konnte es sein?* Ich hob den schweren Deckel an. Mir blieb fast das Herz stehen, als ich den rostigen Schlüssel sah, der in dem Hohlraum darunter lag.

Ich winkte Jennifer zu mir. »Ich schaffe das nicht allein«, sagte ich und wischte mir eine Träne von der Wange.

Sie stützte mich, als ich den Schlüssel in das Schloss an der Schatulle steckte, deren Ränder dicht versiegelt waren, um den Inhalt zu schützen. *Der Schlüssel passte.* Ich versuchte ihn umzudrehen, doch es gelang mir nicht.

»Der Mechanismus scheint verrostet zu sein«, sagte ich. »Ich versuche es noch einmal.«

Ich zog den Schlüssel heraus, steckte ihn ein zweites Mal ins Schlüsselloch und rüttelte ein bisschen daran. Ein leises Klicken ertönte, dann sprang das Schloss auf.

Jennifer sah zu, als ich den Deckel der Schatulle anhob. Eine mit blauem Samt bezogene kleinere Schachtel befand sich darin. Ich nahm sie heraus, dann gingen wir zu einer Bank in der Nähe und setzten uns.

»Machst du sie auf?«, flüsterte Jennifer.

Ich sah sie mit feuchten Augen an. »Du hast es gewusst, nicht wahr?«

Sie nickte lächelnd. »Als die Frau aus dem Archiv mich auf Bora-Bora angerufen hat, hat sie mir den Namen des Künstlers genannt: Grayson Hodge. Aber ich bin nicht gleich darauf gekommen. Erst ein paar Wochen später, als wir schon wieder zu Hause waren, ist der Groschen gefallen.« Sie schaute mir in die Augen. »Es ist sein Künstlername. Ich wollte es dir nicht vorenthalten, aber ich wollte, dass du es selbst siehst.«

Vorsichtig öffnete ich die kleine Schachtel und schlug das braune Seidenpapier zurück.

Jennifer schnappte nach Luft. »Das Gemälde? Das Bild aus der Hütte?«

Ich nickte ergriffen. Der alte Gauguin wärmte mir die Hände, als enthielte das Bild die Sonne von Bora-Bora. Die Farben waren noch genauso leuchtend wie damals, die Szene so rührend wie an dem Tag, als ich sie zum ersten Mal gesehen hatte. Einen Moment lang war ich wieder auf der Insel, spürte die Sonne auf der Haut, den Sand unter den Füßen und Westrys Liebe, die mich einhüllte.

»Er hat es geholt!«, sagte ich. »Wie er es versprochen hatte.« Natürlich hatte er sein Versprechen gehalten. »Unglaublich, dass es die ganze Zeit hier war, direkt vor meiner Nase! Und ich hab nichts davon bemerkt! Danke, Liebes«, sagte ich leise. Ich betrachtete die Statue und dann noch einmal das Gemälde. »Was für ein Geschenk.«

Jennifer warf einen Blick auf das Gebäude. »Grandma«, sagte sie. »Bist du bereit?«

»Bereit wozu?«

»Ihm zu begegnen.«

Mir schlug das Herz bis zum Hals. »Aber du hast doch gesagt, dass er …«

»Tot ist?« Sie schüttelte den Kopf. »Ja, Grayson Hodge, ein neunzigjähriger Mann aus Barkley, Utah, ist tot. Aber nicht Westry Green.«

Westry? Hier? Konnte es wahr sein?

»Ich weiß nicht«, sagte ich und kämpfte mit den Tränen. »Aber was ist mit deinem Projekt?«

Jennifer lächelte. »Ein voller Erfolg.«

Ich war total verwirrt. »Solange ich denken kann, träume ich von diesem Tag, und jetzt …«

»Hast du Angst?«

»Ja«, murmelte ich und glättete mein schütteres Haar. *Warum hatte ich kein Kleid angezogen? Und ein bisschen Lippenstift aufgelegt?*

Jennifer spürte meine Verunsicherung und schüttelte den Kopf. »Westry wird nur sehen, was ich sehe: deine innere Schönheit.«

Sie reichte mir ein Taschentuch, damit ich meine Tränen trocknen konnte. »Warte hier. Ich gehe nach vorne und sage ihm, dass wir so weit sind.«

»Soll das heißen, er ist schon hier?«

»Ja«, antwortete sie mit einem stolzen Lächeln. »Sein Sohn hat ihn heute Morgen hergebracht. Sie sind aus New York gekommen.«

Jennifer stand auf und lief um die Ecke des Gebäudes. Ich betrachtete noch einmal die Skulptur, die Augen des Mannes. Selbst in Bronze gegossen sahen sie aus wie Westrys. Wie oft war ich über diesen Campus gegangen … Wenn ich nur ein einziges Mal hinter dem Gebäude entlanggegangen wäre, dann hätte ich vielleicht die

Hinweise gefunden, die Westry mir in den Weg gelegt hatte.

Ich hörte Schritte auf dem Kiesweg hinter mir und drehte mich um. Ein Mann bog um die Ecke, und ein paar Spatzen flogen auf. Selbst im Rollstuhl wirkte er vertraut – seine Miene, sein ausgeprägtes Kinn. Als unsere Blicke sich begegneten, schickte er den Mann, der seinen Rollstuhl schob, weg und griff mit einer Kraft in die Räder, die nicht zu seinen weißen Haaren und seinem runzligen Gesicht zu passen schien.

Er hielt vor meiner Bank an und nahm meine eiskalten Hände in seine. »Hallo, Cleo«, sagte er und streichelte mir die Wange.

»Hallo, Grayson«, sagte ich mit Tränen in den Augen.

»Du kommst ziemlich spät, mein Liebling«, sagte er mit demselben schelmischen Lächeln, das mir so gefallen hatte, als wir uns kennengelernt hatten.

Ich schaute ihn an. »Wie kannst du mir je verzeihen? Dass ich nichts mitbekommen habe, dass ich nicht nachgesehen habe. Ich war so …«

Westry legte mir einen Finger auf die Lippen und lächelte mich auf eine Weise an, die mich sofort beruhigte. »Nur ein bisschen spät«, sagte er zärtlich, »aber nicht *zu* spät.« Plötzlich fühlte ich mich wieder wie ein junges Mädchen. Das Alter und die Zeit existierten nicht mehr.

Er knöpfte sein braunes Cordsakko zu, zog die Bremsen an seinem Rollstuhl, rutschte nach vorn und kam mit einem Schwung auf die Füße.

Ich schaute ihn entgeistert an. »Aber ich dachte …«

Er grinste. »Dass du gern einen Herbstspaziergang machen würdest?« Er zog einen grauen Gehstock aus einer

Halterung an seinem Rollstuhl, stützte sich mit der linken Hand darauf und reichte mir die rechte. »Kommst du mit?«

»Ja«, erwiderte ich beglückt. Er war so groß, so selbstsicher. Ich klemmte mir das Gemälde unter den Arm, dann nahm ich seine Hand.

Wir spazierten los, ohne zu wissen, wohin. Aber das spielte auch keine Rolle. Unsere Geschichte hatte ein Ende gefunden, das mir gefiel. Ich liebte Westry, und er liebte mich, und wir würden uns bis an unser Lebensende lieben. Der Wind auf Bora-Bora würde unsere Geschichte erzählen, wenn er durch die Baumkronen ging, die verwitterten Überreste der Hütte würden ihre stummen Zeugen bleiben, und sie würde für immer in meinem Herzen weiterleben.

Westry war zu mir zurückgekommen. Der Fluch war gebrochen. Arm in Arm gingen wir langsam den Weg entlang. Ich schmiegte mich an ihn und legte meinen Arm um seine Taille. Zwei dunkelrote Blätter fielen von einem Baum, tanzten eine Weile im Herbstwind und landeten sanft auf dem Boden, wo sie nebeneinander liegen blieben.

Danksagung

Von ganzem Herzen danke ich meiner Agentin Elisabeth Weed dafür, dass sie mir bei meinem neuen Buch mit Rat und Tat zur Seite gestanden hat. Es ist mir eine Freude und eine Ehre, mit ihr zusammenzuarbeiten. Ich danke Stephanie Sun, die dieses Buch nach Elisabeth als Erste gelesen hat. Ihre aufmunternden Kommentare haben mir Mut gemacht.

Es ist nicht unbedingt ratsam, gegen Ende einer Schwangerschaft und kurz nach der Veröffentlichung des letzten Romans ein Buch zu schreiben, aber ich habe es trotzdem gemacht. Ich danke meiner liebenswerten Lektorin Denise Roy dafür, dass sie zu mir gehalten hat, während ich gleichzeitig mein Baby stillen, Fahnen lesen und Lesungen meines ersten Romans bewältigen musste.

Mein Dank gilt ebenfalls Jenny Meyer von der Meyer Literary Agency, die so begeistert war von meinen beiden Büchern, dass sie die Rechte in verschiedene Länder verkauft hat. Ich danke Nadia Kashper, Liz Keenan, Milena Brown, Kym Surridge und allen bei Plume. Meine Freundinnen Sally Farhat Kassab, Wendi Parriera, Camille Noe Pagan, Lisa Bach, Natalia Quick und viele andere haben mir die ganze Zeit Mut gemacht. Außerdem danke ich den Mitarbeitern von *Glamour*, *Health*, *Redbook* und anderen Zeitschriften dafür, dass sie mir die Zeit gelassen haben, mein Buch zu Ende zu schreiben.

Aus tiefstem Herzen dankbar bin ich meinen Eltern Terry und Karen Mitchell – dafür, dass sie mich lieben, mich ertragen, mich unterstützen und mir das Tagebuch meines Großonkels Michael Handgraaf aus dem Krieg im Südpazifik zu lesen gegeben haben. Meinen Brüdern Josh Mitchell und Josiah Mitchell und meiner Schwester und besten Freundin Jessica Campbell danke ich für ihre Unterstützung und gute Laune. Und ich erinnere mich voller Dankbarkeit an meinen Großvater James Robert Mitchell, dessen Geschichten aus dem Krieg im Südpazifik mir immer unvergesslich bleiben werden.

Ich habe drei Söhne, Carson, Russell und Colby, die alle unter vier Jahre alt waren, als ich dieses Buch geschrieben habe. Es gibt nur eins, was ich mehr liebe als das Schreiben, und das ist Mutter zu sein.

Zum Schluss mein Dank an Jason, meinen besten Freund, Partner im Kindererziehen und liebevollen Ehemann – diese Geschichte hätte es nie gegeben, wenn wir nicht 2011 nach Moorea und Tahiti gereist wären. In der kleinen Strandhütte dort ist die Idee zu diesem Buch entstanden.